무코

무코 *moucault*

채진수 장편소설

좋은땅

첫
인
사

　본래 너도나도 떠들어 댈 수 있는 주제에 관한 모든 진술들은, 석학들이 사유를 맞대고 마침내 생산해 내었던 합의들과는 완전히 독립된 상태로 존재한다. 그 아무리 깊고 건전한 합의가 완성되었다 하더라도, 우리는 여전히 저능아들로 남아 있다.

　어디서 한번 주워들어 본 경험 그리고 떠들어 본 경험은 멍청한 근거가 되고, 그 근거는 결과적으로 우연적인 사유 찌꺼기들을 부산해 내는 거대한 기계 혹은 번식력 출중한 벌레가 된다.

　죄와 형벌, 그리고 감시와 구금에 관한 진술도 그렇다.

　우리들 중에서 선함과 악함에 관한 그토록 재미진 이야기가 땅에 떨어져 있는 것을 목격해 본 적 없는 이 없고, 심지어 그 땅에 떨어진 것을 혀에 가져다 대본 적 없는 이 또한 없다. 본래 선과 악에 대한 논의는 인간 실존에 있어서 근본적이고 기본적인 것이다. 그렇지만 인간들은 종종 그것들을 비현실적이고 진부한 것 따위로, 혼동하여 받아들인다. 그 논의가 함유하던 숭고함은 역설적이게도 자신 스스로의 위치를 격하시킨다. 스스로를 진부한 것으로 변질시키고, 별다른 반성도 없이 아무렇게나 뱉어도 되는 것으로 만들어 버린다.

어디서 한번 주워 먹어 보고, 오물거리다 툭 뱉어 본 놈들이 그것에 대해 어디 한번 떠들어 보고 싶어 하는 것은 썩 당연한 일이다. 알고 있는 것을 문자로 기록하고 음성으로 뱉고자 하는 인간의 욕구는 자연스러운 것이기 때문이다. 그러나 반성이 부재한 모든 욕구는 도를 넘기 마련이다. 알고 있는 것만 말하는 것이 이치에 맞았을 터인데, 우리는 잘 알지도 못하는 사실에 대해서도 지껄이기 시작했다.

주워 먹어 본 경험이 있는 이들이 말할 수 있는 것은, 끽해야 먼지가 잔뜩 붙어 텁텁해진 맛과 식감에 관한 것이었을 것이다. 그렇지만 그들은 그것을 요리하는 법과 재료에 대해 떠들어 대기 시작했다. 정말로 그 '선과 악에 관한 논의'를 요리할 줄 아는 사람이 그 소리를 들었더라면, 웃겨 나자빠지고 길바닥을 뒹굴었을지도 모른다. 단순히 주워 먹어 본 적뿐이 없었던 그놈들의 말은 전부 헛소리였으니까.

그렇지만 그것을 요리할 줄 아는 사람은 그 어디에도 없다. 길가에 나자빠져 깔깔거리는 사람은 없었고, 다만 손뼉을 치고 으쓱대며 춤을 추는 사람들뿐이었다.

아, 본래 독단이란 것이 딱 그렇다. 추접스러우리만치 흥겹다. 그 누구도 반기를 들지 않기 때문이다. 꼬리에 꼬리를 물고, 꼬리는 머리가 되고, 머리는 꼬리가 된다.

철학에서는 독단적 사변을 어리석고 폭력적인 것으로 간주한다. 게다가 어리석음과 폭력적임은 죄에 가까운 것이었으니, 철학의 입장에서 본 우리의 모습은 전부 어리숙한 죄인의 모습이었을 것이다. 그러나 나는 그러한 철학의 선언에 반기를 들고 싶다는 기분을 종종 느낀다.

본래 모든 인간의 실존은 저능아들끼리 모여 만든 온갖 자의적 이치와 더불어 어느새 합의된 불완전한 규범들이 질질 이끌어 가는 대로 피어나기 때문이다. 우리는 그저 머저리들이었을 뿐이지, 영원토록 결백하다.

진술이라는 것은 이야기를 늘어놓아 베푸는 것이다. 베풂은 그것을 갈구하는 이들에게 한해서 도움이 될 수 있다. 즉, 지푸라기라도 잡는 심정으로 손을 허우적거리는 이들에게 진술은 곧 도움과도 같다는 소리다. 예컨대 범죄자를 뒤져 찾는 경찰에게 그놈의 말투와 외모, 습관과 성별에 관한 진술을 뱉는 것, 아이를 잃어버린 주의력 결핍 부모에게 그 아이의 출몰에 관련된 목격담을 들려주는 것. 그것들은 도움이 될 수 있다.

이처럼 죄와 형벌에 관련된 진술도 충분히 도움이 될 수 있다. 앞서 말한 심정을 가진 사람들에게 한해서 말이다. 그렇지만 죄와 형벌의 본질에 대해 사유하거나 의심 품는 이들을 찾기란 쉽지 않은 일이다. 애초에 그것에 대해 정확히 알고 있는 이는 전무했고, 바로 그렇기 때문에 아무렇게나 떠들어도 되는 것이 되어 버렸고, 명석한 정답지가 부재했으니 모든 응답은 우선 정답이라 간주되기 때문이다.

아, 나는 지금 당신을 현혹하여 나의 진술 또한 정답으로 간주해 달라고 요청하고 있는 것이 아니다. 같잖은 변명이나 뇌까리며 무죄 내지는 무혐의를 구걸하는 짓, 하찮은 술주정뱅이나 안타까운 정신이상자들의 흉내를 내며 불건전한 참작을 요구하는 짓은 도무지 나의 입맛에 맞지 않는다. 나는 나의 진술 이후에 도래할 고요한 응보와 반성의 시간 속으로 자진하여 투신할 것이다. 나는 지금 당신의 용서를 강요하고 있는 것도, 또 그렇다고 당신이 나의 속죄를 바라보며 지어 올릴 표정을 지적하며 윤리적 잣대를 들이밀고 있는 것 또한 아니다.

나는 다만 우리의 세계에서, 진리의 담지자를 자처하는 모든 짐승들, 갈 곳이 사라져 서성이는 그 개나 소들 틈에서, 지금까지 단 한 번도 채워진 적 없던 반성의 자리를 바라보고 있을 뿐이다.

나는 어느새 작동을 멈춘 우리의 사유 기계에 기름을 들고 가만히 섰다. 당신이 나를 향해 달려오기 시작했다.

금방이라도 나를 죽여버릴 듯이.

하하. 내가 불이라도 지르려는 줄 알았나 보다.

나는 나의 행복을 위해 철학을 찾기 시작했다.

그러나 당신이 나의 앞에 서 있을 때면

그 모든 발악들은
전부 부질없는 짓이었다는 사실을 깨닫는다.

인간들은 어째서 다른 인간들을 가두는가? 우리는 그것을, 다름 아닌 죄악 때문이라 했다. 다른 사람들에게 해를 끼칠 만큼 악한 자들은 당연히 사회와 격리되어야 한다고 했다.

펵이나 옳은 소리다.

형벌은 격리를 위한 것이라던 사람들의 합리화는 점차 그 빈약함을 드러내기 시작했다. 대중은 죄수들이 갇혀 있다는 사실에서 그 어떠한 위안도 얻지 못했다. 그들의 생각을 지배하고 있던 것은, 오롯이 응보에만 초점을 둔 비뚤어진 공정함뿐이었다. 대중은 죄수들이 좀 더 원초적이고 직관적인 불편함을 겪기를 원했다. 죄수 놈들이 입에 담지도 못할 악랄한 짓을 저질러 놓았음에도 아무런 문제 없이 밥을 먹고, 똥오줌을 싸고, 퍼질러 자고 있다는 사실에 불만을 느끼고 있던 것이다. 그들은 죄수들이 고통에 잠겨 몸부림치고, 온몸에 힘이 빠져 맥없이 흐물거리고, 지은 죄가 그 죄수의 꼬리표가 되어 그들의 꽁무니를 영원히 따라다니길 원했다.

끽해야 잠시 동안 가둬 버리는 것뿐이 할 수 있는 게 없었던 이 나라는 언제나 대중이 쏟아 내는 불만의 대상이었다. 심지어 일반적인 시민들 중 꽤 용감한 편에 속했던 이들은 간혹 넓은 광장에 짜잔 등장하여 다른 이들에게 격렬히 선언하기까지 했다, '애초에 정의라는 것이 무엇이던가? 순진한 이들을 행복하게 만들고, 악한 이들을 불행하게 만드는 것 아니던가? 그런데 어째서 저 죄수 놈들은, 온몸이 말짱한 채로 석방되고 또다시 사회로 기어 나오는가?'

이 나라는 그간 대중의 불만을 건전한 방향으로 없애기 위해 무수히 노력해 왔다. 그런데 그 앞선 시도들에는 명확한 한계가 있었으니, 그것은, 그들을 설득하려 들었다는 것이다. 이 나라는 죄수도 인간이라는 헛소리를 하며 회유를 시도하기도 했고, 죄수들은 감옥에서 단 한 발짝도 나올 수 없었으니, 분명 무언가 박탈된 것이라 설명하기도 했다. 그러나 그 시도들은 그다지 효과가 없는 것이었다. 대중이 오롯하게 관심 두던 것은 죄수가 일평생 감수할 모욕과 수치심 그리고 고통뿐이었기 때문이다. 게다가 본질적으로, 어리석은 자들에게 행해지는 설득은 아무런 효과가 없다. 설득이란 애초에, 도통 알아먹을 수 있는 존재들에게만 효과가 있는 것이기 때문이다.

결과적으로 이 나라, 프로이데가 사업가들에게 감옥을 넘겨 버린 것은 그리 생뚱맞은 일이 아니었다. 일반적인 사람들의 불만을 대신 맞아 줄 만만한 대상이 필요했던 것이다. 이러한 프로이데의 행태를 무책임이라 갈음하는 것은 비약이 심할지언정 옳은 것이다. 대중의 불만을 근본적으로 해결할 자신이 없어 그대로 도망친 것이었으니 말이다.

나라가 행한 양도가 실상 도주에 가까운 것이었어도, 그것은 썩 탁월한 것이었다. 그 시도는 모든 불만을 오롯하게 감수하던 하나의 존재를 한 올씩 떼어 내어 개별화하던 것이었으니, 이제 형벌에 대한 불만을 뒤집어쓰게 된 것은 프로이데가 아닌 사업체 개별이었다.

　한편으론 대중이 내지르는 불만은 다분히 일회적이다. 그들은 불만 자체에 대해 깊이 탐구하거나 반성하지 않는다. 그들은 그저 투덜댈 뿐이다. 그들의 불만은 숭고한 선언과 투쟁이라기보다는 차라리 칭얼거림과 분풀이에 가깝다. 게다가 개별화한다는 것은 곧, 안개로 만들어 버리겠다는 것이다. 개별화된 무언가는 온전한 하나와는 다르게, 흐릿해진다. 개별화된 것은 흩뿌려지고, 허공을 채우고, 또 듬성거린다. 그것은 좀처럼 인식되지 않는다. 인식조차도 되지 않으니, 불만을 맞을 수도 없다. 그것은 투명해진다. 개별화되어 투명해진 대상 덕에, 대중이 내지른 주먹은 아무것도 맞닥뜨리지 못했다.

　맞을 대상이 사라진 분노가 이끌어 낼 수 있는 것이라곤 잠깐 동안의 격렬함, 그리고 곧이어 찾아오는 부끄러움뿐이다. 자신들의 행위가 실상 헛짓거리에 불과한 것이었다는, 그런 멍청하면서도 온당한 생각을 불러일으키기 때문이다. 프로이데가 불만의 대상을 감춰 버리고 난 후부터 대중의 흥분과 결집은 단순한 현상 그 이상도 이하도 아닌 것이 되어 버렸다. 그것은 나타났다가 그대로 사라진다.

　대중의 불만이 그저 나타났다가 사라지는, 그런 단순한 현상이 되어 버렸다는 것은 아무런 문제가 되지 않는다. 그들의 불만이 지닌 수준을 토대로 생각해 보면, 그렇게 아무런 변화도 이끌어 내지 못하고 그대로 사라지는 것이 그들이 받을 수 있는 가장 세련된 대우다.

그런데 문제가 되는 것은 따로 있다. 덧없게 사라지는 그 불만이, 마치 처음에는 무언가를 갈구하는 듯이, 무언가를 약속하는 듯이, 무언가를 쟁취할 듯이 으스댔다는 것이 문제다. 어차피 아무것도 쟁취하지 못하고 사라질 바에야, 애초부터 존재하지 않았더라면 더 좋지 않겠는가? 적어도 우리 모두가 한심한 놈들이 되지 않을 수 있으니까 말이다.

나는 프로이데 사람들의 불만을 바라보며 간혹, 거창했던 처음에 비해 너무나 초라하고 황망한 끝을 가진 어린놈들의 성관계를 떠올린다. 그런 생각을 갖게 된 후로부터 나는 대중의 결집을 목격할 때마다 깔깔거리며 웃어 버리고 싶은 기분을 느낀다.

앞서 말했듯 프로이데와 사업가들의 거래는 좋은 거래였다. 프로이데는 책임으로부터의 도주를 그리고 사업가들은 그 누구도 신경 쓰지 않는 노예들을 원하고 있었는데, 이번의 거래를 통해 실제로 그렇게 되었으니 말이다. 시간이 지나갈수록 프로이데와 사업가들의 관계는 더욱이 끈끈해졌다. 하등한 것들을 잠재우는 전투에 손을 맞잡고 뛰어든 것이었으니, 그 거대한 대상과 계급이 서로 사랑을 느끼게 되는 것은 당연한 일이었다. 그들은 서로의 요구를 곧이곧대로 들어주기 시작했다. 그런데 세속 그 이상의 의미를 갖는다 치부되던 나라가 돈다발이 전부였던 사업가들과 손을 잡는다는 것은 여러모로 부끄러운 일이다. 그것은 숭고한 순혈이 더러운 상것들과 단체로 교미하여 잡종을 무더기로 낳아 버린 것과 다름없는 일이다. 그렇지만 그 둘은 서로를 자랑스런 가족이라 선언했다. 시간이 지날수록 그들의 유착은 결탁을 스스로 정당화하며 더욱이 견고해졌다.

사업가들은 그들의 하등한 일꾼이 된 죄수들에게 단순하고도 반복적인 업무를 할당했는데, 이를테면 기계를 만지는 일 혹은 물건을 직접 생산해 내는 일이었다.

노동자들을 보호하기 위해 제정되었던 법 조항들은 도무지 죄수들까지 신경 써 줄 틈이 없었다. 사업가들의 손안에 들어간 죄수들은 노동법의 시야가 닿지 않는 곳에 덩그러니 놓였다. 죄수들은 제대로 된 안전 장비 하나도 받지 못한 채로 거대한 기계에 몸을 끼워 넣기 시작했다. 시간이 지날수록 그들의 몰골은 더욱이 혐오스러워졌다. 그들은 땀에 절어 매캐한 냄새를 풍겼고, 얼굴은 절망에 눌려 짓이겨졌으며, 간혹 신체 일부가 기계에 말려들어 떨어져 나갔다. 그들을 우연히 목격한 동네 아이들은 죄수들의 처참한 행색에 소리를 지르며 도망치기 일쑤였다.

사람들은 그 광경에 만족했다.

무언가에 대한 관념을 형성하는 데에 있어서 정립보다 효과적인 것은 단연 반정립이다. 우리는 실제로, 탁월한 몇몇 사람을 제외하고서라면 반정립을 통해 모든 것을 받아들인다. 지금 당신의 머릿속에 있는 모종의 관념은 '그렇지 않은 것'과 '그런 것'을 비교하며 만들어진 것이란 소리다.

당신의 존재가 가지는 윤리적 위치와 신분적 위치, 그리고 계급적 위치에 대한 관념도 별반 다름없다. 당신이 누군가를 바라보며 '당신과 그 누군가는 다르다'라는 사실을 자각하는 것은, 당신이 지니고 있는 특성 자체에 대한 사유에 잠기는 것보다 훨씬 더 쉽고 효과적이다.

투박한 예를 들어 가며 설명하는 것이 좋을지도 모르겠다.

당신이 스스로를 자유로운 존재라 생각하고 있다고 해서, 당신이 진정 자유에 대한 개념 자체를 사유해 보았다거나 이해하고 있다는 사실을 의미하지는 않는다. 그것은 당신이, 언젠가 자유롭지 않은 누군가를 목격한 적이 있다는 사실을 드러낸다.

당신이 스스로를 독서와 사유를 즐기는 존재라고 생각하는 것, 그리고 다른 사람들보다는 비교적 지혜로운 존재라고 생각하는 것도 별반 다르지 않다. 당신은 즐김 자체에 대한 생각을 한 적이 없다. 당신은 독서가 무어인지, 사유가 무어인지 전혀 알지 못한다. 당신은 그저 읽고 쓸 줄은 알지만 실상 문맹과 별반 다름없는 놈들, 그리고 머리통이 텅 비어 생각할 줄 모르는 놈들을 목격한 적이 있었을 뿐이다.

그런데 한편으로 관념적 '반정립'은 관념적 '정립'보다 불완전해 보인다. 그것은 차이를 알아채고 비교하는 데에서 비롯되는 동물적 짜릿함을 그 원동으로 삼는다. 그 짜릿함에 의해 강행되는 관념적 반정립은, 우리 직관 속에 은밀하게 스며 들어가 있는 반감과 역겨움을 그 기반으로 한다. 그것이 얼마나 인간적인 내용을 담고 있었는지 간에 그것은 단순한 우연에 지나지 않은 것이고, 언제든지 인간 흉내를 그만두고선 짐승의 모습으로 되돌아올 수 있는 것이다.

당신이 스스로를 자유로운 존재라고 생각하면서도 자유에 대한 아무런 앎을 가지지 못한 것은 당연한 일이다. 본래 어느 속성에 관한 건전한 앎을 쟁취하기 위해서는 그 속성 자체에 대한 사유를 거듭해야만 한다. 그런데 애초부터 비교를 기반으로 삼는 반정립은 속성 자체에 대한 사유를 전부 차단한다. 비교를 한다는 것은 그것 자체에 대한 생각을 그만두고 다른 것을 뒤져 찾겠다는 것이다. 반정립은 건전한 앎을 쟁취하지 못한다.

끽해야 관념적 반정립으로밖에 생각할 줄 모르는 당신은 자유에 대한 건전하고 순수한 앎을 알 수 없다. 반정립을 벗어날 수 없는 사유 수준을 가진 당신은 영원토록 그런 상태에 머물러 있을 것이다. 모든 것을 알고 있지만, 실상 아무것도 모르는 상태 말이다.

당신이 그런 상태에서 벗어나지 못한다는 것은 아무런 문제가 되지 않는다. 탁월한 수준을 가지지 않은 우리 모두가 그렇기 때문이다. 그렇지만 문제는 언제나 그다음에 있다. 단순한 비교와 온갖 허드렛 사유로 점철된 당신의 관념은 실상 아무짝에도 쓸모없는 것인데, 당신이 그것을 진리와도 다름없다 생각하는 것이 문제다.

내가 갑작스레 정립과 반정립에 관한 아무도 관심 없는 얘기를 꺼내며 당신의 사유가 쓸모없는 것이었다고 난도질을 해 댄 것은, 프로이데 대중의 관념이 가지고 있던 한계를 설명하기 위함이었다. 그들도 당신과 별반 다름없었다. 프로이데 대중은 죄수들을 바라보며 자신의 계급에 관한 관념적 반정립을 무의적으로 행했고, 단순한 비교와 온갖 허드렛 사유로 점철된 그들의 관념을 진리와도 다름없는 것이라 생각했다.

앞서 말했듯, 사업체가 된 감옥에서 몸부림치던 죄수들은 처참한 몰골을 드러내고 있었다. 그 몰골은 진정 인간의 문명과는 동떨어져 있는 행색이었다. 치료하지 못한 상처가 그대로 응고하여 덩어리진 모습, 얼굴과 팔다리 구석구석 들어 있던 멍, 피부가 차마 터지지 못하여 그 속에 피가 거멓게 들어찬 모습. 물렁하고 더러운 냄새를 풍기는 모습. 죄수들 중에서도 특히나 몰골이 형편없던 어느 죄수는 피부 속이 꿈틀거리는 벌레로 가득 차 있고, 피부를 살짝만 눌러도 그 벌레들이 몸 밖으로 쏟아져 나올 것이라는 상상이 들게 만들 지경이었다. 저 죄수들이 내보이는 행색은 야만에 가까운 것이었다.

일반적인 사람들은 겉으로 구분되는 행색의 차이를 토대로 스스로에 대한 신분적, 그리고 계급적 관념화를 무의적으로 진행했다. 그들은 자신이 저 야만스럽고 비문명적인 죄수들과는 다르다는 것을 깨달았고, 자신이 저 야만스러운 죄수들과는 다르게 문명화되고 인간다운 인간이라 생각하기 시작했다.

게다가 덧붙여서, 간혹 보도되는 어느 죄수의 잔인한 범행 과정에 대한 기사도 그런 관념화를 부추기며 스스로를 견고하게 만들어 갔다. 하기야, 타인의 물건을 빼앗아 달아나고, 강간하고, 괴롭히고, 살해한 녀석들이 진정 인간이던가? 그들은 인간이 아니었다! 당신은 인간이었지만, 저들은 진정 당신과는 달랐다. 저들은 짐승이 맞았다.

프로이데의 대중이 자신들을 인간으로 그리고 죄수들을 짐승으로 대한다고 해서 '인간다움'이란 것이 무엇인지, 혹은 '인간답지 않음' 내지는 '짐승다움'이란 것이 도대체 무엇인지 알고 있던 것은 아니었다. 그들은 실상 아무것도 몰랐다.

대중은 죄수들에게서 인간의 자격을 박탈하고 그들을 정말 짐승으로 대하기 시작했다. 그런데 과연 그렇다면, 대중이 죄수들에게 어떤 대우를 보낼 것인지는 뻔한 일이었다. 그것은 인간이 다른 짐승을 대할 때의 공통을 따를 것이었다, 학대한다는 것.

시간이 지날수록 죄수들을 향한 급진적인 박탈 행위는 그 선을 넘기 시작했다. 박탈에 그쳤어야 할 것들이 절도와 다름없어지기 시작했다. 평화로운 산책길 같았던 세상은 조금 흥미로운 곳으로 변하기 시작했다. 사람들은 현행범이라는 것도 새로운 계급으로 관념화했다. 만약 어떤 사람이 현행범이라면, 그 사람을 붙잡아 두들겨 패는 것이 온당하다 생각하기 시작한 것이다. 인간들은 죄수들의 신체가 훼손되는 것을 보고 싶어 했다. 그것은 그들의 본능 속에 숨겨져 있던 부끄러운 관음욕이었다. 목이 막혀 몸을 이리저리 비틀어 버리는 것을, 눈이 풀려 몸까지 추욱 흐물거리게 되는 것을, 비명을 내지를 경황도 없이 두려운 눈초리를 올리는 것을, 주위 사람들 모두에게 머리를 조아리며 한 번만 용서해 달라고 비는 것을 목격하기를 원했던 것이다. 그 광경을 지켜보며 알 수 없는 흥분에 둘러싸이고 싶었던 것이다.

그런데 실상 죄수들의 몸에 직접적으로 해를 가할 수 있을 만큼 패기 넘치는 사람은 단 한 명도 찾아볼 수 없었다. 대중의 행태는 그저, 웬 경찰 하나에게 저 범죄자 놈을 더욱 격렬하게 두들겨 패 버리라며 소리치는 것이었고, 고통에 젖은 죄수의 모습을 시시덕거리며 구경하는 것이었다. 대중이 가하던 가학은, 지나가던 벌레의 앞길을 손가락으로 가리며 괴롭히는 그런 하찮은 일에 가까웠다.

그런데 과연 그렇다면, 누가 더 악랄한 것인가?

자신만의 감옥 사업체를 꾸린 '감꾼'들은, 이러한 대중의 시선에 지나친 관심을 두었다. 일평생 돈다발만을 만져 본 그들이 그간 얻을 수 있던 존경이라곤 오롯이 가득 찬 지갑과 값비싼 자가용 따위에 전해지던 부러움이 전부였다. 그런 덧없는 존경에 질린 그들은 종종 아름다운 예술품을 소장하며 다른 종류의 존경을 얻고자 시도하기도 했는데 (아마 기품 있어 보이고 싶었던 모양이다), 요새 들어 예술이란 것 또한 돈으로 쉽게 치환되기 일쑤였으니 그마저도 만족스럽지 못했다. 그들은 돈과는 다른, 얼핏 보기에 '숭고한' 존경을 원했다.

그런데 그들이 감옥 사업체를 이끌어 가면서, 그들은 지금껏 한 번도 경험해 보지 못했던 존경에 눈뜨기 시작했다. 인간의 탈을 쓴 짐승들을 가두고 징벌하는 일은 돈으로 치환될 수 없는 숭고한 존경을 불러일으키는 일이었다. 그들은 스스로가 마치 정의로운 영웅이 된 듯한 기분에 휩싸였다. 그들은 그 기분에 중독되기 시작했다.

그런데 징악을 하기 위해서는 우선 선과 악에 대한 긴밀한 반성이 선행되어야만 한다. 그렇지만 감꾼들 중에서 그토록 거대한 관념에 대한 반성을 거듭한 이는 단 한 명도 없었다. 하기야 선과 악이라니. 반성하기에 그것은 너무나도 거대했다. 그들로서 할 수 있는 것이라곤 대중의 요구를 어쭙잖게 수용하는 것뿐이었다. 존경 자체에 대한 반성을 해 본 적이 없던 감꾼들은 존경이 무엇인지 몰랐다. 그들은 그것에 대해 착각할 수 있었을 뿐이다. 대중이 보내 주는 지지가 곧 존경이라는 멍청한 생각이 그들을 전염시켰다.

대중의 하찮은 요청은 오롯이 부가적인 폭력을 낳았다. 스무 시간에 육박하는 하루 노동시간, 교도관들에 의해 때때로 행해지던 모욕, 고문, 신체적 손상.

불과 얼마 전까지만 해도 쓰러져 가는 어린 노동자들에게 보내졌던 가냘프고 아름다운 시선들은 단지 그 대상이 죄수들로 바뀌었다는 사실 하나만으로 흔적도 없이 사라졌다.

간혹 감꾼들은 정의가 쟁취해 낸 전리품을 이리저리 흔들어 보이며, 사람들 앞에 툭 하고 던져 보이기까지 했다. 광장 한가운데에 거대한 무대를 마련해 놓고선, 그 위에 특히나 악랄했던 죄수 놈을 올려 사람들에게 전시했던 것이다. 그들은 필사적으로 얼굴을 가리려 드는 죄수를 결박하고 부끄러운 나체를 꺼내 들기도, 사람들 앞에서 그 죄수의 신체 일부분을 잘라 버리기도 했다. 그 무대를 보러 오는 사람들은 수없이 많았지만, 그들의 반응은 둘 중 하나였다. 하나는 강렬하게 잘려 나가는 죄수의 나체를 향해 돌을 던지며 즐기는 것이고, 다른 하나는 그 광경을 즐기지 못하는 자신의 모습을 즐기는 것이었다.

그런데 과연 그렇다면, 도대체 누가 짐승인 것인가?

제 1 부

무
코

---◆---

냉소는 전염된다.

1

프로이데. 당신이 내게 프로이데에 대해 묻는다면, 나는 주저 없이 당신이 살고 있는 나라와 별반 다르지 않은 곳이라고 말할 것이다. 그런데 어쩌면, 프로이데는 당신이 지내고 있는 나라에 비해 많이 작을지도 모른다. 프로이데 영토의 크기는 자국민이 종종 농담의 소재로 쓸 정도로 작다. 심지어 아직 국가에 대한 조건이 온전히 합의되지 않았을 적에는, 프로이데를 국가로 인정해야 하는가 혹은 인정해서는 안 되는가에 대한 재미있는 토론이 펼쳐졌을 정도였다고 한다. 다행히 국가의 조건에 영토의 크기는 포함되지 않았고, 프로이데는 독립된 나라로 인정받을 수 있었다. 만약 그 조건에 영토의 크기에 대한 것이 끼어 들어가 있었더라면 프로이데는 자연스레 국가가 아닌 게 되었을 것이다.

프로이데의 좁은 영토는 자칫 그 속의 국민 모두와 개인적으로 친밀해질 수 있을 것이란 환상을 심어 주기 일쑤였지만, 크기에 비해 바글거리는 인구가 그 환상을 곧바로 깨 버리곤 했다. 그 작은 공간에 모두가 모여 있었으니, 프로이데에 산다는 것은 하루에도 수백, 혹은 수천의 다른 이들과 수도 없이 마주친다는 것과 얼추 동치다.

프로이데의 태양은 꽤나 강렬했고 또 거슬렸다. 그렇지만 그간의 경험 덕에 볕을 피할 수 있는 장소가 곳곳에 마련되어 있었다. 어쩌면 날

씨가 그 지역 사람들의 성향을 결정짓는다던, 이름 모를 학자의 분석은 진정 옳은 것이었을지도 모른다. 어쩌면 프로이데의 대중이 죄수와 형벌, 그리고 정의에 대해 얄팍스럽고도 잔혹한 관념을 생성하게 된 것은 뜨거운 날씨 때문이었을지도 모른다. 프로이데의 날씨는 그곳의 사람들로 하여금 태양이 사라진 이른 저녁마다 왁자지껄 모이게 했는데, 그즈음에 모여 앉아 즐기는 시원한 음주는 낮 동안의 무더위를 끝마치는 신호였다. 왁자지껄 모인 사람들은 너도나도 떠들어 댔다. 그런데 모두가 잘 알고 있다시피, 술자리에서의 수다는 실제로 살아가는 데 아무런 도움이 되지 않는다. 그런데 술자리 수다가 살아가는 데 아무런 도움이 되지 않는다고 해서, 문제가 되는 것은 아니다. 건조한 현상은 언제나 무죄다. 문제는 언제나 그 현상에 취한 인간들에게 있다. 프로이데의 사람들은 술자리에서의 수다에 주제넘는 의미 부여를 하곤 했던 것이다. 온갖 취기와 헛소리로 얼룩진 논쟁에서 이기는 것을 자랑스럽게 생각했고, 대화의 우위를 결정짓는 것은 그것이 내포하고 있던 내용의 수준이 아니라, 단번에 시선을 앗아 가는 멋진 외모와 말투, 그리고 장엄한 목소리라고 오해했다. 도서관이나 서재가 아닌 곳에서 무언가를 배우면 그런 엉터리 오해를 하기 마련이다.

프로이데의 사내들은 호탕했지만 가끔씩 섬세했고, 여성은 조신했지만 간혹 도발적이었다. 집 앞의 자연스러운 모임과, 외모에 대한 기준을 물씬 여유롭게 해 주는 음주의 해롱거림은 두 성인의 결합을 적극적으로 지지하곤 했다. 얼추 반반이었던 남성과 여성의 인구는 그들로 하여금 딱히 아무런 하자가 없다면야 따로 힘쓰지 않아도 쌍을 이루게 했다. 그렇지만 그렇다고 해서, 그들의 사랑이 특히나 가볍다거나 하진 않았다. 그들의 사랑은 딱 보통 사랑 정도의 사랑이었다.

프로이데에서 사는 것은 당신이 살고 있는 나라에 비해 썩 쉬운 일일지도 모른다. 프로이데에서 생존하는 것은 썩 쉬운 일이다. 딱히 탁월하지 않아도 직업을 구해 벌어먹는데 무리가 없기 때문이다. 게다가 신박하고 번뜩이는 생각을 하고 살지 않더라도 아무 문제가 없다. 프로이데에서는 딱히 깊은 생각을 하지 않아도 온전히 생존할 수 있었으니, 이곳은 진정 낭만 없는 멍청이들의 낙원이다.

시몬은 프로이데에서 태어났다. 딱히 중요한 인물은 아니다. 프로이데에는 시몬과 같은 사람이 수두룩했기 때문이다. 당신도 알고 있다시피, 그저 그런 사람은 뭘 해도 그저 그렇다.
그는 나름 단골로 있던 조용한 술집에서 그의 벗 하나와 이러쿵저러쿵 헛소리나 떠들어 대고 있었다. 그것이 언제인지 또한 중요하지 않다. 시몬은 어제도, 그제도, 오늘도, 내일도, 또 다음날도 그러고 있었고, 그랬고, 또 영원히 그럴 것이었다.
그날따라 시몬이 자리하던 술집은 평소보다 조용했는데, 어쩌면 그곳 사장이 새로 장만한 야릇한 조명이 그곳을 찾은 모든 이들의 주목을 앗아 갔기 때문이었을지도 모른다.

가만히 술잔을 들던 친구를 앞에 두고 조명을 바라보던 시몬은 문득 이런 의문이 들기 시작했다. 이 조명 덕에 이곳이 조용한 것인지, 아니면 그 반대로, 평소 분위기가 조용했기 때문에 술집 주인이 이런 조명 색을 선택한 것인지 말이다. 아니, 그런데 애초에 이 술집이 한 번이라도 조용했던 적이 있던가? 따지고 보면 그 술집이 조용했던 적은 거의 없었다. 그곳은 언제나 왁자지껄했다. 그런데 어째서 그는 그 술집을 조용한 곳이라 생각하고 있던 것이었나? 조용함이라는 것은 무엇인가? 그런데 시몬은 그 의문에 대해 깊이 생각하지 않았다. 그에게는 더욱이 중요한 고민이 있었기 때문이다.

"그래서, 네 생각에는 내가 빨랫감이나 실어 나르는 일을 하는 게 좋겠다고?" 시몬이 그의 앞에 자리하던 벗에게 물었다.

"아니, 뭐. 그런 셈이지. 내가 추천서를 써 줄 수 있어. 그럼 아무런 검증도 필요 없지. 바로 채용될 수 있을 거야." 그의 벗이 대꾸했다.

시몬은 그의 앞에 앉아 있던 오랜 벗, 테베를 잠깐 동안 바라봤다. 그 둘은 어릴 적부터 친밀한 사이였다. 같은 동네에 비슷한 나이. 그 이외의 것은 전혀 맞지 않았지만, 그것만으로도 친구가 되기엔 충분했다.

시몬은 우물쭈물거렸다.

그런 시몬의 모습을 본 테베가 한숨을 머금은 채로 말했다.
"현실적인 얘기지, 시몬. 게다가, 다른 현실 얘기들에 비해 그다지 절망적이지 않은 얘기야. 많은 수입까지는 모르겠지만, 적어도 하룻밤 사이에 잘릴 확률은 없으니까." 테베는 시몬을 잠깐 바라봤다, "자네가 들을 수 있는 현실 얘기 중에서는 가장 좋은 얘기란 말이지."

"그렇다고 감옥을 자주 들락거리는 건 영 내 취향이 아닌 것 같은데," 시몬이 자신이 우물쭈물하던 이유를 내비쳤다.

"죄수로 들락거리는 것도 아닌데 뭘 그러나. 그냥 일거리만 가지고 냅다 도망쳐 버리면 되는 건데," 테베가 대꾸했다, "게다가 일을 시작할 때 아무런 비용이 들지 않지. 자네가 직접 세탁을 하는 게 아니니까 말이야. 세탁을 위한 거대한 기계들이 필요한 것도 아니야. 자넨 그냥 실어다 나르는 일만 하는 거야, 시몬. 생각해 보게나, 자네가 지금까지 모아둔 돈이 있던가?"

"거의 없지." 시몬이 짤막하게 대꾸했다.

"그렇지." 테베가 말했다. "아무런 준비 자금도 없이 이 정도로 안정적인 직업을 갖기란 쉽지 않은 거라고, 시몬."

시몬은 테베를 멍하니 바라봤다. 하기야, 이제는 현실적인 계획을
세우는 것이 옳을 터였다. 시몬의 나이는 나름 지긋했고, 나아가 결혼
을 하고 가정도 꾸리고 싶었기 때문이다. 시몬은 '정상적인' 삶을 살고
싶었던 것이다.

그나저나 그의 벗, 테베는 얼마 전 결혼을 했다. 그는 감옥에 관련된
일을 하고 있었다. 얼핏 듣기에, 좋은 직장이었다. 프로이데 감꾼들이
주제넘는 권력을 가지고 있다는 소리를 들은 적이 있다. 테베가 감꾼
이었던 것은 아니었지만, 감옥과 관련된 그의 직장이 나름 좋은 직장
이었던 것도 그의 업무가 감꾼들과 긴밀하게 연결되어 있던 덕이었을
것이다.

"그리고 시몬, 나도 그렇게 시작했어." 테베가 말했다, "심지어 자네
상황이 더 나을지도 모르는 일이야. 내가 처음으로 배정된 일은 감방
바닥 청소였으니까. 그때 생각만 하면 토악질이 쏠려." 테베는 얼굴을
조금 찡그렸다.

"그건 처음 듣는데," 시몬이 대꾸했다.

테베는 시몬을 잠깐 바라보더니, 말했다. "죄수들은 매를 맞잖나. 바

닥에 피떡이 되어서 기절해 있는 죄수를 한쪽에 치워 두고 바닥을 닦을 때의 충격은 아직까지도 나를 악몽에 시달리게 하지. 그놈들은 정말로 박살이 나 있다고, 시몬." 테베가 조금 몸을 떨었다, "그런데 말이야, 이쪽 일이 원래 이래. 바닥부터 짚고 올라오게 만들지. 그런데 다행인 점은 그 바닥을 짚는 시간이 나름 짧다는 기야. 일 년 남짓만 고생하면 돼. 자네도 그 시간만 버티면 나름 번지르르한 업무를 맡게 될 거야. 급여는 당연히 오를 거고 말이야. 새롭게 배정된 업무가 마음에 들면 일을 계속해도 되고 마음에 들지 않으면 돈을 좀 모았다가 새로운 일을 시작해도 좋지."

테베는 남은 술을 한 번에 들이켜고선, 담배를 한 대 꺼내 물었다. 담배를 들어 올릴 때 그의 손이 조금 떨렸다. 테베의 표정은 조금 굳어 있었다. 감옥청소를 할 적의 기억이 떠오른 모양이다. 시몬이 성냥갑을 툭 건네주었다.

"고맙네." 테베가 불을 붙이며 말했다, "그래서, 할 텐가?"

"내일 중으로 결정하고 알려 주지." 시몬이 말했다.

"그럴 거면 그냥 지금 결정하고 알려 주게. 신경 쓸 거리를 하나라도 줄이게," 테베가 대꾸했다.

시몬은 테베를 힐끗 쳐다봤다.

'죄수들'이라, 언짢은 기분이 가시질 않았다. 짐승 같은 놈들. 아무리 일 때문에 감옥을 들락거리는 거라고는 해도, 죄수들을 그렇게나 자주 맞닥뜨리는 것은 시몬의 마음에 들지 않았다.

테베는 시몬에게도 담배 한 대를 툭 던져 줬다. 지금 당장 결정하라고 하긴 했어도 그다지 그럴 필요는 없다는 뜻이었을지도 모른다. 시몬은 테베의 몸짓에 작은 끄덕임을 보냈다.

"아마 자네가 감옥에 관련된 일을 하게 된다면 말이야, 죄수들에 대한 생각이 많이 바뀌게 될 거야. 내가 그랬거든." 테베가 뿌연 연기를 뱉으며 말했다.

시몬은 테베를 가만히 쳐다봤다.

테베는 시몬의 시선에 민망함을 조금 느끼더니, 덧붙였다. "아니 왜, 자네는 드디어 민낯을 보게 될 테니까."

"아, 그렇지. 죄수들이 받는 대우 말인가? 그런데 그 광경을 보면 기분이 한결 좋아질지도 모르겠어. 나는 언제나 불만이었네. 그런 쓰레기 같은 놈들 때문에 일반적인 사람들까지 피해를 보는 게," 시몬이 말했다.

"아니, 시몬. 내가 말한 민낯은 죄수들에 대한 게 아니라네. 오히려 우리 인간들에 대한 거야. 우리 인간들이 얼마나 추악하고 또 더러운……,"

"애당초에 석방이란 것도 왜 있는지 모르겠고 말이야. 테베, 형벌은 어떤 것이겠나?" 시몬은 테베의 말을 잘라먹어 버렸다. "우리같이 조용하고 잠잠한 사람들을 보호히는 것이지. 우리처럼 아무리 몸부림쳐도 다른 사람들에게는 해를 끼치지 않는, 그런 순진한 사람들을 보호하는 거란 말이야. 악랄한 자들을 우리로부터 떼어 놓는 거야. 악하지 않은 자들을 보호하기 위해서." 시몬이 계속 말했다, "그렇다면 석방이란 것은 없어져야 하는 것 아니겠나? 그놈들이 악한 놈들이란 사실은 이미 자명해진 거니까."

말을 마친 시몬은 뿌듯함을 느꼈다. 나름 어려운 주제에 대해 거침없이 의견을 내비치는 자신의 모습이 마음에 들었던 것이다.

"시몬. 과연 그런가?" 시몬의 말을 전부 다 들은 테베가 물었다.

"그게 무슨 소리야?" 시몬이 물었다.

"아니, 그렇잖나, 형벌은 격리를 위함이던가?" 테베가 말했다.

"격리를 위함이지." 시몬이 대꾸했다. 시몬은 단호했다. 따로 생각해 볼 건더기도 없다는 생각이, 시몬을 그렇게 만들었다. 인간들은 다름 아닌, 약자를 보호하기 위해 그 위험한 사람들을 가두고 있는 것이었다. 그것은 인간이 일궈 낸 아름다운 업적이었다! 썩 훌륭하지 않은가?

시몬이 갑작스레 킥킥대며 말했다, "따지고 보면 신의 업무를 조금 덜어 주는 거지. 생각해 봐, 테베. 어찌 되었건 저놈들은 지옥에 떨어지게 될 거야. 아무리 신이라고 해도 전부 구분해 내는 게 얼마나 힘들겠나? 그런데 우리가 저 악랄한 놈들을 미리 가둬 버리면, 신도 조금 편해질 수 있는 거지. 자네도 알고 있다시피 요새 들어 세상이 좋아져서 말이야, 어떤 놈이 전과를 가진 놈인지 쉽게 알 수 있잖나?" 시몬은 혼자서 웃음을 조금 터뜨렸다, "그럼 신은 전과 기록을 훑기만 하면 되는 거야. 그렇지 않겠나?"

테베는 시몬의 재미없는 헛소리를 가만히 바라봤다.

"찢어 갈겨!"

그때, 술집 밖에서 누군가가 크게 소리쳤다. 고요한 술집의 고요한 분위기에 힘입어, 그 외침은 모두의 주목을 앗아 갔다. 그것은 도망치던 도둑놈을 붙잡은 경찰들에게 보내지던 함성이었다. 응원에 힘입은 경찰은 평소보다 과장된 몸짓으로 도둑놈을 한껏 두들겨 패 버렸다.

"오 맙소사," 테베가 작게 중얼거렸다.

도둑놈의 얼굴은 시뻘게지기 시작했다. 피가 얼굴을 뒤덮기 시작했던 것이다. 경찰들의 대응이 심하다 싶을 정도의 체벌이 된 지도 시간이 꽤 지나갔지만, 사람들 중 아무도 그 사실을 문제 삼지 않았다. 곤봉에 두들겨 맞고 있는 도둑놈은 하나의 눈요깃거리에 지나지 않았다.

"본때를 보여 줘!" 누군가가 또다시 소리 질렀다.

죄수의 피부를 타고 흐르던 핏물은 이제 사방으로 튀기 시작했다. 그의 얼굴은 마치 모래성이 뭉개지듯, 조금씩 무너져 갔다.

"오, 제발 뭘 먹고 있을 때만큼은 저러지 않아 줬으면 좋겠는데," 시몬이 줄곧 입에 넣던 자그마한 말린 과일을 내려놓으며 말했다.

"시몬, 저 광경을 좀 보게. 형벌은 과연 격리를 위한 것이던가?" 테베가 물었다.

시몬은 한숨을 쉬며 대꾸했다.

"자네가 무얼 말하고 싶은 건지는 알아. 얼마 전까지 나라에서 지껄이던 말을 하고 싶은 것 아닌가? 저놈들도 인간이라고 말이야. 그런데 그게 정말 맞는 말인가? 저놈들은 인간이 아니야."

"아니, 시몬. 나는 그런 걸 말하고 싶었던 게 아니야." 테베가 말했다, "나는 그저, 정확하게 짚고 싶은 거야. 감꾼들이 감옥을 넘겨받고 나서

저런 일들이 더 빈번해졌어. 아무리 범죄자들이라도, 저렇게 길가에서 두들겨 맞고 있는 일은 분명 정상적이지 않은 일 아닌가?"

"아니, 뭐. 너무 골치 아픈 얘기야." 시몬이 말했다, "나는 그런 생각을 즐기지 않는다고, 테베."

"자네 말대로 골치 아픈 얘기일 순 있지만, 또 동시에 필수적인 얘기지. 생각해 봐, 시몬. 모두가 비정상이라고 해서 비정상이 정상이 되는 건 아니잖나," 테베가 말했다.

"나는 그런 거엔 관심이 없네. 그냥 즐기면 그만이니까 말이야." 시몬이 대꾸했다.

테베는 조금 실망한 눈치였다.

"게다가 나는 저게 비정상이라고 생각하지 않는다고, 테베. 죄수 놈이 두들겨 맞는 건 완전히 정상적인 일이야." 시몬이 두들겨 맞고 있는 어느 현행범 놈을 가리키며 대꾸했다.

"그래?" 테베가 물었다.

"응." 시몬이 대꾸했다.

"그럼 이건 어떤가, 시몬. 내가 놀라운 사실을 주워들은 적이 있어. 예전에는 감옥에 노숙인들도 가둬 버렸다지." 테베가 말했다.

"노숙인들을?" 시몬이 물었다, "그런데 그런 일이 있었다고 해도, 너무 옛날 일일 것 같은데,"

"이백 년도 더 지난 일이야." 테베가 고개를 작게 끄덕이며 대답했다, "그런데 왜 그런 건 줄 아나?"

"왜 노숙인들을 가둔 거냐고?" 시몬이 되물었다.

"그렇지." 테베가 말했다.

"글쎄, 잘 모르겠는데," 시몬이 시큰둥하게 대답했다.

"간단해. 왜냐면 그때에는 노숙도 죄였기 때문이야." 테베가 말했다, "물론 정확히 들어맞지는 않지만, 그때에는 부지런하지 않고 게을렀다는 것도 죄였다는 거야. 성서에 그런 비슷한 얘기가 쓰여 있었다는 이유 때문이었지."

"흥미롭네." 시몬이 말했다.

"흥미롭지. 그런데 이건 그렇게 작은 흥미만 느끼고 넘어가도 되는, 그런 단순한 게 아니야, 시몬. 그 흥미는 보다 복잡한 상황에서 드러나지. 지금은 게으르다 해서 가둬 버리지 않아. 그런데 그 시절의 사람들은 그것을 진정 죄라고 생각했다는 거야." 테베가 말했다.

"그래서, 자네는 그때의 사람들이 틀렸다고 말하고 싶은 건가?" 시몬이 물었다, "자네가 그 사람들이 틀렸다고 말하고 싶은 거라면, 동의하네. 그 사람들은 틀렸어. 그런데 나름 그럴 만하지 않나? 너무 오래전이니까 말이야, 죄에 대한 생각이 우리와는 많이 다를 수도 있지."

"선과 악은 시간이 지난다고 해서 달라지는 게 아니라고, 시몬. 그런데도 지금과 그때의 선과 악에 대한 생각은 그렇게나 달랐다는 거야." 테베가 대꾸했다. "이백 년도 더 된 얘기라고 했지?"

"맞아." 시몬이 대꾸했다.

"이백 년도 더 되었다는 사실이 중요한가? 그게 과거였다는 사실은 아무런 의미도 갖지 못해." 테베가 말했다.

"그게 무슨 소리야?" 시몬이 물었다.

"반성하지 않으면, 과거는 곧 현재이고, 또 미래란 말이지. 차이가 없다는 소리야." 테베가 말했다. "그때의 사람들이 틀렸다고 말하고 싶은 거냐고? 아니, 아니야. 나는 그때 사람들이 틀렸다고 말하고 싶은 게 아니라네. 나는 지금, 우리가 틀렸을지도 모른다는 소리를 하고 있는 거야." 테베가 말했다.

"그건 또 무슨 이상한 소리야? 게으름은 죄가 아니야, 테베. 지금 우리가 게으른 놈들을 가두지 않고 있는 게, 틀린 것일지도 모른다고? 그럼 자네는, 우리도 그 멍청한 옛날 사람들처럼 게으른 사람을 가둬야 한다고 말하고 싶은 건가?" 시몬이 물었다.

"아니." 테베가 말했다, "나는 그런 일차원적인 얘기를 하고 있는 게 아니야."

"그럼 그게 무슨……,"
그런데 시몬은 말을 멈췄다. 그는 서둘러 화제를 돌려야겠다고 생각했다. 테베가 알 수 없는 말을 한번 시작하면, 다음 날 아침까지 붙들고 떠들어 대기 때문이었다.
"아, 근데 결혼 생활은 어떤가," 시몬이 화제를 돌리며 물었다.

"나쁘지 않아. 정확히 말하면, 최고지." 테베가 말했다, "누구는 아이가 생겨야 결혼의 완성이라던데, 나는 좀처럼 그럴 마음이 없어. 다행히 내 아내도 그렇지."

"그렇지만 그러면 사람들이 자네를 이상하게 생각할지도 모르겠는데," 시몬이 말했다. "자네도 알고 있다시피, 아이가 없는 사람들은 여자건 남자건 둘 중 하나가 몸에 이상이 있는 거잖나."

테베는 웃음을 터뜨렸다.
"시몬, 나와 내 아내는 신체적으로 아무런 하자가 없어. 정신적으로도 그렇지."

"그렇지만 그 사실을 아무도 알아주지 않을걸?" 시몬은 얼굴을 조금 찌푸리며 덧붙였다, "진실이 어떤지는 아무것도 모른 채로, 뒤에서 수군거리겠지."

테베가 시몬을 가만히 쳐다봤다.

"아니 왜, 그렇지 않나, 나는 자네를 꽤나 좋아하지만, 만약 내가 자네를 알지 못했더라면 말이야, 나라도 다른 사람들과 똑같이 생각하고 있었을 거야. 자네가 낯 뜨거운 장애를 가지고 있다고 생각하겠지." 시몬이 말했다, "억울하지 않나? 자네는 너무나도 정상인데, 다른 사람들은 자네를 정상이 아니라고 생각하게 될 것이 뻔하니까."

테베가 말없이 고민에 잠겼다. 술집은 조용했다. 그런데 동시에, 전혀 조용하지 않았다. 사람들은 언제나 그렇듯, 떠들어 대고 있었다.
테베가 말했다,
"내가 알잖나."

얼굴이 피범벅이 되어 버린 도둑놈은 마침내 팔 두 짝이 묶여 가만히 연행되고 있었다. 경찰을 응원하던 사람들은 모든 것이 끝났음을 깨닫고 뿔뿔이 흩어졌다.

그 광경을 바라보던 테베가 말했다,
"일어나지."
시몬은 고개를 끄덕였다.

시몬과 테베는 계산을 마치고 각자의 집으로 돌아가기 시작했다.

"그런데 테베, 자네는 거기서 어떤 일을 하는 건가? 감옥에 관련된 일 말이야. 아직 한 번도 자세히 들어 본 적이 없는 것 같은데," 걸음을 옮기며 시몬이 물었다.

"아, 그렇지." 테베는 고개를 조금 끄덕였다, "원래라면 난 내 업무를 다른 사람들에게 떠들어 대지 않아, 시몬." 테베가 시몬을 바라보며 말했다, "그런데 자네는 이제 곧 그 세탁물 수거꾼의 일을 하게 될 테니까 말이야, 알려 주지.

"그 일을 할지 말지는 내일 결정할 거야." 시몬이 대답했다.

테베는 시몬을 또 잠깐 동안 바라보더니, 계속했다,
"나는 감시하는 일을 하고 있지. 감꾼 모임 안에서 경찰 역할과 기자 역할과 검사 역할을 동시에 하고 있다고 생각하면 편할 거야." 테베가 말했다, "문제가 있는 감옥에 가서 사진을 찍고, 분석할 상황 건덕지들을 만들어 내고, 감꾼 모임에서 높은 자리를 차지하고 있는 사람들에게 일러바치지. 나는 고발꾼인 거야." 테베는 하늘을 처다보며 잠깐 동안 생각을 하더니, 덧붙였다. "암, 고발꾼이고말고." 테베는 이왕의 표현이 마음에 들었던 모양이다.

"그러니까……, 내부고발자 같은 거군." 시몬이 말했다.

테베가 조금 웃으며 "그렇지."라고 했다, "그런데 완전히 같지는 않아. 나는 내부의 문제를 외부에 일러바치고 있는 게 아니니까. 나는 오히려 내부의 문제를 또다시 내부에 일러바치지." 테베가 말했다.

"오, 맙소사. 그렇게 말꼬리 물지 말고 그냥 지나쳐도 될 말이었어." 시몬이 작게 웃음을 터뜨렸다. "그런 습관 좀 고치게. 대화를 그만하고 싶어지잖나."

테베도 조금 웃으며 "미안하네."라고 했다. 그러고는 조금 고민을 하더니, "근데 그 고발꾼 일은 그리 쉬운 일이 아니야. 나는 감꾼이었던 적이 단 한 번도 없지 않나? 감꾼들은 나를 보며 수군거리지. '감꾼도 아닌 녀석이 우리를 감시한다'라며 말이야. 그들이 나를 무시하는 건 생각보다 흔한 일이지. 아니, 따지고 보면 나를 정당하게 대우해 주는 감꾼은 손에 꼽을 정도로 적다네. 그런데 뭐, 결국 결과적으로는 내게 복종할 수밖에 없지만 말이야. 내가 하는 업무의 성격 때문인지, 내 상관으로 있는 감꾼은 꽤 권력이 있는 사람이거든. 권력이란 것은 생각보다 별게 아니야, 시몬. 복종해야 할 놈에게 복종하고, 복종시켜야 할 놈에게는 복종시키는 게 전부야. 그 관계를 잘 생각해 보기만 하면 말이야, 권력관계에서 당당하게 행동할 수 있는 거지."

"그렇지." 시몬이 동의했다.

"자네가 세탁 수거 일을 마치고 어떤 일로 배정될지는 모르겠네. 그렇지만 더 나아질 것이란 것은 확실해." 테베가 말했다.

"내일 결정하겠다니까," 시몬이 말했다.

"두말하면 잔소리야. 이미 자네를 추천하고 왔네." 테베가 각자의 집으로 가는 갈림길을 쳐다보며 말했다.

"오, 자넨 항상 이런 식이었어." 시몬이 말했다.

"그런데 그건 자네도 마찬가지야, 시몬." 테베가 말했다.

그는 시몬에게 담배 한 대를 건네고 자신도 한 개비 물었다. 원래 그 둘은, 작별 직전에 그렇게 담배를 나눠 피고는 했다. 그것은 작별 인사 대신이었다.

"내가 자네를 알고 지낸 지도 너무 오래되지 않았나?" 테베가 웃어 버렸다, "내일 자네는 그 세탁물 수거 일을 하겠다고 말했을 거야. 자네는 딱히 문제가 없다면야, 그냥 받아들이니까."

따지고 보면 일리 있는 말이었다. 시몬이 술집에서 '내일까지 결정하겠다'고 한 것은 테베의 선의를 덜컥 받아들이기 미안했기 때문이었을 뿐, 별다른 이유가 없었기 때문이다.

"시몬. 자네에게 이런저런 잔소리를 하고 싶은 건 아니지만 말이야," 테베가 담배를 문 채로 웅얼거리며 계속했다, "딱히 아무 문제가 없다고 해서 전부 긍정해서는 안 되네."

시몬이 테베를 가만히 바라봤다. 시몬은 표정으로 그 이유를 묻고 있었다.

"아," 시몬의 표정을 목격한 테베가 덧붙였다, "그러는 게 습관이 되어 버리면 말이야, 자네가 도대체 무슨 생각을 가지고 있는지 영원히 깨닫지 못하게 될 테니까."

2

시몬은 테베가 말한 대로, 테베가 그를 추천한 지 이틀째 되는 날부터 세탁물 수거꾼의 근무를 시작했다. 시몬은 진부한 면접도 없이 바로 배정되는 일자리에 의아스러움을 느꼈다. 그런데 테베는 "원래 이곳이 이렇네. 프롬의 입맛에만 맞는다면야,"라는 짧은 설명을 덧붙일 뿐이었다.

"프롬?" 시몬이 물었다.

테베는 시몬에게, "아, 내 상관이야. 전에도 말했다시피 감꾼들 중에서 가장 잘나가는 편에 속하지."라고 했다.

시몬이 배정된 감옥은 그의 보금자리에서 그다지 멀리 떨어지지 않은 곳이었는데, 화물을 실을 덩치 큰 자동차로 한 시간 남짓이 걸리는 곳이었다. 그런데 시몬이 그 정도 크기의 자동차를 가지고 있던 것은 아니었다. 때문에 시몬은 다소 막막함을 느끼고 있었다. 그런데 시몬이 그 막막함을 테베에게 털어놓기도 전에, 테베는 자신의 상관에게 자초지종을 설명하여 큰 자동차를 지급해 주었다. 시몬은 그 자동차가 단순히 업무용으로 지급된 것인 줄로만 알고 있었는데, 이후에 테베가 말해 준 바에 따르면 테베의 상관이 그냥 하나를 선물로 준 것이라고 했다. 시몬은 그 감꾼에게 고마움을 느끼면서도, 새삼 감꾼들의 재력은 생각보다 더 대단했다는 생각을 했다.

덧붙여서, 세탁물 수거꾼의 일은 시몬의 예상보다 심기 불편한 것이 아니었다. 시몬은 감옥을 들락거리는 행위 자체에 모종의 불편함을 느끼고 있던 것이었는데, 수거꾼의 업무는 감옥 입구 즈음 정도만 들락거리는 것으로도 충분히 끝마칠 수 있었기 때문이다.

근무 첫날에 시몬은 그가 배정된 감옥의 감꾼과 이야기를 조금 나눴다. 그는 시몬과 썩 맞지 않는 사람이었는데, 그 감꾼이 수다쟁이였기 때문일 수도 있다. 게다가 그 잘난 척이란! 아무리 남의 이야기를 듣는 것을 즐기는 사람이라도, 그 감꾼과 대화를 나누고 있노라면 불쾌감에 휩싸일 것이다. 그 감꾼은 시몬과의 어색한 첫 만남에도 자신은 대단한 존재이고, 놀라운 존재이고, 집에는 고급 승용차 여러 대가 있다고 자랑질했다. 워낙에야 그 사실에 관심이 없던 시몬은 성의 없는 대답을 하고 묵묵히 세탁물을 걷어 갈 뿐이었다. 돈이 많은 사람이 하는 돈자랑만큼 이상한 자랑이 없다.

그런데 서너 일 정도 지났을 때였나, 시몬은 자신의 업무에 무언가 정상적이지 않은 특징이 있다는 생각을 했다. 그가 걷어 가는 세탁물이 전부 다 시뻘건 피범벅이었던 것이다. 물론 죄수들이 매를 맞는다는 사실은 익히 보고 들어 잘 알고 있었다. 그런데 정말 하나도 빠짐없이 모든 죄수복에 피가 묻어 있는 것은 차마 예상치 못했던 것이다. 마치 죄수들을 한 줄로 세워 놓고는, 일부러 피를 뿌려 대도 그러진 못할 정도였다.

"네. 다 제 감옥에서 한 겁니다. 제 업적이지요. 대단하지 않습니까?" 한 명도 빠짐없이 전부 매질하느냐고 물은 시몬에게, 감꾼이 대답했다. 그는 징악의 주체가 된 자신을 자랑스럽게 생각하고 있었다. "그런데 이 아름다운 일도 곧 막을 내리겠군요. 이 감옥을 다른 사람에게 처분했거든요. 당신과 대화를 나눌 일도 얼마 남지 않았습니다."

"왜죠?" 시몬이 물었다.

"세상의 이치가 그렇습니다. 이제 각자의 자리로 돌아가는 거죠. 저는 다시 세상을 바꾸는 사람으로, 당신은 세탁물이나 가져가는 그저 그런 사람으로." 감꾼이 예의 없는 말을 아무렇지도 않게 내뱉었다.

시몬은 기분이 조금 나빠졌지만, 그 감꾼에게 갑자기 대들었다가는 문제가 생길 수도 있겠다는 판단을 했다. 시몬은 기분을 스스로 조금 누그러뜨리고는, 대답했다.
"아뇨, 그걸 물어본 게 아닙니다. 제가 궁금한 것은, 왜 이 감옥을 팔아넘겼냐는 겁니다."

"아, 생각보다 죄수들은 일을 잘 못해요. 아니, 예상대로 일을 잘 못
하죠." 감꾼은 고개를 돌려 철 울타리 안쪽을 넘어다봤다. 피 칠갑을
한 죄수 몇몇이 절뚝대며 걸어가고 있었다. "멍청한 놈들."

"그렇군요." 시몬이 대꾸했다.

"게다가 저렇게 온몸에 피를 칠하고 돌아다니면 냄새가 장난이 아닙
니다. 가까이만 가도 구역질이 쏟아지죠." 감꾼이 그 죄수들을 바라보
며 덧붙였다. 감꾼은 고개를 돌려 시몬을 바라봤다, "당신이 사업을 하
는 날이 온다면 명심하시는 게 좋을 겁니다. 정상적인 가정에서 커 온
사람들이 업무도 잘하는 법이란 사실을 말이죠. 고아, 장애인, 학대 가
정에서 커 온 사람은 여러모로 형편없어요." 감꾼이 말했다.

"그 사실은 이미 잘 알고 있었습니다. 상식이니까요." 시몬이 대꾸했
다.

"다행이군요." 감꾼이 시몬에게 툭 말했다, "그런데 죄수들 중에서는
그런 정상적인 가정을 가지고 있는 사람이 거의 없습니다. 대부분 그
들이 어렸을 적부터 어려운 형편이었죠. 어렸을 적에 부모에게 사랑을

못 받고선, 그 대신에 따귀를 맞은 사람들입니다." 감꾼이 덧붙이며 조금 웃어 댔다.

"그렇군요." 시몬이 대꾸했다.

"네. 정말 그렇습니다. 그래서인지 이 사업은 좀처럼 확대되질 않아요. 끽해야 유지하는 것이 답니다. 그렇지만 저는 유지되는 것으로 만족을 하는 사람이 아닙니다. 제게는 야망이 있죠. 저는 언젠가 세계 최고의 사업을 할 겁니다. 제가 필요한 건 특별하고, 놀라운 일꾼들입니다. 단순 생산 업무도 힘겨워하는 저따위 하등한 일꾼들이 필요한 게 아니란 말입니다." 감꾼이 말했다.

"지당하신 말씀입니다." 시몬이 성의 없게 대꾸했다. 이제 슬슬 시몬은 이 잘난 척 덩어리인 감꾼과의 대화가 끝나길 원하고 있었다. 그러나 이 대화를 시작한 것은 다름 아닌 자신이었기에, 그만 저리 가 달라는 부탁을 할 수 없었다.

"감옥 사업 일은 제 야망을 결코 만족시키지 못합니다. 말했듯이 일꾼들의 문제도 있지만 말이죠, 감꾼 모임 자체에 문제도 있죠." 그 감꾼이 말했다.

시몬은 그 사람을 가만히 쳐다봤다.

"사업을 하는 데 있어서 가장 중요한 게 뭔지 압니까?" 감꾼이 시몬에게 물었다.

"당신이 말한 대로, 특별한 일꾼들이겠죠." 시몬이 대꾸했다.

"아뇨, 아뇨." 잘난 척쟁이 감꾼이 손을 가로저었다.

"물론 그것도 중요하긴 합니다. 그렇지만 더 중요한 건 다른 거죠. 이런 맙소사, 기분 나쁘게 할 의도는 없습니다만, 당신이 사업을 하고 있는 탁월한 사람이었으면 좋겠군요. 설명하기 더 쉬울 테니까 말이죠."

시몬은 딱히 아무런 말을 뱉지 않았다. 어떤 말도 적합하지 않은 것 같았기 때문이다.

그 감꾼은 시몬의 건조함에는 아랑곳하지 않고 계속했다.

"경쟁자들입니다. 사업을 하는 데에 있어서 중요한 것은 같은 사업을 하고 있는 다른 사업가들이죠. 당신은 아마 감꾼들이 그저 그런 돈 많은 사람들이라고 생각할지도 모르겠지만, 실상은 아주 다릅니다. 감꾼들은 마치 유기체처럼 움직이죠. 마치 자연처럼 움직인단 말입니다."

"'유기체'라고요?" 시몬이 조금 웃으며 말했다. 드디어 시몬은 자신과 대화를 나누고 있던 이 감꾼이, 같잖은 말이나 떠들어 대는 사람이란 걸 깨달은 것이다. 그 깨달음 덕에 시몬은 알 수 없는 우월감에 젖기 시작했다. 마치 어린아이의 영웅담을 옅은 미소에 녹여 들어 주던 늙은이같이, 그냥 그렇게 들어 주고 있었을 뿐이다.

"네, 바로 그거죠. '유기체'. 한번 상상해 보시지요. 어느 유기체가 오른쪽 팔만 우람한 겁니다. 그러면 어떤 일이 발생하겠습니까?" 감꾼이 물었다.

"글쎄요, 그런 생명체를 본 적이 없어서요." 시몬이 대꾸했다.

"뻔한 일입니다. 왼쪽 팔도 자연스레 커지기 마련입니다. 물론 오른쪽 팔만큼 커지진 않겠지만, 어느 정도는 커지기 마련이죠." 감꾼이 말했다, "게다가 우람했던 오른쪽 팔은 또 어떻겠습니까? 왼쪽 팔만큼은 아니겠지만, 어느 정도 얄쌍해지게 됩니다."

"그렇습니까?" 시몬이 세탁물을 휙 던져 싣고서는, 하늘로 눈알을 굴리며 대꾸했다, "그럴 것 같긴 하군요."

"그렇죠." 감꾼이 말했다, "여기서 중요한 것은 '균형'입니다. 자연적인 것들은 서로 균형을 맞추려 든다는 사실이죠."

"그래서, 그게 사업과 무슨 연관이 있는 겁니까?" 시몬이 물었다.

"바로 그겁니다." 감꾼은 손가락을 딱 하고 튕기며 말했다, "'균형.' 감꾼 모임은 어느 한 감꾼이 특히나 잘나가는 것을 원하지 않아요. 서로 그냥저냥 사업히는 걸 원하죠. 어떤 감꾼이 꽤나 탁월해서, 자신의 사업을 크게 번창시키는 것을 원하지 않는단 말입니다. 만약에 어떤 감옥의 사업이 꽤나 잘나가는 상황이 오면 그들은 곧바로 회의를 진행하죠. 거기서 이러쿵저러쿵 떠들어 대더니, 말도 안 되는 제재를 가하는 겁니다. 저번에는 저더러 뭐라고 했는지 아십니까? 제 감옥에 죄수들이 너무나도 많다고 하더군요. 저는 그 말을 듣자마자 단번에 그 감꾼들의 생각을 알아차렸죠. 그놈들은 그냥, 제 잘나가는 사업에 배가 아팠던 겁니다. 그놈들이 뭐를 문제 삼고 있건 간에 그놈들이 신경 쓰는 건 부러움과 시기 질투죠. 그들은 강제적으로 제 일꾼의 숫자를 줄여서 제가 가져가던 수익을 줄이고자 한 겁니다. 그런데 실상 제 감옥에는 빈 감방이 수두룩했단 말입니다. 게다가 실제로 죄수들이 너무 많았다 한들, 그것이 저 때문이겠습니까? 밖에서 악랄한 짓을 하는 놈들이 너무 많았기 때문 아니겠습니까?" 그 감꾼이 조금 씩씩거렸다. 그런데 금방 잠잠해지더니, 계속했다, "그런 의미에서 감꾼들은 진정한 사업가들이 아닌 겁니다. 그들은 진정한 경쟁을 원하지 않죠. 감꾼 모임에서 한자리하는 사람들은 낡아 빠진 기계 같은 사람들입니다. 자신의 사업을 번창시키고 싶어 하질 않습니다. 이미 모아둔 돈으로, 괜한 권위를 내세우며 그냥저냥 한 사업을 하는 데에서 만족감을 느낄 뿐입니다. 불쌍한 놈들. 나이만 어렸지, 늙고 병들어 병실에 누워 있는 놈들."

"그랬군요." 시몬이 시큰둥하게 대꾸했다. 그런데 따지고 보면, 괜한 권위를 내세우는 것은 지금 그의 앞에 있는 잘난 척쟁이 감꾼도 마찬가지 아니던가?

"네. 당신같이 그냥저냥 일을 하는 사람들이라면 잘 알지 못하겠지만 말입니다, 유기체 같다는 표현이 좋지 않은 의미를 가지게 되는 경우만큼 슬픈 일이 또 없죠. 글쎄 왜 그런 것 있잖습니까, 자연적이라는 건 좋은 의미여야만 하는데, 유기체 같다는 건 모종의 자연적임을 띠는 것이고……."

그 잘난 척쟁이 감꾼은 팔을 허우적거리며 본인의 멋진 모습을 즐기더니, 이내 시몬의 멍청한 표정을 목격했다. 그 감꾼이 덧붙였다, "아, 아닙니다. 어차피 설명해도 못 알아들을 게 뻔하니까요." 그는 조금 숨을 고르더니 계속했다. "뭐 여튼 간에, 그런 생각이 들자마자 곧바로 처분을 준비했죠. 새로 올 감꾼은 꽤 젊어 보였습니다. 굉장히 조용한 사람이었죠. 그런데 조용해서 보기 좋은 사람들이 있고, 반대로 조용해서 어딘가 무서워 보이는 사람도 있잖습니까? 그는 후자에 가까웠습니다. 아무런 말도 없이 빤히 들여다보는 사람 같았죠. 그가 제 얼굴을 빤히 들여다볼 적에, 아주 잠깐이긴 하지만 저는 그의 기세에 눌려 버렸습니다. 그렇지만 괜찮아요. 어린놈들은 그저 어린놈들일 뿐이니까 말이에요." 감꾼이 말했다. "나중에 당신이 그를 만나게 된다면 아마 제가 느꼈던 감정을 똑같이 느낄지도 모르겠습니다."

"그럴지도 모르죠." 시몬이 대꾸했다. 그렇지만 시몬은 속으로 그 잘난 척쟁이 감꾼의 말대로 그 '새로 올 감꾼'이 조용하다면, 적어도 당신보다야 함께하기 좋은 사람일 것이라 생각했다.

시몬은 세탁물을 실은 트럭 문을 일부러 탁 하고 열며 몸을 실었다. 이제 그만 대화를 끝내려던 것이었다.
그런데 감꾼은 시몬이 시동을 걸고 출발할 때까지 이러쿵저러쿵 떠들어 댔다. 내일부터 그 '새로운 감꾼'이 올 때까지 일주일 남짓 동안 자신은 휴가를 떠날 것이고 자신이 갈 휴양지는 세계에서 가장 아름다운 곳들 중 하나라며 말이다.
시몬은 그 감꾼의 입을 틀어막고 싶었지만 그러는 것보다는 자신이 도망치는 것이 더 빠를 것이라 판단했다. 그는 고개를 까딱하며 인사를 건네고는 냅다 도망쳐 버렸다. 어쩌면 '도망치면 그만'이라던 테베의 말은 다름 아닌 수다쟁이 감꾼에게서 도망치란 말이었을지도 모른다.

3

무코.

여기 불만에 가득 찬 인간 하나가 있다. 시몬에게 잘난 척을 하며 이러쿵저러쿵 떠들어 대던 감꾼에게서 감옥을 사들인 인간. 그 잘난 척쟁이 감꾼이 '새로 올 감꾼'이라 칭한 사람.

내가 그에 대해 이러쿵저러쿵 끄적이고 있기는 하지만, 나로서도 무코의 생각에 대해서는 정확히 알지 못한다. 무코는 신비롭다.

무코를 설명하기에 표류란 말만큼 제격인 것이 없다. 그의 가장 큰 특징은 표류한다는 것이다. 그는 넓게 펼쳐진 사유의 바닷속에 잠겨, 물장구치고 있었을지도 모른다.

얕은 물가에서 발목만을 적셔 본 수많은 자들은 바닷속에 들어가는 것이 마치 행복을 위한 길을 걷는 것과 다름없다고 생각한다. 그들은 직접 해 본 적도 없는 발악을 신성시하며 무책임한 소리를 한다. 생각을 거니는 것은 삶을 풍요롭게 만들어 준다느니 한 단계 더 좋은 인간으로 만들어 준다느니 따위의 헛소리나 지껄이며 말이다. 그러나 실상 사유에 잠겨 표류하는 것은 고통스러운 일이다. 초보적인 사유를 넘어선 거대한 헤엄은 언제나 숨이 차 답답하게 만든다. 너무나도 깊은 물속에 들어가면 모든 빛이 사라지는데, 깊은 표류를 하는 누군가는 무한의 암흑 한곳을 유유히 떠다니고 있단 생각이 들기 마련이다. 당신을 감싸고 도는 무한의 방향에서 오직 한 방향만이 수면이었으니, 깊은 표류는 실상 수면을 허락하지 않고 있는 것이다. 사유는 숨을 채우려 올라가는 이들의 발목을 붙들고 끝없이 내려 당긴다. 간혹 운이 좋아 표면으로 올라간다 해도 속 편한 휴식을 취하기란 어려운 일이다. 어째서인지 표류하는 자들은 곧바로 서둘러 잠수했다. 그들은 스스로의 잠을 직접 쫓아 버렸고, 사랑을 놓아 버렸고, 스스로의 꼭지를 잠가 터져 버리게 했다. 그것은 집착하게 만들고 정신이 빠져 버리게 만들었다. 무코는 실상 빠져 죽고 있었을지도 모른다.

불만을 가진 존재들 대부분은 그 불만을 터뜨리는 데 온갖 주목을 다한다. 먼 예전 아직 프로이데가 사업가들에게 감옥을 맡겨 버리기 전, 프로이데의 대중이 형벌에 대한 불만을 터뜨릴 때에도 그랬다. 그들은 주위 사람들의 주목을 앗아 가며 자신의 불만을 분출한다. 그들은 타인을 불편하게 하고, 큰 목소리로 소리를 질러 대기도 한다. 그들이 진정 관심 있었던 것은 '불만 자체'가 아닌, '불만을 터뜨리고 있는 자신의 모습'이다.

그런데 무코는 그들과는 달랐다. 어쩌면 무코는 불만을 터뜨리는 행위가 아무런 의미도 없다는 사실을 알아차렸을지도 모른다. 무코는 진정, 불만 자체에 관심이 있었을지도 모른다. 무코는 불만을 지닌 채로 멍하니 서 있었다. 그의 행태는 스스로의 모든 관심을 공허하게 만드는 것이었다.

의식이 없는 인식이란 존재하지 않는다고 말한다면 무코를 설명하기에 썩 적절할지도 모르겠다. 무코는 질려 버린 것이다. 무코의 내면을 차지하고 있던 것은 '질려 버렸다'던 의식 하나뿐이다. 그런데 과연 무코가 무엇에 질려 버린 것인지는 본인조차도 알지 못했다. 그런데 어느 한 인간의 의식 속에 자리하고 있는 것이 '질려 버림'뿐이라면, 그 인간은 끝없이 냉소적이게 되어 버린다. 불만은 무관심 속에 꼭꼭 숨어 그 가치를 잃어버리고, 펼쳐지는 현상들은 인식조차 되지 않을 지경에 이른다. 무코는 눈을 뜨고 있었으나 맹인이었고, 귀를 열고 있었으나 귀머거리였던 것이다.

그런데 결과적으로만 보았을 때에 그가 지닌 건조함은 결국 무코 스스로에게 좋은 영향을 미친 것처럼 보인다. 그의 앞에 어떤 불만이 펼쳐지건 간에, 그냥 그렇게 멍하니 서서 바라보기만 하면 되었으니 말이다.

어쩌면 시몬에게 이러쿵저러쿵 떠들어 대던 그 잘난 척쟁이 감꾼이 무코를 '어딘가 무서워 보이는 사람'이라고 칭한 것은 바로 이 때문이었을지도 모른다. 무코는 모든 사람에게 가만히 친절했던 것이다, 그 누구에게도 관심 없었으니.

그나저나 무코는 처음으로 감꾼 일을 하는 것이었다. 그가 감옥 사업체를 꾸려야겠다고 결심한 계기는 사뭇 간단한 것이었는데, 무코는 신경을 많이 쓰지 않아도 그럭저럭 유지되는 사업을 원하고 있었던 것이다. 그리고 그 '신경을 많이 쓰지 않아도 유지되는 사업'으로 감옥 사업체가 제격이었다.

그런데 무코의 관심이 오롯한 사업의 '유지'에 있었다 하더라도, 그것이 '번창'에 대해 부정적인 시각을 가지고 있었다는 것을 의미하지는 않는다. 무코가 부정적으로 생각하던 것은 단지 사업을 위해 주제넘도록 목숨을 거는 것뿐이었다. 과도하게 목숨을 거는 것이 아니라면야, 자연스럽게 번창하는 사업은 유지만 되는 사업보다 좋은 것이었다.

무코가 감옥을 잘난 척쟁이 감꾼으로부터 넘겨받은 후로, 시몬의 세탁물 수거 업무는 조금 수월해졌다. 그는 더 이상 피떡이 된 죄수복을 걷어 가지 않았다. 무코는 다른 감꾼들과는 다르게 죄수들을 매질하지 않고 있었다. 하기야 그는 애초에 대중의 하찮은 존경을 구걸하고 있던 것이 아니었기에, 그들의 같잖은 요구를 들어줄 필요가 없었던 것이다. 그러한 무코의 행태는 그 자신을 무언가 초월해 있는 사람처럼 보이게 했다.

무코가 감옥을 넘겨받고 이끌어 가기 시작한 지도 며칠이나 지나갔다. 시몬은 무코를 꽤 '괜찮은 사람'이라고 생각했다. 전 감꾼과는 다르게 조용한 사람이었기 때문이었을지도 모른다. 그런데 그 둘이 대화를 나눈 적은 거의 없었다. 시몬은 묵묵히 세탁물을 걷었고, 무코는 담배를 태우며 그 광경을 가만히 바라봤다. 그런데 무코가 감옥을 넘겨받은 지 일주일 정도 지난 어느 날에, 평소와는 다르게 무코가 시몬에게 말을 걸어왔다.

"선생님," 무코가 시몬을 불렀다. 워낙에야 '선생님'이란 칭호를 받아 본 적이 없던 시몬은 무코가 자신을 부르고 있던 것인지 조금 헷갈려 했다.

"선생님." 무코가 시몬의 헷갈림을 알아차리고 다시 한번 불러 주었다. 어쩌면 무코는 이름을 모르는 모든 사람들에게 '선생님'이란 칭호를 쓰고 있었고, 그렇게 헷갈려 하는 사람들을 많이 마주쳐 본 모양이었다.

세탁물을 던져 싣던 시몬은 행동을 멈추고 무코를 우두커니 바라봤다. 그간 자세히 살펴본 적이 없어 몰랐지만 그는 깔끔한 외모를 가지고 있었다. 더군다나 그가 뒤집어쓴 간결한 모자는 그의 얼굴에 그늘을 만들고 외모를 드문드문 드러냈으니, 그의 앞에 선 사람들은 무의식적으로 그의 얼굴을 발굴해 내려 애를 썼어야만 했다. 그리고 바로 그런 점이 무코의 신비로움을 배로 만들었다. 무코의 앞에 우연적으로 선 사람들은 그의 눈치를 볼 수밖에 없었다. 그는 어딘가 특별해 보였다. 무코가 혼자만의 세상을 살고 있는 것 같았다고 말한다면, 여간 진부한 소리일 것이다. 그런데 무코는 그런 진부한 소리보다는 조금 더 특별해 보였다. 무코는 다른 사람들이 전부 살고 있는 똑같은 세상에, 덩그러니 놓여 있는 것 같았다. 그는 실상 혼자가 아니었지만 혼자인 것처럼 보였고, 실상 혼자였지만 혼자가 아닌 것처럼 보였다.

　이것은 단순히 무코가 다른 사람들과 아무런 대화를 하지 않는다는 것을 의미하지 않는다. 무코가 그다지 수다쟁이였던 것은 아니었지만, 다른 사람들과 소통하는 데에 있어서는 아무런 하자가 없었다. 무코가 특별해 보이던 것은 오히려 다른 이유에서였을 것이다. 그것은 그가 지닌 냉철함과 건조함이 그의 행색과 결합하여 이끌어 내는 신비로움이었을 것이다.

　무코는 대답조차 보내지 못하고 있던 시몬에게 양해를 구하더니, 세탁물을 뒤적거렸다. 시몬은 그 광경을 멍하니 바라봤다.

　"선생님, 일하는 데 불편한 점이 있으십니까?" 세탁물을 잠깐 뒤적거리던 무코가 물었다.

　"시몬입니다." 시몬이 드디어 대꾸했다.

　"네. 시몬." 무코가 대꾸했다.

　시몬은 조금 고민하더니, 이왕에 무코가 던진 질문에 대답했다. "아뇨, 불편한 점은 없습니다. 오히려 요새 들어 조금 편해졌죠."

무코는 시몬을 멍하니 바라봤다. 그 이유를 묻고 있던 것이었다.

"당신이 감옥을 넘겨받은 이후로, 피범벅 진 죄수복을 걷어 갈 필요가 없어졌으니까 말입니다." 시몬이 말했다, "여간 적응하지 못하겠더군요. 다른 사람의 피를 만지는 일에 말입니다."

"전에는 그런 경우가 많았습니까?" 무코가 물었다.

"매일이 그랬죠." 시몬이 담배 한 대를 물며 대꾸했다, "죄수들은 매를 맞아야 하니까 말입니다. 당신은 죄수들을 매질하지 않는 것 같긴 합니다만,"

"무코입니다." 무코가 자신의 이름을 시몬에게 알렸다.

"네, 무코 씨." 시몬이 대꾸했다.

"당신이 맞습니다, 시몬. 저는 죄수들을 매질하지 않아요." 무코가 말했다.

"희한한 일이군요." 시몬이 툭 말했다. 시몬은 전부 다 실은 세탁물을 단단히 동여맸다.

"그 어디에도 죄수를 매질해야 한단 법이 없으니까요." 무코가 그 모습을 바라보며 말했다.

"그야, 그렇긴 하죠." 시몬이 대꾸했다. "그렇지만, 죄수들을 매질하지 않고 가만히 놔두면 일을 하기나 합니까?" 시몬은 눈동자를 굴려 하늘을 바라보더니, "글쎄요, 아마 뺀질거릴 게 뻔한데요."라고 했다.

"그 부분은 저로서도 꽤나 애먹고 있는 부분입니다. 기본적인 것마저 박탈당한 존재들은 아무런 의욕도 남아 있지 않은 것 같더군요." 무코가 대답했다.

시몬은 무코가 자신의 벗 테베와 얼추 비슷한 부류의 사람이라 느꼈다. 대부분의 사람들이라면 아무런 생각도 하지 않았을 법한 주제를, 너무나도 당연하다는 듯이 말하고 있었기 때문이다. 어쩌면 그도 꽤나 많은 책을 읽었고, 꽤나 쓸데없는 것들에 관심이 많았던 모양이다.

무코의 말을 잘 알아듣지 못한 시몬은 아무런 대꾸도 보내지 못했다. 그런데 무코는 그 사실에 대해 아무런 관심이 없었다. 무코는 그런 반응에 익숙했을지도 모른다.

"그런데 내일부터 며칠 동안은 당신의 업무가 조금 껄끄러워질지도 모르겠습니다, 시몬." 무코가 말했다.

"매질하시려고요?" 시몬이 물었다.

무코가 조금 웃으며 손사래를 쳤다. 웃음과는 거리가 멀어 보였던 무코가 웃음을 내보여서였나, 시몬은 뿌듯한 감정이 들었다.

"아뇨, 꽤 규모가 큰 공사를 할 예정이라서 말입니다. 며칠간은 흙먼지를 뒤집어쓴 옷을 맡게 될 겁니다." 무코가 말했다.

"공사라……, 하기야 맞습니다. 새로 왔으니 마음에 안 드는 부분이 있었겠지요." 시몬이 말했다.

"네. 아마 공사가 끝나면, 아무런 의욕이 없던 죄수들이 그나마 일을 하게 될지도 모릅니다." 무코가 말했다.

"그게 공사와 관련이 있는 것입니까? 죄수들의 의욕과 말이죠." 시몬이 물었다.

무코는 잠잠히 고민을 하고는, 말했다.

"글쎄요. '죄수들의 의욕'이라고 칭하면 아무런 연관이 없어 보입니다. 그렇지만 제 '직원들의 의욕'이라고 한다면, 이번 공사와 다분한 연관이 있어 보이는군요. 결과는 지켜봐야겠지만 말이죠."

시몬은 평소와 다르게 호기심이 조금 일기 시작했다. 공사와 의욕이 어떤 연관을 가지고 있다는 건지 통 알아차릴 수 없었기 때문이다. 게다가 무코의 말들은 하나같이 알쏭달쏭한 문제 같았다는 것, 시몬이 무코를 인간적으로 마음에 들어 하고 있었다는 사실도 그 호기심을 일게 하는 데 한몫했을 것이다.

"익히 들어 잘 알고 있었지만, 정말로 이런 구조를 갖고 있을 줄은 몰랐습니다." 무코가 계속해서 말했다.

"뭐 말씀이시죠?" 시몬이 물었다.

"이 감옥의 구조 말입니다." 무코가 그의 품에서 파란 바탕에 이것저것 그림이 그려져 있고, 또 수치가 쓰여 있는 설계도를 꺼내 보였다. "한동안 유행했던 감옥 구조라는 것은 알고 있었지만, 실제로 보니 감회가 또 새롭군요. 판옵티콘 말입니다."

"오, 이런 무코 씨. 정말 죄송한 말이지만, 저는 설계도를 볼 줄 모릅니다. 게다가 감옥 구조에 대해서도 모르죠." 시몬이 말했다.

"알고 있는 게 더 이상한 일일지도 모릅니다. 이 구조를 아는 사람들은 설계자와 감꾼들, 그리고 죄수들밖에 없으니까요. 설계자나 감꾼이 아닌 당신이 이 구조를 모른다는 것은, 당신이 적어도 죄수는 아니라는 뜻이 됩니다." 무코가 말했다.

시몬은 무코의 설명이 느닷없이 긴 부연 설명이라고 생각했지만, 뭐, 따지고 보면 그것은 시몬의 기분을 염려한 무코의 배려였을지도 모른다. 시몬은 고개를 작게 끄덕였다.

시몬의 끄덕거림을 확인한 무코는 말했다, "여러모로 정이 안 가는 구조이지요. 모든 설계는 오직 감시에만 초점이 맞추어져 있습니다. 가운데에 거대한 기둥을 세우고, 그곳에 간수를 배치하죠. 그러고는 모든 감방을 그 기둥을 향하도록 빙 둘러싸게 만든 겁니다. 이런 구조를 가진 감옥에서는, 한 곳에서 감방 전부를 감시할 수 있게 됩니다."

시몬은 무코의 설명을 듣고선 철 울타리 너머를 넘어다봤다. 지금껏 별다른 관심이 없어 알아차리지 못했었지만, 이제 보니 감옥 정중앙에는 거대한 탑이 세워져 있었고, 그 주위를 빙 두르며 감방들이 다닥다

닥 붙어 있었다. 시몬은 속으로 이런 의문이 들었다,

"그렇지만 그러면, 간수 하나가 감시해야 할 감방 수가 너무 많아지지 않습니까? 눈알이 스무 개라도 모자라겠군요." 시몬이 말했다.

"아뇨. 사실 그 기둥에 간수를 배치하지 않아도 됩니다. 그냥 불투명한 창을 달아, 그 기둥 꼭대기가 보이지 않게끔 만들어 주기만 하면 되죠. 그럼 죄수들은 알아서 행동을 조심하게 됩니다. 언제나 감시당하고 있다는 감정을 갖게 되거든요. 이 감옥이 유행하는 것도 바로 그 때문이지요. 감시의 효율이 대단했기 때문입니다. 사람들이 드디어, 감시라는 것은 단순한 감정일 뿐이라는 사실을 알아차린 겁니다. 놀라운 일이죠." 무코가 말했다.

"그러면 당신으로서는 더 잘 된 일 아닙니까? 저놈들을 감시하기 위해 단 하나의 간수도 쓸 필요가 없으니까요." 시몬이 말했다.

"아뇨, 시몬. 아까도 말했듯이, 제 사업을 이끌어 가는 존재들이 죄수라고 생각하면 당신의 말이 맞겠지만, 그 똑같은 존재들을, 제 사업을 이끌어 가는 직원이라고 생각하면 많이 달라지죠. 정확히 말하면 정반대가 됩니다. 좋은 업무 효율을 내는 직원들은 감시받고 있는 존재들이 아니거든요. 오히려 자유롭고 인간적인 삶을 살고 있는 존재들이죠." 무코가 말했다, "언젠가 그런 기사를 본 적이 있거든요, 시몬.

직원들은 감시받고 있다고 느끼는 순간 효율이 낮아진다는 기사를 말이죠."

"그런 의미라면 당신의 말이 맞는 것 같군요, 무코. 그렇지만 여긴 감옥이에요. 저놈들은 실제로 죄수들입니다." 시몬이 말했다.

"네. 바로 그 점이 저를 고민에 빠지게 만드는 겁니다. 명확한 고민이죠. 저들은 죄수이자 직원일 수 있는가?" 무코가 허공에 대고 저울질을 하며 말하더니, 이내 팔을 내리며 작은 한숨을 내쉬었다, "제 시도에 대한 결과는 두고 봐야겠지만 말입니다." 무코는 마른세수를 한 번 하더니, 담배 한 대를 물었다. 그것은 대화의 끝을 슬슬 알리는 것이었다.

"당신이 오기 전에 있던 감꾼이 당신을 조용한 사람이라고 했었는데, 생각보다 썩 유쾌하시군요." 시몬이 세탁물을 전부 실은 차 문을 획 열며 말했다.

"꽤나 오랜만의 일입니다." 무코가 말했다, "혼자만의 생각으로 답이 내려지지 않으면, 가끔씩 이렇게 떠들어 대죠."

"네." 시몬이 차에 몸을 실으며 작별했다.

4

무코가 시몬에게 말한 대로, 시몬은 당분간 흙먼지를 뒤집어쓴 옷을 걷어 갔다. 그런데 일주일 남짓 후부터 다시 일반적인 옷을 걷어 가게 된 것으로 보아, 공사는 일주일 정도 만에 끝이 난 것처럼 보였다. 시몬은 달라진 감옥의 구조가 궁금했다. 그러나 감옥 깊숙한 곳까지 들어갈 일이 없었던 그로서는 단지 "기둥을 향해 있는 창을 전부 막아 버렸지요."라던 무코의 말 한마디로 그 모습을 짐작할 수 있을 뿐이었다. 시몬은 자신의 벗 테베에게 무코의 공사에 대해 몇 마디 떠들어 댔었는데, 그 공사 소식을 흥미롭게 듣던 테베는 "무코란 사람은 뭔가 다를지도 모르겠어."라고 했다. 시몬도 테베의 말에 우선 동의했다.

결과만 놓고 본다면 무코의 시도는 성공적이었다. 어쩌면 그가 읽었다던 직원들의 업무 효율에 대한 기사는 진정 옳은 것이었다. 완전히는 아니었지만 적어도 한껏 여유로워진 감시가 죄수들로 하여금 편한 휴식을 허락했고, 그것은 보다 나아진 효율을 이끌어 냈다. 무코는 그 사실에 다분한 흥미를 느꼈다. 그가 생각하기에 죄수 놈들도 감옥에 갇히지 않은 '일반적인 사람들'과 똑같았던 것이다(적어도 업무 효율에 있어서만큼은 말이다). 그런데 하기야, 그럴 법도 했다. 갇혀 있는 그들도 갇히기 전까지는 일반적인 사람 아니었던가?

　무코는 자신의 시도가 좋은 결과를 냈다는 사실에 다소 즐거워했다. 그런데 그 즐거움은 모종의 숭고함과 아름다움의 성취에서 비롯된 것이 아니었다. 그것은 단순하고 일시적인 희열에 지나지 않는 것이었다. 그 즐거움은, 좋은 맛을 가진 음식을 입에 넣고 즐거워하는 것과 별반 다름없는 것이었다.

　무코의 시도는 창문을 전부 막아 버리는 것에서 멈추지 않았다. 그는 다소 획기적인 시도를 하기 시작했다. 무코는 그의 감옥에서 지내고 있던 모든 사람들이 볼 수 있게 커다란 문서를 곳곳에 붙여 놓기 시작했다. 그 문서에 쓰여 있던 내용은 이런 것이었다. 업무시간을 정직하게 지킨다면 주말 회개 시간에 참석하지 않아도 참석한 것으로 인정해 주겠다는 것, 그리고 그 시간 동안에는 자유롭게 지내도 된다는 것.

　죄목이 그다지 악랄하지 않았던 죄수들에게 '회개 시간'이란 것은 꽤나 중요한 것이었다. 가석방 심사에 꽤나 큰 영향을 주는 것이었기 때문이다. '일반적인' 죄수들은 갑작스레 당긴 구미 덕에 그럭저럭 탁월한 일꾼이 되어 주었다. 물론 종이를 처음 확인한 죄수들은 조금 혼란스러워했다. 자신들을 때리지 않는 것도 모자라서, 업무만 꼬박꼬박 마친다면 가지도 않은 회개 시간을 인정해 준다니! 원래라면 지금쯤 얻어맞아 생긴 상처에 침을 바르고 있어야 했던 것 아니었나? 죄수들은 무코가 다른 감꾼들과는 다르게 좋은 사람일 것이라 생각하기 시작했다.

　그런데 '일반적인 죄수'들이 무코를 얼마나 좋게 생각하고 있건 간에, 그들이 무코의 제안을 얼마나 부드럽게 인정했건 간에, 또 다른 문제가 있었다. 그것은 종신형자들에 관한 문제였다. 무슨 일이 있어도 다시 사회에 발을 내놓을 수 없게 되어 버린 종신형자들은 무코의 배려에도 아무런 감흥이 없어 보였다. 그들은 여전히 시큰둥했다.

　하기야 어차피 다시 사회로 나가지도 못할 바에야, 회개 시간을 인정해 주는 게 무슨 상관이란 말인가? 프로이데의 통념에 따르면 종신형을 선고받을 정도로 악랄한 놈들은 신이 완전히 버린 놈들이었다. 신이 버리지 않고서야 그런 악랄한 범죄를 저지를 수 없다는 생각이 그 주장을 으스대며 보증했다. 게다가 모두가 잘 알고 있다시피, 신은 초라한 성품을 가지고 있었다. 그놈은 이미 버린 것에 대해 이상하리만치 가차없다. 그러니 이미 버린 것이 회개를 했다고 해서 다시 사랑해 줄 리 없었다. 간혹 가석방 따위의 예외가 있었던 일반적인 죄수들과는 다르게 종신형자들에게는 딱히 예외랄 것이 없었다. 그들은 그들이 어떻게 행동하건 죽을 때까지 갇혀 있어야만 했다. 실상 가석방에 모든 것을 기대고 있던 무코의 제안은 종신형자들의 생활에 아무런 득이 되지 않는 것이었다. 시큰둥했던 종신형자들 때문에 무코는 조금 더 깊은 생각을 해야만 했다.

　그런데 한편으론 종신형자들에 관한 문제는 비단 무코에게만 있었던 것이 아니었다. 종신형자들은 온 감꾼들에게 큰 골칫거리였다. 들려오는 소문에 따르면, 무코의 감옥에서 그다지 멀지 않은 감옥에서는 어떤 종신형 죄수들끼리 무리를 만들어 다른 '죄 없는' 죄수들을 괴롭히기도 했고, 무코의 감옥에서 멀리 떨어진 감옥에서는 어떤 종신형 죄수가 간수에게까지 손찌검을 했다고도 했다.

통상적으로 감꾼들은 이런 종신형 죄수들을 선전의 용도로 사용하곤 했다. 감꾼들은 가끔가다 길가 한가운데에 근사한 무대를 만들어 놓고선 그 위에서 종신형자들을 가학하는 볼거리를 제공했다. 그 광경은 여러모로 인기 있었다. 누군가에게 그것은 악랄함에 대한 좋은 교육자료였고, 누군가에게 그것은 징악의 정의가 잘 돌아가고 있다는 상징이었고, 누군가에게 그것은 단순한 시각적 요깃거리와 사적 요깃거리였다. 그리고 감꾼들에게는 돈으로 살 수 없는 숭고한 존경을 얻을 수 있는 기회와도 같았다.

그러나 무코로서는 종신형자들이 아무런 의욕을 갖고 있지 않다는 이유로 매질하긴 싫었다. 매질이 의욕을 돋아나게 할 수 있던가? 무코가 생각하기에, 매질은 의욕을 돋우지 못한다. 밥을 먹기 싫다 떼쓰는 아이를 때리며 입에 음식을 욱여넣는 것이, 과연 보기 좋은 일이던가? 매질을 통해 일궈진 모종의 의욕이란 그 기반이 꽤나 엉성하여 언제든 무너질 수 있는 것이었다.

게다가 무코는 개인적으로 죄수들이 얻어맞는 것을 구경하는 사람들을 역겹다 생각하고 있었다. 얻어맞고 있는 놈들과 그 얻어맞는 것을 낄낄거리며 구경하는 놈들 중에서 과연 누가 더 악랄한가?

무코로서는 종신형자들을 유혹할 다른 방법을 찾아야 했다. 죽기 전까지 감옥에 갇혀 있어야만 했던 종신형자들은 어찌 보면 영원히 작동되는 기계였다. 그들의 의욕을 잘 이끌어 내기만 한다면, 그리고 그들이 좋은 효율을 내게끔 할 수만 있다면 무코의 사업은 더 깔끔하게 유지될 것이었다. 고민에 고민을 더한 무코는 드디어 한 가지 결론을 내렸다. 이왕에 붙어 있던 거대한 문서는 몇 문장이 추가되어 다시 붙었다. 그것에는 죄수들이 몸을 움직여 만들어 낸 수입을 무코 혼자서 독식하지 않겠다는 약속이 추가되어 있었다. 그 약속은 죄수들에게 정당한 급여를, 심지어 때론 조금 과도한 급여를 지급할 것이라는 뜻이었다. 나아가 지급된 급여로 어떤 소비를 하든지(불법적인 것이 아니라면,) 아무런 상관을 하지 않겠다고 했다.

참 웃긴 일이었지만, 적어도 옳지 않은 일은 아니었다.

죄수들을 구금하는 것의 본질이 진정 격리이고 위험한 자들을 사회로부터 떼어 놓겠다는 것에 있었다면, 그 '떨어져 나온 사회'가 불행해야 한다거나 혹은 '바깥세상'과 다르게 암울해야 한다는 법은 없지 않은가? 격리의 역할만 잘 수행한다면야 말이다.

과도해진 첫 보수를 받은 죄수들은 각기 다른 반응을 보였다. 소매로 눈물을 훔치는 자, 무얼 구매할지 벌써부터 고민하는 자, 타인을 죽여 버릴 때에는 굴리지 않았던 마음속 돌을 데굴거리며 굴리던 자.

그 다른 반응들은 결국 같은 결과로 이어졌다. 몇 개의 간식거리, 담배, 밖에서 즐겨 마시던 몇 잔의 술.

그들의 손에 쥐여진 돈뭉치는 근사한 자가용 한 대쯤 손쉽게 구매할 수 있을 정도의 돈이었지만 막상 그들이 구매한 것은 입에 들어가 배출되면 곧바로 자취를 감출 것들이었다.

무코는 그 사실에 안타까워했다. 양손 가득 돈을 쥐고도 과감한 소비를 하지 못하는 그들이 딱하다 느꼈다. 그런데 안타까움을 제쳐 두고서라도, 죄수들이 소심한 소비만 하고 있었다는 사실은 진정 문제였다. 어차피 한두 푼 쓸 바에야 더욱 거대한 부가 무슨 상관이란 말인가? 더욱 격렬한 업무가 무슨 상관이란 말인가? 어차피 술 두어 잔을 추가적으로 얻는 것인데, 일을 주제넘게 열심히 할 필요가 있겠는가?

무코는 그의 일꾼들에게 무언가 상징적인 것을 보여 주어야만 했다. 당신들이 이곳에서 시간을 보내고 있는 이상, 사회의 요구를 충분히 들어주고 있다는 것을, 지급된 급여로 물건을 구매할 때에는 아무런 눈치를 보지 않아도 된다는 것을.

무코는 그들에게 정상적인 소비들을 보여 주기 시작했다. 그들이 아직 잡혀 오지 않았을 때에 했던 소비들 말이다. 무코는 그들의 방에 화사한 벽지를 발라 주기 시작했고 대리석 바닥과 간질거리는 조명을 달아 주었다.

그제야 무코의 죄수들은 본인의 방을 꾸미기도, 여가 활동을 위한 기계를 들이기도, 돈을 모아 옆방을 구매해 조금 더 넓은 공간에서 생활하기도, 게다가 프로이데에서는 매춘도 합법이었기 때문에 성기를 구매해 욕구를 배출하기도 했다. 수백 가지가 넘는 여갓거리들, 요깃거리들, 수다를 떨 수 있는 거대하고 근사한 의자, 책상, 수십의 매춘부들.

 종신형을 받은 죄수들의 마음도 드디어 움직이기 시작했다. 그들은 이왕에 건네받은 보수를 꼬깃거리며 움켜쥐었다. 시커먼 시멘트 벽은 점차 바깥세상에서나 볼 수 있을 법한 담백한 색으로 물들어 갔다.

 그런데 역설적이게도, 무코의 시도가 자아낸 광경은 무코에게 고통을 안겨 주기 시작했다. 그것은 그가 유유히 감옥을 둘러보고 있었을 때에, 강간으로 들어온 놈이 매춘을 하고 있던 것을 목격했기 때문이었을지도 모른다. 아니, 그것을 목격했다고 해서 무코가 그렇게까지 고통받았을 리는 없을 것이다. 어쩌면 그 강간범이 입맛을 다시며 성인이 아닌 놈들을 원한다고 중얼거린 것을 들었기 때문이었을지도 모른다. 아니, 그것도 직접적인 원인이 아니었을지도 모르겠다. 어쩌면 그 원인은 절도로 들어온 놈이 돈을 뿌려 대며 즐거워하던 것을 목격했기 때문이었을지도, 살인을 한 놈들이 인형에 쿡쿡 날붙이를 찔러 대며 자신이 했던 짓을 그의 친구들에게 으스대며 재현하는 모습을 목격했기 때문이었을지도 모른다. 그런데 어쩌면, 본질적인 원인은 따로 있었을지도 모른다. 무코의 고통은 인간의 한계로부터 비롯된 아주 근본적인 것이었을지도 모르는 일이다. 하기야, 인간은 꽤나 웃긴 존재다. 자신이 엉망으로 살아가는 것보다 자신의 새끼가 엉망으로 살아가는 것에 더욱 큰 반감을 느낀다는 사실만 놓고 봐도 그렇다. 자신의 시도가 빚어낸 결과가 왠지 모르게 잘못된 것 같다는 생각이 들기 시작하면, 당신은 망가지기 시작한다. 당신의 시도가 잘못되었다는 생각에서 비롯된 고통은 자신이 잘못되었다는 생각에서 비롯된 고통보다 더욱이 거대하다. 그런데 글쎄, 자신의 시도가 빚어낸 결과는 결코 당신의 새끼가 아니다. 그것은 오히려 당신 자체다.

무코는 고통에 잠겨 곰곰이 생각했다. 형벌이란 것이 무엇이던가? 그것은 예방이 아닌 뒷정리다. 죄를 규정짓기 전까지 우리 모두는 죄인이 아니고, 감옥을 만들기 전까지 그 누구도 죄수가 아니다. 그렇다면 정의와 선함이란 것은 죄수와 악랄함을 만들어 내기 위함이 아니던가? 애초에 죄가 없다면야 정의가 있을 수 없고, 애초에 정의가 없다면야 죄가 있을 수 없다. 정의는 결과적으로 죄를 장려한다.

무코는 이 모든 것이 소꿉놀이에 불과하다는 생각이 들기 시작했다. 실상 우리는 어떤 형편없는 것을 자의로 만들어 놓고선, 그것이 진리라 말하고 있는 것이 아닌가? 실상 우리는 아무것도 없는 도화지에 푹 잠겨, 아무것이나 그리고 있던 것이 아닌가? 아니, 애초에 그것을 그리고 있던 놈이 '우리'이기는 하던가? 어쩌면 우리는 아무것도 그리고 있지 않다. 우리는 그냥 그림 속에 있다. 그저 그려져 있는 놈들이, 이렇게 그려진 것에 대해 불평할 수 있는가?

그런데 어찌 보면 모든 책임은 무코에게 있었다. 그가 그의 죄수들에게 정당한 보수를 지급하지 않았다면야, 그리고 모든 구매를 감시하며 선 넘는 구매를 막았다면야, 그런 비정상적인 광경이 펼쳐졌겠는가? 어쩌면 모든 책임은 무코에게 있었다.

그런데 글쎄, 무코의 생각은 달랐다. 그가 강간범들에게 매춘을 장려한 적이 있던가? 무코는 그들에게 매춘을 하라고 제안했던 적이 없다. 그는 단지 승인해 주었을 뿐이다. 절도범들과 살인범들에 관해서도 똑같았다. 그 비정상적인 광경에 대해 무코는 이렇게 생각했다, 결국 본질적인 원인은 자신에게 있지 않고, 그들에게 있었다고.

무코는 자신의 죄수들이 윤리적으로 더 나은 존재가 되는 것을 기대하지 않았다. 무코는 그들이 '그저, 그랬을 뿐'이라고 생각했다. 그런데 그런 생각을 하기 시작한 무코는 빠져나올 수 없는 냉소 속으로 더욱 깊숙이 들어가 버린다. 그의 표류는 이제 소용돌이다. 모든 것이 '그저, 그랬다'면야, 모든 것은, '그저, 그랬다'.

무코가 그런 냉소에 얽매이고 나서부터 이전에 시몬과 대화를 한 것 따위의 어쩌다 한번 유쾌해지는 경우란 찾아볼 수 없었다. 시몬이 인사를 건넸을 때마다 그냥 "네." 하고 대답하는 것이 전부였다.

그런데 시몬은 여전히 무코를 마음에 들어 했다. 어쩌면 무코가 저번 대화에서 그에게 했던 말 때문일지도 모른다. "혼자만의 생각으로 답이 내려지지 않으면, 가끔씩 이렇게 떠들어 대죠."라던 말 말이다. 무코가 아무런 말도 없이 잠잠했던 것은 무코 혼자만의 생각으로도 충분히 답을 내리고 있었기 때문이라고 생각했던 것이다. 물론 얼핏 보기에 무코는 좋은 분석과 나름의 답을 내리고 있었다. 이 세상의 현상들 전부 소꿉놀이일 뿐이라니, 그의 결론은 꽤 멋지고 번지르르했다.

그러나 무코는 사유가 휘두르던 독단의 폭력에 휘청거리고 있는 것이었으니, 실상 그 모든 횡포를 종식시켜줄 메시아를 갈구하던 것이었다. 그렇지만 그 사실을 아는 사람은 아무도 없었다.

죄수들의 배가 부르고 졸음이 쏟아지기 시작하는 상황이 자연스러워지자, 마침내 그들은 종교적 행위를 어쭙잖게 흉내 내기 시작했다. 다른 감꾼들이라면 자신들을 학대하고 노예 부리듯 대하고 있을 텐데, 무코는 그러지 않고 있다는 점이 마치 무코를 성인처럼 보이게 한 모양이다. 하루에 한 명쯤은 무코의 발등에 입을 맞추고 "그동안 제가 잘못 살아왔다는 것을 알았습니다." 따위의 반성을 지껄이기까지 했다.

토악질 나오는 자식들. 마음에도 없는 헛소리였을 것이다.

그나저나 결과로만 보았을 때, 무코의 시도는 여전히 좋은 시도였다. 인간적인 삶을 영위하는 자들의 효율은 무코의 예상보다 더욱 뛰어났다. 사업의 팽창은 가속화되기 시작했다. 사업이 커질수록 죄수들이 챙겨 가는 보수도 점차 거대해졌다. 조금 놀라운 정도였던 급여는 상식을 벗어난 정도가 되기 시작했고 무코의 일꾼들은 더 나은 급여를 위해, 더 나은 삶을 위해, 더 완전해진 자기 자신을 위해 몸을 움직이기 시작했다. 번듯한 가정과 배경을 가진 사람들에게 국한된 것이라 치부되던 업무 능력은 실상 놀라울 정도로 평등한 것이었다.

시간이 지날수록 무코의 일꾼들은 거대한 돈을 움켜쥐게 되었고, 출소 날이 다가오지 않기를 바라기 시작했다. 혹시나 펼쳐질 가석방을 기대하며 열심히 몸을 움직이던 놈들은 그토록 기대하던 가석방을 경멸하며 피해 다니기 시작했다. 그들은 간혹 찾아오는 가석방의 축복에서 벗어나려 애썼다. 가석방 심사의 대상이 되었다는 소식은 그들로 하여금 비행을 일삼게 했다. 비행을 저지르면서까지 가석방 대상에서 제외되고 싶었던 것이다. 가석방 대상이 된 죄수들이 비행을 일삼는다는 사실을 알게 된 무코는 하는 수 없이 모든 가석방 심사를 공백의 것으로 남겨 놓아야만 했다. 무코는 자신의 죄수들을 바라보며 흥미로움에 잠기곤 했지만, 그 흥미로움은 결국 그의 냉소를 더욱 깊게 만들 뿐이었다.

그런데 무코의 죄수들이 그 감옥에서 나가는 것을 거부한 것은 당연한 일이었을지도 모른다. 굳건한 울타리 안에서 호화로운 자유를 만끽하는 것이, 울타리 밖의 광활하고도 처량한 자유보다 달콤한 것이었으니. 따지고 보면 무코의 감옥과 밖의 세상은 이미 한계 그어진 자유 속에 있다는 점에서 동일한 것이었다. 우리 모두는 이미 갇혀 있는 드넓은 곳에 한해서 자유롭다.

그런데 무코의 감옥 안쪽의 세상과 바깥쪽의 세상에 한 가지 구별되는 점이 있다면, 그것은 가시(可視)에 대한 것이었다. 자신을 막아서는 철창이 보이는가, 혹은 보이지 않는가에 대한 것이었다. 죄수의 사방을 가로막은 철창은 보였을 뿐이고, 대중의 사방을 가로막은 철창은 보이지 않았을 뿐이다. 가시는 실재를 증명해 내지 못한다. 보이지만 그곳에 없는 것이 있고, 보이지 않지만 그곳에 있는 것도 있다.

한편으론 사유의 발목이 잘린 프로이데 사람들의 행동반경은 워낙 좁은 것이었기 때문에, 가시의 여부는 실상 중요한 것이 아니었다. 기껏해야 두 발짝 움직이는 자들에게 저 멀리 보이는 철창은 아무 의미가 없고, 반대로 철창이 없는 자유로운 평원도 의미가 없다. 발목이 잘려 사라진 그들로서 할 수 있는 것이라곤 제자리에서 움찔거리는 것뿐이었기 때문이다.

무코는 새로워진 체계와 함께 당분간 좋은 사업을 유지했고 또 죄수들과 좋은 관계를 유지했다. 그런데 좋은 관계라 해서, 무코가 그들과 특히 친밀하게 지냈던 것은 아니다. 딱히 문제가 없을 정도로만 지냈을 뿐이다. 그런데 무코의 감옥에서 지내던 서른 명 남짓의 죄수들이 석방되어 사회로 돌아갔을 적이었나, 일이 터졌다. 그다지 큰일이었던 것은 아니다.

5

"시몬, 자네가 드나드는 그 감옥 말이야, 무코 씨의 감옥. 꽤나 문제가 있는 모양이야. 감꾼들이 떠들썩하더군." 테베가 술잔을 기울이며 말했다. 그날의 술집은 왠지 모르게 슬펐다. 어쩌면 건너편의 아리따운 한 여자가 조용히 눈물을 흘리고 있었기 때문이었을지도 모른다. 그녀와 직접적으로 연관이 되어 있는 사람은 그 술집에 아무도 없었다. 그렇지만 술집의 모두는 그 눈물을 가만히 바라보고 있었다. 누군가의 신비로운 행색은 간혹 무턱스러운 성적 욕구를 부르기 때문이었을지도 모른다.

"문제? 별다른 문제가 없어 보였는데," 시몬이 그 여자를 보며 대꾸했다.

"글쎄, 사실 나도 직접 확인하기 전까지는 뭐라고 확실하게 말하지는 못하겠네. 감꾼들이 문제 삼는 것은 특정 감옥 사업체의 과도해진 성장뿐이니까 말이야." 테베가 말했다.

"아, 그 사실은 건너 들어서 잘 알고 있지. 무코 씨가 오기 전에 근무하던 감꾼이 말해 줬네. 어느 감꾼 하나가 특히 잘나가는 걸 싫어한다 던데," 시몬이 말했다.

"그렇지. 무코 씨의 감옥 사업이 꽤나 가파르게 성장하고 있는 것도 사실이야. 그런데 이번에는 좀 더 명확한 문제가 있나 보더군." 테베가 대꾸하며 품에서 종이 한 장을 스윽 꺼내 건네주며 말했다, "이것 좀 보게."

시몬은 그 종이를 건네받고선 스윽 들여다보았다. 그곳에는 알아들을 수 없는 도표에 숫자가 이것저것 쓰여 있었다.

"테베, 나는 이런 문서를 읽을 줄 몰라." 시몬이 민망해하며 말했다.

"아, 그 사실은 잘 알고 있지. 그런데 그냥 구경이라도 해 보라고 준 거네. 여하튼 간 그 문서는 재범에 관한 거야. 무코 씨의 감옥에서 나온 서른 명 정도 되는 사람들에 대한 자료지." 테베가 말했다, "석방된 지 두 달 안에는 전부 또 다른 범죄를 저질렀어. 한 명도 빠짐없이 말이야. 이건 여러모로 중대한 문제야."

"오, 그건 좀 심각한 문제일 수도 있겠는데," 시몬이 테베의 말에 동의했다. 그런데 시몬은 갑작스레 천장을 바라보며 곰곰이 생각을 하더니, 말했다, "글쎄, 그런데 내가 무코 씨 이전에 있던 감꾼에게 들은 바에 따르면, 감꾼들은 어떤 것을 문제 삼았건 간에, 결국 배 아파서 그런 거라던데," 시몬이 말했다.

데베기 시몬을 가만히 바라봤다. 시몬도 그렇게 했다.

"맞아." 테베가 한숨을 내쉬며 말했다. "그게 지금까지의 회의의 전부였지. 무슨 이유를 지껄이건 간에, 그냥 잘나가는 어느 한 감꾼을 괴롭히는 것에 불과했어. 그렇지만 이번에는 다를 거야, 시몬. 치솟는 재범률은 전혀 다른 차원의 얘기이니까 말이야." 테베는 또다시 한숨을 내쉬었다, "그래서 아마 당분간 나도 무코 씨의 감옥으로 출근할 것 같네. 상황을 분석해야 하니까 말이야." 테베가 말했다, "그래서 말인데, 시몬. 어디 짚이는 점이 있나?"

시몬은 조금 고민을 하고는, 말했다.
"전에 말했던 것처럼, 감옥의 구조를 바꿨댔지. 그런데 실제로 어떤 식으로 바꾼 건지는 못 봤네. 그냥 무코 씨가 말해 줬을 뿐이야. 감시를 없앴다던데," 그런데 시몬은 갑작스레 무언가 깨달았다는 듯이, 흥분을 하며 덧붙이기 시작했다. "그래, 그래! 역시 그런 거였어." 시몬은 손가락을 튕겨 딱 소리를 냈다. "매질하지 않아서야. 죄수 놈들을 매질하지 않아서라고." 시몬이 계속했다, "그는 죄수들을 때리지 않아. 교화시키지 않는 거지. 벌주고 있지 않은 거라고, 테베. 두들겨 맞지 않았으니, 다시 사회에 나와 범죄를 저지르는 것은 당연한 일일지도 모르지. 뭐가 잘못된 건지 배우지를 못했을 테니까 말이야."

"아니, 아니야." 테베가 고개를 갸우뚱거렸다. "그 죄수들이 '뭐가 잘못된 건지 배우지 못했다'는 건, 애초에 말도 안 되는 소리야. 놈들은 그들이 저지른 범죄가 나쁜 것이란 사실을 이미 알고 있었어. 그들은 그것에 대해 무지하지 않았단 말이네." 테베는 잠깐 생각에 잠기더니, "매질을 하는지 하지 않는지는 재범률에 딱히 영향을 미치지 못했을 거야. 어쩌면 무코 씨가 죄수들을 매질하지 않는 것은 존경받아야 마땅한 일일지도 모르지. 죄수를 때리는 건 죄수들의 갱생과 아무런 연관이 없다는 걸 드러내 줄지도 모르니까 말이야, 시몬."이라고 덧붙였다.

"아니, 자넨 틀렸어. 죄수들을 교화시키는 데에 있어서 매질은 필수적이라고. 범죄자 놈들은 상대의 입장을 생각할 줄 전혀 모르잖나? 그놈들이 상대의 입장을 잘 헤아릴 줄만 알았더라면 이 세상은 범죄가 없는 아름다운 곳이 되었을 거야. 내가 장담하지, 테베. 그놈들은 태어날 적부터 정신머리에 문제가 있던 놈들이었을 거야. 내가 마음과 정신에 대해서는 잘 알지 못하지만 말이야, 아마 다른 사람을 인정해 주고 보듬어 주는 정신력이 부족했을 거란 말이지."

"그럼, 자네 말은 모순이야." 테베가 말했다, "자네 말대로 그 죄수들이 정신에 문제가 있던 놈들이라면, 그놈들을 때리는 게 옳은 일이겠나? 단순히 때린다고 해서, 문제가 있던 정신이 제정신으로 돌아오는 것도 아니지 않나! 차라리 치료를 해 주는 게 더 온당할 거야."

"혹시 모르지." 시몬이 시큰둥하게 대꾸했다. 그는 그따위 깊은 생각에는 관심이 없었던 것이다, "때리는 게 치료일 수도 있잖나,"

테베의 표정은 사뭇 일그러졌다.

"마음대로 생각하게." 그의 벗의 표정이 일그러졌다는 사실을 알아챈 시몬이 말했다, "나는 사실을 말한 것일 뿐이니까 말이야. 죄수 놈들을 쥐어패지 않으면, 이런 꼴이 나는 거야. 명심하라고, 테베. 범죄는 결코 타당한 것이 없어. 굶어 죽기 직전의 사람이 고기 한 덩이를 훔쳤다고 해도, 그건 여전히 악랄한 짓이니까 말이야." 시몬이 말했다.

"시몬, 나는 범죄가 정당해질 수 있다고 말하는 게 아니야." 테베가 짧게 대꾸했다.

그런데 시몬이 무릎을 '탁' 치며 말했다, "그럼 자네는 무코 씨의 감옥으로 출근하는 거라고 했나? 좋은 일이군. 내가 세탁물을 전부 다 걷고 나면, 같이 담배나 한 대 태우지." 시몬이 자리에서 픽 일어났다.

테베는 별 대꾸 없이 술잔을 전부 비웠다. 시몬은 테베가 일어나길 가만히 기다렸지만, 테베는 묵묵히 생각에 잠긴 모습이었다. 게다가 테베는 다소 꽁해 보였다. 시몬은 테베를 그렇게 내버려 두기로 했다. 시몬은 다시 자리에 앉았다. 그 둘은 당분간 말이 없었다.

'재범률'이라.
테베가 속으로 중얼거렸다.
그간 시몬이 전해 준 무코란 사람에 대한 이야기 덕에, 테베는 무코에 대해 나름 좋은 인상을 가지고 있었다. 그렇지만 그럼에도 재범률은 다소 중대한 문제였다. 만에 하나 무코의 감옥에서 나온 죄수들의 재범률에 대한 소식이 퍼져 사람들 입에 오르내리는 일이 발생한다면, 이 나라 프로이데와 감꾼들이 껄끄러운 상황을 다시 맞닥뜨리게 되는 것이었기 때문이다. 한동안 잠잠했던 사람들은 형벌에 관한 불만을 다시 터뜨릴 것이 뻔했다. 물론 감꾼과 프로이데 사이의 거래가 대중의 불만을 맞을 대상을 허상의 것으로 만들어 놓긴 했지만, 형벌에 대한 크고 작은 대중의 소음은 여러모로 신경 쓰이는 일이었다.
한편으론 테베가 시몬의 의견에 동의하는 것은 아니었다. 그로서는 죄수들을 때리지 않는다는 사실은 재범률에 아무런 영향을 미치지 못하는 것처럼 보였다. 체벌이 교육이 될 수 없다는 사실은 세상 누구나

안다. 때리는 것이 만들어 낼 수 있는 것은 오롯이 폭행당한 누군가뿐이다. 그것은 그 이상의 것을 만들어 내지 못한다. 교육을 위해 체벌을 가한 것이라고 지껄이던 자들은 단순히 그 녀석을 때리고 싶어 변명을 하는 것에 불과하다. 게다가 애초에, 죄수들이 교육의 대상이긴 하던가?

그런데 테베가 스스로에게 던지던 질문들에 대한 대답은 또 다른 물음일 뿐이었다.

교육이란 것은 정확히 알고 있는 자가 알지 못하는 자에게 행하는 것인데, 과연 우리들 중에서 선과 악에 대해서 정확히 알고 있는 자가 있던가? 우리 모두는 선에 대해서 모르지만, 악에 대해서 알고 있다. 그런데 동시에, 선에 대해서 알고 있었지만, 악에 대해서 알지 못하고 있었다.

테베의 사유는 지금 서로 다른 투쟁이 맞부딪히는 소리로 가득했다. 하기야 '형벌'이라, 그토록 거대한 것이 아무런 부딪힘도 없이 조용하게 지나가는 것도 이상한 일이다. 테베는 그간의 독서와 탐구 덕에, 형벌에 대한 여러 가지 사실과 분석을 알고 있었다. 누군가는 그것이, 권력의 정당화에 따른 덧없는 것이었다고 말했다는 것도, 신의 뜻에 반하는 짓을 한 것에 대한 책임을 묻는 것이라고 말했다는 것도, 또 누군가는 시몬처럼, '악'이라는 것은 없고 단지 정신적 문제였을 뿐이라고 말했다는 것도 말이다. 게다가 테베, 먼 예전에는 게으름이 죄였고, 몰골이 혐오스러워지는 질병에 감염된 것, 남자와는 다르게 여자가 바람을 피웠다는 것도 죄였다는 사실도 잘 알고 있었다. 그렇지만 테베가 가지고 있던 그 지식들이 무슨 의미가 있겠는가? 무언가를 결론 내리고 싶어 하는 이에게 방대한 지식이란 아무짝에도 쓸모없는 것이다. 오히려 아무것도 모르고 있어야 결론 내릴 수 있기 때문이다.

테베는 사유를 멈추고 한숨을 내쉬었다. 어쩌면 테베는 아주 가만히, 영웅을 기다리던 것이었다. 그의 멍함과 무능력을 대신 끝내 줄 그런 영웅을 말이다. 그런데 실상 영웅을 기다리는 모든 존재는 무책임한 존재다. 영웅을 기다린다는 것은, 더 나은 세상을 바라고 있으면서 아무 행동도 하지 않을 것이라는 생각을 내포하고 있는 것이니 말이다. 어쩌면 테베가 가지고 있던 무코에 대한 좋은 인상은 무코가 영웅일지도 모른다는 생각에서 비롯된 것이었을지도 모른다. 시몬이 그간 전해 준 정보에 따르면 무코는 다른 사람들과는 사뭇 다른 행태를 띠고 있는 사람이었고, 영웅은 다른 모든 사람들과 다른 행태를 띠고 있으니 말이다. 테베가 생각하기에, 어쩌면 무코는 그런 영웅 중 하나일지도 모르는 것이었다. 그의 '비정상적인' 행태는 테베로 하여금 작은 기대를 불러일으켰다.

무코. 어쩌면 그는 그의 비정상적인 시도를 통해 소리를 지르고 있던 것이었다. 그는 죄수들을 때리지 않아도 교정될 수 있다는 사실을 드러내고자 했던 것이었을지도 모른다. 어쩌면 그 또한, 사람들이 죄수들을 하등한 존재로 여기고 있다는 사실에 불만을 느끼고 있던 것이었을지도 모른다.

그다음 날, 테베는 날이 밝자마자 무코의 감옥으로 곧장 갔다. 그는 세탁물을 걷고 있던 시몬과 마주쳤다. 술집이 아닌 일터에서 마주친 그 둘은 평소와 사뭇 다른 반가움을 느꼈다. 테베는 시몬과 담배 한 대를 나눠 피고선 감옥에 들어섰다. 감옥에 들어선 테베는 출입을 지키던 어느 간수 한 명에게 스스로를 소개했고, 또 방문한 사유를 밝혔다. 그 간수는 덩치가 꽤나 우람했고, 또 그 덩치에 걸맞은 목소리를 지닌 중년이었다. 테베는 그 우람한 간수의 안내에 이끌려 무코의 사무실로 향하기 시작했다. 무코의 사무실은 정가운데에 자리하는 거대한 기둥의 가장 낮은 층에 있었다. 그곳으로 가기 위해서는 그 기둥을 빙 둘러싸며 있는 감방들과, 기둥 사이를 메우고 있는 모래 운동장을 가로질러 건너야만 했었다. 그곳에는 죄수들 여럿이서 수다를 떨거나 가만히 누워 햇볕을 쬐고 있었다.

"일은 수월하십니까?" 테베가 모래 운동장의 죄수들을 바라보며 간수에게 물었다.

"나쁘지 않죠." 그가 말했다. "무코 씨 덕에요."

"무코 씨 덕에요?" 테베가 물었다.

"네. 그는 모든 사람들에게 친절하죠. 무코 씨는 웬만하면 우리의 요청을 전부 들어줍니다. 덕분에 제 아이들의 투정에 응하기가 훨씬 편해졌죠. 요새 들어 놀러 다니는 걸 즐기기 시작해서요." 간수는 갑작스레 사진 몇 장을 꺼내 테베에게 자랑질했다.

"귀엽네요." 테베가 사진을 들여다보며 말했다.

"사랑스럽죠." 간수가 대꾸했다.

간수는 양팔을 허우적거리며 그간 자신의 아이들이 어떤 투정을 부렸는지 주욱 나열하기 시작했다. 갑작스레 공원에 다 같이 가자고 했다거나, 뜬금없이 자신의 일터에 와 보고 싶어 했다거나 따위 일들이었다. 테베는 그 간수의 아이가 꽤나 건강한 것 같다며 크게 웃어 버렸다.

테베의 웃음을 바라보던 간수가 즐거운 목소리로 말했다.
"글쎄요, 이렇게 귀찮은 게 건강한 것이라면 썩 다행이군요. 무코 씨가 아니었다면 아이들은 항상 울음을 터뜨렸겠지요. 어쩔 수 없이 아이들을 내버려 두고 근무를 가야 하니까요. 그렇지만 무코 씨는 갑작스런 휴일 요청에도 대개 흔쾌히 승낙해 줍니다." 간수는 말을 마치더니, 테베의 손목 하나를 감싸고 있던 시계를 가리키며 물었다, "결혼 시계입니까?"

"아, 네." 테베가 대답했다, "결혼한 지는 얼마 안 되었습니다."

"오! 좋은 일이군요. 아이는 몇 명이나 있습니까?" 간수가 물었다.

테베는 그 간수의 얼굴을 잠깐 바라보고는, 대답했다.
"아직 없습니다."

"아, 뭐. 결혼한 지 얼마 안 되었으면 그럴 수도 있죠." 간수가 테베를 축복했다, "당신도 훗날 아이를 가지게 될 겁니다. 그러면 당신도 제 말을 더 깊게 이해할 수 있겠지요. 무코 씨 같은 직장 상사를 만난다는 게 얼마나 큰 행운인지."

"그렇습니까?" 테베가 대꾸했다.
그런데 글쎄, 이번의 대꾸에는 사뭇 억지 예의가 묻어났다. 어쩌면 테베는 간수가 뱉은 이왕의 말이, 자신과 아내에게 억지 아이를 강요하고 있다는 생각을 해 버린 것이었을 수도 있다.
그런 생각이 든 테베는 모종의 불쾌감을 느꼈다. 그렇지만 간수는 자신이 빚어낸 창작물에 대해 말하는 것에 정신이 팔려 있었을 뿐, 테베에게 껄끄러움을 주려던 것은 당연히 아니었다. 테베도 그 사실을 잘 알고 있었다. 그렇지만 잘못된 감정에는 원인이 없다. 테베의 껄끄러움은, 그냥 그렇게 촉발되었을 뿐이다.
테베는 서둘러 화제를 돌리고자 했다. 스스로의 잘못된 감정을 눌러 감추고 싶었던 것이었을지도 모른다.

그는 한가로이 시간을 보내고 있던 죄수들을 애써 바라보며 말했다.

"꽤나 자유로운 모습이군요. 지금은 업무시간 아닙니까?"

"아, 아마 할당량을 끝마친 놈들일 겁니다." 간수가 일러주었다, "무코 씨는 죄수 놈들이 할당량만 마쳐 놓으면 무얼 하건 딱히 신경 쓰지 않는 것 같더군요."

"그렇군요." 테베가 대꾸했다. 테베는 자신이 지금껏 만나 봤던 감꾼들을 속으로 떠올렸다. 역시나 무코는 다른 감꾼들과 달라 보였다. 프로이데 감꾼들 중 무코를 제외한 그 누구도, 죄수들에게 할당량이란 선물을 주지 않았기 때문이다. 그들에게 있어서 죄수들은 일어나서 지쳐 쓰러질 때까지 일만 하는 기계들이었다.

"간수님, 당신은 죄수들을 매질합니까?" 무코는 죄수를 매질하지 않는다던 시몬의 말을 떠올린 테베가 간수에게 물었다.

"그런 질문을 받으면 매질하고 있다고 대답하라는 지시가 있긴 했죠." 간수가 말했다. "그렇지만 제가 그렇게 말한다면 거짓말이 되겠군요. 이곳 간수들 아무도 죄수들을 때리지 않아요. 우리는 그들을 용서했습니다." 간수가 말했다.

테베는 간수를 멍하니 바라봤다.

'용서'라. 그것은 직접 해를 입은 자들만이 할 수 있던 것이었다. 감옥에 근무하는 모든 간수들 중에서 죄수들에게 직접적으로 해를 입은 자들이 있던가? 도대체 이 간수는 누구를, 또 무엇을 용서한 것인가?

테베의 의문에 대해 알 리 없는 간수는 덧붙여 설명하기 시작했다, "죄수들에게 손을 대지 말라던 지시가 있었을 적에 말입니다, 솔직히 말해서 조금 껄끄러웠죠. 죄수들은 매를 맞아야 하던 게 아니었습니까? 온몸에 멍이 없고 깨끗한 죄수들이라니, 뭔가 비정상적인 일이었죠." 간수가 말했다, "물론 반발이 있었습니다. 간수들 중 몇몇은 무코 씨에게 그건 말도 안 되는 요청이라며 반기를 들었죠. 그러나 무코 씨가 그들에게 묻더군요. '저들이 매 맞아야 하는 이유가 있습니까?'라며 말이죠. 반기를 들었던 그들 중 아무도 대답하지 못했습니다. 그때 우리 모두는 깨달았던 거죠, 저놈들이 매 맞아야 하는 이유는 어디에도 없었다는 것을 말입니다."

"그랬군요." 테베가 대꾸했다.

"그렇지만 또 반대로 생각해도 똑같은 것 아닙니까? 저들이 매 맞지 않아야 한다는 법도 없으니까 말입니다." 간수가 말했다, "조금 이상한 말이긴 하지만요, 저들이 매 맞아야 한다는 법도 없었고, 저들이 매 맞지 않아야 한다는 법도 없었단 말입니다. 신기한 일이었죠." 간수가 덧붙였다, "그런 생각이 들고 나니 이런 생각도 드는 겁니다, '나는 저놈들을 어떻게 대해야 하는 거지?' 뭐 이런 생각 말이죠. 아무것도 정해지지 않았으니, 뭘 해도 이상한 상황이었던 거죠." 간수가 덧붙여 설명했다, "그렇지만 제 생각은 전혀 중요하지 않았습니다. 결국 우리는 무코 씨의 요청대로 할 수밖에 없었으니까요."

말을 마친 간수는 조금 눈살을 찌푸렸다. 테베는 간수의 맞물린 주름살 틈에서 약간의 공포를 맛보았다.

"그의 말에 반기를 들었던 간수들이 하루아침에 사라졌거든요. 무코 씨가 곧바로 잘라 버린 거지요. 그제야 이곳의 간수들, 그리고 감옥을 관리하는 모든 사람들은 깨달았죠. 저 사람이 우리에게 그토록 친절했던 것은, 우리가 어떻게 되건 관심이 없었기 때문이라는 사실을 말이죠."

테베는 무코의 뜬금없는 횡포에 조금 놀랐다.

"오, 간수님. 그렇다면 실상 무코 씨는 당신들의 업무를 보다 어렵게 만든 것 아닙니까?" 테베가 물었다, "눈치를 보게 만들었으니까요."

"아닙니다, 보다 수월하게 만들었지요. 무코 씨는 아무런 말도 하지 않고 있었지만, 선을 지키라는 말을 하고 있던 것이었을지도 모릅니다. 주제넘지 말라는 거죠." 간수가 말했다, "그렇지만 그 '선'에 대해서 명확히 알고 있는 사람은 어디에도 없었죠."

"무코 씨에게 직접, 그 '선'이란 것에 대해서 들은 적이 있습니까?" 테베가 물었다.

"아뇨. 없어요." 간수가 대꾸했다, "다른 사람들이 그에게 물어본 적은 있죠. 그렇지만 무코 씨는 그들을 가만히 바라보기만 했다는 겁니다. 웃기지 않습니까? 무코 씨가 웃기다는 말은 아닙니다. 오히려 우리들이 웃기다는 거죠. 무코 씨가 그 '선'이란 것에 대해 말해 줄 이유는 어디에도 없었으니까 말이죠. 게다가 애초에, 그 '선'이라는 것이 진정 있었는지도 모르고 말입니다."

테베는 가만히 간수를 바라봤다. 간수의 말투와 표정은 뒤죽박죽이 되어 가고 있었다.

"이렇게 말을 주욱 하니까 무코 씨가 마치 악랄한 독재자처럼 들릴지도 모르겠군요." 간수가 무안한 듯 웃어 보였다, "그렇지만 결과적으로 업무는 상당히 수월합니다. 묵묵히 할 일을 하고, 얻어 갈 수 있는 특혜를 얻어 가기만 하면 되니까요. 어쩌면 무코 씨는 정말 독재자일지도 모릅니다. 그렇지만 좋은 독재자에 가까울 것 같군요. 적어도 저에게만큼은 말입니다."

테베는 그 중년의 간수를 바라봤다. 그의 표정에는 아직도 약간의 주름이 남아 있었다.

어느새 무코의 사무실 앞에 도착한 그 둘은 문을 두 번 세차게 두드렸고, 무코가 문을 열어줬다. 간수는 다시 감옥의 출입을 지키러 돌아갔다. 무코의 사무실에 놓인 가구는 작은 책상 하나와 손님이 앉을 폭신한 손님용 의자 몇 개뿐이었다. 무코는 완전히 필수적인 물품이 아니고서야 굳이 사무실에 구비해 놓지 않는 것처럼 보였다. 그렇지만 테베가 그 사무실을 휑하다 느낀 것은 아니었다. 그의 사무실은 차라리 간결하고 깔끔한 것에 가까웠다. 서로가 서로를 소개할 적에, 테베는 모종의 흥분에 둘러싸였다.

"매일 세탁물을 걷어 가는 사람 있잖습니까? 시몬 말입니다." 간단한 인사를 나눈 뒤, 테베가 주섬주섬 사진기를 꺼내며 말했다.

무코는 테베를 가만히 바라봤다. 그의 침묵은 타인으로 하여금 그의 숨소리에 집중하게 만드는 무언가를 함유하고 있었다.

"제 친굽니다. 어렸을 적부터 친구였죠." 테베가 사진기를 목에 걸며 계속했다, "그 친구가 당신 덕에 업무가 좀 수월해졌다고 하더군요. 속으로 꽤나 고마워하고 있는 모양입니다."

"네." 무코가 짤막하게 대꾸했다. 무코는 그 사실에 아무런 관심이 없었다.

"그리고 저를 안내해 준 간수도 비슷한 말을 했고 말이죠." 테베가 말했다, "글쎄요, 제가 문제의 원인을 찾기 위해 온 것이긴 하지만, 아마 별일 없을 겁니다."

무코는 테베를 가만히 바라봤다. "그 사실을 모르고 있던 것은 아닙니다." 무코가 조용히 말했다.

테베도 무코를 잠깐 바라봤다. 하기야, 그는 스스로도 이곳이 아무런 문제가 없다는 사실을 잘 알고 있었을 것이다. 그간 시몬이 얘기한 바에 따르면, 그는 꽤나 생각이 깊은 사람이었으니까.

"네." 테베가 대꾸했다, "알고 계실지는 모르겠지만, 다른 감꾼들이 문제 삼은 것은 재범에 관련한 겁니다. 당신 감옥에서 지내다 나간 사람들 전부, 두 달 안에는 다시 범죄를 저지르더군요. 한 명도 빠짐없이 말입니다."

"네. 전달받아서 알고 있었습니다." 무코가 대꾸했다. 걱정스러운 눈초리를 감추며 아무렇지 않은 척하는 다른 감꾼들과는 다르게 사뭇 평온해 보였다. 그는 마치, 테베가 지금부터 어떤 일을 할 것인지 전부 알고 있는 듯 보였다.

테베는 무코에게 감옥 이곳저곳을 둘러봐야 한다고 했다. 무코는 흔쾌했다. 그는 그의 사무실 앞을 지키고 있던 간수에게서 열쇠 더미를 건네받고는, 테베에게 안내를 자처했다.

"혼자서 안내하시려는 겁니까?" 테베가 물었다.

무코는 고개를 작게 끄덕였다.

"글쎄요, 간수 한 명 정도는 동행하는 게 좋지 않겠습니까?" 테베가 제안했다, "무슨 일이 일어날지도 모르잖습니까?"

무코가 대답했다, "아무 일도 없을 겁니다."

"글쎄요, 다들 그렇게 말을 하긴 합니다만, 가끔 사고가 발생하더군요. 당신 생각보다 죄수들은 감꾼을 그닥 달가워하지 않으니까 말입니다." 테베는 속으로 그의 상사로부터 건너 들은 사실을 떠올렸다, "저번에 다른 감옥에서는 말입니다, 무코 씨. 평소 자신의 감꾼에게 앙심을 품고 있던 한 놈이 순찰 중이던 감꾼의 목을 조르다 잡혀간 일이 있었죠."

"아무 일도 없을 겁니다." 무코는 이왕의 발언을 그대로 반복했다. 그의 어투는 사뭇 건조했다. 마치 모든 것을 알고 있는 사람이 할 법한 어투였다.

"아, 네." 테베가 대답했다. 테베는 자신이 주제넘은 소리를 한 긴 아닌지 되돌아봤다.

"그런데 그럼, 그 사람은 어떻게 되었습니까?" 무코가 호기심 어린 목소리로 물었다.

"죄수에게 목이 졸린 그 감꾼 말입니까? 응급실에 실려 갔죠. 다행히 목숨에는 지장이 없었다고 합니다." 테베가 대답했다.

"아뇨, 아뇨." 무코가 손을 가로저으며 말했다, "목을 조른 죄수 말입니다. 이미 잡혀 있는데, 또 잡힌다고 뭐가 달라질까 싶어서요."

"아, 글쎄요, 가학 잔치에 세웠겠죠." 테베가 말했다.

"그렇지만 그건 종신형자들만 세우는 게 감꾼 사이의 불문율 아니었습니까?" 무코가 물었다. 그의 목소리는 조용했지만 묵직했다.

"아, 네. 그런데 가끔 그런 예외도 발생하긴 합니다." 테베가 말했다.

"그렇군요." 무코가 대답했다, "모든 불문율의 공통이죠. 예외가 있다는 것."

테베는 무코를 바라봤다. 그의 말이 정확히 무슨 말인지는 알 수 없었으나, 모든 불문율은 결국 자의적이고 불법적이란 말을 하고 있는 것처럼 느껴졌다.

"맞습니다." 테베가 대꾸했다.

"웃기지 않습니까? 제가 생각하기엔 형벌도 그런 불문율과 별반 다르지 않은 것 같습니다." 무코가 말했다.

테베는 가만히 무코를 바라봤다. 테베는 전날에 했던 깊은 생각을 떠올렸다. 어쩌면, 무코의 말이 옳았을지도 모른다. 어쩌면 형벌이란 것의 역사가 엉망이었던 것은, 그것이 결국 불문율에 불과했기 때문이었을지도 모른다. 그렇지만 테베는 그것을 전부 불문율이라 치부하며 그 가치를 떨어뜨리기 싫었다.
"오, 무코 씨. 그런데 그렇게까지 생각한다면, 좀 심한 생각이 될 것 같습니다." 테베가 말했다.

"그렇군요." 무코가 대꾸했다.

그 둘은 발걸음을 옮겼다.

기둥을 둘러싸고 있는 모래 운동장이 꽤나 넓게 느껴졌다. 어쩌면 그것은, 프로이데의 열정적인 따가움 때문이었을지도 모른다. 하늘에는 구름이 한 점도 없었다. 그 둘의 숨소리가 약간의 짠 내를 함유하기 시작했을 때 즈음에, 테베가 무코에게 말했다,

"죄수들을 매질하지 않고 있다고 들었습니다."

"네." 무코는 잠잠히 대꾸했다, "그게 재범률에 영향을 미쳤을 거라고 생각하시는 겁니까?"

테베가 조금 웃으며 손을 가로저었다, "아, 아닙니다. 드디어 저와 생각이 비슷한 감꾼을 발견한 것 같아서 그렇습니다."

무코는 발걸음을 멈추고 테베를 바라봤다.

"주제넘은 말일지는 모르겠지만 말입니다, 무코 씨. 저는 당신의 시도가 의미가 있는 것이라 생각합니다." 테베가 떠벌리기 시작했다. "저 또한 죄수들이 온당하지 못한 대우를 받는 사실에 불만이 있었기 때문이죠. 죄를 저질렀다고 해서, 동물보다 못한 대우를 받아야 하는 것은

아니잖습니까? 일반적인 인간이건, 죄를 저지른 인간이건 결국 인간이란 말이죠." 테베는 길게 좋알거렸다. 어쩌면 그는 무코 앞에서 그렇게 좋알대는 것을 너무나도 기다리고 있었을지도 모른다. "무코 씨, 당신이 석방된 죄수들이 받고 있는 대우에 대해서 알고 계실지는 모르겠습니다만, 정말 해충 취급이나 받고 있죠."

무코는 가만히 테베를 바라봤다. 열기가 그들의 볼에 땀이 몇 방울 더 맺히게 했다.

"솔직히 말해서, 무코 씨. 저는 이번 방문에 대해서도 부끄럽게 생각하고 있습니다. 제가 감꾼인 것은 아니지만, 이게 감꾼들의 수준을 말해 주는 것 같아서 말입니다. 제가 속한 집단이 형편없는 것만큼 부끄러운 일도 없으니까 말이죠. '재범률'의 원인을 감옥에서 찾는다니, 완전히 헛소리입니다." 테베가 말했다, "재범률의 원인은 감옥 바깥에서 찾아야 하는 겁니다."

"그렇게 생각할 수도 있겠군요." 무코가 말했다.

무코의 인정 덕에 테베는 태어나서 처음으로 말이 통하는 감꾼을 찾았다고 생각했다. 테베는 다소 신이 난 채로 계속했다, "네. 그러니까, 감꾼들은 지금도 변명을 하고 있는 것이죠. 자신들이 죄수들에 대한 일반적인 관념을 시궁창에 떨어뜨려 버린 것은 생각지도 못하고, 또다시 무책임하게 변명을 지껄이려고 하고 있다는 겁니다." 테베가 말했다, "그리고 바로 이런 점에서 말입니다, 무코 씨. 당신의 시도가 의미가 있다는 겁니다. 올바른 정의는 가학에 달려 있는 게 아니란 것이 드러날 테니까요."

무코가 테베를 쳐다봤다. 그의 표정은 가지런한 순백의 것이었다. 그는 아무런 표정도 짓고 있지 않았다.

"저는 죄수들이 심하게 다뤄지는 것에 아무런 관심이 없습니다." 무코가 말했다.

테베가 흠칫했다, "그럼 왜 당신의 감옥을 이렇게 만든 거죠?" 테베가 물었다.

"글쎄요," 무코가 말했다, "어쩔 수 없었습니다. 저는 사업을 이끌어가는 사람이기도 하니까 말입니다."

테베는 그의 대답에 약간의 실망감을 느꼈지만, 애써 대수롭지 않다 생각하려 했다. 어쩌면 무코로서도 자신이 도대체 왜 그런 시도를 하고 있는 건지, 정확히 알지 못하고 있을지도 모르지 않은가? 본래 자신의 생각이 가장 알기 어려운 법이다. 반대로 생각해 보면, 무코는 지금 자신의 생각을 전혀 모르고 있으면서도 그런 흥미로운 시도를 하고 있다는 것이 되지 않는가? 그것은 무코의 신비하고도 탁월한 직관을 드러내 주는 것일지도 모르는 일이었다.

무코는 테베의 부가적인 말을 잠시 기다리더니, 테베가 아무런 말도 하지 않고 고민에 잠기자 느릿거리며 걸음을 다시 옮기기 시작했다. 테베도 그 뒤를 따랐다.

그 둘의 분위기는 꽤나 산만했다. 무코의 대답을 끝으로 당분간 대화를 나누고 있지도 않았었는데도, 그 둘은 온갖 말소리에 잠겨 있는 것처럼 산만했다. 어쩌면 그것은 테베가 깊은 고민에 빠져 버렸고, 테베의 내면에서는 진정 온갖 말소리가 거듭되고 있었기 때문일지도 모른다. 테베는 무코의 상태를 이해하느라 애썼다. 그런데 웃기는 일이었다, 무코는 자신을 이해해 달라고 요청한 적이 없었으니 말이다.

몇 분을 더 걸었을까, 테베와 무코는 어느새 감방으로 들어차 있는 건물의 문 앞이었다. 테베는 시몬이 자신에게 일러두었던 사실을 다시 한번 상기했다. 무코가 감시를 없애 버렸다고 했다던 사실 말이다. 그는 건물 입구에서 고개를 치켜들고선 감방을 주욱 둘러봤다.

"아, 전부 막아 버렸습니다. 기둥을 향해 있는 창을 말이죠." 무코가 말했다.

"네. 시몬이 말해 줘서 이미 알고 있었습니다." 테베가 고민을 멈추고 대꾸했다.

"이게 재범률에 영향을 미쳤다고 생각하시는 겁니까?" 무코가 물었다. 그의 태도는 마치, 누군가에게 알쏭달쏭한 수수께끼를 내는 사람의 태도 같았다.

"아, 아뇨." 테베가 대꾸했다.

"네." 무코가 조용한 대꾸를 전했다.

테베는 무코를 가만히 바라봤다. 무코는 생각을 읽어 내기 힘든 사람이었다. 그의 내면은 마치 온갖 빛이 사라진, 꽤 깊은 바닷속 같았다. 건물의 문을 열자 꽤나 잘 정돈된 입구가 그 둘을 반겼다. 간결하게 수리된 군데군데가 무코의 섬세함을 드러내 주고 있었다. 감옥에서 나는 냄새라고는 상상할 수 없는 그런 깊은 향기가 어디서부턴가 흘러 맴돌았다. 그 향기를 맡던 테베는, 그것이 감옥 바깥의 세상에서 꽤 인기 있는 향수의 냄새였다는 사실을 알아차렸다. 무코에 대한 테베의 기대는 다시금 피어났다. 그가 뱉는 말들이 하나같이 알쏭달쏭한 수수께끼 같았다는 것, 그리고 그가 다른 사람의 말을 가만히 잘 들어 주는 사람이었다는 것, 그리 감정의 동요가 없는 사람이었고 견고한 사적 기반을 함유한 사람 같았다는 것, 그리고 꽤나 비싼 향수를 감옥 곳곳에 뿌리며 이 감옥 전체를 좋은 환경으로 만들고자 했을 것이라는 테베의 예상이 그를 그렇게 만들었다.

그런데 테베가 가지고 있던 무코에 대한 기대감은 어느 여자의 간드러진 신음을 듣자마자 그대로 사라져 버렸다. 테베는 할 말을 잃었다. 감옥에서 저런 신음이 들려오는 것은(적어도 다른 감옥에 있어서만큼은) 불가능한 일이었기 때문이다.

무코의 안내에 이끌려 테베가 목격한 것은 정신 나간 광경이었다. 테베는 사지를 벌벌 떨기 시작했다. 그것은 단순히 놀람과 혐오에서 비롯된 것이 아니었다. 팔다리의 주도권을 가져간 것은 다름 아닌 배신감이었다. 그것은 그간 테베가 가지고 있던 기대감이 진정 헛된 것이었다는 사실에서 비롯된 것이었다. 그런데 그것도 웃기는 일이었다. 무코가 자신을 영웅으로 생각해 달라고 요청한 적이 있던가? 무코는 그런 적이 없다. 어쩌면 테베의 배신감은, 다름 아닌 스스로가 스스로를 배신한 것에서 비롯된 것이었을지도 모른다.

무코는 아무렇지도 않은 듯 이러쿵저러쿵 몇 마디 설명을 추가적으로 떠들어 댔다. 테베가 그 설명을 주의 깊게 들을 수 있었던 것은 아니었다. 테베는 금방이라도 헛구역질을 하며 무코에게 욕설을 퍼부어 버릴 것만 같은 안색을 올려 버렸다. 그렇지만 테베는 잠시 동안 잠잠했다. 팔다리가 떨리는 와중에 무언가 부가적인 격렬한 행동을 하기란 어려운 것이다. 테베가 잠시 동안 할 수 있는 것이라곤 덜덜거리는 팔다리의 주도권을 다시금 찾으려 노력하는 것뿐이었다.

절정의 소리가 끝나고 이것저것 널브러지는 소리가 들려오던 대여섯의 감방을 지나칠 적에, 테베는 드디어 스스로의 감정에 굴복했다. 그는 무코의 멱을 돌려 잡아 버렸다.

"저게 죄수 녀석들……!" 테베가 소리 질렀다. 테베의 얼굴은 새하얗게 질려 버렸고, 테베의 내면은 질려 버렸다.

그는 무코의 손에 들려 있던 열쇠 뭉치를 낚아채 감방 문을 열어 버리고자 했다. 무코는 멱을 내어 주었음에도 평온했다. 테베는 덜컥 겁에 질렸다. 무코는 마치, 무표정으로 눈알을 굴리며 주위를 바라보는 몹쓸 인형 같았다.

테베의 내면에서 끊임없이 흘러나오던 욕설은 개문의 주문이 되어 버렸다. 그런데 그 주문은 썩 훌륭하지 못한 것이었던 모양이다. 욕설과 더불어 테베의 손은 여전히 벌벌거렸고, 열쇠 구멍에 열쇠 하나씩 넣어보는 것을 방해했다. 감방 안에서 작고 간지러운 여자의 목소리가 말했다, "누가 문을 열려나 봐,"

그 관능적인 목소리는 테베의 흥분을 더욱 지대하게 만들었다. 작은 열쇠 구멍 틈으로 꽤나 값비싼 향수의 냄새가 흘러나왔다. 온 감옥을 뒤덮고 있던 냄새는 향수에 절여진 매춘부의 살 냄새였을지도 모른다.

잠시 뒤 문이 열렸고, 좀 전까지 매춘부의 살을 입에 가져다 대며 합의된 강간을 즐기던 한 놈이 깜짝 놀라 이불 속으로 숨어들었다. 덩그러니 남겨진 매춘부가 이리저리 몸을 가리려 허둥댔다.

테베의 가슴속 깊은 곳에서부터 구역질이 올라왔다. 기분 좋은 향기가 그의 목 깊숙하고도 윗부분, 헛구역질을 부르는 바로 그 부분을 자극했다.

테베는 갑작스레 조용해졌다. 그의 감정은 그를 구렁텅이에 빠뜨렸다. 그는 모든 걸 느끼고 있었지만 그 어떤 것에도 반응하지 않기 시작했다.

테베는 그 발가벗은 성인 두 명을 사진기로 쏴 대기 시작했다. 여자를 구매한 녀석은 온몸을 침구로 가려 들고 있었고, 구매당한 여자는 덩그러니 버려졌다. 그 광경은 간혹 술집 앞에 떨어져 있던 매춘 광고지 속 모습과는 꽤 다른 모습이었다. 그 광고지에서 몸의 굴곡을 뽐내던 매춘부의 당당한 모습은 없었다.

"이게 재범률에 영향을 미쳤겠습니까?" 긴 침묵을 깨고 무코가 물었다.

정신 나간 놈.
테베는 아무런 대꾸를 하지 않았다.

"테베," 무코가 말했다. 그의 목소리는 꽤나 무거웠다. 그 무거움은 모종의 분위기를 담고 있었다. 그 분위기는 마치, 테베를 타이르고자 하는 것이었다. 테베는 그 분위기에 자존심이 상했다.

"무책임함 속에서 책임을 물을 수 있다고 생각하십니까?" 무코가 물었다. "프로이데는 이미 형벌에 대해 떠들어 댈 수 있는 권한을 스스로 포기했습니다. 게다가 그것을 포기하기란 어렵지 않았을 겁니다. 애초에 단 한순간도 가져본 적이 없었으니 말입니다. 웃기는 일 아닙니까? 그들은 지니고 있지도 않은 것을 남에게 떠넘겼던 겁니다." 무코가 말했다.

테베는 그를 무시하며 다음 감방을 열어 재꼈다. 그곳에는 생전 처음 보는 고급술과 온갖 사치스러운 기계들로 가득 차 있었다.

"양도라는 것은 가지고 있는 것을 다른 존재에게 넘긴다는 겁니다. 그렇지만 애초에 가지고 있던 것이 아무것도 없었다면야, 양도란 불가능한 것이지요. 그렇지만 프로이데는 분명, 무언가를 사업가들에게 양도했습니다. 그렇다면 그들이 양도한 것은 도대체 무엇입니까?" 무코가 물었다.

테베는 그가 해야만 하는 일을 묵묵히 했다. 그는 그 감방에 놓여 있던 온갖 사치스러운 물품들의 사진을 찍은 다음, 그다음 감방으로 서둘러 발걸음을 옮겼다. 그다음 감방에도 매춘을 하는 죄수가 있었다. 맙소사, 심지어 이번에 성기를 구매한 그 녀석은 죄의 악랄함으로 신문에도 몇 번이나 났던 강간범이었다. 테베는 그 강간범의 악랄함에 피해를 입었던 불쌍한 여자 꼬맹이를, 신문에 실린 기사 덕에 잘 알고 있었다. 그 더러운 기억이 자해를 강제하는 흉기가 되어 정신이 나가 버렸다는 것을, 범죄가 펼쳐졌던 시간이 다가올 때마다 귀를 막고 소리를 질러 댄다는 것을, 그 꼬맹이의 가족은 그즈음이 될 때마다 서로 부둥켜안고 울부짖는다는 것을.

저 더러운 강간범 놈은 한 가정을 전부 망가뜨렸다. 이제 그 가정에서 찾아볼 수 있는 행복이라곤 '용서'라는, 마음에도 없는 헛소리나 지껄이는 것뿐이었다. 테베는 역겨움을 넘어 거대한 분노에 휩싸였다.

그런데 글쎄, 죄수를 향한 대우에 불만이 있었다던, 테베의 올곧은 선언은 도대체 어디로 갔던가? 테베는 감정에 굴복해 버렸다. 그가 비치는 역설적인 모습은 스스로를 거짓말쟁이로, 겉만 번지르르한 헛소리꾼으로 만들어 버렸다.

"역겨운 놈들," 테베가 그 녀석과 매춘부를 향해 말했다. 테베는 그 둘에게 단호한 손짓을 했다. 부끄러운 신체를 가리고 있던 더러운 손을 치우라는 뜻이었다.

강간범과 매춘부는 테베의 명령에 얼굴을 붉히며 자신의 초라한 나체를 드러냈다. 그들은 테베가 마치, 형사와도 같은 사람이라 판단한 모양이다. 그런데 웃기는 일이었다. 테베가 진정 형사였어도, 그들이 그렇게 비굴한 행태로 굴복할 필요가 있었는가? 그것은 단지 테베가 행한 손짓이 너무나도 단호했기 때문이었을지도 모른다. 얼굴을 붉히며 부끄러움을 느끼는 강간범을 바라보는 테베는 조금이나마 꼬시다는 감정이 들었다.

테베는 그들의 벗은 몸이 적나라하게 새겨진 사진을 찍어 댔다. 글쎄, 테베가 굳이 그런 사진을 찍을 필요는 어디에도 없었다. 어쩌면 테베는 그저, 온몸이 적나라하게 담긴 부끄러운 사진을 좋아하던 것이었을지도 모른다.

무코가 말했다,

"제가 프로이데로부터 양도받은 것에는 아무런 내용도 없습니다. 따라서 그 어떤 당위도, 법칙도 있을 수가 없지요. 제가 어떤 일을 하건 아무런 문제가 없다는 얘기입니다."

테베는 사진기를 휙 챙기며, 무코에게 이제 그만 돌아가 보라고 했다. 무코의 안내는 이제 아무짝에도 쓸모가 없었다.

"네." 무코가 평온하게 대꾸했다. 맙소사, 그는 뭐가 문제인지 정말 모르고 있었다.

"테베, 펼쳐진 현상은 현상에 불과할 뿐입니다. 그 어떤 당위도 내포하고 있지 않죠." 무코가 사무실로 돌아가며 넌지시 말했다. "이 감옥은 그저, 이랬을 뿐입니다. 저도 제 감옥이 다른 감옥들과는 다른 점이 있다는 사실을 알고 있습니다. 그렇지만 제 감옥이 지닌 다름은 그리 특출나지 않습니다."

'정신 나간 놈.' 테베가 속으로 말했다.

"우리 모두, 결국 마음대로 하고 있으니까요." 무코는 말을 마치고 사라졌다.

테베는 한동안 사진을 찍어 댔고, 갑작스레 두통이 찾아온 때에는 그 자리에 멍하니 서서 담배를 태웠다.

6

테베가 다녀간 후 이주일 즈음이 지나자, 프로이데 전역에서 감옥 사업체를 운영하던 모든 감꾼들이 한자리에 모였다. 그들의 결집은 다소 우스운 광경을 만들어 냈다. 경제적 탁월함에 취해 있는 이들이 모인 자리는 언제나 우습다. 그들의 자랑은 마치 승패가 정해져 있는 운동경기 같았다. 승자는 웃었고, 패자는 작은 분통을 터뜨렸다. 그리고 감꾼들은 각자 다른 성공담을 가지고 있었다. 그들에게 있어서 성공의 기준에 대한 논의는 언제나 즐거운 것이었다. 누군가는 아무것도 없는 상태에서 출발하여 드넓은 부를 펼친 것이 진정한 성공이라 했고, 다른 누군가는 이미 주어진 것을 더 나은 상태로 발전시키는 것이 진정한 성공이라 했다. 누군가는 그간 축적한 부로 얼마나 비싼 것을 구매할 수 있는가로 그것을 판단하고자 했고, 다른 누군가는 얼마나 많은 저축을 했는지로 성공을 판단하고자 했다. 그들의 뒤죽박죽은 즐거운 수다를 불러일으켰다. 게다가 무코에게 감옥을 팔았던 '잘난 척쟁이 감꾼'이 말했듯, 그들은 딱히 격렬한 사업 경쟁을 원치 않았다. 그들은 그저, 평온하고 잠잠했지만 동시에 지갑을 두둑하게 해 주는, 바로 그런 사업을 원하고 있었을 뿐이다. 격렬한 경쟁이 부재해서인가, 그들 간의 사이는 딱히 나빠 보이지 않았다. 그들은 화기애애했으며 부드러웠다.

회의가 시작되기 직전, 테베는 그의 상사로 있던 어느 감꾼과 함께 사무실에서 이야기를 나누고 있었다. 그의 상사로 있던 감꾼의 이름은 프롬이었는데, 그는 꽤나 기세가 좋은 사람이었다. 그의 머리는 조금 희끗거렸지만 몸집이 꽤나 다부졌다. 게다가 그의 키는 일반적인 사람들보다야 손 두 뼘은 컸다. 아마 그가 가진 좋은 기세란 것은 어느 정도 그의 체격에서 오는 것이었을지도 모른다. 권력으로 승패를 가르는 소꿉놀이에서도 좋은 덩치란 확실한 강점이다. 인간들은 그 아무리 원초적 직관에서 벗어나려 노력해도 여전히 그즈음에 머무를 수밖에 없는데, 딱 봐도 거대한 덩치는 다른 사람들로 하여금 작은 두려움과 복종을 이끌어 낼 수 있기 때문이다.

프롬은 감꾼 모임 전반적인 사무를 처리하는 사람이었다. 감꾼들 간의 크고 작은 다툼을 해결하여 공동체 안에서 질서를 다지는 일은 물론이고, 감옥 사업체의 처분과 매매, 그리고 감옥에서 허드렛일을 처리해 주는 사람들을 고용하는 것까지 전부 관할하고 있었다. 세탁물 수거꾼으로 시몬을 추천한 테베의 제안을 최종적으로 승인한 것도 프롬이었고, 무코가 감옥 매입을 증명하는 서류를 작성할 적에도 그를 마주쳤었다. 프로이데의 감옥과 조금이라도 관련이 있는 사람이라면 전부 그를 맞닥뜨려 보았을 것이고, 또 그의 올곧고 굳건한 몸짓에 작게나마 겁에 질려 보았을 것이다. 비밀스러운 진실을 전하고자 하는 몸짓과 말투로 말하자면, 무코 또한 프롬을 맞닥뜨렸을 적에 조금 겁에 질렸었다.

프롬은 그의 우람한 몸과 그의 업무가 포괄하고 있던 넓은 범위에 힘입어, 꽤나 권력이 있었다.

프롬 자신 또한 자신의 권력에 대해서 모종의 우월감이 있던 것이었는지, 그는 자신의 사무실을 꽤 웅장하게 꾸몄다. 알 수 없는 의미를 담은 그림 몇 점, 언제나 은은하게 흘러나오는 조용한 음악, 더군다나 생기를 흉내 내며 눈알이 박혀 들어가 있던 동물들의 사체들은 프롬이 지닌 기세를 그의 사무실 안쪽, 깊숙한 곳까지 파고들게 했다.

또한 프롬은 정확한 사람이었다. 그러나 그 '정확함'이라는 것이 '이치에 맞음'을 의미하던 것은 아니었다. 그것은 오히려, 자의적 이치를 있는 힘껏 존중하는 것에 가까울 것이다. 프롬은 이치 자체에 대한 반성을 할 줄 아는 사람이 아니었다. 그는 어느새 정립되어 있던 이치를 토대로, 세상을 해석하는 데에 정확했다. 바로 그런 점에서 그의 '정확함'이란, 정립 혹은 수정보다야 오롯이 해석에 관한 것이었다.

법과 관련된 업무는 프롬의 적성과 딱 들어맞는 일이었다. 해석은 권력과 기세에 영향을 많이 받기 때문이다. 조금 더 쉽게 말하자면, 모종의 해석이 받아들여지고 혹은 받아들여지지 않는 것은 그 해석에 내재한 논리적 구조나 진위 관계에 의해 결정되는 것이 아니다. 그것은 그 해석을 말하고 있는 존재의 사회적 기세와 동물적 기세에 의해 결정된다. 더욱이 형벌에 관한 논의는 그 어떤 논의보다 권력에 취약하다. 형벌이란 것은 본질적으로 그 생성 단계부터 권력에 편승하여 기대고 있기 때문이다.

권력의 난투에 지나지 않는 형벌의 논의장에서, 좋은 신체적 기세와 사회적 권력으로 무장한 프롬은 언제나 승자였다. 그런데 프롬이 그랬다고 해서, 누구에게나 권력을 남발했던 것은 아니었다. 앞서 말했듯 프롬은 정확한 사람이었다. 그는 복종해야 할 사람에게 복종했고, 복종을 강요해야 할 사람에게는 복종을 강요할 뿐이었다.

"저는 이 회의가, 단지 재범률을 문제 삼는 것으로 흘러가는 게 마땅치 않다고 생각합니다." 테베가 잠자코 회의 시간을 기다리며 관련된 서류를 읽고 있던 프롬에게 말했다. 그는 거의 눕다시피 폭신한 의자에 앉아서 그것을 읽고 있었다.

"그럼 어떤 걸 문제 삼는 게 온당하겠나?" 프롬이 몸을 끙차 일으키며 물었다. 그가 앉아 있던 폭신한 의자가 작은 비명 소리를 냈다. "무코의 시도는 규칙을 벗어나지 않아. 그가 행한 시도에 어느 하나 불법적인 것이 없었단 말이네. 재범률 말고는 딱히 아무것도 문제 삼을 게 없다는 말이지. 물론 얼핏 보았을 때에는 문제가 있어 보여. 그렇지만 거기까지야. 문제가 있어 보인다고 해서, 정말로 문제가 있는 것은 아니니까 말일세."

"아뇨, 프롬. 당신의 말은 틀렸습니다. 무코의 시도는 단지 규칙을 벗어나지 않았을 뿐입니다. 지금 우리가 몸담고 있는 체계에서 딱히 문제 삼을 수 없었던 것뿐이지, 정말 문제가 없는 것은 아니란 말입니다." 테베가 용감하게 대들었다. 아마 프롬에게 그렇게 날 선 목소리로 말할 수 있는 존재는 프로이데 전체를 통틀어 테베뿐일 것이다.

프롬은 호탕하게 웃었다. 프롬은 반발심을 가진 그의 아랫사람이 귀여워 보였을 정도로 여유 있는 사람이었다. 프롬은 테베를 잠깐 동안 가만히 바라봤다. 아, 따지고 보면 테베는 프롬에게 있어서, 아랫사람이었다기보다는 오히려 동료에 가까웠다. 프롬은 다시 눈알을 돌려 그의 사무실 천장을 바라봤다.

"자네가 뭔가 착각하고 있는 게 있는데, 나는 그를 가만히 내버려 둘 생각이 없네. 그의 감옥 사업은 너무 가파른 상승세를 타고 있어." 프롬이 말했다. 프롬은 고개를 돌려 테베를 바라보았다, "솔직히 말해서, 나는 자네가 왜 이토록 안달인지 모르겠네. 자네도 이미 많이 봐 왔지 않나? 우리의 회의 말이야." 프롬이 물었다.

"하나같이 전부 헛소리뿐이었죠." 테베가 말했다.

프롬은 힐끗 테베를 쳐다봤다.
"왜 헛소리였다고 생각하나?" 프롬이 물었다.

"실상 문제 삼고 싶었던 것은 어느 한 감옥의 주제넘은 성장이었으면서, 이것저것 말도 안 되는 이유를 붙여 댔으니 말입니다." 테베가 말했다.

프롬이 다시 호탕하게 웃어 버렸다. 웃음소리는 조금 길게 이어졌다. 프롬이 웃음을 멈추고 조금 새어 나온 눈물을 닦으며 말했다,

"권력에 관한 그림은 넓게 봐야 해, 테베. 우리가 '이것저것 말도 안 되는 이유'를 붙였던 건, 우리가 그렇게 해도 아무 문제가 없었기 때문이네."

"그게 무슨 소립니까?" 테베가 물었다, "아니, 그게 말이나 되는 소리입니까?"

"자네라면 감꾼들과 이 나라의 관계를 잘 알고 있겠지." 프롬이 말했다.

테베는 입을 다물고선 고개를 조금 끄덕였다.

그 모습을 확인한 프롬이 물었다, "우리는 전체이자 개별로 존재해야 해. 무슨 말인지 이해하겠나?"

"아뇨. 잘 모르겠습니다." 테베가 대답했다.

"프로이데의 감옥 전체를 대표하는 감꾼 집단에서는 어느 특정 감꾼

도 주목받으면 안 되지만, 동시에 온전히 하나의 것으로 존재해서도 안 된다는 소리라네." 프롬이 말했다, "프로이데가 우리에게 감옥을 넘길 적에 말일세, 한 가지 원칙만 지켜 달라고 했었어. 그 어떤 감옥도, 소위 '튀지' 말아야 한다는 원칙 말이야."

"당연한 요청이었겠죠. 프로이데는 대중들이 내뿜는 불만을 허공에 흩뿌리고 싶어 했으니까요." 테베가 말했다.

"그렇지." 프롬이 동의했다. "그런데 자네 말도 어느 정도 맞는 말이야. 지금껏 우리가 세운 이유는 전부 말도 안 되는 이유였지, 암. 맞는 말이야. 그런데 항상 기억하게. 거대하고도 불변해야만 하는 원칙이 있다면 말이야, 테베. 헛소리를 해서라도 그것을 지켜야 하는 거야. 왜냐하면 우리에겐 딱히 별다른 방법이 없으니까."

테베는 입을 꾹 다물었다. 테베는 불만스러웠다. 프로이데가 감꾼들에게 당부했던 그 원칙이 과연, 수익에 관한 것이었겠는가? 테베가 생각하기에, 그럴 리 없었다. 아마 프로이데가 당부했던 소위 '튀지' 말아야 한다는 것은, 그간 축적된 형법 체계에 반하는 행동을 하지 말라는 뜻이었을 것이다.

"아뇨, 프롬. 주제넘은 얘기일지도 모르겠으나, 당신의 해석에는 오류가 있어 보입니다. 아마 프로이데가 우리에게 했다던 그 '튀지' 말라는 요청은, 특정 사업체의 과도한 수익에 관한 것이 아니었을 겁니다."
테베가 맹렬하게 달려들었다. 흥분을 계속한 나머지 테베는 숨이 찼다. 그의 목소리는 껄떡거렸다, "듣기로는 얼마 전에, 어떤 감꾼이 가학 잔치의 구경꾼들에게 직접 죄수를 가학할 기회를 주고자 했다고 하더군요. 그런 게 진정 '튀는' 행동이지 않겠습니까? 그 감꾼이 행한 짓은 지금까지의 형벌에 관한 관념에 반하는 행동이었으니까 말입니다."
테베의 격렬한 발언이 침을 간혹 내뿜으며 계속되었다, "감옥 사업체가 얼마나 많은 수입을 창출하고 있는지, 얼마나 가파르게 성장하고 있는지는 프로이데의 요청과 전혀 상관없는 얘기란 말입니다. 감꾼들 대부분의 마음이 형편없을 정도로 좁다고 해서, 당신의 해석이 지닌 오류가 정당화되는 것은 아니지 않습니까?"

프롬은 테베가 자신의 해석에 대해 비판하는 것에 대해서는 아무런 반감이 없었다. 하기야, 테베는 비판하는 것을 빼고 아무것도 할 수 없었기 때문이다. 그렇지만 테베가 감꾼들과 더불어 테베 본인까지 '우리'라고 표현했을 적에는 그의 표정이 사뭇 일그러졌다.

"'우리'가 아니야. 자네는 감꾼이 아니니까." 프롬이 단호하게 말했다. 그것은 테베에게, 주제넘는 말을 하지 말라고 경고하고 있던 것이었을지도 모른다. 테베는 입을 꾹 다물었다.

프롬이 테베를 바라보며 계속했다, "자네가 무코의 감옥에 불만을 가지는 건 이해하네. 그걸 이해하지 못하는 게 아니야. 그렇지만 말이야, 테베. 이번 회의도 다른 회의들과 똑같을 거야. 결국 우리가 정한 대로 흘러갈 거네. 거대한 원칙을 지키는 방향으로 말이야. 그것이 곧 정의를 위한 일이거든."

"아뇨, 프롬. 당신은 제가 어떤 불만을 가지고 있는지 전혀 이해하지 못하고 있습니다." 프롬의 단호한 어투 덕에 흥분을 조금 가라앉힌 테베가 말했다, "저는 지금 당신이 말한, 그 '거대한 원칙'이 무엇인지 이해하지 못하고 있는 것이 아닙니다. 그렇지만 무코의 감옥이 가진 문제는 그 '거대한 원칙'보다 더욱이 거대한 것이란 말입니다. 당신이 말한 그 '거대한 원칙'이란 것이 과연 정의를 위한 것이었다면, 정의 자체에 대한 논의가 그 원칙보다 우선되어야 하는 것 아니겠습니까? 무코의 감옥에 대한 것은 우리가 그간 해 왔던 것처럼 마음대로 합의하고, 이것저것 헛소리 이유를 붙이고, 또 그것을 무코에게 강제해서는 안 되는 문제란 말입니다. 이번 회의는 이전의 회의들과 달라야 합니다. 덧없는 합리화를 그만두고, 진정 처음부터 건전한 논의를 쌓아 올려야 합니다. 무코의 감옥이 가진 문제는 프로이데와 감꾼들 사이에서의 거래보다 훨씬 더 본질적인 것 아니겠습니까?" 테베가 말했다. 그의 말은 엉성했다. "오롯이 정의에 대한 논의가 될 테니까요."

"그래서, 정의가 뭔가, 테베?" 프롬이 물었다. 프롬이 테베를 가만히 바라봤다.

테베는 대답할 수 없었다. 그로서도 잘 몰랐기 때문이다. 테베의 머릿속은 갑작스레 뒤죽박죽거렸다.

"저로서도 그것에 관해서는 명확하게 말할 수 없습니다. 그렇지만 확실한 건, 우리가 무코의 감옥이 가진 문제를 단순히 재범률로 치환하여 문제 삼는다면 더 근본적이고 건전한 논의를 할 수 없게 된다는 것입니다." 테베가 말했다, "숭고해 보이는 헛소리를 변명으로 지껄인다 해서 그 변명이 진정, 변명이 아닌 게 되는 것은 아니잖습니까."

"테베, 너무 애쓰지 말게." 프롬이 테베를 달래며 말했다, "우리는 정의를 처음부터 건전하게 다시 세우는 자들이 아니니까 말이야. 우리는 이미 합의된 것을 빌미로, 해석을 하는 사람들이지. 그래도 결국에 무코의 감옥은 변하게 될 거네." 그는 테베의 어깨를 툭 건드리며 덧붙였다. 어쩌면 그것은 테베를 설득하고자 함이었다.

테베는 실망에 취해 입을 꾹 다물어 버렸다. 입을 열어 버린다면 토악질을 할지도 모르겠다고 판단한 것이었을지도 모른다.

프롬은 테베의 다물린 입과 시계를 번갈아 들여다봤다. 어느새 회의가 시작될 시간이었다.

"이따 보지." 프롬이 말했다.

프롬과 테베가 대화를 나눌 즈음에 무코는 회의실에 도착했는데, 무코는 그곳이 사뭇 형을 선고받는 곳과 다름없는 분위기를 풍기고 있다는 사실을 알아차렸다. 그 회의의 좌석 배치는 여느 재판에서나 볼 수 있을 법한 것이었다. 무코의 자리는 마치 판결을 기다리는 범죄자에게나 어울리는 자리였고, 모임에서도 꽤나 거대한 권력을 가진 감꾼들을 위한 자리는 마치 판사들의 자리, 그리고 '그저 그런' 감꾼들의 좌석은 마치 배심원들의 자리처럼 배치되어 있었다.

무코는 그 모습을 보며 헛웃음을 몇 번 뱉었다. 그는 그를 둘러싼 감꾼들이 어떤 행태를 비칠 것인지 예상하기 시작했다. 그들은 스스로가 소꿉놀이를 하고 있다는 사실을 알아차리지도 못한 채로, 그 소꿉놀이에 온 힘을 다할 것이었다. 태어나서 처음으로 숭고한 개념을 들먹일 것이고, 무엇이 진정 옳고 그른 것인지, 무엇이 진정 형벌의 본질인지는 알지도 못한 채로, 한껏 내리깐 멋진 목소리나 뽑낼 것이다.

그러나 이것이 진정 숭고한 의견이 오가는 회의였건, 성난 군중의 감정만을 대변하는 공개 재판이었건, 어린놈들의 주제넘는 소꿉놀이였건 무슨 상관이란 말인가? 무코가 행한 것들은 진정 논란의 여지가 있었지만, 딱 거기까지인 것이었다. 모두가 알고 있다시피, 논란은 논란에서 그친다.

회의가 시작되고 무코는 둥글게 배치된 악인들에 둘러싸여 우뚝 섰다. 분명 수많은 사람들이 무코를 둘러싸고 있었지만 무코가 느낀 것은 오히려 고독이었다.

무코는 그곳에 가만히 서서 주위를 둘러봤다.

이곳저곳에는 테베가 찍어 간 사진들과 누군가가 갈겨 그린 도표들이 다닥거리며 붙어 있었다. 진정 중요한 것은 갈겨 그려진 도표들이었을 텐데, 그곳에 자리한 감꾼들 대부분은 매춘부의 나체를 담은 사진만을 깊게 들여다봤다. 발가벗은 매혹적인 이성의 몸이 가진 색채는 그 어떤 것보다 중요한 것이기 때문이었을지도 모른다.

회의의 진행은 꽤나 진부했다. 정보 전달의 역할을 할당받은 누군가가 멋진 차림을 한 채로 나타났고, 꽤 극적인 정보 전달을 위해 몇 가지의 발표 기술을 써 댔다. 그런데 그것이 얼마나 날카로웠건 간에, 결국 진부한 짓이었다. 발표를 꽤나 잘한다는 사람이라면 누구라도 할 수 있을 법한 발표였기 때문이다.

정보 전달이 진행될수록 이곳저곳에서 탄식이 터져 나왔다. 누군가는 목소리 크기 조절에 실패하여, 생각보다 큰 소리로 "엉망이군!"이라고 했다. 한숨소리가 드문드문 들려 그 회의장 전체가 다소 산만해졌다. 그곳에 자리하던 이들은 하나같이 윤리적 우월감을 느끼고 있었다. 저 무코란 사람은 윤리적으로 하등한 인간이고, 본인들은 적어도 저 무코란 놈보다는 윤리적으로 우월한 존재라 생각하기 시작했던 것이다.

하기야, 절도범의 번지르르한 구매와 강간범의 매춘이라니! 응당 인간이라면 그것이 잘못되었단 사실을 직시할 수 있어야만 하는 것 아니던가? 저 무코란 사람은, 과연 인간이던가? 어쩌면 저놈도 짐승이었을지도 모른다!

무코의 감옥에 대해 이러쿵저러쿵 던져지는 감상과 평가, 그리고 어째서 그런 시도를 한 것인지 묻는 질문에, 무코가 대답했다, "어쩔 수 없었습니다."

그 말을 들은 감꾼들은 하나같이 분노했다. 그들은 무코가 아직까지도 아무런 반성을 하지 않고 있는 것이 틀림없다 말했다. 무코를 향해 점잖은 척하는 욕설이 쏟아져 나왔다. 그들은 아무도 결론 내리지 못한 용어들을 들먹이며, 살면서 처음으로 멋들어진 말을 뱉기 시작했다.

재범, 정의, 약자, 정신병, 위험, 피해자의 억울함, 공감. 그리고 격리!

그들은 무코더러 제정신이 아니라 했다. 감옥을 이끌어 갈 재량도, 자격도 없다 했다. 그런데 웃기는 일이었다. 그런 재량과 자격이 있는 사람이, 거기 앉아 있던 자들 중에 단 하나라도 있던가? 그들이 그렇게 격렬할 수 있었던 것은, 그저 상이한 자리 배치 덕 아니던가? 그들이 진정 불만을 느끼고 있던 것은 재범률 따위가 아니라, 무코의 사업체가 빚어내던 좋은 수익 아니던가?

무코는 자신을 향해 쏟아지는 점잖은 욕설들과 가식적인 헛소리들이 멈추기를 가만히 기다렸다. 그러나 회의장이 잠잠해질 일은 없어 보였다. 감꾼들 모두 스스로의 모습에 취해 버렸다. 그것은 이전에 시몬이 테베에게 비쳤던 모습과 정확히 일치하는 것이었다. 거침없이 의견을 피력하며 뿌듯함에 젖었던 시몬의 모습 말이다. 감꾼들은 지금입 구멍을 통해 뿜어져 나오는 분노가, 마치 정의를 위한 것이라 오해하고 있었다. 정의를 주제로 한 회의에서 격렬히 입을 열고 있는 스스로의 모습을 그간 얼마나 그려 왔던가? 그 모습은 마치 먼 예전 정치가들과 학자들이, 죽음의 공포를 무릅쓰고 진실을 밝히려 선언하던 모습과 꽤 비슷해 보이는 것이었다. 그 회의장에 자리한 감꾼들은, 거침없이 입을 여는 자신의 모습에 취해 자신과 그 위대한 자들을 동일시하며 뿌듯해하던 것이었다. 그들은 이 회의를 자신이 그려 오던 덧없는 낭만을 위해 소비하고 있었을 뿐이다.

감꾼들 중 누군가는 재범을 방지하는 것도 격리의 일부라 소리쳤다. 영유아의 지적 수준에서 벗어나지 못한 모든 감꾼들이 그 발언에 동의하며 뿌듯함에 젖었다.

격리의 일부라, 그것은 옳은 말이다! 애초에 선함과 악함의 전투란무엇이던가? 선이 악을 무력으로 찍어 누르고선, 시체처럼 널브러진악을 일으켜 옷가지에 묻은 먼지를 털어 내고, 용서의 손짓을 내미는것 아니던가? 격리는 단순히 격리에서 그치는 것이 아니었다. 격리는물리적으로 떼어 놓음과 동시에 정신적 갱생을 허락하는 것이었다. 그것은 선이 본질적으로 악보다 우월하다는 자명한 사실을 드러내는 것이었다. 모두가 알고 있다시피 악은 선을 용서하지 않지만, 선은 악을 종종 용서하지 않던가?

감꾼들의 한탄은 더욱이 격렬해졌다. 그들의 눈에 무코는 선의 숭고함에 반기를 든 악마처럼 느껴졌을 것이다. 저 무코란 놈은, 우리가 행하던 숭고한 과업에 먹칠을 하고 있는 놈이다! 악하고 폭력적인 놈들을 선하고 약한 이들에게서 떼어 내는, 우리들의 아름다운 사명을 더럽히고 있는 놈이다!

자신감을 얻은 어떤 감꾼이 소리쳤다, 무코처럼 죄수들을 때리지도 않고, 교화시키지도 않고, 오히려 저런 호화로운 생활을 보장한다면, 자신이 죄수였어도 당연히 다시 범죄를 저지르고 싶어질 것이라며 말이다. 저 무코란 놈은 실상, 모든 죄수들에게 재범을 장려하고 있는 것 아니겠는가?

무코는 그를 둘러싼 분노를 조용히 관찰했다.

누군가는 본인의 화에 못 이겨 책상을 두들겨 패고 있었고, 누군가는 애꿎은 종이를 집어 던졌다. 그들의 행태야말로 악마 같았다. 그들은 불만을 표출하고 있었다. 그들이 진정 관심 있었던 것은 불만을 힘껏 표출하는 자신들의 모습이었다.

무코는 더욱이 차가워졌다. 그의 냉소는 이제 처참했다. 그는 혐오감에 휩싸였다. 무코는 속으로 생각했다, 저들은 어째서, 단순한 자리 배치가 신분을 대변할 수 있다 판단하는 것인가? 감꾼들 중 그 누구도, 나아가 인간들 중 그 누구도 정의에 대해 깊은 생각을 해 본 이가 없지 않던가? 약자들과 정신이상자들, 그리고 피해자의 억울함 따위에 한 번이라도 신경 써 본 이가, 과연 이 세상에 있던가?

무코는 갑작스레 웃음을 터뜨려 버렸다. 그것은 혐오감에서 비롯된 비웃음에 가까운 것이었다. 애초에 이놈들이 뭐라고 떠들건, 이놈들이 진정 문제 삼던 것은 어느 한 특정 감옥의 과도한 성장뿐이 아니던가? 그의 웃음소리는 멍청이들로 가득 찬 텅 빈 공간과 공명하며 크게 울려 퍼졌다. 그의 웃음소리는 간드러지는 소녀의 것이었다. 그곳에 자리한 모든 감꾼들은 그의 기행에 잠시 당황했다. 무코는 헛기침을 했다.

"종신형을 선고받은 죄수들만 받겠습니다." 무코가 말했다.

꽤 긴 시간 동안 육성의 고요가 그 일대를 감싸 안았다. 한동안 멍청한 머리가 데굴데굴 구르며 부딪히는 소리만이 들려왔다. 내포가 없이 외연만을 흉내 내는 모종의 주장을 흔적도 없이 사라지게 만드는 것은 쉬운 일이다. 그러한 주장들은 부끄러움과 긴밀한 가족이기 때문이다. 아무런 내포가 없는 말은 전부 헛소리다. 그 사실을 짚어 주기만 한다면, 그것은 스스로 부끄러워하며 도망쳐 버린다.

저어기 구석에 앉아 있던 어느 감꾼 하나가 손을 들고 물었다.
"그게 가능하긴 합니까? 그런 건 우리 마음대로 결정할 수 있는 게 아니잖습니까?"

그 감꾼을 바라보던 무코는 조용히 대답했다,

"관심 없습니다."

제 2 부

로
지

---◆---

발악은 전염되지 않는다.

1

광장에 울려 퍼지는 와자지껄함은 사람들로 하여금 평화를 느끼게 해 준다. 그런데 '느껴진다'는 점에서 평화란 것은, 감정에 불과한 것이었을지도 모른다. 그것은 사랑과 혐오, 기쁨과 슬픔, 즐거움과 따분함과도 같은 것이었을지도 모른다. 그런데 평화가 과연 감정이라면, 그 반대인 전쟁과 혼란도 감정에 불과한 것이었을지도 모른다. 그런데 우리가 지금 주목해야 할 것은 그것이 단순한 감정인가 아닌가 하는 점이 아니다. 우리가 주목해야 할 것은 로지, 한 사람뿐이다.

그는 광장에 멍하니 앉아 음악을 연주하는 소박한 사람이다. 광장에 줄곧 울려 퍼지던 평화는 로지의 연주로부터 비롯된 것이었을지도 모른다. 그는 광장 일대가 편안했을 적에는 편안한 음악을, 광장 일대가 신이 났을 적에는 신나는 음악을 연주해 냈다. 어쩌면 현상의 선과 후가 바뀐 묘사였을지도 모른다. 그가 편안한 음악을 연주하고 나서부터 그 광장은 편안해졌던 것이고, 그가 신나는 음악을 연주하고 나서부터 신나졌던 것이었을지도 모른다.

예술가 로지.
로지는 줄곧 건반을 두들겨 대기만 했지만 실상 그는 더 많은 것을 하던 것이었다. 그가 하던 것은 그림을 그리는 것이었고, 노래를 부르는 것이었고, 아리따운 꽃 한 송이를 팔고 있던 것이었고, 요리를 하고 나눠 주는 것이었고, 공중에 뜨는 풍선을 불고 주위 사람들에게 선물로 나눠 주던 것이었다.

그런데 그런 로지의 예술의 크기는 점차 축소되고 있었다. 사람들이 그를 외면하기 시작했던 것이다. 그 외면의 원인은 감꾼들의 가학 잔치였다. 감꾼들은 종신형자 몇몇을 골라 간혹 바깥으로 들고 나왔다. 그들은 그 악랄한 죄수들을 프로이데의 일반적인 사람들 앞에 세우고는, 심하게 매질하고 또 팔다리를 잘라 냈다. 로지의 무대 앞에서 잠깐 걸음을 멈추고 귀를 기울이던 행인들은 어느새 가학을 위해 마련된 무대 앞에 덕지덕지 자리를 마련하여 앉았다. 사람들은 더 이상 로지의 선물에 귀 기울이지 않았다. 로지의 동료들은 그런 사람들의 행태에 실망해 악단을 포기하고 자리를 떠 버렸다. 이제 로지는 마지막 남은 악단의 구성원이었다. 거침없이 돌아선 그의 동료들이었지만, 간혹 로지에게 찾아와 이러쿵저러쿵 새로워진 그들의 일상에 대한 잡담을 하곤 했다. 로지는 그의 옛 동료들이 찾아올 때마다 즐겁게 맞았다. 그런데 글쎄, 로지가 그들을 즐겁게 맞이할 이유는 어디에도 없었다. 차라리 퉁명스럽게 대하는 것이 이치에 맞았을 수도 있다. 따지고 보면 그들은, 로지를 배신한 녀석들 아니던가?

그러던 어느 날, 평소와 다름없이 건반을 펴고 가학 잔치를 관람하기 위해 둘러앉은 사람들을 바라보았을 때, 로지는 문득 깨닫는다. 그의 수중에는 간혹 무심하게 던져 넣어지던 몇 개의 동전마저 없다는 사실을 말이다. 로지는 가학 잔치를 구경하러 앉아 있는 사람들을 가만히 바라봤다. 로지는 그 사람들을 이해할 수 없었다. 그들은 어째서, 행복보다야 절규를 구경하는 것이었나?

"글쎄, 저렇게 공을 들일 필요가 있었겠나?" 누군가가 로지에게 말했다.

로지는 그 사람을 바라봤다. 그는 긴 기간 동안 그와 함께하던 동료였다.
"아, 오랜만이야." 로지가 말했다.

"로지." 동료가 말했다. 그것은 인사 대신이었다.
"어때?" 동료가 로지 앞에 놓인 작은 통에 동전 몇 개를 던져 넣으며 물었다, "요새 생활 말이야. 썩 배부르진 않을 것 같은데,"

로지도 작은 통을 멍하니 바라봤다. 좀 전 그의 동료였던 녀석이 던져 넣은 동전 몇 개를 제외하고서라면, 그것은 텅 비어 있었다. 감꾼의 잔치를 기다리는 사람들 때문에 주위가 소란스러웠다.

"글쎄, 요즘 사람들은 도통 산책을 하지 않으니까 말이야." 로지가 대꾸했다.

"로지, 나는 자네가 아직도 이러고 있는 걸 나쁘게 생각하지 않아." 그의 동료가 말했다, "심지어 존경스럽기까지도 하지. 나는 내가 악단에서 나오면서 깨달았어, 나는 결국 돈 때문에 악기를 두드리고 있었다는 사실을 말이야."

로지가 고개를 작게 끄덕였다.

"안정적으로 돈을 벌게 되니까 다시는 악기를 쳐다보지 않게 되더군." 동료가 말했다, "내가 삶의 이유라고 생각했던 것은 내가 투닥이던 음악이 아니라 그 음악으로 벌어들이는 돈이었던 거야."

로지는 안타까운 눈초리로 그를 바라봤다. 꽤나 슬픈 이야기였기 때문이다. 그런데도 동료는 아무런 감흥이 없던 모양이다. 오히려 동료가 로지를 안타깝게 바라보고 있었던 것이었을지도 모른다.

"자네는 나와 다른 것 같아서 부럽네." 동료가 말했다. 그것은 애써 예로 치장한 말이었다. "그냥 말해 주고 싶었어."

동료가 로지를 바라봤다.

동료는 분위기를 상기시키려 헛기침을 몇 번 했다. 그러고는 손에 맺힌 땀을 슥슥 옷에 문질러 닦았다. "그런데 만약에 말이야," 동료가 말했다, "정말 만약에, 로지. 자네가 다른 일을 하고 싶어질지도 모르니 종종 찾아오겠네. 자네가 허락만 하면, 내가 하고 있는 일을 소개해 주지."

로지는 껄껄거리며 웃어 보였다.

"나는 결코 그만둘 생각이 없어." 로지가 말했다.

"너무 그렇게 고정시켜 놓지는 말게. 세상일은 어떻게 될지 모르니까 말이야." 동료가 말했다.

"적어도 내가 원하는 새로운 것이 나타나기 전까지는 계속해야지." 로지가 말했다.

"그렇지만 말이야," 동료가 말했다, "그렇게 계속 기다리기만 한다면 말이야, 로지. 더 이상 손을 쓸 수 없게 될 정도로 늦어 버릴지도 모르네. 악단의 상황은 계속해서 나빠질 거야. 이제 악단도 아니지, 자네뿐이니까."

로지는 가만히 고개를 끄덕였다. 맞는 소리였기 때문이다.

"웃기는 일 아닌가?" 동료가 물었다.

"뭐가?" 로지가 되물었다.

"저 무대를 좀 보라고, 로지." 동료가 무대를 손가락으로 가리키며
말했다.
"저따위 짓거리가 하나의 문화생활이 되어 버리다니, 저것 좀 보라
고! 저 무대 꼴을 좀 봐. 마치 우리가 한창 탁월했을 때에, 우리에게나
어울렸을 법한 무대라고."

그의 말은 진정 사실이었다. 치렁거리는 장식에 수많은 관계자, 그
리고 그 주위를 둘러싼 사람들. 로지의 동료가 말한 것처럼 그 광경은
마치 잘나가는 악단에게나 어울릴 법한 광경이었다. 그 무대를 둘러싸
앉은 이들은 환호하기도 했고, 손뼉을 치기도 했다. 언젠가 로지는 그
의 악단원들에게 그런 장담을 한 적이 있었다, 자신도 언젠가는 번지
르르한 무대 위의 주인공이 될 수 있을 것이라며 말이다. 결과부터 말
하자면, 그 장담은 이후에 진정 이뤄진다.
그런데 한편으로 로지가 생각하기에, 그 무대 주위를 둘러싼 사람들
의 행태는 다소 어중간했다. 로지가 그런 판단을 한 것은 다름 아니었

다. 어린아이들의 눈을 손으로 가리는 부모들까지 그곳에 자리하고 있었기 때문이다. 그 부모들의 행태는 마치, 길거리에서 뜨거운 입맞춤을 하고 있는 연인의 모습을 가리기 위해 아이들의 눈을 움켜쥐는 것과도 같았다. 로지는 배를 잡고 깔깔거리고 싶다는 생각이 들기 시작했다. 그 부모 놈들이 멍청하다는 생각이 들어 버린 것이다. 그렇지 않은가? 이 세상의 그 어느 것도 단순히 나이를 먹었다는 이유 하나만으로 목격해도 되고 안 되는 것은 없었다.

때마침 감꾼으로 보이는 누군가가 나와 죄수를 소개했다. 그 감꾼의 말에 따르면 지금부터 펼쳐질 가학의 주인공은 너무나도 악랄해서, 법조차도 그가 갱생할 기회를 박탈해 버렸다고 했다. 사람들은 악마나 낼 법한 경탄의 소리를 뱉어 댔다.

감꾼은 무대를 둘러싸고 있는 대중에게 그 악랄한 죄수가 행했던 모든 죄를 읊기 시작했다. 사기 몇 번에, 폭행 몇 번, 살인! 그리고 강간!

악마의 소리가 이전의 그것보다 조금 더 크게 들려왔다. 이제 누군가는 그 소리에 저급한 욕설을 섞어 대기 시작했다.

로지와 그의 동료는 딱히 아무런 말도 없이 가학 잔치가 시작되는 것을 지켜봤다.

그놈이 두들겨 맞기 시작했다. 비명 소리가 크게 들려왔다. 사람들은 일제히 숙연해졌다. 심지어 몇몇은 혼잣말이나 뇌까리며 눈물을 흘리기까지 했다. 그런데 로지는 그 숙연함을 이해할 수 없었다. 저렇게 얻어맞는 것이 그들이 그토록 바라던 것 아니었나?

"미친놈들," 로지가 숙연한 눈물을 흘리고 있던 사람들을 바라보며 말했다.

로지의 내면에는 답답함이 차올랐다. 너무나도 답답하여 사지가 떨리기 시작했고, 그것으로도 모자라던 것이었는지, 이제 안면까지 덜덜 거렸다. "그렇지 않아?" 로지가 그의 동료에게 물었다. 그런데 어느새 동료는 그의 옆에 없었다. 그 또한 어느새 그 가학 잔치의 관중으로 스며들어 갔던 것이다. 잔치의 무대에 대해서 이러쿵저러쿵 불만을 지껄이던 자신의 모습을 까맣게 잊은 채로, 스스로를 그 미개한 짓거리에 동화시켜 버렸던 것이다.

로지는 입을 꾹 다물었다. 딱히 할 말이 없었기 때문이다. 로지는 실망을 하고 있던 것이었을지도 모른다.

로지는 동료처럼 가학 잔치에 스며들 수 없었다. 그것은 자신의 수입을 적게 만든 장본인을 꼴 보기 싫어서 그런 것이 아니었다. 애초에 로지는 적어진 수입에 대해 그다지 큰 신경을 쓰지 않았다. 로지는 저 감꾼들의 멍청한 볼거리에 취해 있는 멍청한 사람들이, 결국에는 일상으로 돌아와 다시금 자신의 음악에 귀를 기울여 줄 것이라 믿고 있었다.

로지가 그 가학 잔치에 가담하지 못했던 것은 실상 다른 이유에서였다. 예술은 예술가를 포함한다. 아무리 아름다운 그림이었어도 그것이 악랄한 놈에 의해 탄생한 것이라면 가차 없이 버려져야만 했고, 아무리 허접스러운 음악이었어도 그것이 선한 놈에 의해 탄생한 것이라면 끝도 없이 치켜세워져야만 했다. 로지는 자신의 예술을 위해, 죽을 때까지 선하고 싶었던 것이었을지도 모른다. 그는 자신에게 조금의 악랄함도 스며들길 원치 않았다. 그는 영원히 결백한 채로, 건반 위에 남아 있어야만 했다.

　그날의 가학 잔치는 다른 날들의 가학 잔치와는 사뭇 달랐다. 콕 집어 말하자면, 그날의 가학 잔치는 다른 날들의 것보다 더 유쾌했다. 어쩌면 그 유쾌함이란 것은 그날의 감꾼이 다른 감꾼들보다 도전적이었고, 또 뜬금없는 망상을 즐겨 하는 사람이었기 때문이었을지도 모른다. 한참을 가학하다 기절해 있는 종신형자 놈을 일으켜 세워 단단히 결박하더니, 그 앞에 모여 있는 대중에게 한 사람을 선정해 직접 가학할 기회를 주겠다 선언했다. 사람들은 그 제안에 사뭇 당황스러워했다. 하기야, 지금껏 그들의 가학은 오롯이 구경에 국한되는 것이었다. 구경의 장을 깨고 나와 직접 가학을 하는 것은 그들의 하찮은 용기에 반하는 일이었다. 그들은 서로 눈치나 보기 시작했다. 서로 눈치를 보는 그들을 향해 유쾌한 감꾼은 무어라 말을 덧붙이며 설득하기 시작했다. 그는 대중에게 징악의 기회는 쉽사리 찾아오지 않는 것이라고 했고, 신체를 잘라 내는 것은 간수가 직접 할 것이었으니 몽둥이질 몇 번만 대신하면 된다고 했다. 다행히 사람들은 그 말을 겨우 알아먹을 수 있을 정도로 멍청했다. 그렇지만 알아먹었다는 것과 실제 행동으로 나타나는 것은 분명 다른 것이었다. 대중은 여전히 서로의 눈치만 봤다.

로지는 서둘러 자신의 장비를 챙기고 자리를 뜨기 시작했다. 로지는 그 광기 어린 가학 잔치를 더 이상 견딜 수 없었던 것이다. 사람들 전부가 미친 게 틀림없었다. 그런데 전부가 미쳤다면야, 정말 미친 것은 다름 아닌 로지이지 않은가?

자신의 야심 찬 계획대로 흘러가지 않는 광경을 보며 감꾼은 한숨을 내쉬었다. 그 가학 잔치는 어쩔 수 없이 평소의 가학 잔치로 되돌아왔다. 도망치는 로지의 귓속으로 간혹 비명 소리가 비집고 들어왔다. 그 소리는 잠깐잠깐 끊겼다. 아마 도중에 기절을 하던 것이었다. 하기야, 살아 있는 살과 뼈를 두들기고 잘라 내는데 기절하지 않을 사람은 없었다.

"죽어 버렸을 거야," 어느 누군가의 뿌듯한 발언이 로지의 뒤통수를 건드렸다.

2

가학 잔치에서 겨우 벗어난 로지는 가만히 통을 들여다봤다. 자신의
동료가 던져 넣어 준 동전 두어 개가 짤랑거렸다. 슬슬 해가 지고 있던
것이었는지, 동전은 온통 잿빛이었다. 동전끼리 부딪히는 소리와 동
전과 통이 부딪히는 소리가 얄팍하게 들려왔다. 그 소리는 듣기에 좋
지 않았다. 로지는 값싼 술이나 팔아 대는 술집에 들어갔다. 아무 빈자
리나 털썩 앉아 그의 건반을 담고 있던 가방을 조용히 내려놓았다. 그
는 음식을 시켰고, 값싼 술 한 잔을 시켰다. 그것들을 전부 살 돈이 없
었다는 사실을 누구보다 잘 알고 있던 로지는 주문할 때에 약간의 가
책을 느꼈다. 그 가책이 명령한 것이었는지 로지는 주문을 취소하려
직원을 불렀다. 그런데 그 직원은, 당신이 주문한 음식이 이미 조리에
들어갔으니, 주문을 취소하는 것은 불가하다 말했다. 로지는 직원 어
깨 너머로 주방 쪽을 쳐다봤다. 너무나도 분주해 보였다. 글쎄, 로지가
판단하기에 이 직원은 거짓말을 하고 있었다. 금방 들어간 주문을 곧
바로 조리 해내기엔 밀려 있는 주문이 한가득인 것처럼 보였기 때문이
다. 어쩌면 이 직원은 아무런 사명감도 없이 하고 있는 자신의 업무가,
다소 복잡해지는 것을 막기 위해 거짓말을 하고 있었을지도 모른다.
로지는 한숨을 내쉬며 그냥 그 직원을 그렇게 내버려 두었다. 그는 다

시 동전 두어 개를 들여다봤다. 음식과 술은 생각보다 빠르게 나왔다. 어쩌면 직원은 거짓말을 한 것이 아니었다. 행여 음식을 옮기는 직원 중 하나가 로지의 텅 빈 돈통을 목격할까 그는 그것을 품속으로 급하게 숨겼다. 로지는 금방 마련되어 앞에 놓인 음식을 바라봤다. 차라리 그것이 옆 좌석에서 남긴 음식 찌꺼기였으면 좋겠다는 생각을 문득 했다. 그러면 값을 지불할 필요가 없었을 테니 말이다.

글쎄, 어찌저찌 이곳 사장과 즐거운 대화를 나누는 데 성공한다면, 자초지종을 설명하고 음식값을 나중에 갚기로 약속할 수도 있었다. 로지는 고개를 들고 사장을 쳐다봤다. 이런, 사장은 너무나도 바빠 보였다. 그의 부산스러운 움직임은 그 술집을 재미있게 만들고 있었다. 로지는 앞에 마련되어 나온 음식을 한 번 더 쳐다봤고, 주위를 멍하니 둘러봤다. 로지는 이 술집의 사장이 새로운 조명을 장만했다는 사실을 그제야 알아차렸다. 술집 곳곳에 달린 얇은 조명은 이 조용한 공간을 더욱 차분하게 만들고 있었다. 로지는 문득 의문이 들었다. 이 조명 덕에 이곳이 조용한 것인지, 아니면 그 반대로, 평소 분위기가 조용했기 때문에 술집 주인이 이런 조명 색을 선택한 것인지 말이다. 전자였을 것이다. 그런데 글쎄, 이 술집이 조용했던 적이 과연 있던가? 조용함이란 무엇인가?

그런데 그 의문은 지금, 아무짝에도 쓸모없는 생각이었다. 로지에게는 더욱 중요한 일이 있었다. 로지는 차마 음식과 술에 입을 가져다 댈 수 없었다. 어쩌면 로지는 양심의 가책을 느끼고 있었다. 혹은 어쩌면,

로지는 공포에 질렸다. 현행범이라는 이유로 얻어맞게 되는 상황을, 단지 돈이 없다는 이유 하나만으로 죄수가 되어 영원히 고통받게 되는 상황을 두려워하던 것이었다. 로지는 멍하니 술집의 출입문을 바라봤다. 그는 은근슬쩍 도망쳐 버릴 생각이었다. 그런데 아무런 음식도 먹지 않고 그냥 도망칠 것이었다면, 애초에 그 술집에 들어서지 않았으면 되는 것 아니겠는가?

"찢어 갈겨!"
그때, 술집 밖에서 누군가가 소리쳤다. 고요한 술집의 고요한 분위기에 힘입어, 그 외침은 모두의 주목을 앗아 갔다.

"오 맙소사," 옆좌석의 남자가 조용하게 비명을 질러 버렸다.
"제발 뭘 먹고 있을 때만큼은 저러지 않아 줬으면 좋겠는데," 그의 맞은편에 있던 남자가 말했다.

로지는 그 둘을 가만히 쳐다봤다. 글쎄, 저렇게 길가에서 두들겨 맞는 범죄자들을 맞닥뜨리는 것이 하루 이틀이던가? 심지어 잘나가는 악단에게나 어울릴 법한 무대를 만들어 놓고선, 얻어맞는 죄수를 전시까지 하지 않았던가!

"본때를 보여 줘!" 누군가가 또다시 소리 질렀다.

제2부 로지

로지는 자리에 가만히 앉아 주위 눈치를 보기 시작했다. 그 소란이 기회라 생각한 것이다. 범죄자가 두들겨 맞는 것을 구경하는 척, 슬쩍 나갈 심산이었다. 그런데 로지는 아주 멍하니, 건반을 담은 가방을 쳐 다봤다. 이런, 그것을 가지고 도망치기엔 너무나도 커 보였다. 그 가방을 메고 나선다면 사장이 발견할 것이 뻔했다. 로지는 생각했다, 어쩌면 가방을 술집에 내버려 두고 도망쳐 버리는 것도 나쁘지 않을 것이라며 말이다. 어쩌면 자신은, 계산하는 것 자체를 까먹어 버린 놈일지도 모르지 않은가? 로지는 힐끗 사장을 바라봤다. 사장도 길가에서 얻어맞고 있는 도둑놈을 구경하고 있었다. 로지는 자신의 옆자리에서 술을 나눠 마시던 남자 둘을 쳐다봤다. 그들의 대화는 조금 격렬해지는 듯 보였다. 지금 보니 그 둘은 물러 터져 보였다.

로지는 스스로 변명을 지껄이기 시작했다.

하기야, 음식을 전부 시키고 도망칠 수 있을 만큼 배짱 두둑한 사람이 과연 어디에 있던가? 그럴 수 있는 사람은 거의 없었다. 평범하기 그지없던 로지 또한 마찬가지였을 것이다. 어쩌면 로지는, 도망칠 생각이 전혀 없었다. 그는 단지 계산하는 것을 까먹었을 뿐이다. 로지는 속으로, 손가락을 딱 치며 감탄했다. 로지는 도망칠 필요가 전혀 없었다! 계산하는 것을 까먹기만 하면 되는 것이었다! 값을 지불하는 것을 단순히 까먹었다 하여, 정말로 악한 사람이 되는 것은 아니지 않은가? 그저 머리가 나쁜 사람이 될 뿐이다. 로지는 앞에 차려진 음식을 허겁지겁 처먹기 시작했다. 그는 값싼 술을 들이켰다. 접시와 술잔을 싹 비우는 것이, 어쩌면 자신의 망각을 보증해 줄 수 있을지도 모르지 않은가?

　그런데 로지의 옆에서 술을 마시던 남자 중 하나가 웃음을 크게 터뜨렸다. 로지는 그것이 자신을 비웃는 것이라 느꼈다.

　글쎄, 저 녀석이 로지를 비웃을 자격이나 되었던가? 그는 로지를 모른다. 그는 로지의 완벽한 망각을 모르고 있지 않은가? 어쩌면 동전 두어 개뿐이 없었음에도 음식을 주문한 것은 전부 망각을 위해 계획된 일이었을지도 모른다. 심지어 건반을 담은 큰 가방을 메고 다니던 것도, 그 계획의 일환이었을지도 모른다. 모든 것은 완벽했다. 망각에 성공한 로지는 다음 날 더욱 멋들어진 연주를 해서 돈을 두둑이 빌어먹을 수 있을 것이었고, 그 통을 짤랑거리며 사장에게 건네주고는, 고개를 흠씬 숙이며 자신의 어쩔 수 없었던 실수에 대해 유쾌하게 사과하면 될 것이었다. 그런데 로지는 본인의 계획에 모종의 모순이 있다는 사실을 깨달았다. 자신이 덤벙대는 성격임을 드러내기 위해서는 건반 가방을 술집에 두고 도망쳐야만 했는데, 그것을 정말로 두고 도망친다면 연주로 돈을 빌어먹을 수 없게 되기 때문이다.

　로지는 잠잠히 고민했다. 그는 가만히 앉은 상태에서 가만히 몸을 우스꽝스럽게 움직여 보았다. 그는 알게 모르게 누군가의 장애를 흉내 냈다. 스스로를 예술가로 생각하던 그는 이제 남의 아픔이나 웃음거리로 만드는 저질스러운 광대가 되어 버렸다. 게걸스레 처넣던 음식 찌꺼기가 그의 입가에 덕지거리며 붙어 있었고, 아주 허접스러웠던 장애를 흉내 내는 몸짓은 누가 보아도 웃음을 터뜨릴 정도로 형편없었다. 그런데 그 방법이 뭐였건 간에, 값싼 술집의 한 끼 식사를 구매할 수 있는 정도의 돈을 빌어먹는 것은 꽤나 쉬운 일이었을지도 모른다. 로지의 얄팍한 자존심만 내려놓는다면, 그는 아무런 문제 없이 다시금 연주를 할 수 있을지도 모른다. 로지는 갑작스레, 지금 자신의 가난은 너무나도 해결하기 쉬운 것이라는 생각이 들기 시작했다. 내일의 자신이 이 음식과 술을 살 수 있을 정도의 돈만 가지고 있다면야, 모든 것이 해결되지 않겠는가? 자신이 지금 밖에서 두들겨 맞고 있는 저 도둑놈과 같아질 리도 없었고, 광장에서 신체 구석구석 얻어맞던 불쌍한 놈처럼 될 리도 없었다. 모든 인과가 그의 망각을 보증하고 있지 않은가! 계산은 물론이고 건반마저 두고 가지 않았던가? 누가 봐도 로지는 덤벙대는 사람이지 않은가?

혹여 자신을 의심하려는 사람이 등장한다면, 당신은 나에 대해서 아무것도 모른다고 하면 그만일 것이다. 그놈이 신이 아니고서야, 로지의 기억을 낱낱하게 알 수 있겠는가? 아무런 돈이 없었음에도 음식을 잔뜩 시켰다는 것을, 이 술집에 들어선 바로 그 순간부터 실상 도망쳐 버릴 생각이었다는 것을 알 수나 있겠는가? 아니, 그 사실은 신조차도 모를 것이었다. 모든 놈들은 로지의 계획에 대해 예상만을 할 수 있을 뿐이지, 실제로는 어땠는지 전혀 알 길이 없지 않은가?

"내가 알잖나."

옆자리의 남자가 말했다.

로지는 그를 멍하니 바라봤다. 아무런 소리도 들려오지 않기 시작했다. 어쩌면 모든 소리가 들려와 아무 소리도 듣지 못하게 된 것이었다. 어쩌면 로지가 단번에 들이켠 값싼 술이 로지를 취하게 만들었고, 모든 멍청한 합리화가 로지를 비틀거리게 만들었던 것이다. 명료한 소리가 웅웅거리며 소음으로 변질되었다. 그는 휘청거리며 두들겨 맞고 있는 도둑놈을 향해 걸어갔다. 로지가 그곳에 도착했을 때 즈음에는 거의 모든 것이 끝나가고 있었다. 범죄자의 신음이 얄팍하게 껄떡거렸다. 로지는 멍하니 생각했다, 이 광경에 들어맞는 연주가 있던가? 그렇게나 많은 연주 곡들을 알고 있던 로지였지만 글쎄, 우선은 기억나지 않았다. 경찰에게 끌려가는 범죄자 놈의 몸 조각들이 덜거덕거리며 서로 부딪히는 소리를 냈다. 하기야 그는 진정 부서져 버렸다. 몸의 구석구석은 물론이고 그의 삶조차도 산산조각 났다. 그가 할 수 있는 것이라곤 그 조각난 인생을 붙들고 울음을 터뜨려 버릴 일뿐일 것이다. 그런데 서로 부딪히지만 않는다면야, 산산조각은 아무런 문제가 되지 않는다. 그렇지만 그것들은 언제나 서로 부딪힌다. 어쩌면 부서진 모든 것들은 다시금 합쳐지고자 하는 의지가 있던 것이었을지도 모른다.

로지는 자신의 발치를 바라봤다. 애매하게 커다란 망치 하나가 떨어져 있었다. 어쩌면 저 망치는 방금 끌려간 범죄자 놈의 것이었다. 단순하고도 자그마한 도둑놈이었을 것이라 생각한 그놈은, 어쩌면 악랄한 강도였다.

'내가 알잖나,'

로지는 옆자리의 남자가 한 말을 중얼거렸다. 로지는 땅에 떨어진
망치를 가만히 바라봤다. 로지는 그것을 강하게 움켜쥐었다.

3

글쎄, 로지는 도둑놈이 되기 싫었을지도 모른다. 손을 말짱히 놔둔다면, 세상의 모든 것을 훔치게 될 것이라 판단했던 것이었을지도 모른다. 어쩌면 로지는 두려움에 벌벌거리던 것이었다. 죄수가 되어 동물이 받는 대우를 받을 바에 차라리 손이 박살 난 인간의 대우를 받고자 했던 것이었을지도 모른다. 그런데 로지는 한쪽 손을 망가뜨릴 때에 정신을 잃었다. 두 손을 전부 없애 버렸어야만 했던 그의 발악은 애매한 결과만을 낳았다.

엉망이 된 로지의 왼쪽 손은 병원에서마저 외면당했다. 워낙에야 처참했기에, 의사는 아무런 고민도 없이 붕대를 칭칭 감아 버렸다. 그것은 치료가 아니라 실상 선고에 가까웠다.

직접 망치로 손을 내려친 로지의 시도는 일부 나쁘지 않았다. 술집에 돈을 낼 필요가 없어졌을 뿐만 아니라, 그의 건반을 돌려받은 것이다. 술에 취한 로지가 자신의 손을 내려찍고 정신을 잃어버렸을 때에, 로지를 병원까지 들쳐 메고 뛰던 착한 사람들이 주섬거리며 그의 짐을 전부 챙겨 주었던 것이다. 애초에 로지에게는 술값을 낼 돈이 없었다는 사실에 주목하는 사람은 아무도 없었다. 그들은 그저 로지에게 안타까운 눈초리만 보내 주었다. 자신의 손을 박살 낼 정도로 슬픔에 잠긴 인간에게 꼬치꼬치 돈을 받아 낼 비열한 사장은 어디에도 없었다. 그런데 건반을 '돌려받았다'라고 표현하는 것은 옳지 않은 것이었을 수도 있다. 그는 도통 그것을 잃어버린 적이 없다. 그것은 언제나 로지와 함께였다.

그나저나 로지는 병원에서 그를 간호해 주던 간호사에게 반해 버렸는데, 어쩌면 그녀가 아무런 말대꾸도 없이 요청을 전부 들어줬기 때문에 그랬던 것이었을 수도 있다. 그녀의 순응은 오롯이 환자와 간호사의 딱딱한 관계로부터 비롯된 것이었지만, 로지는 그것을 사랑의 호의라 착각했던 것이다. 당연히 로지가 그녀와 좋은 관계로 발전한 것은 아니었다. 로지는 여전히 빈털터리였고, 병원비를 낼 수 있을 리가 없었기 때문이다. 그녀에게 사랑스러운 말을 걸어 보겠다던 로지의 결심은 그가 병원에서 도망침과 동시에 사라졌다.

시간이 꽤나 지나가고 로지가 다시금 광장 앞에 섰을 때 로지는 고민에 잠겼다. 절도를 막기 위해 손을 망가뜨렸던 그의 발악은 아이러니하게도 절도를 부추기고 있었다. 이제 로지는 아무런 수입을 얻을 수 없었다. 로지의 가난은 어쩔 수 없었다. 가학 잔치의 강렬함에 매료된 멍청한 사람들은 일상으로 되돌아올 생각이 없어 보였다. 아니, 그들은 어쩌면 이미 일상으로 되돌아온 것이다. 가학 잔치를 함유한 새로운 일상으로 말이다.

감꾼들의 가학 잔치는 날이 갈수록 강렬해지고 있었고 사람들은 더 이상 로지의 몸짓에 주목하지 않았다. 더욱이 반주를 담당하던 손이 엉망이 되었으니, 로지가 할 수 있는 연주라곤 반주가 사라진 선율뿐이었을 것이다. 그런데 반주가 사라진 선율은 언제나 형편없다.

그런데 따지고 보면, 반주가 사라진 선율이 꽤나 멋들어졌어도, 혹은 프로이데의 사람들이 로지가 원하는 일상으로 돌아왔어도, 로지는 다시 연주를 하지 않았을 것이다. 의식은 인식의 기반을 형성하고, 의식이 없는 인식이란 존재하지 않는다고 말한다면 로지가 연주를 그만둔 이유를 설명하기에 썩 적절할지도 모르겠다. 로지는 여전히 알고 있었던 것이다, 예술은 예술가를 포함한다는 사실을.

그는 이미 도둑질을 하려 했던 악랄한 놈이고, 게다가 상황의 선후가 어찌 되었건 도둑질을 해 버린 놈이었고, 심지어는 그것을 자신의 계획이라 칭하며 합리화하는 더러운 놈이었다. 그런데 글쎄, 그 사실을 누가 알 수나 있겠는가?

더러운 놈이 되어 버린 로지는 더 이상 아무런 예술적 표현을 할 수 없었다. 정확히 말하자면, 아무런 표현도 해서는 안 되었다. 그것이 멋들어졌건 형편없었건 간에, 더러운 놈의 예술은 애초에 존재해서는 안 되었기 때문이다.

일자리를 소개해 주겠다며 찾아왔던 로지의 동료는 망가진 손을 목격한 이후로 다시는 찾아오지 않았다. 아마 그가 소개해 주려던 업무는 양손을 자유자재로 써야 하는 업무였던 모양이다.

엉망이 된 왼손에 힘입어 로지는 작은 것들을 훔치기 시작했다. 슬슬 배고픔을 견딜 수 없었던 것이다. 죽기 전까지 선하고 싶었던 로지가 절도를 일삼다니, 그것은 로지 나름대로 어쩔 수 없던 일이었을지도 모른다. 로지는 자신이 더 이상 예술가가 아니라는 생각을 가져 버렸다는 점에서 스스로를 구속하던 모든 윤리적 우월로부터 해방되었다. 게다가 모든 학자들이 수도 없이 짚었듯이, 스스로의 생존보다 윤리를 중요시하는 것은 정신 나간 짓이다. 우선 살아 있어야 선할 수 있다는 점에서 그렇다. 그러니 어쩔 수 없던 로지의 비행은, 개인적으로나 윤리적으로나 이치에 맞는 일이었다. 그러나 '어쩔 수 없다'는 말이 의미를 가질 수 있던가? 어쩔 수 없었다는 것은, 결정이 펼쳐 든 선택지가 오롯이 하나였다는 것을 드러낸다. 그러나 진정 그렇던가? 더 나은 방법은 언제나 선택된 것 바로 옆에 존재한다. 어쩔 수 없는 일은, 어쩔 수 없이 그 어디에도 없다.

좀도둑 로지.

광장을 직접 만들던 로지는 이제 없다. 그는 꽤나 초라하다. 차라리 모두에게 들키지 않고 물건을 훔쳐 댔으면 덜 초라했을 것이다. 그의 느린 손짓은 주머니 수색을 부추겼고, 그의 어쭙잖은 거짓말은 가게의 사장들로 하여금 그를 의심하게 했다. 로지는 스스로를 초라하게 만든다. 그런데 로지를 초라하게 만드는 것은 로지뿐이 아니었다. 도둑질을 하는 로지를 잡아낸 사장들도 로지를 더욱이 초라하게 만들었다. 그들이 로지를 용서하려 들었던 것이다. 차라리 그들이 용서를 하지 않았다면야, 로지는 그나마 당당할 수 있었을지도 모른다. 물건을 불법적으로 움켜쥔 로지의 오른손을 붙잡은 사장의 아귀는 그다음으로 로지의 멱을 붙들었고, 그다음으로 로지의 왼쪽 손목도 붙들었다. 그다음으로 그들은 뭉툭한 로지의 왼손을 목격했다. 그다음에 그들은 한숨을 내쉬었다. 그들은 아귀의 힘을 풀고 로지를 풀어 주었다. 차라리 기부한 셈 치려던 것이다. 아무도 로지를 잡아 두고 매질하지 않았다. 그 누구도 경찰을 부르지 않았다. 그들은 로지를 용서할 줄 알았던 착한 사람들이었지만, 로지를 더욱이 초라하게 만들어 버린 나쁜 사람들이었다.

로지는 스스로의 모습에 꽤나 큰 환멸감을 느끼기 시작했다. 악랄하고도 초라한 존재가 되어 버린 자신을 혐오하기 시작하던 것이다. 커져 가는 환멸감에 거울에 비친 자신의 모습마저 거부하기 시작할 때즈음에, 로지는 제 발로 경찰을 찾아갔다. 그는 뭉툭한 손과 날쌘 손을 번갈아 허우적거리며, 그간 자신이 했던 짓을 전부 토해 냈다. 로지의 두 손엔 수갑이 채워졌다. 어쩌면 로지는 스스로를 그토록 혐오하던 것이 아니었다. 어쩌면 로지는, 스스로를 너무나도 사랑하던 것이었다. 어쩌면 로지는, 더 이상 초라하고 싶지 않았던 것이다.

제 3 부

동
료

1

종신형자들만 받겠다던 무코의 제안은 받아들여진다. 그런데 글쎄, 우리는 바로 여기에서 무코의 제안이 어떻게 받아들여진 것인지 주목할 필요가 있다.

프로이데의 모든 종신형자들을 모아 특정 감옥에 가두는 것은 감꾼 회의만으로 결정될 수 있는 문제가 아니었다. 그것은 그간의 체계 일부를 수정하는 것이었고, 생각보다 거대한 일이었다. 본래 체계를 수정하는 일이라 함은 그 수정 부분이 크건 작건 간에 근본적으로 거대한 일이다. 변화란 꼬리에 꼬리를 무는 것이기 때문이다. 무코의 제안 하나만을 놓고 본다면 그것이 불러일으킬 변화는 너무나도 작아 보이지만, 그것은 실상 체계 전반적인 변화를 부를 수도 있는 것이었다. 전반적인 변화를 만들어 낼 수도 있는 제안은 그것이 시행되기 이전에 부가적인 검토를 부르기 마련이다.

게다가 체계 바깥이 아니라 그 속에 존재하고 있는 감꾼들이, 체계 자체를 바꾼다는 것은 여러모로 불가한 일인 것처럼 보인다. 체계 안에 있는 것들은 체계 자체를 바꿀 수 없다. 체계 안에 있는 것들이 바꿀 수 있는 것이라곤 끽해야 그 체계를 받아들이는 자신의 마음가짐뿐이다. 그 체계를 초월해 있는 존재가 아니라면 그 체계 자체를 바꿀 수 없다.

그렇지만 우선, 우리는 프로이데의 감꾼들이 무코의 제안에 사뭇 긍정적이었다는 사실을 주목할 수 있다.

감꾼들에게 있어서 가장 중대한 사안은 회의에서 줄곧 문제시되던 '재범률'에 관한 것도 아니었고, 피해자의 억울함 따위의, 그런 머리 아픈 소리에 관한 것도 아니었다. 그들에게 문제가 되는 것은 다른 이의 탁월함을 질투하는 데에서 오는 복통뿐이다. 결론부터 말하자면, 감꾼들은 무코의 제안이 결과적으로 무코 감옥의 성장을 탁월하게 억제할 것이라 판단했다.

불행인지 다행인지는 모르겠으나, 프로이데 전체를 뒤덮던 모든 종신형자들을 전부 긁어모아도 그 수는 일반적인 죄수들의 수와 비교할 수 없을 정도로 적었다. 따라서 만약 무코의 감옥에 종신형자만 가두게 된다면 무코의 감옥에서 지내는 죄수의 수는 자연스레 적어질 것이었고, 이는 곧 무코의 감옥 사업체는 일손이 부족해 허덕이게 될 것이란 자명한 사실을 예언하는 것이었다.

감꾼들의 더러운 구미를 당긴 것은 이뿐만이 아니었다. 만약 모든 종신형자들이 무코의 감옥으로 보내진다면야, 감꾼들 입장에서는 그간 자신이 억지로 포용하던 종신형자 놈들에게서 해방될 수 있게 되는 것이었다. 그동안 그들은 얼마나 고통스러웠던가! 하루에도 수차례 사라져 업무에 차질을 빚고, 다른 죄수들을 괴롭히고, 심지어는 간혹 간수들에게까지 주먹을 내지르던 그놈들 때문에 얼마나 속이 타들어 갔던가! 악랄함으로 똘똘 뭉쳐 단단해진 그놈들을 도맡아 준다면야, 여러모로 고마운 일 아니겠는가?

회의가 끝난 뒤에 많은 감꾼들이 프롬을 찾아왔다. 그들은 무코의 제안이 온당하진 않을지언정 수용을 검토해 볼 가치가 있다 했다. 프롬은 자신을 찾아온 감꾼들의 설득을 잠자코 듣더니, 그들의 의견에 동의했다.

법에 관련된 자들 또한 무코의 제안에 긍정적이었다. 그들은 무코의 제안을 매력적이라 생각했다. 사실, 프로이데의 법과 관련된 자들이 정의에 대해 사유하고 반성하던 것도 먼 예전의 일이었다. 독단의 안락 덕에 그들은 어느새 나태해졌다. 프로이데를 관통하는 법은 꽤나 큰 결함을 지니고 있었는데, 그것은 이전의 판결을 곧이곧대로 따라가야만 한다는 멍청한 원칙이었다. 그 원칙은 법에 관련된 자들을 영원한 나태에 빠지게 만들었다. 그들의 나태는 실상 엄벌을 불러일으켰다. 아무리 멋진 옷을 입고, 근엄한 표정을 짓고, 인과를 따져 대며 격렬한 토론을 벌여도 그 결론은 선과 악을 하나도 대변하지 못하게 되어 버렸다. 나태가 엄벌로써 부여한 그것은 무기력과 무능력이었다. 상대의 멱살을 잡고 소리를 지르는 미개한 짓을 하는 이들과 그들의 차이는 멋진 옷을 입었다는 것, 근엄한 표정을 즐겨 짓는다는 것, 인과나 따져 대며 격렬한 토론을 벌인다는 것 따위가 전부였다. 그들은 사명을 함유하지 못했고 결론을 내리지도 못했다. 무능력에 빠진 그들의 정의는 어느새 시체다. 그들은 판례를 들먹이며 격렬한 자위질을 한다. 그런데 글쎄, 어쩌면 그것은 자위질이 아니었을지도 모른다. 자위질에는 피해자가 없으니 말이다. 내가 자위라 무턱스럽게 치부한 그것은 사실상 강간이었다.

강간을 마친 이들(누군가는 가히 '거사'란 표현을 하기도 하는데,)은 눈앞에서 울컥이는 타인을 내버려 두고선 오롯이 자기 자신만을 걱정한다. 그들은 쏟아지는 울음에 힘이 빠져 널브러져 있는 대상을 한 켠에 스윽 밀어 두고, 주섬주섬 무언가를 주워 치운다. 그것은 양심의 소리를 수용하는 기관이 마비된 이들이 행하는 더러운 뒤처리다.

그런데 무코의 제안은 그런 더러운 뒤처리꾼을 자처하는 것이었다. 무코의 감옥에서는 도무지 '누명'이란 말이 나오지 않을 것이었기 때문이다. 만약 판결에 불만을 품은 사람이 무코의 감옥에 보내진다면, 눈알을 뒤덮는 행복의 환각에 정신이 나가 버릴 것이 뻔했다. 그 가엾은 이들은 감방에 쌓인 돈다발에 만족을 하고 입을 다물어 버릴 것이었다. 도대체 누가 그 덩어리진 돈다발을, 죽어도 입에 대 볼 수 없는 고급진 술을, 죽어도 말 한번 섞어 볼 수 없을 정도로 매혹적인 외모를 가진 이성과의 사랑을 두고 결백한 배고픔과 쓸쓸한 성관계를 되찾으려 하겠는가?

앞서 말했듯 무코 감옥 안쪽의 세상과 바깥쪽의 세상이 갖는 차이는 가시(可視)에 대한 것이 전부였다. 우리 모두는 이미 갇혀 있는 넓은 공간에서 자유롭다. 우리를 가두는 철창이 보이는가 혹은 보이지 않는가에 대한 단순한 사실은 진정한 차이가 될 수 없다. 결국 감옥의 안과 밖, 그 둘은 똑같다.

회의가 끝나고 일주일 즈음이 지났을 적이었나, 법에 관련된 자들은 대변인 하나를 프롬에게 보냈다. 그 대변인은 프롬에게, 무코의 요청은 진정 정의롭다 했다. 프롬은 담백하게 굽신대며 고개를 끄덕였다.

한편으로 프로이데의 법으로 놀음하던 자들의 이기심은 감꾼들의 이기심보다 더 큰 영향력을 미치기 시작했다. 사건이 애매하여 논란이 있을 법한 모든 죄수들을 종신형자로 만들기 시작했던 것이다. 선과 악을 구분하고 악을 격리하는 것이라던 형벌은 더욱 엉망이 되어 버렸지만, 그 누구도 그 사실에 대해 문제를 삼지 않았다. 완벽까지는 모르겠지만, 그것은 우선 완전해졌다.

회의에서 합의된 바가 시행되고 한동안 프로이데 전역에 걸쳐 대대적인 이감 작업이 시작되었다. 무코 감옥에 묵고 있던 정상적인 죄수들은 매를 맞기 위해 다른 감옥으로 옮겨지기 시작했고, 다른 감옥에 묵고 있던 악랄한 죄수들은 배부르고 행복한 노래를 부르기 위해 무코의 감옥으로 옮겨지기 시작했다. 이기심과 합리화로 덕지거리는 감꾼들의 합의는 또다시 정의를 그 완전한 목적에서 멀어지게 했다.

감꾼 모임은 무코의 감옥에 갇힐 수 있는 자격을 비밀로 하기로 했는데, 고로 그 자격이 종신형이었다는 사실을 알고 있는 사람들은 무코 본인과 감꾼들, 그리고 법에 관련된 자들뿐이었다. 어쩌면 무코의 감옥에 대한 소식이 대중 사이에서 널리 퍼지면 문제가 생길 수도 있다는 생각을 다 같이 했던 모양이다. 덧붙이자면, 후에 종신형자들끼리는 그 자격에 대해 스스로 깨달아 알고 있었다. 그렇지만 딱히 문제가 되진 않았다. 그들이 사회로 돌아가 그 사실을 퍼뜨리는 경우는 없었으니 말이다.

무코의 감옥에서 지내다 다른 감옥으로 이감되는 죄수들은 아무런 영문도 모른 채로 짐을 챙기고 떠나야만 했다. 무코 감옥에서의 황홀한 생활과 작별해야만 했던 죄수들은 제각기 다른 방식으로 그 박탈감을 상쇄시키고자 했다. 누군가는 눈물을 흘렸고, 누군가는 두려움에 벌벌거렸다. 또 누군가는 아마 다른 감옥들도 무코의 감옥과 비슷할 것이라 애써 지껄이기도 했다. 무릎을 꿇고 회개를 지껄이는 사람은 없었다.

이감 작업이 거의 마무리되었을 때 즈음, 시몬이 테베와 함께 술을 들며 물었다.

"그래서 그 문제, 무코 씨 감옥 문제 말이야. 그건 어떻게 돌아가게 된 건가? 결론이 난 건가?" 시몬이 테베에게 물었다, "조금 이상해서 말이야. 근 며칠간 또다시 피떡이 된 죄수복을 나르기 시작했거든. 그래서 무코 씨에게 물어봤었지. 죄수들을 매질하기 시작했냐며 말이야. 그런데 무코 씨의 답변이 꽤나 알쏭달쏭했네. 자신으로서는 어쩔 수 없다고 했지."

"엉망이야." 테베가 퉁명스럽게 대꾸했다.

평소와는 다른 테베의 말투에 시몬은 그를 멍하니 바라봤다.

"아, 미안하네." 테베는 이왕 자신이 비친 예의 없는 말투에 대해 사과했다. "우선은 무코의 말이 틀린 건 아니네. 죄수들을 이감하고 있어. 프로이데 전역에 걸쳐서 말이야. 아마 자네가 걸어 간 피떡 죄수복들은 이전 감옥에서 묻은 피였을 거야." 테베가 대꾸했다.

시몬은 좀 더 자세히 말해 달라는 요청을 담은 표정을 올렸다.

"나는 아무런 말을 할 수 없네. 비밀로 부치기로 했거든. 그리고 애초에 꽤나 실망스러운 합의였고 말이야." 테베가 말했다.

"자네와 감꾼에 대한 말을 하면 항상 느끼는 거지만, 망할 비밀들이 많아." 시몬이 술을 홀짝이며 말했다.

"맞는 말이야. 나도 처음에는 그런 생각이었지. 그런데 이제는 어쩔 수 없다는 생각이 들 뿐이야." 테베가 말했다.

시몬이 또다시 좀 더 자세히 말해 달라는 요청을 담은 표정을 올렸다.

테베는 한숨을 푹 내쉬더니, 말했다.

"그러니까……, 비밀이 아니었다면 사람들이 미쳐 날뛰기 시작할 거야. 꽤나 잘못 돌아가고 있거든. 무코에 대한 일은 특히나 더 그렇지."

"오, 저번에도 말했지만 말이야, 무코 씨는 그다지 문제를 일으킬 것처럼 보이진 않았는데," 시몬이 말했다.

"사실, 이제 아무런 문제가 없을 거네. 무코 씨의 감옥에 갇혀 있는 자들은 다시 범죄를 저지르지 못할 테니까." 테베가 말했다.

"그럼 결국엔 무코 씨가 잘 해낸 것 아닌가? 그거 좋은 소식이군." 시몬이 말했다.

테베는 그의 벗을 가만히 쳐다봤다.

"아," 시몬이 테베에게 덧붙였다, "애당초 무코 씨의 감옥이 가진 문제는 재범률 아니었나? 그런데 무코 씨의 감옥에 갇혀 있는 놈들이 다시는 범죄를 저지르지 못하게 되었다면, 그 문제가 해결된 것이니까 말이야."

"나는 자네가 왜 그렇게 무코를 좋아하는지 그 이유를 당최 모르겠어. 개인적으로 친한 사이도 아니지 않나? 그냥 세탁물을 걷으며 몇 번 대화해 본 것이 전부일 텐데 말이야." 테베가 말했다.

"아니, 왜 그런 사람들 있잖나. 그냥 궁금한 사람들. 그가 행할 일이 궁금한 거야. 무코 씨는 왠지 모르게 비범해 보였거든. 그냥 일반적인 사람들과는 달라 보인단 말이지. 나는 그냥 궁금한 거야. 그의 행동들이 말이야. 그리고 이왕이면, 그 행동들이 좋은 것이었으면 하지."

테베는 잠깐 아무런 말이 없었다. 그의 안에 자리하던 실망감이 뭉클거렸다.

"시몬, 권력은 거짓말쟁이인가?" 테베가 물었다.

"뭐?" 시몬은 그 물음에 시큰둥했다. "글쎄, 머리 아픈 얘기야."
시몬은 탁 하고 술잔을 내려놓았다.

2

여기 정상적인 죄수가 있다. 그간 관념화된 죄목에 따르면 그의 죄는 절도였는데, 참으로 아쉽게도 종신형을 받지 못할 정도의 경중이었다. 어쩌면 그가 처음으로 잡혀 들어온 것이기 때문이었을지도 모른다. 그는 소박한 심성을 가진 잠잠한 사람이었다. 재판에서 형을 선고받을 적의 그는 꽤나 다소곳했고, 또한 겸손했다. 그는 그가 심판을 받을 적에 나무망치가 일으킨 소음을 마음속으로 영원히 간직하고자 했었다. 그는 반성을 하는 몇 안 되는 죄수들 중 하나였다. 그렇지만 그것이 문제였다. 그가 만약 모든 것을 모른 체하고 판사에게 대들었더라면, 석방이 된다면 곧바로 재범을 일으킬 것이라고 으스댔더라면 종신형을 선고받을 수 있었을 것이다. 그런데 그는 그러지 않았다. 그는 반성을 하고 있었다.

그가 무코의 감옥에서 지낸 두 달 남짓의 생활은 아름다운 것이었다. 그는 드디어 깨닫기 시작했다, 경제적 노력은 빈곤에서 벗어나게 해 줄 수 있는 탁월한 것이었다는 사실을 말이다. 글쎄, 그런데 그가 진정 그 사실을 모르고 있던 적이 단 한 번이라도 있던가? 그는 그 사실을 모른 적이 없다. 그저 절도를 할 적의 상황이 꽤나 황망스러워, 잠시 잊었을 뿐이다.

그는 이곳에 와서 다른 절도범들을 많이 사귀었다. 대대적인 이감 작업이 시작되었을 때 즈음에, 그들은 이리저리 옮겨지는 다른 죄수들을 멍하니 바라보곤 했다. 그들은 이 이감의 기준이 도대체 무어인지 알지 못했다. 그들은 두려움에 떨고 있었다. 자신들도 옮겨질지도 모른다는 생각이 조금씩 피어나고 있었고, 다른 감옥에서 죄수들이 어떤 대우를 받고 있는지 잘 알고 있었기 때문이다.

그는 그가 이감되던 날 아침에, 넓고도 쾌적한 그의 방에 앉아 조용히 고민을 했었다. 네 달 남짓 후면 다시 사회로 나갈 것이었는데, 나가서 어떤 일을 시작할지 고민을 하던 것이었다. 그는 이곳, 무코의 감옥을 지키는 일을 하고 싶었다. 이미 잘 알고 있는 구조였고, 게다가 이곳의 죄수들은 꽤나 문제를 일으키지 않는 순진한 자들이었기 때문이다. 자신을 일깨워 준 공간을 지키는 일이라니! 여러모로 낭만적인 일이었다. 그는 갑작스레 따뜻한 기분을 느꼈고, 그 기분을 느끼자마자 감옥 정가운데, 기둥을 둘러싸고 있던 모래 공터로 향하기 시작했다. 그는 방을 나서며 평소 괜찮은 관계를 유지하던 간수에게, 간수가 되는 방법에 대해 이것저것 물어봤었다. 그의 대답은 꽤나 다행스러웠다. 그가 말해준 바에 따르면 간수가 되기란 생각보다 쉬운 일이었기 때문이다. 며칠 준비하면 거뜬히 합격할 수 있는 시험을 보고, 또 몇 주일 준비하면 거뜬히 합격할 수 있는 체력시험을 보면 그만이었다.

"식은 죽 먹기일 거야." 그 죄수가 그의 죄수 친구들을 불러 모아 놓고선, 말했다.

친구들은 떠들썩했다. 그들은 잠시 동안이나마 즐거워했다. 너도나도 감옥에서 나가게 되면 어떤 일을 할 것인지 떠들어 대기 시작했다. 다시 범죄를 저지르겠다고 으스댄 녀석은 없었다.

그들 중 하나가 말했다, "그나저나 이 어수선함이 좀 빨리 끝났으면 좋겠는데," 그는 수갑을 줄줄이 차고선 큰 차에 올라타는 다른 죄수들을 바라보며 말했다.

"어쩌면 이 감옥이 완전히 없어지는 것 아니겠어? 하루가 멀다 하고 이렇게 사람들을 빼내 가고 있잖아." 어떤 절도범이 말했다.

"그건 아닌 것 같던데, 간혹 다른 감옥에서 이곳으로 온 녀석들도 있었으니까." 다른 누군가가 말했다.

"어쩌면 우리는 여기에 남아 있을 수도 있지. 다 떠나리란 법은 없으니까 말이야." 또 다른 누군가가 말했다, "아니, 아마 우리는 분명 전부 남아 있을 거야."

"솔직히 말해서 좀 불안한데," 죄수가 말했다, "다른 감옥의 생활은 끔찍하니까."

"맞아." 다들 동의했다.

그 죄수가 계속했다, "나는 이곳에 남아 있을 수만 있다면 무슨 일이라도 할 거야. 그게 아무리 치욕스러운 일이라고 할지라도 말이지." 그는 저급한 성적인 농담을 몇 마디 뱉었다. 그 '치욕스러운 일'을 더욱 생기 있게 설명하기 위함이었다. "나는 인간적으로 괜찮은 간수가 되고 싶어. 죄수들에게 새로운 방향을 알려 주는 거지. 범죄보다는, 일반적인 삶이 훨씬 낫다는 것을 알려 주는 거야."

그런데 그들의 잡담은 거기까지였다. 그날에 그들은 전부 흩어졌다. 재회를 약속하는 뜨거운 포옹을 할 시간은 없었다.

다른 감옥으로 옮겨진 그 죄수는 들어가자마자 두들겨 맞기 시작했는데, 그를 매질한 것은 간수뿐이 아니었다. 간수만 매질을 했더라면, 꽤 정상적인 삶을 살 수 있었을지도 모른다. 그렇지만 간수뿐이 아니라 다른 죄수 놈들도 그를 두들겨 패기 시작했다. 다른 감옥의 죄수들도 무코의 감옥에 있던 죄수들처럼 순진할 것이라 착각한 그 죄수가 그들에게 살가운 인사를 했다는 것이 그 이유였다. 게다가 그 인사와 더불어 무코의 감옥에서의 생활을 조금 들먹였으니, 다른 죄수들이 그를 아니꼽게 본 것은 당연한 일이었을지도 모른다. 그런데 아니꼽다는 이유로 다른 사람에게 매질을 한다는 것이 과연 상식적인 일이었는가? 그곳에서는 다분히 상식적인 일이었다. 폭력에 길들여진 자들은 모든 불만족을 폭력으로밖에 해결하려 들지 않았다. 그는 이감된 첫날 만에 눈이 부어 앞이 잘 보이지 않을 지경이었다. 그의 몸은 한없이 멍투성이가 되어 가고 있었다. 참다못한 그 죄수는 간수 중 하나에게 매달리며 살려 달라 빌었다. 간수는 매달린 그를 떼어 내고 다시 매질했다. 그런데 시간이 지나면서, 매 맞던 그 죄수는 그에게 행해지던 모든 폭력이 단지 환영 인사에 불과한 것이란 사실을 깨달았고, 새로운 죄수 놈이 들어온다면 자연스레 없어질 것이라고 판단하기에 이른다. 그는 불만을 갖기 시작했다. 단순히 '처음 들어왔다'라는 사실에 이토록 고통스러워야 하다니! 게다가 그는, 엄밀히 따지자면 신참이 아니었다. 그는 그가 선고받은 형량의 반 정도의 시간을 무코의 감옥에서 보내고 온 것이었으니 말이다. 나아가 그는 알 수 없는 우월감에 젖기 시작했다. 그것은 모종의 지적 우월감이었을지도 모른다. 그런데 그 우월감은 진정 옳은 것이었다. 처음 들어왔다는 것이 곧 두들겨 맞아야 한다는 것을 의미하지는 않았는데, 그 자명한 사실을 깨달은 자는 그 감옥 전체를 통틀어 오롯이 그 혼자이지 않은가? 다른 놈들은 전부, 하나같이 멍청한 놈들이다! 그런데 바로 이때 그는 크나큰 실수를 했는데, 같은 방을 쓰고 있던 죄수들을 설득하고자 했던 것이다. 설득은 알아먹을 수 있는 존재들에게만 그 효과가 있는 것이었으니, 그의 설득을 한마디도 알아들을 수 없었던 다른 죄수들은 그를 겸손하지 못하다는 핑계로 더욱이 두들겨 패 버렸다. 신참을 때리는 불문율은 예외를 낳았다. 이미 불손한 놈으로 점찍힌 그는 새로운 녀석이 잡혀 들어와도 가학에서 벗어날 수 없었다. 석방이 되어 정상적인 삶을 살 것이라던 그의 계획은 점차 엉망이 되어 가기 시작했다. 석방까지 몇 달 남짓의 시간 동안에 그의 다리는 수없이 부러져 가만히 서 있는 것도 기적인 지경에 이르렀고, 다른 놈들이 그의 머리를 한없이 두들겨 정상적인 정신적 행동이라곤 자신을 둘러싼 죄수들을 향해 알 수 없는 헛소리를 지껄이거나 눈물 흘리는 것뿐이었다.

그런데 그는 그렇게 생긴 그의 신체적 결손과 정신적 결손 덕에, 죽을 때까지 아무런 문제를 일으키지도 못하고 조용히 살아갈 수 있을 것이다. 그는 그냥 그렇게 잊힐 것이었다.

3

그리고 여기에 비교적 악랄하지 않은 종신형 죄수, 피셰르가 있다. 그는 수십의 사기죄로 들어온 것이었는데, 그간 행한 자잘한 사기죄들이 모여 거대한 우려를 불러일으키는 데 성공했다. 피셰르는 꽤나 눈치가 빠르고 상황 판단을 잘하는 자였고, 그런 능력이 자신을 꽤나 탁월한 이야기꾼으로 만들어 주었다.

피셰르는 다른 감옥에서 지내다 무코의 감옥으로 이감된 것이었다. 그가 다른 감옥에서 지낸 기간 동안의 기억은 꽤나 끔찍한 것이었다. 아무리 눈치가 좋고 머리가 빠르게 회전하는 그였어도, 다른 죄수들의 기준 없는 폭력은 피할 수 없었던 것이다. 그러나 피셰르는 눈치나 보며 조용히 있었고 때론 즐거운 농담도 잘 끼워 넣었으니, 그다지 굉장하지 않은 구타만을 견뎌 냈다.

아무런 영문도 모른 채 감옥을 옮기게 된 피셰르는 본인이 진정 구원을 받은 것이라 생각했다. 피셰르가 감옥을 옮기고 짐을 푼 첫날에, 그는 새로 만난 동료 죄수들과 이야기를 잠깐 나눴다. 이 감옥의 동료 죄수들은 하나같이 악랄한 죄를 선고받았음에도 다소 조용한 자들이었다. 아마 새로운 환경에 대해 눈치를 보느라 그랬을 것이다. 그렇지만 그 조용함이 진정 성격에서 비롯된 것이었건 눈치를 보느라 그랬던 것이었건, 피셰르는 그들이 조용한 녀석들이었다는 사실을 마음에 들어 했다. 동료 죄수들은 피셰르에게 무코의 감옥에 대한 사실들을 간략하게 일러 주었다. 아마도 종신형자들만이 묵을 수 있는 곳인 것 같다는 나름대로의 예상과, 무코 씨는 일한 만큼 돈을 준다는 것, 본인들을 정말 '직원'으로 대해 준다는 것, 때리지 않는다는 것, 별다른 문제가 없다면야 거의 모든 요청을 들어준다는 것.

"모든 요청을 말인가?" 피셰르가 다른 죄수들에게 물었다.

"그렇지. 무코 씨가 판단하기에 별다른 문제가 없다면 말이야." 다른 죄수들 중 하나가 대답해 주었다.

"그런데 '별다른 문제가 없다'라는 건 너무 애매하지 않은가? 나는 그 선을 좀 알아야겠네. 뭐가 문제가 있는 거고, 또 뭐가 문제가 없는 건지 말이야. 요청이 거절된 적이 있으면 말해 줬으면 좋겠는데," 피셰르가 말했다.

피셰르의 시도는 단연 탁월한 것이었을 수도 있다. 무엇이 문제가 되었는지 알지 못하는 지금 상황으로서 이미 거절된 적이 있는 요청을 반복하지 않는 것이 최선이었을 것이니 말이다. 그런데 그를 둘러싼 동료들은 자신들도 이 감옥으로 온 지 얼마 되지 않았다며 말을 대충 얼버무렸다.

피셰르는 원하는 대답을 듣지 못했음에도 알 수 없는 흥분에 휩싸이기 시작했다. 그런데 그것은 자신이 더 이상 매를 맞지 않아도 된다는 생각 때문도, 꽤나 번지르르한 급여를 받게 될 것이라는 사실 때문도 아니었다. 오히려 그 흥분은 동질감 덕이었다. 그는 무코와 개인적으로 대화를 나누고 싶어 하던 것이었다. 그는 무코가 궁금해졌던 것이다.

더욱이 그는, 아무리 같은 종신형을 선고받고 갇혀 있다 하더라도 모든 종신형자들에게는 일종의 '등급'이 있다고 믿었다. 그의 그런 믿음은 여러모로 납득이 가는 믿음이었는데, 왜냐하면 아무리 생각해 보아도 사기죄로 들어온 피셰르는 사람을 죽이거나 강간한 자들보다야 덜 악랄했다. 그런 판단을 한 그는 그 구분이 보다 적나라하게 드러나는 상황을 원했다. 그의 관념 속에만 자리하던 그 구분이 피부로 와닿게끔 만들고 싶었던 것이다.

피셰르는 한 가지 좋은 방법을 떠올렸다. 그는 그 방법이 떠오르자마자 무코 감옥의 정가운데, 기둥을 둘러싸고 있던 모래 운동장에서 가만히 무코를 기다렸다. 무코를 직접 대면한 적은 없었지만, 피셰르가 무코를 찾아내는 데 그리 오랜 시간이 걸린 것은 아니었다. 하기야, 간수복이나 죄수복을 입고 있지 않은 사람만 찾으면 되지 않던가?

이틀 내지의 시간이 흐른 뒤였나 피셰르는 조용히 산책을 하고 있던 무코를 불러 세웠다. 그는 무코에게, 요청할 것이 있다며 말을 건넸다.

무코는 반짝이는 손목시계를 잠깐 쳐다보더니 걸음을 멈추고 그의 말에 귀 기울였다.

"무코 씨, 이런 말을 하는 게 꽤나 이상한 일이긴 합니다만, 저는 단순하고 반복적인 업무가 적성에 맞지 않습니다. 저는 일반적인 종신형자들과는 다른 능력을 가지고 있기 때문입니다. 물론 제 능력을 단순 생산업무에 쓰는 것은 당신 마음이겠지만, 더 나은 일을 시키는 것도 당신 마음이겠지요." 피셰르가 말했다.

무코는 말없이 피셰르를 응시하며 그가 요청에 대해 뱉길 기다렸다. 그런데 실상 무코가 기다리던 것은 피셰르의 요청이 담고 있는 내용이 아니었다. 오히려 그는 평소와 다름없이, 곧바로 승인하는 것을 기다리고 있었을지도 모른다.

피셰르가 요청한 것은 다름 아닌 이 감옥을 둘러싼 모든 돈의 흐름을 관리하는 일이었다.

그의 요청을 흥미롭게 바라보던 무코를 바라보며, 피셰르가 덧붙였다.

"알고 계실지는 모르겠지만, 저는 사기로 들어온 거지요. 그리고 이 소개가 좋지 않은 영향을 미칠 것이란 사실도 잘 알고 있습니다," 그런데 이때, 피셰르는 자신의 소개가 썩 탁월하지 못한 것이었다고 생각했다. 돈을 만지는 업무를 보게 해 달라 요청하는 것이었으면서, 자신이 사기꾼이라 털어놓다니.

"아뇨, 아무런 영향도 없습니다." 무코가 주위를 둘러보며 말했다. 사람 여럿을 죽여 버린 자들이 한가로이 산책을 하고 있었다. 다행인 일이었다.

피셰르도 무코와 시선을 같이하며 계속했다.

"예, 뭐. 저는 사기로 들어온 것입니다. 그러나 그전에는 돈을 관리하는 일을 했었죠. 꽤나 잘나가는 편이었습니다. 최고는 아니었지만 적어도 최악은 아니었죠, 뒤로 몰래 돈을 빼돌린 적은 결코 없으니 말입니다. 기회가 된다면 말씀드리겠지만, 제가 선고받은 사기죄는 뭔가 이상합니다." 피셰르가 말했다.

"다들 그런 말을 하곤 합니다." 무코가 대답했다.

피셰르는 그 말에 호탕하게 웃으며 말했다,

"다른 놈들은 변명을 위해 지껄였을 테지만, 저는 변명하고 싶은 생각이 없습니다. 제 죄목은 실제로 이상했으니까요." 피셰르가 계속했다, "게다가 이곳이 원래는 많은 인원을 수감하고 있었다고 들었습니다. 그런데 이렇게 종신형자들만 받기 시작했으니, 인원이 많이 줄었겠지요. 그러면 당연히 사업 규모가 작아질 테고……," 피셰르는 또다시 주위를 둘러봤다. "수입이 적어지셨겠지요."

무코는 피셰르의 분석을 잠잠히 듣더니, "네."라고 했다. 그러고는 아무런 대꾸를 하지 않았다. 무코는 고민에 잠긴 것이었다.

무코가 고민에 잠겼음을 눈치챈 피셰르가 말했다.
"글쎄요, 무코 씨. 아무런 문제만 없다면야," 피셰르는 무코에게 다시금 기준을 되짚어 주려던 것이었다. "제게 돈을 관리하게끔 해 주신다면 영문도 모른 채 이리저리 새고 있던 지출을 막을 수 있지 않겠습니까? 절약이죠." 피셰르가 계속했다, "게다가 당신이 저를 온전하게 믿는 날이 온다면, 감옥 전체를 대신해서 투자까지 할 수 있죠. 무코 씨, 당신도 알고 있지 않습니까? 돈으로 돈을 버는 게 무언가 만들어 벌어들이는 돈보다 더 빠르고 거대하다는 사실을 말이죠."

물론, 아무런 문제가 없다면야 모든 요청을 들어주던 무코였다. 그런데 피셰르 한 명을 다른 죄수들과 구분하여 특별 대우하는 것은 무언가 선을 넘는 것이란 판단이 들고 있었다. 그런데 강간범들에게 매춘을 허용하던, 그 거침없던 무코는 어디로 갔던가! 어쩌면 무코는 진정 고민에 잠긴 것이 아니었다. 그는 그저, 새로움에 취해 그것을 음미하려 들던 것이었다.

제3부 동료

무코는 그런 피셰르의 시도를 향해 말했다, "네. 맞는 말입니다. 그런데 지금 당장 결정해 줄 의무는 없으니까요."

"그렇죠." 피셰르가 말했다.

그 둘은 당분간 아무런 말이 없었다.

"한번 검토해 보겠습니다." 잠깐의 침묵을 깨고선 무코가 말했다.

"그나저나, 무코 씨." 피셰르는 무코와 조금 더 대화를 나누고 싶었다. 그는 무코에게 자신을 각인하고 싶었다. "저는 그 기준에 대해서도 알고 싶습니다. '문제가 없다는 것'에 관해서 말입니다."

무코는 잠깐 동안 그 사기꾼을 바라보더니, 말했다,
"문서화된 것이 있죠. 이 나라의 감옥이라면 마땅히 지켜야 할 규칙 같은 것 말이죠. 제 사무실에 있으니, 원하시면 빌려드릴 순 있습니다."

"아뇨, 아뇨, 무코 씨." 피셰르가 팔을 허우적거렸다, "사실 제가 궁금한 건 당신에 대한 겁니다. 애초에 문서가 있다는 것은 아무런 의미도 갖지 않습니다. 결국 그것을 읽어 내는 사람에 달려 있으니까 말이죠. 당신에게 있어서, '문제가 되지 않는다'는 것은 무얼 의미하는 겁니까?"

또다시 무코는 피셰르를 가만히 바라봤다.

"그 부분에 대해서는 저로서도 아직 잘 모르겠군요. 깊게 생각해 본 적이 없습니다." 무코가 대답했다, "당신의 경우는 어떻습니까," 무코 가 물었다.

피셰르는 무코를 가만히 바라보더니 말했다.
"저는 아무래도 상관이 없습니다. 허점을 파고들어도 되고, 허점을 메워도 좋죠. 제게는 아무런 결정권이 없잖습니까? 저는 죄수니까요, 무코 씨. 저는 당신이 조종하는 대로만 움직이면 될 일이죠."

"그렇군요. 그렇지만 저는 다른 누군가를 조종하지 않습니다." 무코 가 대꾸했다.

"뭐, 그냥 비유였습니다." 피셰르가 대꾸했다. 다소 무안해진 피셰르 는 손을 죄수복에 슥슥 문댔다.

"그런데 만약에 당신이 그 일을 맡게 되어도, 생활이 편해지는 것은 아닐 겁니다. 돈을 관리하는 일이 몸을 쓰는 일보다 힘든 일이 될 수도 있다는 말입니다. 여긴 바깥과 다르게 정보 교환이 용이하지 못하니까 요." 무코가 말했다.

"오, 무코 씨. 저는 보다 쉬운 일을 하고 싶어서 이러는 게 아닙니다. 저는 여기서 지내고 있는 다른 종신형자들과 다릅니다. 저는 특별하죠. 단지 그 사실이 드러났으면 하는 겁니다." 피셰르가 말했다.

"그런데 그 사실이 드러난다고 해서 아무런 차이가 없을 텐데요," 무코가 말했다, "아무도 관심을 가지지 않을 겁니다. 당신은 이미 종신형 죄수이니까요. 프로이데의 그 누구도 죄수의 말을 들으려 하지 않죠."

"제가 알잖습니까," 피셰르가 말했다.

무코는 그 사기꾼을 멍하니 바라봤다.
피셰르의 요청은 받아들여진다.

4

    피셰르가 돈 관리 일을 하게 되면서, 피셰르와 무코의 사이는 빠르게 친밀해지기 시작했다. 어쩌면 그 친밀함은 피셰르가 업무를 보던 공간이 무코의 사무실과 가까웠던 덕분이었다. 저번의 대화에서 무코가 비쳤듯, 감옥에서의 정보 교환은 꽤나 번거롭고도 쉽지 않은 일이었는데, 무코는 그나마 통신장비 몇 개가 비치된 자신의 사무실 주변에다 피셰르의 업무공간을 마련해 주었던 것이다. 결과적으로 피셰르는 감옥의 정가운데 탑의 첫 번째 층, 무코의 사무실 바로 옆방에서 업무를 볼 수 있게 되었다. 피셰르는 자신이 다른 죄수들과는 다른 업무환경을 갖게 되었다는 사실에 꽤나 만족스러워했다.

    딱히 아무런 일이 없다면 가만히 앉아 아무것도 안 하던 무코와는 달리, 피셰르는 언제나 이야깃거리를 달고 사는 존재였다. 피셰르는 일을 마치고 매일같이 무코의 사무실을 두드리곤 했는데, 무코는 그런 피셰르를 구태여 말리지 않았다. 피셰르가 무코의 사무실에 처음 들어섰을 적에, 피셰르는 무코의 사무실이 생각보다 휑하다고 생각했다. 무코는 필수적인 장비가 아니라면야 굳이 사무실에 들여놓지 않는 것처럼 보였다. 게다가 간결하게 정리된 서류들과 각종 서적들.

무코의 방을 처음으로 맞닥뜨린 피셰르는 사뭇 흥미로움에 잠겼다. 정말 죄수 놈들의 방은 온갖 사치품들과 돈더미로 뒤범벅되어 난잡했는데 이 감옥을 전부 소유하던 무코의 방은 오히려 휑했으니, 피셰르는 그 차이를 음미하며 즐거워했다. 그리고 그는 아주 멍하니, 이 감옥에서 지내고 있는 사람들 중에서 갇혀 있는 사람은 무코가 유일하다는, 다소 우스운 생각을 했다.

피셰르가 무코의 사무실에 찾아갔을 때마다 그 둘은 가만히 앉아 담배를 나눠 피웠고, 이것저것 대화를 나눴다. 무코는 여전히 소란스럽지 않은 사람이었다. 입을 열고 소리를 내는 것은 대개 피셰르 혼자였다. 무코는 간혹 반응을 던져 넣기만 했다. 피셰르는 나름 친밀했던 한 기업의 사장에 대한 이야기, 가끔은 또 그 사장의 자손들에 대한 이야기, 또 다른 때에는 감옥에서 묵고 있는 다른 죄수들에 대한 이야기, 근무를 하고 있는 간수들, 혹은 어디서 주워들은 종교, 철학, 때론 과학에 대한 이야기, 그리고 가끔씩은 가벼운 조롱 따위를 지껄여 댔다. 무코가 보낸 반응은 그다지 특출나지 않았다. 어떤 기업의 사장과 그의 자손들에 대한 이야기를 들을 때에는 가만히 있었고, 다른 죄수들과 간수에 대한 이야기를 들을 때에는 조금 흥미로워했다. 종교, 철학, 때론 과학에 대한 이야기를 들을 때에는 즐거워했고, 가벼운 조롱을 마주쳤을 때에는 작은 웃음을 뱉었다.

그런 평소와 다름없던 어느 날, 피셰르가 무코에게 담배 한 대를 건

네며 말했다.

"돈을 관리하는 일 말입니다······" 피셰르가 말했다, "제가 잡혀 들어오기 전까지 하던 일 말이죠. 솔직히 말해서, 꽤 괜찮은 일이었습니다. 그냥 돈이 많은 고객들이 시키는 대로만 하고, 돈이 적은 고객들이 시키는 것은 대충 하고, 애써 큰일을 만들지만 않으면 죽을 때까지 배부를 수 있으니까 말이죠. 그런데 십여 년 남짓의 근무를 통해 한 가지 배운 점이 있습니다. 인간들이 분석해 낸 모든 체계는 엉터리라는 것이었죠. 돈에 관련된 모든 법들, 경제학적인 접근들, 인간의 심리에 대한 분석들, 전부 말이죠. 그것들은 전부 허점투성이였습니다. 누군가의 이기심이 항상 들어가 있더군요. 심지어 가장 순수하다 치부되는 숫자들과 통계까지도 인간의 의식이 숨어 들어가 있었다는 겁니다. 글쎄요, 아까 말했다시피 그 사실을 깨닫고 나서도 저는 그냥 시키는 대로만 하고, 딱히 큰일을 만들지 않았어도 됩니다. 그렇지만 갑자기 이런 생각이 드는 겁니다. '이 체계들이, 이기심으로 뭉친 바로 이 체계가 과연 옳은가?' 무코, 우리는 어쩌면, 우리 마음대로 분석하고, 규정짓고, 또 그것에 따라 살고 있는 것일지도 모릅니다. 우리가 그토록 찾아 헤매던 절대적인 진리라는 것은 없고, 모든 것이 자의적일 뿐일지도 모른다는 겁니다." 피셰르는 말을 마치고 무코의 눈치를 잠깐 보더니, 이내 덧붙였다, "전부 소꿉놀이 같다는 생각이 든 겁니다. 여러모로 웃긴 생각 아닙니까?"

무코는 말없이 피셰르의 다음 발언을 기다렸다. 무코로서도 비슷한 생각을 한 적이 있었으니, 피셰르가 어떤 결론을 내렸을지 궁금했던 것이다. 그런데 스스로의 질문에 대한 대답은 시원찮았다.

"글쎄요, 그런데 저는 잘 모르겠습니다." 피셰르가 말했다, "저는 옳고 그름을 판단할 수 있을 정도로 탁월한 사람이 아니었으니까요. 사실, 제 나름대로 답을 내리기 위해 할 수 있던 것이 아무것도 없었죠. 너무 어려운 문제더군요. 그런데 한 가지만은 할 수 있었던 겁니다. 혼란을 주는 것이 바로 그거죠." 피셰르가 손가락을 딱! 치며 계속했다, "이기심은 전부 권력에 따라 움직이고 있더군요. 모든 이기심은 권력을 가진 자가 권력을 가지지 않은 자들을 괴롭히기 위해 움직이고 있었단 말입니다. 문득 저는 그 방향을 반대로 만들어 보고 싶었죠. 자신들의 이기심이 세워 올린 굳건한 성벽이 무너져, 다름 아닌 자신이 찍혀 죽어 버리는 것을 보고 싶었다는 말입니다. 굳건하고 견고할수록 더 무겁게 깔린다는 사실을 드러내고 싶었던 겁니다. 철없는 객기였죠." 피셰르는 그때 생각이 조금 떠오른 것이었는지, 웃음을 옅게 올렸다.

"그랬군요." 무코가 대꾸했다.

"그렇죠. 지금껏 자신들의 편이었던 이기심이, 스스로를 해칠 수 있다는 걸 보여 주고 싶었단 말입니다. 즐거운 일이었죠. 혼란스러워하는 권력의 울음이란!" 피셰르가 낄낄거렸다. 그러고는 갑작스레 무표정으로 돌아오더니, "처음에는 야금야금거렸죠. 권력을 가진 자들이 알게 모르게 피해가 가게끔 했다는 겁니다. 그리고 점차 대담해지기 시작했습니다. 그들이 대담한 피해를 입는 것은 아마 처음 겪는 일이었을 겁니다. 오, 무코. 당신도 그들의 표정을 봤어야 합니다. 당혹스러워하는 타인의 표정은 언제나 짜릿하죠."

무코는 그의 말을 가만히 들었다.

"그놈들이 그렇게 당혹스러워하는 건 당연한 일이었습니다, 무코. 이기심은 항상 본인들의 편이었거든요. 그런데 그게 뒤바뀌어진 겁니다." 피셰르는 잠깐 동안 천장을 바라보더니, "그런데 그러다 보니 어느새 저는 죄수가 되어 있더군요."라고 했다.

"그렇군요." 무코가 건조하게 대꾸했다, "그러니까 정확히 무슨 일을 한 거죠?"

"사실 그리 특출난 일은 아니었습니다. 권력을 가진 자들에게만 적용되던 돈 관리 방법을 일반 사람들에게도 적용해 그들의 재산을 불려 주었고, 권력이 없는 자들에게만 적용되던 돈 수탈 방법을 권력을 가진 자들에게도 적용해 그들의 재산을 줄여 주었죠. 그게 답니다." 피셰르가 말했다.

"별거 없었군요." 무코가 대꾸했다.

"그렇죠." 피셰르가 대꾸했다, "저는 단순하지 않은 일을 할 수 있을 만큼 탁월하진 않으니까요. 그런데 사실 아직도 이해가 가지 않습니다, 제 죄목에 대해서 말이죠, 무코 씨. 선고를 받아 그냥 이렇게 지내고 있긴 하지만, 무언가 대단히 잘못된 거죠." 피셰르는 얼굴을 조금 일그러뜨렸다, "'사기'라니요? '사기'라니! 제가 지금 당신이 아니라 다른 사람과 대화를 나누고 있었다면, 이런 말을 하지 않았을 겁니다. 그렇지만 당신이기에 얘기하는 겁니다."

"피셰르, 저는 다른 사람들과 그리 다르지 않아요." 무코가 말했다.

"예. 뭐, 그럴지도 모르죠. 그런데 당신이라면 제 불만을 이해할 수 있을 겁니다." 피셰르가 말했다. 피셰르는 무코의 사무실에 놓인 소파에 윗몸을 조금 뉘어 천장을 바라보며 계속했다, "저더러 사기죄랍니다. 어이가 없는 일이죠. 제가 한 일은 단지, 수탈의 대상과 주체를 바꿔 버린 것에 지나지 않습니다. 빼앗기던 자들에게 빼앗아 보게 한 것이고, 빼앗던 자들이 빼앗기게 만든 것에 지나지 않죠. 그런데 그것이 사기랍니다." 피셰르는 몸을 갑작스레 일으켰다. 소파에서 작고 즐거운 소리가 났다, "그렇다면 그 '사기'라는 것은 말입니다, 무코 씨." 피셰르가 계속했다, "누군가의 신뢰를 기만한 죄가 아니란 것이 되어 버린다는 겁니다. 저는 누구의 신뢰를 기만한 적이 없으니까요."

"그렇게 볼 수도 있겠군요." 무코가 대꾸했다.

"제가 죄를 선고받고 무슨 생각을 했는지 아십니까? 사기죄라는 것은 단지 보복에 불과하다는 생각이었죠. 일종의 쾌씸죄라는 겁니다." 피셰르가 말했다, "하여간 쓰잘데기 없는, 유치한 죄란 겁니다. 생전 교육이라곤 받아보지 못한 어린놈들이 하는 소꿉놀이 같더군요. 어쩌면 무코, 어른은 애들과 별반 다르지 않아요. 단지 변명만 번지르르해질 뿐인 거죠."

"그럴지도 모르죠." 무코가 대꾸했다.

"그렇지 않습니까? 사기죄라는 것은, 양손 가득 가진 놈들이 손이 텅텅 빈 놈들에게 마음대로 지껄이기만 하면 생기는 죄목이니까요. 갇히고 나서 그런 생각이 들더군요. 정의란 것을 망가뜨리고 망치고 있는 놈들은 실상, 죄를 선고받고 복역을 하는 놈들이 아니라 오히려 죄를 선고하는 놈들이라는 생각이 말입니다."

이제 무코는 별다른 대꾸가 없었다.

"그렇지만 뭐, 종신형을 선고받게 되었으니 결과적으로 나쁘진 않았죠. 어쩌면 구원받은 것일지도 모릅니다. 꽤나 힘들었거든요. 저는 저를 둘러싸고 있는 체계가 전부 굳건한 것이라 생각했었습니다. 글쎄요, 선함과 악함, 보복과 용서, 그리고 정의!" 피셰르가 불끈 주먹을 쥐며 크게 소리쳤다. 순간 그의 모습은 멋진 영웅 같았다. 그런데 그는 곧바로 사뭇 잠잠해졌다. 그는 한숨을 내쉬었다. 그의 모습은 마치 연극을 하고 있는 사람의 모습 같았다.

"그렇지만 전부 헛것이더군요, 무코. 생각해 보십시오, '사기'라니! 우리는 그간, 그 '사기'라는 것에 얼마나 멋진 말들을 뱉곤 했었습니까? 다른 사람을 속이는 것은 정의롭지 못한 짓이라며, '사기'란 것은 다른 사람을 도구로 대하는, 그런 정신 나간 짓이라면서 말입니다." 피셰르가 말했다, "그렇지만 결론적으론 전부 헛것이었죠." 그는 담배를 물고 깊은숨을 들이켰다, "지금 우리 주위에 있는 모든 체계들이 말입니다."

무코도 피셰르를 따라서 그렇게 했다.

"오, 이런! 뒤죽박죽이 되어 버렸군요. 그러니까……, 정리하면 이런 겁니다." 피셰르가 허공에다 저울질을 하며 정리하기 시작했다, "사실 인간들이 만들어 낸 체계는 헛것이 아닙니다. 그건 분명 모종의 실체를 갖는 것이지요. 그런데 그 실체가 결국 다수의 멍청함과 소수의 이기심이었다는 거죠. 그런데 그 권력의 이기심이란 것은 아무짝에도 의미를 갖지 않는 것이니까……. 전체적으로 봤을 때는 헛것이라는 것이 되어 버리는 것이고 말이죠. 그리고 그 사실을 깨달아 버린 저는 너무나도 힘겨웠던 것이고요. 이해가 가십니까?" 피셰르는 무코의 눈치를 살폈다.

"네, 어느 정도는 이해가 갑니다." 무코가 대꾸했다.

"네." 피셰르가 말했다, "그리고 이곳에 왔습니다. 이곳에 갇히고 나서야 제 마음이 편해지더군요. 어쩌면 저는 변명을 찾고 있던 것이었을지도 모릅니다. 그 고통에서 벗어나기 위한 변명을 말이죠."

"그 말은 이해하기 좀 힘들군요. '고통에서 벗어나기 위함'이라는 것이, 정확히 무어를 의미하는지 말입니다." 무코가 말했다.

"무코 씨 그러니까……, 이런 겁니다. 저는 이곳에 갇혀 아무것도 할 수 없어요. 물론 이곳에서 당신과 대화를 나누고, 돈을 관리하고, 악랄한 종신형자들을 구경할 순 있지만 말입니다, 저는 실상 아무런 일도 하지 않고 있는 겁니다. 제가 갇히기 전에 했던 것처럼 '사기'를 쳐 댈 수 없다는 겁니다. 권력을 가진 자들의 이기심을 조롱하고, 권력을 가지지 못한 자들의 멍청함을 조롱할 수 없다는 거죠. 저는 이곳에서 편안합니다. 당신은 돈을 많이 주고, 때리지도 않고, 사랑을 원하면 매춘부와 거짓된 사랑을 속삭일 수도, 건강이 우려될 때에는 술 한 병을 들이켜 마시면 되니까 말입니다." 피셰르가 말했다, "이곳에 오고서야 비로소 이런 생각을 하게 된 겁니다, '나는 왜, 그토록 간절했던가?'" 피셰르는 무코를 바라보며 덧붙였다, "무코. 저는 왜, 그토록 혼란을 주려했던 것이죠?" 피셰르는 본인의 질문에 스스로 대답하며 계속했다, "자명한 이유에서죠. 저는 불만스러웠던 겁니다. 세상이 흘러가는 꼴이, 이치에 맞지 않았기 때문이죠. 그런데 그 '이치에 맞지 않는다'라는 판단은, 제가 불만을 느끼고 있던 것에 대해서도, 그리고 혼란을 주려 했던 것도 똑같더군요. 제가 불만을 가진다는 사실도, 그리고 혼란을 주려 하던 사실도 어떻게 보면 이치에 맞는 일이 아닐지도 모른단 말입니다. 제가 행한 모든 일들도 이치에 맞지 않는 일이었단 겁니다. 그렇게 저는 고통스러워지던 겁니다. 다른 모든 이들의 시도는 무의미하고, 심지어 제 자신의 시도도 무의미하고, 모든 것이 무의미하니까 말입니다. 아무리 몸부림쳐 봐야 무의미할 뿐이라면, 아무것도 하지 않는 것이 가장 효율적이고 좋은 일일지도 모르는 겁니다. 저는 실상 아무것도 하지 않을 변명을 찾고 있던 것이지요. 어쩔 수 없이 아무것도 하지 않고 싶었던 겁니다, 무코."

"그렇지만 피셰르, 아무것도 하지 않는 것에는 그 어떤 변명도 필요하지 않습니다. 어쩔 수 없이 아무것도 할 수 없게 되는 상황을 기다릴 바에야, 그냥 아무것도 하지 않으면 됩니다." 무코가 말했다.

"그러게요." 피셰르가 말했다.

갑작스러운 무안함을 느낀 피셰르는 괜히 마른세수를 하며 계속했다, "뭐, 여튼 간 그렇습니다. 어쩌다 보니 제 자신에 대한 이야기가 되어 버렸군요."

무코는 가만히 고개를 끄덕이더니, 물었다,
"피셰르. 당신이라면 어쩌시겠습니까,"

"뭘 말입니까?" 피셰르가 되물었다. 피셰르는 무코를 바라봤다. 그는 사뭇 새로움을 느꼈다. 무코가 먼저 무언가를 물어본 것은 처음 있는 일이었기 때문이다.

"피셰르. 당신이 길을 걷고 있는데, 길 한가운데에 쓰러져 있는 누군가가 있는 겁니다." 무코가 말했다, "자세히 보니 그는 곧 숨이 끊어질 것 같았죠. 당신이 할 수 있는 건 아무것도 없습니다. 그래서 당신은 그냥 갈 길을 마저 간 겁니다. 그런데 그렇다면, 당신은 죄를 저지른 겁니까?"

"글쎄요, 무슨 관계가 있는지는 모르겠지만 그건 죄가 아니죠. 애초에, 당신이 할 수 있는 게 없었으니까요." 피셰르가 말했다.

"저도 그렇게 생각합니다." 무코가 대꾸했다. 그 둘은 잠깐 동안 함구했다.

그 고요 속에서 조금의 고민을 더한 피셰르가 물었다, "그런데, 무코 씨. 정말 그런 경우가 있습니까?"

무코가 피셰르를 살짝 바라보고는, 이내 대답했다, "종종 있습니다. 누군가가 사고를 내고 도망쳐 버린 것일 수도 있죠. 그리고 어쩌면, 갑작스레 몸이 고장 나 버려서 쓰러져 버린 것일지도 모르고 말입니다."

"아뇨, 아뇨. 저는 지금 단순히 그 광경에 대해서 말하고 있는 게 아닙니다." 피셰르가 손을 허우적거리며 조금 웃었다, "당신이 할 수 있는 게 아무것도 없는 경우가 정말 있느냔 말입니다." 피셰르가 말했다.

무코는 얼마 동안 아무런 말도 하지 않았다. 피셰르는 그런 그를 내버려 두었다.

시간이 조금 흐른 뒤, 무코가 말했다.

"종종 있습니다."

"그렇군요." 피셰르가 대답했다.

그 둘은 당분간 아무런 말도 없었다. 피셰르는 문득 자신이 너무 오랜 시간 동안 농땡이를 쳤다는 감정이 들어 버렸다. 그는 휙 하고 그가 앉아 있던 소파에서 일어났다. 휙 일어나는 그의 모습은 체조 선수 같았다.

"근데 무코 씨, 당신도 마찬가지였던 것 아닙니까?" 피셰르가 물었다.

무코가 그 사기꾼을 바라봤다.

"아니 왜, 아무것도 하지 않기 위해선 그냥 아무것도 하지 않기만 하면 되는 것 아니겠습니까? 당신이 말한 것처럼 말이죠." 피셰르가 말했다, "당신이 쓰러진 사람을 발견하고도 아무것도 안 했던 것은, 그저 아무것도 하지 않고 싶었기 때문 아닙니까?"

"피셰르, 저는 그런 광경을 실제로 맞닥뜨린 적이 없습니다." 무코가 말했다.

"아, 네. 그러시겠죠. 워낙 그런 광경은 흔하지 않으니까요." 피셰르가 말했다.

제3부 동료

피셰르는 일어선 채로 품을 뒤적거리더니, 또 담배 한 대를 꺼내 물고는 무코에게도 한 대 건넸다.

"그런데 있잖습니까, 무코 씨. 이곳에서 진정한 동료를 만들기는 조금 어렵더군요." 피셰르가 자욱한 안개를 뿜어 대며 말했다, "다들 죄목에 따라 모이니까 말입니다. 살인자들은 살인자들끼리, 강간을 한 놈들은 강간범들끼리, 폭행은 폭행……, 뭐 이런 식으로 말입니다. 그렇지만 이 감옥에 사기로 들어온 놈은 제가 유일하죠. 그래서 어쩌면 죽을 때까지 동료가 당신뿐일지도 모르겠습니다."

"피셰르, 저는 사기범이 아닙니다." 무코가 말했다.

"뭐, 여튼 간에요." 피셰르가 대꾸했다. 피셰르는 고개를 끄덕 숙이고는 되돌아갔다.

5

시간이 꽤 많이 지나갔다. 피셰르와 무코는 수많은 대화 덕에 더욱이 친밀해졌다. 무코는 피셰르에게 투자 일도 맡기기 시작했다. 피셰르는 자신이 자부했던 바대로 꽤나 탁월한 인재였다. 피셰르의 능력 덕에 무코의 사업은 상황이 많이 좋아졌다. 온갖 종신형자들로 뒤범벅 지기 전의 가파른 상승세를 다시금 되찾아 가고 있었다. 그러나 무코는 자신의 사업을 확장시키지 않았다. 감꾼들이 문제 삼을 것이 뻔했기 때문이다. 무코는 피셰르가 투자로 얻은 부가적인 수익을 자신의 죄수들에게 전부 분배했다. 악랄한 죄수들의 생활은 더욱이 풍요로워 졌다. 감옥 바깥의 삶이었다면 상상조차 할 수 없는 것들을 방에 들여 놓고는 즐거운 생활을 계속했다. 그 누구도 그들을 막지 않았고, 그 누구도 그들의 소비를 문제 삼지 않았다. 원래 문제라는 것이 그렇다, 아무도 문제 삼지만 않는다면 문제가 아니다.

한편으론 아무런 다툼이 없을 것만 같았던 무코의 감옥에도 몇 번의 다툼이 발생했다. 그런데 그다지 큰 다툼이었던 것은 아니다. 그것은 간헐적으로 일어났다 없어지는 해류의 부딪힘 같은 것이었다. 덧붙이 자면, 그것은 사랑싸움이었다.

사랑은 돈으로 살 수 없는 것이라던 누군가의 선언은 진정 옳은 것이었다. 그러나 사랑 자체가 아닌, '사랑의 감정'에 대해 말한다면 그 선언은 틀린 것이 된다. '감정'은 돈으로도 충분히 살 수 있다. 들락거리는 매춘부 하나당 스무 명이 넘는 죄수들과 사랑의 감정을 주고받았다. 그렇지만 그것은 분명 일반적인 사람들이 나누는 순진한 사랑과는 달라 보였다. 그런데 어떤 사랑을 순진한 것으로, 혹은 순진하지 않은 것으로 구분 짓는 기준이 과연 무엇이던가? 우리는 그 기준 자체에 대한 결론을 내릴 수 없다. 우리는 그저, 일반적이라 여겨지던 사랑과 죄수들의 사랑을 비교하며 반정립을 행할 수 있을 뿐이다.

죄수들은 같은 애인을 서로 돌려쓰고 있는 상황이었기에, 자신의 애인에 대한 이야기는 암묵적인 금기가 되었다. 자신의 애인은 곧 옆방 살인자 놈의 애인이었고, 또 그 옆방 절도범 놈의 애인이었고, 맞은편의 강간범 놈의 애인이었기 때문이다. 무코의 감옥에서 펼쳐지는 몇 번의 다툼은 그 금기를 깬 자들끼리의 역겨운 짓이었다.

무코의 감옥에 대한 감꾼들의 평가는 더욱이 만족스러워졌다. 무코의 제안 덕에, 종신형자들이 사라진 그들의 감옥은 오직 말 잘 듣는 노예들뿐이었기 때문이다. 그들의 감옥에는 오직 비명 소리와 기계 소리뿐이었다. 다루기 쉽다는 점에서 그 두 소리는 동일한 것이었고 감꾼들의 입맛에 완벽한 것이었다. 게다가 프로이데의 법에 관련된 자들도 제법 만족스러워했다. 그들은 누명의 여지가 조금이라도 있는 죄수들에게 곧바로 악랄한 죄를 선고했고 종신형자로 만들어 버렸다. 그리고 억울하게 종신형자가 된 죄수들은 무코의 감옥으로 보내지고 죽을 때까지 행복했다. 법에 관련된 자들의 업적은 흠 하나 없이 매끈했다. 모든 것이 모두의 요구에 맞아떨어져 완전했다.

그런데 종신형자들의 행복이 거대해지면 거대해질수록, 감꾼들의 만족이 견고해지면 견고해질수록, 그리고 법으로 놀음하던 자들의 업적이 매끄러워지면 매끄러워질수록 테베의 불만은 더욱이 커져 갔다.

시몬은 테베가 심상치 않다는 것을 몇 번의 만남 덕에 바로 알아챘다. 테베는 감꾼과 감옥에 대해 말이 나올 때마다 혼자서 날뛰어 버리기도 했고, 심지어 저번에는 길거리에서 경찰에게 매를 맞고 있던 현행범에게 뛰어들어 대신 매를 맞았다. 테베가 그 현행범의 공범일 것이라 오해한 경찰들은 그를 연행해 버리기까지 했다. 다행히 경찰들의 오해는 생길 때마다 덧없이 풀어졌다. 어쩌면 프롬이 그들에게 전화하여, 요새 들어 자신의 귀여운 직원이 이상한 짓을 일삼는다고 설명을 한 것이었을 수도 있다.

"한두 번 있는 일도 아닌데 뭘 그러나," 시몬이 조사를 마치고 나오는 테베를 향해 한마디 툭 내뱉었다.

"이런 멍청한 자식," 테베가 시몬에게 말했다, "너도 똑같아."

테베의 말투는 날카로웠다. 그는 불만에 잠겨 있었다. 그의 불만은 시몬에게 날 선 말을 뱉게 했다. 그런데 그런 테베의 기행에도, 시몬은 딱히 기분이 나쁘지 않았다. 그는 그의 벗의 기분을 헤아리고 있었던 것이다.

"우리 모두가 똑같아, 테베." 시몬이 대꾸했다.

시몬은 테베의 어깨를 토닥여 주었다. 시몬은 테베를 곁에 두고 위로해 주어야겠다는 판단을 했다. 테베가 도대체 뭘 원하고 있는지는 잘 모르겠지만, 여하튼 간 그는 불만에 휩싸여 몸을 떨던 것이었으니 말이다.

"나는 있잖나, 시몬. 결국엔 이 모든 멍청한 짓거리가 막을 내릴 거라고 믿고 있네." 테베가 말했다.

"그래, 그래." 시몬이 테베를 타이르듯이 말했다.

"지금껏 나는 잘못 생각하고 있었던 거야. 나는 그냥 기다리기만 했네. 누군가가 이 미친 세상을 변화시켜줄 것이라 믿으면서 말이야. 그런데 정말 미친 건 나였어. 나는 두려웠던 거야. 분명 변화에는 손실이 따르기 마련이고, 더군다나 어떤 한 존재에 의해 뒤집어지는 것은 그 모든 손실이 그 한 존재를 향하지." 테베가 말했다. 그런데 이번의 발언은 흐지부지했다. 어쩌면 테베는 깊은 실망에 잠겨 있었고, 정상적인 논리를 펼 수 없을 정도로 정신이 혼미했던 모양이다.

"무슨 말인지 모르겠는데," 시몬이 대꾸했다.

"이런 맙소사, 이 멍청한 친구야. 굉장히 쉬운 소리라네. 모든 변화에는 대가가 따르기 마련이라는 거야. 그런데 어느 한 명이 세상을 바꿔 버린다면, 그 대가를 지불하는 것은 다름 아닌 그 한 명뿐이라는 거고." 테베가 큰소리로 말했다.

"처음부터 그렇게 말했으면 얼마나 좋나," 시몬이 테베와 함께 보금자리로 돌아가며 말했다.

"나는 그저, 그 대가를 대신 지불해 줄 존재만을 찾고 있던 것이란 거지. 나는 영웅을 기다리던 게 아니었던 거야. 내가 한 짓이라곤 쓰레기통을 두리번거리며 찾고 있던 것에 불과했단 소리네. 아주 불손한 짓이었어. 변화를 원하고 있으면서, 그 대가를 뒤집어쓰긴 싫었던 거야." 테베가 말했다.

"그래서?" 시몬이 물었다.

"그래서?" 테베가 말했다, "시몬, 쓰레기통은 영웅이 아니어도 할 수 있어."

시몬은 테베가 걱정스러웠다. 테베의 눈동자는 어느새 불같이 뜨거웠다. 시몬은 그의 아내도 걱정스러웠다.

"테베, 자네가 영웅일 필요도, 그렇다고 쓰레기통이 될 필요도 없네. 내가 프로이데를 다른 곳보다 좋아하는 건 이곳에서는 딱히 특출나지 않아도 되기 때문이야. 자네처럼 알아먹기 힘든 책을 들쑤시고, 알아듣기 힘든 말을 지껄이지 않아도 살아가는 데 아무런 문제가 없지." 시몬이 테베를 달래며 말했다.

그 둘은 잠깐 동안 아무런 말이 없었다.

"그런데 말이야, 나는 자네가 도통 뭘 원하고 있는 건지 모르겠어." 시몬이 말했다, "테베, 자네 기분을 해칠 생각은 없으니까 오해하지 말고 듣게. 자네 말은 얼핏 듣기에 번지르르한데, 결과적으로는 헛소리라고 느껴질 정도야."

테베는 시몬을 가만히 바라봤다. 시몬도 그렇게 했다.

"그렇지 않은가? 자네가 이러쿵저러쿵 떠들어 대던 것은 전부 기억하고 있지. 죄수들이 잡혀 들어가서 매를 맞는 걸 마음에 들어 하지 않았고 말이야, 형벌에 대해서 뭐라고 떠들어 댔지. 근데 말이야, 테베. 자넨 내게 자네가 정말로 무얼 원하는지 말해준 적이 없어." 시몬이 말했다, "그래서 자네는, 누가 뭘 어떻게 했으면 좋겠는 건가?"

테베는 시몬의 말을 듣고 사뭇 잠잠해졌다. 아마 내가 그 광경을 직접 봤더라면, 시작보다 황망한 끝을 가진 부끄러운 성관계를 떠올렸을 것이다. 테베의 불만은 프로이데 전반을 향하던 것이었다. 테베의 불만을 온당히 맞을 대상은 프로이데 하나였다. 그렇지만 동시에, 프로이데를 구성하는 그 모든 것들이었다. 테베의 불만은 프로이데의 대중, 감꾼들, 그리고 법으로 놀음하던 이들을 전부 겨냥하던 것이었다. 테베는 대중이 가지고 있던 죄수들에 대한 관념에 불만을 느끼고 있던 것이었고, 실상 하는 일이라곤 돈을 벌어먹는 일뿐이었으면서 주제넘게 으스대는 감꾼들이 불만스러웠던 것이다. 게다가 테베는 무코의 제안이 헛소리였음을 알고 있었음에도 그것을 거부하지 못한, 법으로 놀음하던 이들에게도 불만을 느끼고 있었다. 그렇지만 나는 앞서 개별화에 대한 얘기를 한 적이 있다. 개별화는 스스로를 전부 헛것으로 만들어 버린다. 테베의 불만을 온당히 맞을 대상은 허공에 흩뿌려져 그곳을 가득 메웠다. 테베의 불만은 그 모두를 겨냥하던 것이었지만, 실상 아무것도 겨냥하지 못하고 있었다.

"나는 우리가 정확했으면 좋겠는 거야." 테베가 말했다.

"그래." 시몬이 대꾸했다. 테베의 대답은 여전히 허무맹랑한 소리였다. 이왕 시몬의 '그래'라는 대답은, 자신의 질문에 대한 테베의 답이 만족스러웠다는 것을 함축하던 것이 아니었다. 그 대답은 실상 건조한 수긍에 지나지 않는 것이었고, 예상하던 대로 아무런 내용이 없는 것이었음을 재확인한 것에 대한 감탄일 뿐이었다.

"그나저나 말이야, 테베. 무코 씨에게 친구가 생긴 것 같던데," 시몬이 화제를 바꿔 버렸다.

"그건 또 의외의 소식이군." 테베가 시큰둥하게 말했다, "무코는 좀처럼 우정을 나눌 줄 모르는 사람처럼 보였는데,"

"글쎄, 그런 모습이 있기는 하지. 조용한 사람이니까." 시몬이 말했다. "그런데 그 친구 놈은 죄수인가 봐. 그런데 죄수와 새롭게 친구를 맺고 싶은 사람은 이 세상에 없으니까 말이야 테베, 무코와 그놈은 그놈이 잡혀 들어오기 전부터 친구 사이였을지도 모르지." 시몬은 잠깐 동안 하늘을 보며 무코와 피셰르가 함께 있던 광경을 떠올리더니 덧붙였다, "그런데 그 둘이 같이 있는 모습은 좀 우스웠네. 무코 씨는 철창 밖에 나와 바람을 쐬고, 그 친구 놈은 무코 씨와 철창을 사이에 두고 바람을 쐬더군." 시몬이 조금 웃었다, "분명 같은 바람이었을 텐데 말이야, 그 죄수 친구 놈은 아마 상쾌한 기분을 못 느꼈을 거야." 시몬이 조금 낄낄댔다. 시몬은 꼬시다는 감정을 느끼고 있었다.

테베는 한참을 낄낄대는 시몬을 가만히 바라봤다. 테베의 시선을 알아차린 시몬은 조금 무안해했다. 그러고는 덧붙였다,

"그나저나 세상 참 좋아지지 않았나? 죄수가 매를 맞지 않는다니. 게다가 죄수 주제에 감옥을 운영하는 사람과 친하게 지낼 수도 있고 말이야, 심지어 감옥에서 일하는 누구는 죄수들 편을 들고 있지."

테베는 입을 꾹 다물어 버렸다.

"어쩌면 세상은 좋아진 게 아니야, 테베. 엉망이 되고 있는 거지." 시몬이 말했다.

6

한편으로 종신형자들이 자취를 감춘 감옥을 이끌던 감꾼들은 그들의 감옥에서 지내고 있던 존재들 중 아무나를 끌고 나와 가학을 즐기기 시작했다. 어쩌면 이 모든 것은 사슬처럼 그 인과가 맺어져 있었다. 그것은 감꾼 회의에서 무코가 제안했던 바가 받아들여지면서 나타나기 시작한 비정상적인 일이었다.

회의 후에 모든 종신형자들이 이감되어 자리를 옮겼을 적에, 프로이데의 감꾼들은 한 가지 고민에 잠겼었다. 그간 감꾼들은 특히나 악랄했던 종신형자들을 가학 잔치의 주인공으로 삼곤 했었다. 그런데 종신형자가 무코의 감옥으로 전부 이감되어 사라진 후부터는 그럴 수 없게 되어 버린 것이다.

감꾼들에게 있어서 숭고한 존경이란 것은 포기할 수 없는 짜릿함을 지니고 있던 것이었다. 존경이란 것은 종종, 그것이 쓸모없는 것이라는 사실을 깨닫지 못한 이들에게 중독성을 띤다. 감꾼들은 이미 그 얄팍스럽고도 더러운 존경에 중독되어 있었다. 그리고 이미 잘 알려져 있다시피, 중독은 앞뒤 상황에 대해 조용히 반성하는 모든 작업을 중단시킨다. 중독은 끝없이 그것을 갈구하게끔 만든다.

존경에 중독된 감꾼들은 즐거운 결론을 내리기 시작했다. 그 가학 잔치의 도구가 꼭, 종신형자들일 필요가 있던가? 생각해 보면 가학 잔치의 주인공이 꼭 종신형자들일 필요는 없지 않은가? 지금껏 종신형자들만을 가학 잔치에 세웠던 것은 불문율이기 때문이었을 뿐, 별다른 이유가 없지 않은가?

게다가 모든 죄는 악랄한 것이고, 모든 죄는 정당화될 수 없다. 힘없는 노인의 옷을 벗기고 죽여 버린 놈이건, 작은 금붙이 하나를 훔쳐 달아난 놈이건 전부 악랄한 놈 아니던가? 전부 악랄한 놈이었으니, 묵묵히 일을 하며 석방을 기다리던 한 놈을 결박하여 덩그러니 가학해도 되지 않은가? 두들겨 맞는 죄수를 구경하는 사람들 중 그 누구도 죄수 놈에 대해 관심이 없다. 그놈이 정말 악랄한 짓을 저지른 종신형자 놈이었건, 그저 그런 죄를 저지른 가엾은 놈이었건, 두들겨 맞는 데에는 아무런 상관이 없었기 때문이다.

테베로서도 가학 잔치가 계속되고 있다는 사실을 잘 알고 있었다. 하기야, 일주일에 몇 번씩 거리를 점령하는 그 기행을 한 번이라도 목격하지 못했다 말한다면 그것은 거짓말일 것이다. 무코와 직접 대화를 나눠 본 경험이 있던 테베는, 그 가학 잔치가 무코의 감옥의 죄수들로 행해진 것이 아니란 사실 또한 잘 알고 있었다. 그 가학 잔치들은 테베에게 심한 죄책감을 부여했다. 그는 그 일련의 인과에 대해서 책임을 느끼기 시작했던 것이다. 다름 아닌 자신이, 그 모든 비정상적인 광경을 빚어냈다는 생각이 들기 시작했던 것이다. 만약 그가 무코의 감옥에 대한 문제를 숨겼더라면 그 구역질 나는 회의는 애초에 없었을 것이고, 종신형자들을 무코의 감옥으로 옮기지도 않았을 것이다. 그리고 그렇다면, 지금처럼 감꾼들이 일반적인 죄수들을 데리고 가학 잔치를 여는 일도 없었을 것이다.

종신형자들이 가학 잔치의 주인공으로 쓰이는 것도 물론 바람직하지 않은 일이었지만, 비교적 덜 악랄한 일반적인 죄수들이 종신형자라는 누명까지 뒤집어쓰고 가학당하는 것은 더더욱 바람직하지 않아 보였다.

심지어는 감꾼들 사이에서 들려오는 소문에 따르면, 어떤 감꾼이 가학 잔치의 주인공으로 너무나도 아무나를 끌고 온 나머지, 자신의 감옥에서 근무하던 간수를 죄수로 착각해 데리고 나오는, 그런 허무맹랑한 실수를 저질렀다고까지 했다. 영문도 모른 채로 무대 위에 끌려간 간수는 무언가 대단한 착오가 있었던 모양이라며, 자신은 죄수가 아니라 간수라며 소리 질렀는데, 딱히 그 누구도 신경 쓰지 않았다는 것이다. 하기야, 이미 사람들 눈에는 그 간수가 악랄한 죄수로 느껴졌을 텐데, 죄수의 말을 누가 신경이나 쓰겠는가! 모든 죄수들은 자신이 결백하다 소리치니 말이다. 그런데 그의 턱과 이빨이 다 깨져 덜렁거릴 때즈음에, 감꾼은 그가 울부짖던 외침이 진정 사실이었다는 것을 확인할 수 있었다는 것이다.

그런데 글쎄, 결론적으로는 아마 헛소문이었을 것이다. 그 실수를 한 감꾼이 누구였는지 이름을 댈 수 있는 사람은 그 어디에도 없었다. 더군다나 죄수를 이송할 때에 간수가 동행하는데, 자신의 동료였던 그 사람을 못 알아볼 리 없지 않은가. 그리고 더욱이, 간수의 복장과 죄수복은 완전히 달랐다. 그 둘을 혼동하는 놈은 이 세상에 아무도 없을 것이다. 그런데 어쩌면 사실인지 아닌지는 아무런 상관이 없어 보였다. 감꾼들은 그저 우스갯소리를 뱉고 싶었을지도 모른다.

잘려 나가는 손가락에 덧대어진 비명이 오직 비명과 체념을 함유하던 이전과는 다르게, 이제 그 비명은 종종 억울함을 드러냈다. 손가락, 발가락, 그리고 팔다리가 잘리는 것은 더 이상 죄의 경중으로 결정지어지는 것이 아닌 게 되어 버렸다. 무코의 감옥에 대한 회의 이후로, 이제 그것은 그저 우연이었다. 그것은 길을 거닐다 간혹 실수로 떨어진 하늘의 투정을 맞는 것과 다름없는 것이었다. 누군가는 분에 못 이겨 사람을 조금 때렸기 때문에, 또 누군가는 실수로 다른 사람의 값비싼 물건을 훼손했기 때문에, 누군가는 그저 누군가의 고민 없는 고소 때문에 그렇게 된 것이었다.

어리석은 감꾼들은 그 우연들 틈에서 확실한 필연을 찾고자 했는데, 그 '필연'이라 함은, 데리고 나온 죄수가 어떤 죄를 저질렀는지에 관해서는 아무런 신경을 쓰지 않은 채로 아무런 악랄함이나 지껄이며 그 죄수에게 덮어씌우는 것이었다. 배고파 음식 조금을 훔친 놈들은 어느새 동물 학대를 일삼고 사람 몇몇을 죽여 버린 놈들이 되어 버렸다.

감꾼들이 그런 행태를 띤 것은 그렇게 하는 것이 그들의 가책을 일부 덜어 줄 수 있었기 때문이었을지도 모른다. 아무리 겉으로 헛소리를 지껄여 대며 합리화했어도, 무대 위로 끌려 나온 자들 중 그 어떤 자들도 그다지 악랄하지 않다는 사실을 알고 있었으니 말이다. 그러나 그 가책은 애써 덜어질 수 있을 뿐이고, 진정 사라지지 못한다는 점에서 그것은 영원히 남아 있게 될 것이었다. 그러나 감꾼들은 그 가책에 딱히 의미 부여하지 않았다.

어느 유쾌한 감꾼이 제안했던 것은 좋은 유행이 되었다. 구경꾼들에게 직접 가학의 기회를 부여하려고 했던 것 말이다. 처음에는 눈치를 보던 구경꾼들은 어느새 하나둘씩 손을 들고 그 짜릿한 가학을 주도했다. 물론 팔다리를 잘라 내는 것은 아직 간수들의 몫이었다. 구경꾼들의 참여는 몽둥이를 들고 매질하는 것에 국한되었다. 덧붙이자면 구경꾼들 중 하나가 직접 가학을 하는 과정의 시작은 다 함께 기도를 올리는 것이었는데, 웃긴 광경이었다. 내가 짐작하기에 신은 그런 우리의 모습에 실망하여 입을 다물었을 게 뻔했다. 그런데도 구경꾼들 중 몇몇은 너도나도 응답을 받았다며 좋아라 했다.

시몬도 그런 가학 잔치를 여러 번 목격했다. 시몬이라고 일반적인 사람들과 달랐던 것은 아니었다. 그도 여느 다른 사람들처럼 그 잔치를 즐겼다. 너무나도 격렬하게 즐겼던 나머지, 자신도 직접 매질해 보고 싶다며 손까지 들었었다. 그렇지만 시몬이 선택되는 일은 없었다. 어쩌면 그것은 시몬이 너무 평범한 행색을 가지고 있었기 때문이었을지도 모른다. 그것은 평범함이 행한 구원이었다. 시몬은 결국 눈으로만 그 광경을 즐길 수 있었다. 그런데 죄수가 쏟아 내는 핏물이 무대를 반쯤 적시고 나면, 자신의 벗이 짚었던 내용을 떠올리곤 했다. '분명, 정상적인 일은 아닐 것'이라던 테베의 불평 말이다. 그 불평을 떠올리자마자 발걸음을 돌려 보금자리로 향하던 시몬이었지만, 실상 그가 행한 것은 적극적인 반성이 아니었다. 그는 발걸음을 돌리며 한마디 툭 내뱉었을 뿐이다.

"그래. 저런 놈들은 사회에 다시는 얼씬도 못 하게 해야 돼."

어쩌면 가학을 통해 동정보다 쾌감을 느끼는 것은 지능 높은 동물 종들만이 가질 수 있는 특권일지도 모른다. 우리는 신체가 잘리고 떨어져 나가는 광경을 목격하는 데에서 비롯되는 동물적인 불쾌감을 넘어서야만 쾌락을 느낄 수 있다. 그리고 그 '넘어섬'을 관장하는 것은 높은 지능임이 틀림없어 보인다. 맞아도 싼 놈이라 평가하기 위해선, '고통을 넘어서는 죄'라는 엉터리 관념에 대한 결론을 낼 수 있을 정도로 똑똑해야만 한다. 가학하며 즐거워하는 동물은 오롯이 지능이 높은 동물들뿐이다. 그런데 다른 동물들과 우리를 구분해 주는 그 탁월한 지능이란 것이, 우리를 다른 동물들보다 더욱 동물처럼 만들어 버리고 있었다. 그것은 지능의 특출난 저주다.

어쩌면 당신은, 프로이데 사람들의 공감 능력을 문제 삼고 싶어 할지도 모른다. 당신 눈에 그들은 공감 능력이 꽤나 떨어지는 기계 같은 놈들이다. 그러나 공감과 연민이란 것이 진정 타인의 고통을 헤아리는 능력에 대한 것이라면, 그 능력이 클수록 거대해지는 것은 오히려 쾌락이었다. 애초에 그들의 쾌락은 타인의 고통을 우두커니 바라보며 느끼는 발작이었으니, 탁월한 헤아림은 오히려 간질거리는 기분을 한층 더 깊게 만들어 주는 것이었다. 어쩌면 당신의 짐작과는 다르게, 프로이데의 사람들이야말로 진정 연민과 공감에 출중한 자들이었을지도 모른다.

어쩌면 프로이데의 사람들을 바라보는 당신의 눈빛은 혐오감을 잔뜩 품고 있을지도 모른다. 그러나 그들은 그저, 충실했던 것일 뿐이다. 그런데 그들이 과연 무엇에 충실했는지는 도무지 결론 내려질 수 없다. 그들이 만약 동물적 감각에만 충실했다면야, 손상을 입은 대상이 악랄한 죄수였을지라도 연민을 느꼈어야만 했다. 반대로 그들이 만약 이성적 감각에만 충실했다면야, 팔을 잘라 내고 피를 흩뿌리게 만드는 것은 정의와 전혀 상관없는 짓거리였다는 사실을 알아차렸어야만 했다. 그런데 그들은 그 둘 중 어느 것도 하지 않고 있었다. 그들은 분명 무언가에 충실한 것처럼 보였지만, 그 충실함은 사뭇 어중간하고 애매한 것이었다.

어쩌면 당신은 프로이데의 사람들을 짐승들이라 매도하고 싶을지도 모른다. 하기야 썩 맞는 말이지 않은가? 당신의 관념을 형성시키는 것은 정립보다야 반정립이다. 프로이데의 사람들은 당신과는 다르게, 드넓게 펼쳐진 이성과 감성의 밭에서 그 어떤 것도 수확하지 못하고 있었다. 그것은 진정 인간이 아닌 짐승들에게나 어울릴 법한 행태였다. 그들의 지능은 아무짝에 쓸모가 없어 보인다. 그들은 진정 괴물이고, 동물이고, 짐승이다. 그런데 과연 그렇다면, 당신이 우연스레 맞닥뜨린 프로이데의 사람들에게 어떤 대우를 보낼 것인지는 뻔한 일이었다. 그것은 인간들이 다른 짐승을 대할 때의 공통을 따를 것이다, 학대한다는 것.

한편으로 무코의 감옥에서 묵고 있던 종신형자들은 더욱이 격렬해진 가학 잔치에 대한 소식을 어렵지 않게 접할 수 있었다. 지급받은 급여로 감옥 바깥의 세상에 대한 정보(예컨대 신문과 잡지 따위)를 구매할 수 있었기 때문이다. 그들은 어떤 죄목을 가지고 있건 상관없이 신문과 잡지를 사 읽었다. 바깥세상이 어떻게 돌아가고 있는지에 대한 것은 모두의 관심사였다. 가학 잔치에 대한 정보는 워낙에야 그들의 흥미를 집어삼키는 소식이었기에 그것은 무코의 감옥 사이에서 꽤나 큰 이야깃거리가 되었다.

바깥세상의 정보를 구매하던 것은 피셰르도 마찬가지였다. 그 또한 저녁 식사를 마친 후에 찬찬히 신문을 훑고는 했다. 그러다 문득 피셰르는 다소 우스운 생각을 했다. 더 이상 나갈 수 없는 세상에 대해 궁금해하는 것은 부질없다는 생각을 한 것이다. 하기야, 그렇지 않은가? 무코의 감옥에 갇힌 이들은 결코 그 바깥으로 나갈 수 없다. 바깥세상의 소식이 궁금하단 것은, 혹시나 그 세상으로 다시 나갈 수 있다는 생각을 드러내 주는 것 아니겠는가? 그렇지만 그들은 결코 나갈 수 없다. 다시는 몸담을 수 없는 세상의 소식은 쓸모없는 것이다. 피셰르는 그런 생각을 한 이후로 당분간 신문을 읽지 않았다.

제 4 부

친
구

1

무코의 감옥에 대한 감꾼들의 회의가 있기도 훨씬 이전에, 로지는 그의 죄에 대한 판결을 받았었다. 로지의 형량은 꽤나 보잘것없었다. 뭉툭한 그의 왼손은 판결을 머뭇거리게 했다. 그곳에 자리하던 모든 이들은 로지의 뭉툭한 손에 연민의 눈초리를 보냈다. 그렇지만 그들의 시선은 인간을 향한 것이었다기보다는 부상당한 짐승을 향한 것이었을지도 모른다.

궁지에 몰려 하는 수 없이 인간을 물어 버리고 벌벌거리는 눈빛을 내 보이는 작은 짐승. 그들의 눈에 로지란 그런 것이었다. 그리고 그 여우의 몸 안에 고통 없는 죽음을 선사하는 무색무취의 약물을 주입하는 어느 수의사의 표정. 그들의 표정이란 또 그런 것이었다.

다행히 로지의 수감 생활은 꽤나 괜찮게 흘러갔다. 처음에 그는 무코의 감옥에 갇혔다. 로지는 안락한 생활을 즐겼고, 친구 하나를 사귀었다. 새로이 사귄 그 친구와 말이 잘 통했기 때문이었나, 로지는 따로 부가적인 친구를 만들지는 않았다. 다달이 지급되던 현금 뭉치들은 로지에게 과분했다. 손이 망가지지만 않았더라면 나가서 연주할 새 건반이라도 장만했을 것이다. 그런데 이제 그것은 도무지 쓸모가 없다.

로지가 무코의 감옥에서 지낸 지 두 달가량의 시간이 지났을 적부터, 무코의 감옥에 갇힌 죄수 놈들 사이에 소문 하나가 돌기 시작했다. 그 소문의 내용인즉, 형사처럼 보이는 누군가(아마 테베를 말하는 것이었다)가 무코 씨에게 분노를 터뜨리며 이러쿵저러쿵 떠들어 댔다던 것이었다. 무코의 감옥에서 지내는 거의 모든 놈들이 그 '형사' 놈의 행동에 불만을 가지고 있었다. 하기야 그곳에서 지내던 죄수 놈들은 하나같이 무코 씨를 좋은 사람이라고 생각하고 있었으니, 그런 무코 씨에게 제멋대로 화를 냈다는 그 형사가 좋아 보일 리 없었다. 로지는 그 소문을 거기서 사귄 유일한 친구에게서 들었다. 그 친구가 말해 주길, 심지어 어느 강간범 중 한 놈은 그 형사 얘기가 나오기만 하면 그를 죽여 버리겠다고 고래고래 소리를 질러 댄다고까지 했다.

"솔직히 말해서, 로지. 조금 과한 반응인 것 같긴 해." 친구가 말했다.

"형사 놈 말이야?" 로지가 물었다. 로지는 잠깐 생각을 했다. 형사 놈이 무코 씨에게 으쓱거리며 화를 내는 광경이 로지의 머릿속에 펼쳐졌다. 왠지 모르게 형사 놈의 화는 아무짝에도 쓸모가 없는 것처럼 느껴졌다. 로지가 덧붙였다, "그렇긴 하지. 정확히 알지는 못하지만 말이야, 무코 씨는 좀처럼 화를 불러일으킬 일을 만들지 않으니까 말이야. 게다가 조용한 사람이지. 경청할 줄 아는 사람이라고. 그렇게 화를 내지 않아도 전부 알아들을 수 있었을 거야."

"아니, 형사 말고. 길길이 날뛰고 있다는 강간범 녀석 말이야. 그 형사 놈을 죽여 버릴 거라고 하던 놈." 친구가 말했다, "너무 과한 반응 아닌가? 그 형사가 아무리 무코 씨에게 화를 냈다고는 해도 말이야, 로지. 그 화를 맞은 당사자도 아닌 그 강간범 놈이 넙죽 나서서 그를 죽여 버리고 싶을 것까지야," 친구가 말했다.

"글쎄, 그놈이 다른 놈들에 비해서 훨씬 더 나쁜 놈이었을지도 모르지." 로지가 말했다.

"자네 말이 맞을지도 모르지. 근데 내 생각은 조금 다르네." 친구가 말했다, "어쩌면 그놈은 다른 놈들에 비해 조금 더 극심한 신앙심을 가지고 있었을 뿐일지도 몰라, 로지."

"그게 무슨 소리야?" 로지가 물었다, "신을 열심히 믿는 놈이었다면 아마 그렇게까지 날뛰진 않았을걸? 게다가 더러운 욕설까지 계속 뱉는다고 하지 않았나?"

"신이 뭔가, 로지?" 친구가 되물었다. 그런데 친구는 스스로의 질문에 스스로 대답하며 계속했다, "신은 간혹 신이 아니라고, 로지. 생각해 봐, 여기에 갇힌 모두는 무코 씨가 좋은 사람이라고 생각하잖나,"

"그렇긴 하지. 그 덕에 이렇게 편하게 지내고 있으니까." 로지가 동의했다.

"강간범 놈들은 우리가 무코 씨를 좋게 생각하고 있는 것보다 훨씬 더, 좋은 사람이라고 생각하고 있을걸? 강간을 한 놈들은 대개 종신형을 받았으니까. 그놈들에게 있어서 무코 씨는 평생의 행복을 보장해 준 사람인 거지. '평생의 행복' 말이야, 로지." 친구가 말했다, "우리 모두가 그토록 신으로부터 얻기를 원하던 거지. 그놈들에게 무코 씨는 신과 다름없을 거야. 어쩌면 그놈들에게 있어서 무코 씨는 신보다 훨씬 더, 신 같을 거야. 일반적인 신은 언제나 우리를 속여, 로지. 평생의 행복을 약속하면서, 언제나 그것을 주는 체하지. 행복을 대가로 이것저것 요구하기나 하지, 실제로 주지는 않는다는 말이야. 그런데 무코 씨는 그런 멍청한 신과는 다르게, 저들을 속이지 않아. 그냥 평생의 행복을 덜컥 줘 버린 거지. 특히 고맙다고만 생각하는 우리와는 다르게 말이야, 그놈들에게 무코 씨는 '정말로 앞에 나타난 신'일 거라고."

"그러게." 로지가 대꾸했다.

"그렇지?" 로지의 동의를 확인한 친구가 살짝 으스댔다, "그런데 그러면 말이야, 무코 씨에게 화를 냈다던 그 형사 놈에 대해서도 다르게 생각하겠지. 우리보다 훨씬 더 극심한 반감을 가지고 있을 거야. 강간범 놈들에게 그건 신성모독과 다름없었을 테니까 말이야."

로지는 또다시 그의 말에 동의했다. 친구는 더욱 으스대면서 뿌듯해했다. 그런데 그 모습이 전혀 나빠 보이진 않았다.

"두 달 이랬나?" 로지의 친구가 물었다. 로지는 그것이 자신의 형량을 묻는 것이라 생각했다.

"아니, 네 달." 로지가 대꾸했다.

"아니, 아니. 전체 기간 말고. 남은 기간," 친구가 말했다.

"아," 로지가 대꾸했다, "한 달 조금 넘어."

"좋은 일이군." 친구가 말했다.

"솔직히 말해서 말이야," 로지가 뭉뚱그려진 손을 들어 올리며 말했다, "나는 이걸로 내 절도를 막을 수 있을 줄 알았어."

친구가 웃음을 터뜨려 버렸다. "멍청한 짓이었군."

로지가 그를 가만히 바라봤다.

"아니, 왜, 그렇잖나." 친구가 말했다, "물건을 훔치는 건 손이 아니니까. 물건을 훔치는 건 손이 아니라 머리와 마음이지."

로지가 그를 가만히 바라봤다.

그가 계속했다, "게다가 아무도 자네가 어떤 노력을 한 건지에 대해서는 아무런 관심 없지 않나? 사람들은 자네가 범죄를 막기 위해 일부러 손을 망가뜨렸는지, 감옥에 갇혀 일을 하다 기계에 손이 말려 들어가 망가진 건지, 그렇게 태어나 버린 건지 아무런 상관도 쓰지 않을 거야." 친구가 말했다.

"글쎄, 판사는 생각이 달랐던 모양이네. 그는 신경을 써 주었지. 열 댓 번의 절도에도 종신형을 주진 않았으니까." 로지가 말했다.

"아니, 자넨 틀렸어. 그 사람이 자네에게 종신형을 주지 않았던 것은 말이야, 로지. 그저 자네의 잘린 손이 불쌍했기 때문에 그랬던 거야. 자네의 시도가 도대체 어떤 의미를 갖는지 알지도 못한 채로, 아무렇게나 선고한 거라고, 로지." 그가 말했다, "그리고 마음대로 선고한 것이라면, 결과가 어떻건 엉터리였다는 소리고 말이야. 손을 박살 낸 자네의 의도를 무시했다는 뜻이니까."

말을 마친 그는 멍하니 고개를 들고 생각을 했다, "하기야, 그 판사가 자네의 시도에 담긴 의미를 낱낱하게 전부 알고 있었더라면, 그게 더 무서운 일이었을지도 몰라. 아무도 몰라야만 하는 사실을 몰래 알아차린 거니까."

"이봐. 아무도 모르는 게 아니야. 내가 알……," 로지는 말을 하다 멈췄다. 그는 술집에서 본 옆자리의 남자가 했던 말을 하고자 했었는데, 지금 대화의 내용과는 사뭇 결이 다른 얘기였기에 말을 멈춘 것이었다.

친구는 그런 로지를 보고 웃음을 터뜨렸다. 그러고는 말했다, "아니, 로지. 자네로서도 모르고 있지."

그는 로지가 무슨 말을 하려는 건지 전부 알고 있는 듯 보였다. 그는 생각보다 똑똑한 사람이었다.

로지는 사뭇 의문스러웠다. 그 친구는 로지가 처음 왔을 적부터 있었다. 로지는 그의 이름을 아직 몰랐다. 더군다나 그의 죄목, 형량, 배경에 대해서도 전혀 알지 못했다. 로지가 그의 이름을 모르고 있었다고는 해도, 그와 함께하는 것은 그다지 어렵지 않았다. 로지에게 친구는 그 사람 하나뿐이었고, 말을 나누는 사람도 하나뿐이었기에 그냥 '이봐' 따위로 부르면 되었기 때문이다. 더군다나 로지가 그를 부르고 대화를 시작하는 경우는 거의 없었으니, 실상 그 친구만 로지의 이름을 알고 있어도 되는 것이었다.

"자네는?" 로지가 물었다.

"아직 한참이야." 친구가 대꾸했다.

"저런," 로지가 슬픈 감탄을 했다. "뭘 했길래?" 로지가 물었다.

그는 가만히 고민했다. 그의 표정이 들쑥날쑥거리기 시작했다. 차분함, 희열, 광기, 슬픔, 아쉬움, 후련함, 공포. 그 모든 감정이 조금씩 혼합되어 헷갈리는 표정이 잠깐 동안 지속되었다.
그러더니, "까먹었어." 친구가 대꾸했다.

글쎄, 까먹었다는 소리는 말이 되지 않는다. 어쩌면 그는 그저, 알려주기 싫었을지도 모른다.

그는 로지의 어깨를 툭 치며 말했다, "그런데 말이야, 로지. 죄수 놈들은 석방이 되어서도 한데 모인다더군."

"그래?" 로지는 사뭇 믿기 어렵다는 듯 되물었다.

"뭐, 정확히 '한 곳'인 것은 아니야. 그렇지만 프로이데 전역을 통틀어서도 서너 군데 남짓이지. 실상 한곳과 다름없어." 친구가 말했다, "아마 일자리 때문이라더군. 요새 세상이 좋아져서 말이야, 직원이 될 놈들의 신상을 마음만 먹으면 손쉽게 확인할 수 있다는 거야. 그리고 아무도 죄수였던 놈들을 직원으로 두고 싶어 하지 않지. 죄수를 직원으로 두고 싶어 하는 사람은 어디에도 없어."

"그러게. 근데 나라도 그럴 거야." 로지가 대꾸했다.

하기야, 죄수였던 적이 없던 놈과 죄수였던 놈이 직원이 되기를 희망한다면야, 당연히 로지는 죄수였던 적이 없는 놈을 직원으로 채용할 것이었다.

"그러니까." 친구도 짧게 동의했다, "직원으로 들어갈 수 있는 곳이 거의 없대. 게다가 힘겹게 일자리를 구해도, 대개 형편없는 일을 시킨다고 들었지. 더럽거나 위험한 일 말이야. 어쩌면 불법적인 일을 시킬 수도 있어."

"불법적인 일까지?" 로지가 믿기 힘들다는 듯 물었다.

"그렇지. 불법적인 일까지. 당연한 일이야, 로지. 불법적인 일을 시

제4부 친구

킬 사람으로 선량한 사람을 뽑는 것보다 이미 더럽혀진 놈들을 뽑는 게 더 낫거든. 자네는 처녀 매춘부를 만나본 적이 있나? 나는 한 번도 없어. 물론, 매춘이 불법인 것은 아니지만 말이야, 비유를 하면 그렇다는 거지." 친구가 말했다, "뭐 여튼 간에, 정확하게는 잘 모르겠지만, 자네가 완전히 깨끗한 일이 아닌 일을 할 수도 있다는 거지."

"오," 로지가 우려스러움을 담은 비명을 짧게 내질렀다.

"자네가 모아둔 돈이 있던가?" 그가 물었다.

"그나마 조금은 있네. 여기서는 딱히 살 게 없어서 말이야. 남은 돈을 전부 모아 놓고 있지." 로지가 대꾸했다.

"그건 다행이군. 적어도 일자리를 구할 때까지 굶지는 않아도 되니까." 친구가 말했다, "지금부터 슬슬 마음 단단히 먹어 놓으라고, 로지. 우리 인생은 이미 끝났어. 더 이상 이상해지지 않으면 다행일 만큼 이상해져 버렸지."

로지는 고개를 끄덕였다.

로지와 그의 친구가 그 대화를 나누고 며칠 지나지 않아, 그 둘은 흩어졌다. 무코의 감옥에서 지낼 수 있는 자격을 충족하지 못한 그 둘은 다른 감옥으로 옮겨져야만 했던 것이다. 그렇지만 로지가 그 녀석을 걱정했던 것은 아니다.

로지는 한 달 남짓의 시간을 다른 감옥에서 보낸다. 로지는 꽤나 운이 좋다. 죄수들 사이에서 출소가 임박한 죄수는 건들지 않는다는, 나름 윤리적인 불문율이 슬슬 생기고 있었기 때문이었을지도 모른다. 로지는 간혹 펼쳐지는 간수들의 폭행만 견디며 잠잠하게 석방을 기다렸고, 때가 되어 밖으로 내보내졌다.

그런데 '내보내진다'라. 석방된 죄수 놈들에게 '내보내진다' 혹은 '나간다'라는 표현을 사용하는 것은 잘못된 것일지도 모른다. 오히려 '되돌려진다'는 것이 보다 탁월한 표현일 수도 있다. 석방이란 것은 실상, 일시적으로 몸담던 비정상적인 공간에서 벗어나 원래 자리하던 공간으로 돌아가는 것이니 말이다. 그런데 또 달리 생각해 보면, '되돌려진다'는 표현 또한 잘못된 것이다. 감옥에 들어가기 이전의 세상과 이후의 세상은 너무나도 달라져 있었기 때문이다. 되돌려진다는 것은 본래 자리하던 곳과 똑같은 곳으로 다시 돌아간다는 것이다. 그런데 수감 기간은 그 기간이 얼마나 짧았건, 길었건 간에 그 바깥세상을 전혀 다른 세상으로 바꿔 버린다.

따라서 '내보내진다'와 '나간다'보다는 '되돌아간다'와 '되돌려진다' 따위의 표현들이 더 적합하고, 나아가 '되돌아간다'와 '되돌려진다' 따위의 표현들도 어찌 보면 적합하지 않은 것이다. 우선 '뱉어졌다' 정도가 적당하다. 죄수들은 뱉어진다. 한때 죄수였던 놈들은 나라의 기도와 식도 그 언저리 즈음에 누렇게 눌러앉은 가래침과 다름없었다.

이러나저러나, 로지는 다시 세상으로 내뱉어졌다. 로지는 이 똑같은 곳에 한 번 더 적응해야만 했다. 적응이란 것은 모종의 새로움이 선사하는 간질거림에, 웃으며 몸을 배배 꼬아 버리겠다는 것이다. 그런데 로지는 그 '새로움'이라는 것이 도대체 무어인지 알아차리지 못했다. 그가 되돌아온 세상은 진정 변했던가? 프로이데의 더위는 로지가 잡혀 들어가기 이전과 다름없었고, 사람들은 여전히 하루 중 반 동안 잠들어 있었고, 나머지 시간의 또 반을 일하는 데에 썼고, 마지막으로 남은 시간 동안에는 술을 마시고, 집에서 쉬고, 즐기고, 한탄하고, 사랑하고, 혐오했다.

어쩌면 변한 것은 오직 로지뿐이었다. 영원할 것이라 생각되는 대부분의 것들은 실상 너무나도 가변적인 것이다. 고정되어 영원할 것이라 생각되던 로지의 계급도 그리 다르지 않았다. 한때 하나의 악단을 대표하던 로지의 존재는, 이젠 '석방된 죄수 놈' 따위로 바뀌어 버렸다. 로지가 그나마 덜 악랄한 놈이었다는 사실에 주목하는 사람은 어디에도 없었다. 불과 얼마 전까지만 해도 뭉툭한 손뚱이에 보내지던 배려의 손길은 그 대상이 죄수였다는 사실 하나만으로 흔적도 없이 사라졌다. 동네 아이들은 로지의 꼴을 보며 징그럽다 했고, 소리를 지르며 도망치기 일쑤였다.

　사람들은 그 광경에 만족했다.

　로지가 새로운 일자리를 찾는 것은 다른 죄수들보다 훨씬 어려운 일
이었다. 직원이 불구건 아니건 업무를 강제하던 감옥의 추태는 실상
축복이었다. 로지가 일자리 사장에게 자신이 죄수였다는 사실을 스스
로 고발하기도 전에, 대부분의 사장들은 로지를 거부했다. 아마 그들
이 원하던 직원은 양손을 자유자재로 쓸 수 있는 사람이었던 모양이
다. 로지는 그러려니 했다.

　나아가 직원이 죄수였건 아니었건 업무를 강요하던 감옥의 고집 또
한 실상 축복이었다. 로지가 찾아간 곳의 사장들 중 극히 일부만이 로
지의 손을 목격하고도 괜찮다 해 주었는데, 실상 업무 내용을 들어 보
니 전부 양손을 자유롭게 쓸 수 있는 놈들에게나 어울릴 법한 것이었
다. 어쩌면 그 사장들은 그저 기부한 셈 치려 했던 것이다. 그들은 로
지를 뽑고, 또 다른 한 명을 추가로 뽑으려던 것이었을지도 모른다. 그
들은 좋은 사람들이다. 그렇지만 그들은 로지를 초라하게 만든다.

　로지가 그런, 몇 안 되는 좋은 사장 밑에서 일할 수 있던 기간은 길
어야 이틀 남짓이었다. 요새는 세상이 좋아져 자신의 직원이 될 사람
의 신상을 손쉽게 조회할 수 있었기 때문이다. 그들은 불구인 사람을
배려할 줄 아는 좋은 사람들이었음과 동시에, 불구인 짐승을 직원으로
삼을 정도로 멍청하지는 않은 사람들이었다. 로지의 신상을 손쉽게 손

에 넣은 그들은 로지를 내쫓았다. 그들은 로지가 이틀 정도 일한 급여도 꿀꺽 삼켜 버리곤 했다. 그것은 그들이 느낀 배신감에 따른 행동이었을지도 모른다.

다행히 로지는 무코의 감옥에서 받은 돈을 꽤 많이 모아 놓았었다. 모아 놓은 돈이 떨어지기 직전, 로지는 드디어 일자리를 구했다. 그의 친구가 감옥에서 말했던 것처럼 불법적인 일을 하는 곳이었던 것은 아니다. 로지는 감옥에서 사귀었던 유일한 친구를 거기서 다시 만났다. 우연한 만남은 항상 모종의 놀라움을 수반한다. 그렇지만 그 둘은 그 재회를 딱히 놀라워하지 않았다. 어쩌면 그것은 우연이 아니었다.

2

"가석방이었어." 친구가 망치나 내리치며 말했다. 그러고는 망치질을 멈칫하고는, 천장을 바라보고 크게 웃어 버렸다. "미친 짓이지, 로지. 미친 짓이라고." 그가 크게 말했다.

"조용히 하고 그것 좀 잡아 줘." 로지가 그에게 못을 가리키며 말했다. 하기야, 로지는 손이 한 개뿐이었으니, 누군가가 못을 잡아 줘야 망치질을 할 수 있었다.

"그러지." 친구가 로지의 요청을 들어줬다.

그런데 워낙에야 망치질에 서툴렀던 로지는 못 대신 그 친구의 손을 내리찍어 버렸다. 친구는 고통에 몸부림치며 욕을 몇 번 하더니, 이내 로지를 보며 '불구는 자네 하나로 족해!'라고 소리쳤다. 그러고는 이내 로지의 실수를 용서했다. 여러모로 웃기는 광경이었다.

"가석방이라니까, 로지?" 그 친구가 쓰라린 손을 체온으로 달래며 말했다.

"잘됐네," 로지가 자신의 뭉툭한 손을 가만히 쳐다보며 말했다, "그런데 그게 뭐가 문젠가, 자네가 수감 생활을 잘 했나 보지."

"자네도 가석방이었나, 로지?" 그가 물었다.

"아니, 나는 꽉 채우고 나왔어." 로지가 대꾸했다.

"한 달을?" 그가 물었다.

"아니, 네 달이었어." 로지가 대꾸했다.

"아니, 아니. 이감되고 말이야." 친구가 말했다.

로지는 눈동자를 잠깐 돌리더니, "그렇지. 한 달 조금 넘어."라고 했다.

"오, 로지. 자네는 석방이 얼마 남지 않아서 그냥 내비뒀나 보군. 가석방 심사에는 적어도 두 달은 걸리니까 말이야." 친구가 말했다.

로지는 망치질을 멈칫하더니 말했다, "그렇게나 오래 걸리는 줄은 몰랐네. 가석방 전에 처리해야 할 일들이 생각보다 많나 보지?"

"아니, 아니야." 친구가 고개를 절레거렸다. "오히려 처리해야 할 일이 너무 없어서 그렇게 오래 붙잡아 두는 것 같던데. 바로 내보내 버리면 자기네들이 실상 아무 일도 안 하고 있는 게 탄로 나잖나,"

"글쎄, 그건 그냥 자네의 삐딱한 생각에 지나지 않은 것 같네." 로지가 말했다.

"그러니까 말이야." 친구가 호탕하게 웃으며 동의했다. "그거 아나? 무코 씨의 감옥에서 지내다 이감된 녀석들 대부분이 가석방으로 나왔어."

"얼마나 대부분?" 로지가 물었다.

"내가 아는 한에서는 말이야, 로지. 자네처럼 곧 석방될 놈들을 제외하고 전부였어." 그가 대꾸했다, "말했잖나, 미친 짓이라고."

"그게 왜 미친 짓인가, 그럴 수도 있지." 로지가 대꾸했다.

"아니, 이런 경우는 거의 없네. 마치 감꾼들이 우리 전부를 일부러 내보낸 것 같다는 생각이 들 지경이야." 친구가 계속했다, "만약에 그렇다면 말이야, 로지. 만약 일부러 전부 내보낸 것이라면, 도대체 왜?

도대체 왜 우리를 전부 내쫓았느냔 말이야,"

"그거나 좀 다시 잡아 줘." 로지가 떨어져 데굴거리는 못을 가리키며 말했다. 하기야, 로지는 그의 앞에서 이러쿵저러쿵 떠들어 대고 있는 그 친구의 말에 사뭇 열정적이지 않았다. 로지는 가석방으로 나오지도 않았으니, 그것은 로지와 상관없는 얘기였다.

"얼마든지," 그가 못을 잡아 줬다, "그런데 아무리 생각해도 모르겠더군. 애초에 무코의 감옥에서 지내던 놈들이 사회에 나가서 좋을 게 하나도 없었다는 거야. 생각해 보게, 로지. 무코의 감옥에 갇혀 본 놈들이 사회로 나가서 그 호화로운 생활에 대해 떠들어 댄다고 생각해 봐. 아마 큰 혼란이 생기겠지. 무코 씨의 감옥이 이상했던 건 사실이니까."

"글쎄, 큰 혼란이 생기진 않을 거야. 그 누구도 죄수였던 놈들의 말을 들으려 하지 않으니까." 로지가 말했다.

"그렇긴 하지." 그의 친구가 대꾸했다.

로지는 그의 친구가 잡아 준 못을 조심해서 내리쳤다. 너무나도 조심했던 나머지, 내리치나 마나 못이 박혀 들어가질 않았다. 그 모습을 가만히 바라보던 친구는 새로운 방법을 생각해 냈다. 자신이 못의 첫 부분만 살짝 내리쳐 자리를 잡게끔 한 다음, 로지가 망치질을 마무리하는 방법을 말이다. 그 방법은 좋은 방법이었다. 그 둘의 업무 속도는 꽤나 빨라졌다.

"내가 알아낸 게 있어 로지. 아까 말한 가석방에 대해서." 친구가 말했다.

"뭔데?" 로지가 물었다.

"회개 시간 참석 덕이야." 그가 대답했다, "나는 이감되고 나서 바로 모범수로 분류되었어. 간수가 그러더군, '꼴에 회개는 열심히 했나 보군!'이라고 말이야. 그런데 웃기는 일이지, 나는 무코 씨의 감옥에서 단 한 번도 회개 시간에 참석해 본 적이 없으니까." 그는 잠깐 멈칫하더니, 계속했다, "자네도 본 적이 있나? 무코 씨 감옥 벽 곳곳에 붙어 있던 커다란 종이."

"무코 씨가 직접 써 붙였다던?" 로지가 물었다.

"맞아." 그의 친구가 대꾸했다, "자네가 그걸 주의 깊게 본 적이 있는지는 모르겠지만, 거기에 이렇게 써져 있었거든. '업무시간을 정직하

게 지킨다면 주말 회개 시간에 참석하지 않아도 참석한 것으로 인정한
다.' 그게 거짓말이 아니었나 봐, 로지. 그곳에서 지낸 모두는 주말 회
개 시간을 꼬박꼬박 나간 놈들로 기록된 거야."

"여러모로 잘된 일이네." 로지가 말했다.

"게다가 로지, 우린 영문도 모른 채로 이감당했어. 누가 그곳에 남
고, 누가 오고, 또 누가 떠나는지 알지도 못한 채로 말이야. 내가 그 기
준에 대해서 그럴듯하게 짐작해 낸 게 있어. 이감의 기준에 대해서. 무
코의 감옥에 남아 있을 수 있던 놈들이 어떤 놈들인지에 대해서."

"뭔데?" 로지가 물었다. 그것 또한 이제 로지와는 상관이 없는 일이
었지만, 로지는 조금 흥미로워했다.

"종신형자들이야." 그가 말했다. 그의 목소리는 갑작스레 조용했다.
마치 진실을 몰래 퍼뜨리려는 사람의 모습이었다.

로지는, 그건 말도 안 되는 소리라고 했다.

"아니야, 로지. 생각해 봐! 정말로 말도 안 되는 소리가 맞는지 생각
해 보란 말이야." 그의 친구가 로지를 설득하려는 말투로 말했다.

"설마 그러겠어?" 여전히 의심스러운지, 로지는 친구에게 되물었다, "자네 생각이 사실이라면 말이야, 정말 엉망인 거잖나," 로지가 말했다, "그렇게 좋은 생활을 할 수 있는 곳에 종신형자들을 보낸다고? 악랄한 놈들에게 선물을 주는 격이잖나!"

"엉망이 아니란 법도 없지. 만약에 형벌이라는 것이 악랄한 놈들을 사회에서 떨어뜨려 놓는 것이라고 한다면 말이야, 그 떨어져 있는 공간이 형편없어야 한다는 법은 없으니까." 그가 말했다, "게다가 로지, 나는 아무런 근거도 없이 떠들어 대는 게 아니야. 자네는 이감되고 한 달 만에 나온 거지만, 나는 이감된 곳에서 꽤 오래 있었거든. 거기서 친구들을 좀 사귀었지. 언젠가 그놈들이 종신형자들에 대한 이야기를 한 적이 있었어. 걔네들 말로는 종신형자들이 어느 순간부터 보이질 않았다는 거야."

"그러니까 자네 생각은, 그 사라진 놈들이 무코 씨의 감옥으로 갔을 거라고?" 로지가 물었다.

"그렇지." 그가 대꾸했다. "그렇지만 내 친구들의 생각은 좀 달랐어. 결론부터 말하자면 그놈들의 말은 전부 헛소리였네. 그놈들은 그 감옥을 관리하던 감꾼이 미쳐 버린 것 같다고 했지. 종신형자들을 전부 산 채로 묻어 버렸다더군."

로지는 웃음을 터뜨려 버렸다. 그들의 생각이 너무나도 허무맹랑했기 때문이었을지도 모른다.

"말 같지도 않은 소리야." 로지가 말했다.

"맞아." 친구도 로지를 따라 조금 웃었다. "그 말을 들은 나는 정말 그렇게 된 건지 확인하러 돌아다니기 시작했지. 그 친구 놈들이 말했던 모래성을 보러 갔어. 생각보다 별거 없었네. 크기가 너무 작더군. 그곳에서 지내던 종신형자들은 적어도 서른이 넘었을 텐데, 그 크기의 모래 산에 묻힐 수 있는 사람이라곤 많아 봐야 셋이 전부였지. 그놈들 말대로 한 번에 묻어 버리기엔 너무나도 작은 모래 산이었어. 게다가 언젠가 거센 바람이 불었을 적에 있잖나, 그 모래 산이 전부 흩어져 버렸었지. 그리고 놈들이 말했던 것처럼 그 안에 시체가 있지도 않았어." 친구는 잠깐 진지한 표정을 지어 올리더니, 계속했다. "그래서 나는 이런 생각을 했지. 어쩌면, 그 감옥에 있던 종신형자들이 사라진 것이 아닐지도 모르겠다는 생각 말이야, 로지. 어쩌면 그놈들은 방에 꽁꽁 숨어 있던 거야. 그렇지만 내가 그놈들의 감방에 들어갈 수 있었던 건 아니야. 그 감옥은 무코 씨의 감옥과 다르게, 자유가 없었으니까 말이야. 그래서 나는 나를 두들겨 패곤 했던 간수 놈에게 물었지. '종신형자 놈들은 전부 어떻게 된 겁니까?'라고 말이야. 그놈이 나보고 그러더군, '자네는 자격이 없어.'라고. 아마 질문할 자격이 없다는 뜻이었겠지. 그래서 나도 나를 두들겨 패던 그놈을 보며 그랬지, '당신은 있습니까?'"

친구는 조금 껄껄 웃어 버리며 말했다.

"오, 이런." 로지가 말했다.

친구는 껄껄 웃어 버리며 말했다, "글쎄, 그래도 그놈 딴에는 내 말을 통해 배운 점이 있던 모양이야. 나를 패다 말고 잠깐 우두커니 서 있더니, 이내 더욱 커다란 몽둥이를 들더니 나를 때리기 시작하더군." 그는 갑작스레 상의를 조금 걷어 올리더니 아직까지도 거뭇거리며 남아 있던 멍을 몇 개 보여 줬다. 그가 말했다, "훈장이지."

"그냥 말대꾸하지 말고 가만히나 있지 그랬어." 로지가 말했다.

"그러니까 말이야." 친구가 동의했다, "여튼 간에, 종신형자들의 자취에 관해서 내가 할 수 있던 것이라곤 마주치는 모든 죄수들을 붙잡고 형량을 묻는 거였지. 그리고 내가 맞닥뜨린 모든 녀석들은 종신형을 받는 놈이 아니었어."

"그런데 말이야," 로지가 다시 망치질을 시작하며 말했다, "그건 그냥 종신형자들이 더 이상 안 보인다는 것밖에 안 되지 않나, 그놈들이 전부 무코 씨의 감옥으로 보내진 건지 어떻게 알 수 있다는 거야? 그걸로는 자네의 예상이 맞았는지 틀렸는지 알 수가 없어."

"그렇지, 그렇지. 우선 여기까지가 진실이야. 종신형자 놈들이 안 보였다는 것 말이야. 그리고 지금부터가 내 예상이지." 친구도 망치질을 다시 시작하며 말했다, "자네는 가학 잔치를 본 적이 있나?" 그가 물었다.

"프로이데의 사람이라면 전부 한 번쯤 봤겠지." 로지가 대꾸했다, "나도 본 적이 있어. 그렇지만 단언컨대, 나는 그 광경을 단 한 번도 즐긴 적이 없네."

"그래, 즐기고 말고는 자유야. 그런데 자네가 한 번이라도 그걸 봤다면 말이야, 그 잔치에서 몸이 잘리던 놈들이 어떤 놈들인지는 잘 알고 있을 것 아닌가?" 그가 말했다.

로지는 기억을 더듬거렸다. 가학 잔치가 시작할 때 즈음에 무대 정 가운데서 주인공을 소개하던 감꾼의 모습이 떠올랐다. 정확히 기억이 나는 것은 아니었지만, 감꾼이 지껄인 범죄의 내용으로 미루어 봤을 때, 그 주인공은 종신형을 선고받고도 남을 놈이었다.
"종신형자들이었나?" 로지가 되물었다.

"그렇지. 그렇게 신체 일부가 잘리는 놈들은 전부 종신형자들이었어." 친구가 말했다.

"그런데 그게 왜?" 로지가 물었다.

"감꾼들이 종신형자들을 데리고 하는 짓이 정해져 있다는 거야. 감옥에 놔두고 평생 일을 시키거나, 그렇게 밖으로 데리고 나가서 사람들 앞에서 매질하거나 말이야." 친구가 설명했다, "산 채로 묻어 버리는 건 어떤 경우에도 없는 짓이지."

"글쎄, 갑자기 큰 말썽을 일으키면 그럴 수도 있지." 로지가 살짝스런 반기를 들었다.

"감꾼 놈들은 손익에 있어서 꽤나 예민한 놈들이야, 로지. 계산적인 놈들이라고." 그가 말했다, "감꾼들에게 종신형자들은 평생을 이용해 먹을 수 있는 기계야. 그걸 전부 처분했다는 게 말이 되나? 감옥 사업에 전혀 이익이 되지 않지 않나? 내가 봤을 땐, 말썽을 자주 일으키는 종신형자를 가학 잔치에 데리고 나오는 것이, 그들이 용납할 수 있는 마지막 손해야. 그놈들을 가학 잔치에 쓰면 미래에 일으킬 수많은 말썽도 사라지고 말이야, 게다가 대중이 환호도 보내 주니까. 망가질 대로 망가진 기계를 헐값에 팔아 버리는 거랑 다름이 없단 말이지."

로지는 잠자코 그의 말을 들었다.

"그런데 말이야, 로지. 종신형자들 전부가 사라졌어. 그런데 모든 종신형자들을 전부 데리고 나가서 팔다리를 잘라 버렸다는 것도 뭔가 이상하단 말이야. 감꾼들에게 그놈들은 평생 죽을 때까지 일만 시켜도 되는 좋은 기계들이란 말이야. 그런데 그걸 포기하고 한 번에 전부 데리고 나가서 팔다리를 잘라 버릴 필요가 있겠나? 갑자기 삼십여 개의 기계가 사라진다고 생각해 봐, 로지! 업무에 차질을 빚을 게 뻔하지. 그걸 감수하고 모든 종신형자 놈들을 하루아침에 전부 데리고 나가서 망가뜨린다고? 말도 안 되는 소리야." 친구가 말했다.

"그래서?" 로지가 물었다.

"이상하지 않아? 무코의 감옥에서 묵던 놈들이 거의 다 뿔뿔이 흩어졌어. 그렇다고 무코 씨의 감옥은 없어지는 게 아니었지. 어디선가 피칠갑을 한 죄수 놈들이 옮겨 왔으니까. 게다가 내가 떨어져 나와서 묵게 된 새로운 감옥에서는 종신형자들이 전부 사라졌지." 친구가 말했다. 그는 또다시 진지한 표정을 지으며 목소리를 내리깔았다, "내가 생각했을 때 말이야, 로지. 이건 거래야. 무코 씨가 우리를 넘기고 종신형자들을 가져간 거라고. 무코 씨도 결국엔 똑같았던 거지. 그도 결국엔, 그저 그런 사업가 놈이었다는 거야."

"이봐, 무코 씨는 자신이 다른 감꾼들과 다르다고 한 적이 없어. 우리가 그냥 그렇게 생각하고 있었을 뿐이야." 로지가 말했다.

"오! 로지. 나는 지금 무코 씨에 대한 실망을 말하고자 하는 게 아니야. 무코 씨의 감옥에서 지내기 위해서는 종신형을 받아야 한다고 말을 하고 싶었던 거지."

"그런데 그게 무슨 상관이야? 무코 씨가 다른 감꾼들과 별반 다름없는 놈이건, 무코 씨의 감옥에는 종신형자들만 가득하건, 이제 우리와는 전혀 상관없는 소리잖나!" 로지가 말했다. 로지는 업무에 집중하지 않고 딴소리를 하고 있는 그의 친구가 조금 불편해지기 시작했던 것이다.

"로지, 쓸모없는 질문이 뭔지 아나?" 그가 물었다, "던져질 답변이 너무나도 당연해서, 실상 물어볼 필요가 없던 물음들 말이야."

"무슨 소린지 모르겠는데," 로지가 시큰둥하게 말했다.

"만약에 말이야, 로지." 그가 로지를 깊게 바라봤다. "정말로 만약에, 종신형인 게 맞다면?" 친구가 물었다. "자네처럼 네 달짜리 형을 받는 것보다 종신형을 받는 게 훨씬 쉬워. 자네처럼 손을 망가뜨릴 필요도, 직접 경찰을 찾아갈 필요도, 재판에서 비굴하게 굴 필요도 없으니까."

"이봐, 나는 형을 가볍게 받으려고 일부러 손을 망가뜨린 게 아니야." 로지는 조금 기분이 상했다.

"뭐, 그건 중요하지 않은 사실이네. 중요한 건 네 달짜리 형을 받는 것보다 종신형을 받는 게 더 쉽다는 사실이야. 생각해 낼 수 있는 가장 악랄한 짓을 하면 그만이니까 말이야. 노인과 아이들을 죽이고, 장애를 가진 놈들을 폭행하고, 힘없는 놈들의 돈을 뺏으면 되니까 말이야." 그는 들고 있던 망치를 내려놓고는 그것을 아주 긴 시간 동안, 가만히 바라봤다.

"자네라면 어떨 것 같나?" 그는 이왕의 응시를 거두고 로지와 잠깐 눈 맞췄다, "이따위 취급이나 당하며 살아갈 텐가?"

로지는 말없이 그를 바라봤다.

"전해질 답변이 너무 당연해서, 물어볼 필요도 없던 질문이야." 그가 말했다.

그 또한 로지를 바라봤다.

"아무런 상관이 없다고?" 그는 로지를 바라보며 웃음을 터뜨렸다. 그것은 비웃음이었을지도 모른다.

로지는 공포스러웠다.

"자넨 틀렸어. 아무런 상관도 없지 않아." 그가 말했다.

제 5 부

제
각
(除角)

---◆---

사랑은 종종 증오로 간주된다.

1

표류를 냉소로 바꾸지 못한 이들은 무턱스레 방문한 사명과 눈 맞춘다. 그 눈짓은 어느 인간을 몸부림치게 만드는 것이었으니, 이제 테베에게 남은 것은 영원한 경련일 것이다.

많아야 하루에 두어 번 정도 반복되었던 그의 기행은 점차 잦아졌다. 테베가 시몬과의 만남에서 이미 드러났듯이, 그는 스스로도 무얼 원하고 있는 것인지 정확히 알지 못했다. 그렇지만 '정확히 알지 못했다'는 것은, 어쩌면 전부는 아닐지라도 일부는 알고 있다는 사실을 드러내는 것일지도 모른다. 전부는 아니었을지라도, 테베는 분명 무언가를, 모종의 일부를 알고 있었다.

자신이 불만을 느끼고 있던 것은 프로이데의 죄수들이 인간답지 않은 대우를 받고 있던 것 때문이고, 프로이데 대중의 형벌에 대한 관념은 엉망이었다는 것 때문이라는 사실을 잘 알고 있었다. 그렇지만 그것은 오롯한 일부에 불과한 것이었다.

테베는 자신의 불만이 가리키는 여러 광경을 속으로 열거하며 스스로에 대한 보다 명확한 지식을 얻고자 했다.

그의 불만은 감꾼들의 어리석은 합리화 덕에 무코의 감옥이 별문제도 없이 받아들여졌다는 것 때문이고, 죄수들 중에서 오직 종신형자들만이 아름다운 삶을 살 수 있게 된 것 때문이고, 길가에서 펼쳐지는 가학 잔치가 옳지 않아 보였기 때문이고, 자신의 벗 시몬이 다른 놈들과 별반 다르지 않아 보였기 때문이고……,

테베는 수십 개의 불만을 속으로 쏟아 냈다.

그렇지만 그가 아무리 많이 열거하고 나열해도, 그 나열된 것들은 여전히 테베의 일부에 지나지 않은 것들이었다. 나열하면 할수록 테베의 궁극적인 의문에 가까워질 수 있을 것이란 그의 시도는 결과적으로 그를 정반대의 상태로 이끌었다. 불만을 나열하면 할수록, 테베는 자신이 도대체 무얼 원하고 있던 것인지 점점 더 알 수 없었다. 참으로 요상한 일이었다.

내가 생각하기에, 그런 테베의 요상한 상태는 그가 행한 사유의 한계에서 비롯된 것이다. 내가 만일 당신에게, '현상에는 당위가 없다'라고 무턱스레 전한다면 당신은 꽤 어색한 기분을 느낄지도 모르겠다. 당신은 부가적인 설명을 요청할 수도 있다. 글쎄, '현상에는 당위가 없다'라는 말은 당신이 느낀 대로 어색한 것이지만, 적어도 이치에 맞는 것이다.

촉발되는 모든 것들은 그것이 촉발되었다는 사실을 제하고서라면 아무런 의미를 갖지 못한다. 현상도 그렇다. 현상은 촉발된다. 모종의 현상이 나타난 이유는 그것이 나타났기 때문이지, '나타나야만 했기 때문'이 아니다. 모종의 현상이 가질 수 있는 의미는 그 현상이 나타났다는 사실뿐이지, 그 이상의 것이 없다.

그런데 테베가 열거한 그의 불만은 전부 현상에 불과한 것이다. 프로이데의 죄수들이 인간답지 않은 대우를 받고 있던 것도 현상이고, 프로이데 대중의 형벌에 대한 관념은 엉망이었다는 것도 현상이고, 감꾼들의 어리석은 합리화 덕에 무코의 감옥이 별문제도 없이 받아들여졌고 나아가 죄수들 중에서 오직 종신형자들만이 아름다운 삶을 살 수 있게 되었다는 것도 현상이다. 게다가 그 현상들에 대해 불만을 느끼고 있는 테베 자신의 상태도 현상이다.

현상에는 당위가 없다. 테베가 불만을 느꼈던 것은 단지 불만이 느껴졌기 때문이고, 프로이데의 죄수들이 인간답지 않은 대우를 받고 있던 것은 단지 그들이 그런 대우를 받고 있었기 때문이다. 프로이데 대중의 관념이 엉망이었다는 것은 단지 그들이 그랬기 때문이고, 무코의 감옥이 별문제 없이 받아들여졌던 것은 단순히 그것이 그렇게 되었기 때문이다.

표류와 발악, 그리고 사명과 경련의 원인에 대해 정확히 알고 싶다는 것은, 그 모든 것들을 관통하는 본질을 찾겠다는 것과 얼추 동치다. 스스로의 불만에 대해 정확히 알고 싶다는 것은, 스스로의 불만이 어떤 물건을 부숴 버렸는지, 화를 내는 스스로의 모습이 얼마나 강렬하고 열정적으로 보이는지 궁금해한다는 것과는 전혀 다른 얘기다. 정확히 알고 싶다는 것은 그 불만을 관통하는 본질에 궁금증을 느끼고 있다는 것이다. 그것은, 그 불만이 어째서 들끓어 올랐어야만 했는가에 대한 질문이다. 그것은, 당위에 대한 질문이다.

앞서 말했듯이 테베의 모든 사적 시도는 현상을 나열하는 것에 지나지 않았다. 현상은 전부가 될 수 없다. 전부 나열해도 현상은 현상에서 그친다. 현상을 나열하는 것 따위의 하등한 사유를 그만두지 못한다면, 테베는 자신이 무얼 원하는지 영원토록 알 수 없을 것이다.

그런데 테베의 사유가 초보적이었다는 사실, 그리고 그는 자신이 무얼 원하는지 영원히 알 수 없을 것이란 사실은 중요하지 않다. 중요한 것은 테베의 경련이 날이 갈수록 심해지고 있었다는 것뿐이다. 아무리 시도해 보아도 얻어질 수 없는 상태 때문이었던가, 테베의 경련은 날이 갈수록 심해졌다. 그는 직접 프롬을 찾아가 알아들을 수 없는 말을 지껄이며 항의하기 시작했다. 그것은 테베의 새로운 일상이 되어가고 있었다. 하기야, 테베가 프롬에게 배신감을 느끼게 된 것은 당연한 일이다. 프롬은 테베에게, '무코의 감옥은 변하게 될 것'이라고 장담하지 않았던가? 테베가 그때에 한 발짝 물러났던 것은 사실상 양보한 것과 다름없었다. 실상 양보한 것이 없었음에도 자신이 양보했다고 믿는 자들이 느끼는 배신감은 그 어떤 배신감보다 고약하다. 테베의 항의는 날이 갈수록 거대해졌다. 너무나도 격렬해진 나머지, 그것을 목격한 사람들은 눈살을 찌푸리기 일쑤였다.

처음에는 꽤 덤덤했던 프롬 또한 시간이 지날수록 슬슬 껄끄러움을 느끼기 시작한다. 그렇지만 프롬이 테베와 함께 일한 시간이 길었던 만큼, 그는 테베를 꽤나 아꼈다. 프롬은 테베에게 경치 좋은 곳에서 잠시 쉬다 오라며 회유하기도 했고, 무코의 감옥은 이제 종신형자들만을 받기로 했으니 분명 무언가 변한 것이라 설명하기도 했다. 그러나 그 설명은 그다지 효과가 없는 것이었다. 테베는 그의 말을 한마디도 알아먹을 수 없었다. 테베는 프롬이 간사한 변명을 지껄이는 것이라 생각했다.

테베가 행한 수십의 항의는 전부 수포로 돌아갔다. 그런데 그쯤 그쳤어야 할 그의 경련은 좀처럼 멈추지 않았다. 도 넘는 몸부림은 시야를 탁하게 만든다. 실상 떨고 있던 것이 자신이었음에도, 세상이 떤다고 착각하게 만든다는 것이다. 탁해진 시야는 언제나 그렇듯 실수를 부른다.

테베는 프롬의 가족 중 하나가 작은 죄 때문에 갇혀 영원히 불구가 되길 원하기 시작했고, 나아가 어느 한 악랄한 놈이 프롬의 가족을 살해하고 종신형을 받아 아름다운 삶을 살기를 원하기 시작했다.

빼앗겨 본 적이 없는 자들은 그들이 무어를 쥐고 있던 것인지 결코 알아차리지 못한다. 쥐고 있는 것에 대해서 아무런 의식도 없으니, 인식조차 되지 않던 것이다. 그런 점에서 테베의 시도는 꽤나 탁월한 것이었을지도 모른다. 그는 프롬이 꽉 쥐고 있던 것들을 박탈하여 허공에 흩뿌리려 했던 것이다. 빼앗기고 흩뿌려진 것들이 빚어낸 먼지는 프롬의 주목을 앗아 갈 것이다. 그는 휑해진 자신의 손바닥을 보며, 무엇을 쥐고 있었고 무엇이 사라져 버린 것인지 고민하게 될 것이다.

제5부 제각(除角)

그렇지만 이왕에 말했다시피, 결과적으로 테베의 시도는 실수였다. 실수의 여부는 그것이 탁월했는가 혹은 탁월하지 않았는가에 따라 결정되는 것이 아니다. 그것은 시도 깊숙한 곳에 숨어 있던 본질적인 문제를 직시하였는가 혹은 직시하지 못하였는가에 따라 결정된다. 테베는 그의 시도 속에 꽁꽁 숨어 있던 본질적인 문제를 알아차리지 못했다. 자신의 발악을 이끌던 모든 연료가, 모종의 분노였다는 문제를 직시하지 못했다. 분노를 토대로 한 제안은 언제나 선을 넘기 마련이다. 테베는 바로 그 부분을 간과한 것이다.

초반의 시도는 꽤나 성공적이었다. 프롬의 가족을 죽여 버릴 사람은 구하지 못했지만, 적어도 프롬의 가족들 중 하나가 행한 작은 범죄를 찾아낼 수 있었던 것이다. 테베는 프롬에게 찾아가 그것을 문제 삼기 시작했다.

실상 그는 거침없이 선언하던 것이었을지도 모른다. '자, 이제 당신의 차례다! 이기심의 합리화가 빚어낸 역설 속에 빠져, 당신의 가족을 스스로 가학하고, 또 죄수복에 피를 묻혀라!'라며 말이다.

그런데 그 자그마한 성공은 아무런 부가적인 열매를 맺지 못하고 땅으로 굴러떨어졌다. 프롬의 뒤를 봐주던 프로이데의 법이 프롬과 함께 일궈 낸 체계를 보호하고자 했기 때문이다. 법에 관련된 자들은 테베가 찾아낸 모든 문제를 문제 삼지 않아 주었다. 테베가 찾아낸 프롬과 연관된 문제는 간혹 나타났다 사라지는 현상 그 이상도, 그 이하도 아닌 것이 되어 버렸다.

나아가 법에 관련된 자들은 테베까지 없애 버리는 것이 옳다 생각했다. 하기야, 문제를 해결하는 가장 쉬운 방법은 문제의 원인을 저리 치워 버리는 것이다.

그런데 프롬은 그들의 제안을 거절했다. 프롬은 자신의 오랜 동료였던 테베를 지켜 주고 싶었던 것이었을지도 모른다. 게다가 테베의 시도를 문제 삼을 만한 근거가 전혀 없지 않은가? 아무리 그 시도가 프롬을 겨냥하고 있었다 한들, 그것은 이치에 반하지 않는 것이었다. 테베가 걸고넘어진 프롬의 가족은 실제로 이런저런 범죄를 저질렀다. 그동안 문제시되지 않았을 뿐이다. 범죄를 저지른 것이 사실이었으니, 그들이 잡혀 들어가 가학당하는 것은 충분히 정상적인 일이었다.

그런데 동시에, 권력의 든든한 후원과 함께라면 '이치'라는 것은 아무런 의미를 갖지 않는다. 테베의 행동이 이치에 맞았건 맞지 않았건 프롬은 자신의 입맛대로 했어도 되었다. 테베의 시도에는 아무런 문제가 없었음에도 잡아 가둬 버릴 수도 있었고, 테베의 시도가 문제투성이였어도 그냥 그렇게 방치할 수도 있었다. 프롬의 입맛은 테베를 가만히 내버려 두고자 했다. 어쩌면 프롬도 애써 양보를 하고 있던 것이었을지도 모른다.

게다가 프롬은 테베의 짓거리가 시간이 지나면 없어질, 그런 일시적인 것이라 생각했다. 테베가 현실을 자각하고 이런저런 낙담을 겪고 나면, 다시 정상적인 테베로 돌아올 것이라 생각했다. 테베가 빚어낸 소음은 우선 그렇게 마무리되는 것처럼 보였다. 그렇지만 그가 프롬의 가족을 죽이고 종신형을 선고받아 줄 사람을 물색하고 있다는 소문은 모든 것을 바꿔 버렸다. 그 소문을 들은 프롬은 분노했다. 그는 배신감을 느끼기 시작했다.

당사자인 그 둘이 아니고서라면, 그 다툼은 꽤 웃겨 보인다. 프롬과 테베는 서로 배신당했다는 생각을 했고, 그 둘은 거기서 거기였기 때문이다.

프롬은 테베까지 없애 버리자던 정의의 요청에 동의했다.

손에 수갑이 채워질 적에, 태베는 멍하니 프롬을 쳐다봤다. 프롬은 그를 애써 외면했다. 프롬의 떨리는 눈동자가 담고 있던 것은 테베가 종신형을 받게 될 것이란 사실이었다. 정의가 내려치는 망치 몇 번에 선고된 테베의 죄목은 사기였다.

한편으론 테베가 잡혔을 즈음에, 평소와 다름없이 세탁물을 걷어 가던 시몬에게 사람이 하나 찾아왔다. 그는 감꾼 모임과 관련된 사람이었는데, 외모부터 자세, 복장, 목소리까지 꽤나 딱딱한 사람이었다. 시몬과 악수를 나눈 그 사람은 세탁물 수거꾼의 일은 그날부로 끝이라 했다. 건조하게 다가와 정보를 전하는 모습을 보고, 시몬은 소문으로만 듣던 정부의 비밀 요원이 딱 이런 모습일 것이라 생각했다.

"왜죠?" 시몬이 세탁물을 긁어모으다 말고 그에게 물었다. 시몬은 자신이 직장에서 잘리는 줄 알았던 모양이다.

"편한 자리가 하나 났습니다." 그가 말했다.

"좋네요." 시몬은 조금 안도했다. "그런데 원래 이렇게 갑작스럽게 업무 변경이 됩니까?" 시몬이 그에게 물었다.

"아뇨, 원래라면 이 정도까지는 아닙니다." 그가 대꾸했다, "그런데 이번에는 조금 특수한 상황이 있었던 것 같더군요." 그는 몸을 뒤적거렸다, "여튼 간에, 내일은 곧장 여기로 오면 됩니다." 그는 주소가 적힌 작은 쪽지를 시몬에게 건네주었다.

쪽지를 받아 든 시몬은 세탁물끼리 단단히 묶으며 담배 한 대를 물었다. 비밀 요원처럼 행동하는 그 사람은 아무런 말도 없이 시몬의 부가적인 발언을 기다렸다. 질문이 있으면 하라는 의미였을 것이다. 그런데 시몬은 딱히 질문을 되돌리지 않았다.

"네, 뭐. 알겠습니다." 시몬이 대꾸했다. 사실 시몬은 그 '새로운 일'이 과연 무어를 하는 것인지 자세히 묻고 싶었다. 그렇지만 태도가 여러모로 경직되어 있던 이 사람에게 물어보는 것보다는 차라리 테베에게 물어보는 것이 속 편하겠다 생각했다.

부가적인 질문이 없음을 확인한 그 사람은 시몬과 작별 악수를 나누고 돌아갔다.

제5부   제각(除角)

다시 혼자가 된 시몬은 묵묵히 죄수복을 걸었다. 여러모로 일에 집중이 안 되었다. 그의 내면에 자리하게 된 모종의 불안감과 기대감이 그의 주의를 흩뜨려 놓기 시작했다. 시몬은 멍하니 테베의 말을 기억했다. 번거로운 일은 일 년 남짓만 하면 끝날 것이라던 말을 말이다. 시몬은 가만히 손가락을 펴 내며 자신이 세탁 수거 일을 한 달수를 세었다. 얼추 일 년이 되어 가고 있었다. 시몬은 하늘을 멍하니 바라봤다.

비교적 '감꾼스러운' 업무라. 문득 시몬은 새로운 업무가 꽤 피곤할 것 같다는 짐작을 했다. 그의 벗이 하고 있던 일만을 봐도 그렇다. 프로이데를 돌아다니며 온갖 감꾼을 만나는 것은 재미없고 따분한 일일 것이다. 게다가 지금껏 시몬이 만나 본 감꾼은 무코와 그 이전의 '잘난 척쟁이 감꾼'이 전부였는데, 무코는 그렇다손 치더라도 '잘난 척쟁이 감꾼'은 상대하기 다소 껄끄러운 상대였다. 그는 쉬지 않고 잘난 척이나 해 댔었다. 게다가 간혹 비치는 불손에 환한 미소로 응대하기란 쉽지 않은 일이었다. 무코는 특별해 보였고 '잘난 척쟁이 감꾼'은 진부해 보였으니, 프로이데 감꾼들은 평균적으로 무코보다야 '잘난 척쟁이 감꾼'과 비슷할 것이었다.

시몬은 한숨을 조금 내쉬었다. 그때에 그는 속으로 몸이 힘든 것이 나은가, 혹은 정신적으로 힘든 것이 나은가 작게 생각해 보았다. 그런데 딱히 그 생각 속으로 깊숙이 들어갔던 것은 아니다. 하기야, 프로이데에서는 그런 생각을 하지 않아도 먹고살 수 있지 않은가?

시몬이 일을 거의 끝마쳤을 때 즈음, 무코와 피셰르가 모습을 보였다. 무코의 감옥에서의 마지막 근무라고 생각하니 작별 인사라도 해야 할 것만 같았다. 시몬은 무코에게 다가가 오늘이 마지막 근무라 전했다.

무코는 갑작스러운 소식에 흠칫 놀라더니, 이내 시몬에게 피셰르를 소개했다. 그간의 목격에 시몬은 피셰르를 잘 알고 있었지만 딱히 대화를 나눠 본 적은 없었다. 여하간 죄수 놈과 대화를 나누기 싫었을 것이다. 피셰르는 습관처럼 손을 꺼내 악수를 청하고자 했는데, 철창이 그것을 가로막았다. 게다가 시몬도 아무런 대꾸도 보내지 않고 악수를 거부했다. 민망해진 피셰르는 자리를 비켰다. 어쩌면 피셰르는 시몬이 작게 뱉었던 '역겨운 죄수 놈.'이라는 말을 들었을 수도 있다.

"여튼 간에 무코 씨, 저는 오늘이 마지막일 겁니다." 피셰르가 자리를 비우자 시몬이 다시 입을 뗐다, "새로운 업무에 할당된 모양입니다. 덕분에 편하게 일했습니다." 시몬은 고개를 꾸벅 숙이며 한껏 예를 차린 작별 인사를 전했다.

"그러면, 시몬. 이제 무슨 일을 하게 되는 거죠?" 무코가 물었다.

"글쎄요, 정확한 건 내일 알게 될 겁니다. 어쩌면 오늘 저녁에 알게 될 수도 있고 말이죠. 감꾼 모임에서 일을 하고 있는 제 친구가 말해 줄지도 모르니까요." 시몬이 덧붙였다, "테베 말입니다, 무코 씨. 저번에 이곳에도 왔었는데 기억하실지는 모르겠습니다."

"기억합니다." 무코가 대꾸했다.

"네, 뭐. 좋은 녀석이죠." 시몬이 툭 말했다. "제 새로운 일에 대한 것은 아직 아무것도 모릅니다. 그렇지만 한 가지 확실한 건, 몸은 조금 더 편해질 거라는 거죠. 어쩌면 제 친구가 하던 일과 비슷한 일을 하게 될지도 모릅니다."

"잘 됐군요. 그래도 날이 더 더워지기 전에 떠나시니까 말입니다." 무코가 고개를 들어 프로이데의 강렬한 해를 힐끗 쳐다봤다, "사실 좀 걱정이 되었습니다. 저런 태양 아래에서 세탁물을 옮기는 건 썩 유쾌하지 못한 일이니까요." 무코가 말했다.

"그렇죠. 잘된 일이죠." 시몬이 매캐한 연기를 뱉으며 말했다, "사실 좀 궁금했었습니다. 당신의 감옥에 대해서 말입니다. 제 친구에게 몇 번 물어보기도 했습니다. 그런데도 도통 아무런 말을 안 해 주더군요. 당신의 감옥은 전부 비밀이라던데," 시몬이 철창 안을 넘어다봤다.

"비밀로 하자는 합의가 이뤄지긴 했습니다. 당신의 친구는 그 합의를 지켰을 뿐이겠지요." 무코가 말했다.

"그렇죠. 딱히 서운한 것은 아닙니다. 그냥 궁금할 뿐입니다." 시몬이 말했다.

무코는 잠깐 동안 생각에 잠겼다.

"시몬, 당신이 이곳을 둘러보는 날이 온다면 깨달을 수 있을 겁니다. 제 감옥은 딱히 문제가 있지 않다는 사실을 말이죠." 무코가 말했다.

"오, 무코 씨. 그런 말은 어딘가 찔리는 게 있는 사람들이나 하는 말입니다." 시몬이 말했다.

무코는 그 말에 조금 호탕하게 웃었다. 무코의 웃음이 시몬으로 하여금 뿌듯함을 느끼게 했다.

"아뇨, 딱히 찔리는 게 있다는 뜻은 아니었습니다." 무코가 말했다, "그냥, 사람들이 문제 삼을 만한 건덕지투성이란 것을 알고 있을 뿐이지요."

"글쎄요, 저보다는 당신이 더 잘 알고 있겠죠. 당신의 감옥이니까요." 시몬이 대꾸했다, "어쩌면 제가 이 감옥에 파견될 때까지 기다리지 않아도 될 겁니다. 이제 테베가 당신의 감옥에 대해 전부 말해 줄지도 모르니까 말입니다."

무코가 아무 대꾸도 없이 시몬을 가만히 바라봤다.

시몬은 무코와 눈 맞추더니, "보다 '감꾼스러운 일'을 맡게 되었으니, 이제 저도 비밀을 공유하는 사람 쪽에 포함되는 것이니까요."라고 했다.

시몬은 그 말을 끝으로 담배만 태워 댔다. 얼추 할 말이 떨어진 것이었다. 그런데 시몬도 무코도, 딱히 아무런 할 말이 없으면 딱히 말을 더 하지 않는 성격이었다. 시몬은 다 타 버린 꽁초를 멀리 던져 버리고는 악수를 또 한 번 했다. 그는 정리된 세탁물을 휙 싣고선 몸도 싣고 떠나 버렸다.

시몬이 떠났음을 확인한 피셰르는 어슬렁거리며 무코에게 다가왔다.

"미안합니다." 무코가 피셰르에게 말했다. 그것은 어색한 격리를 막지 못한 것에 대한 사과였다.

"아뇨, 뭐. 당신 때문인 것도 아니잖습니까," 피셰르가 말했다.

"그걸 모르는 건 아닙니다." 무코가 대꾸했다.

피셰르는 가만히 무코를 바라보더니, 감옥을 찬찬히 훑어봤다. 거사를 치르고 돌아가려는 매춘부 한 무리가 꽤나 떠들썩거렸다.

"그나저나 무코 씨, 저 여자들에 대한 부분은 좀 손을 봐야 할 것 같지 않습니까?" 피셰르가 매춘부 무리를 가리키며 말했다, "입단속 말입니다, 무코 씨. 당신은 어떻게 성기나 팔아 대는 것들을 믿는 겁니까? 이 감옥의 비밀이 새어 나갈 게 뻔하지 않습니까?"

무코는 피셰르를 가만히 바라보더니, 말했다. "뭐가 더 쉬울 것 같습니까?"

피셰르는 무코의 말을 바로 알아듣지 못했다.

무코가 피셰르를 바라보며 덧붙였다, "살인범들, 강간범들, 강도범들을 믿는 것과 매춘부들을 믿는 것 말이죠." 무코는 피셰르를 슥 가리켰다, "게다가 사기범도 있군요."

피셰르는 조금 크게 웃어 보이며 말했다, "차라리 매춘부를 믿는 게 더 쉬울 것 같습니다."

"저도 그렇게 생각합니다." 무코가 말했다.

"그렇지만 무코 씨, 이건 죄목과 관계없는 소리입니다. 이곳에 갇힌 놈들이 그 아무리 악랄한 죄목을 가지고 있더라도, 사회와 접촉할 수 없으니까요. 그렇지만 매춘부의 경우는 다릅니다. 저 여자들은 아무런 죄가 없지만, 이곳에 자리하는 사람들 중에서 사회와 접촉할 수 있는 자들은 오직 당신과 저들뿐입니다. 저것들은 나불거리는 성기만큼이나 입도 나불거리겠지요. 그런데도 아무런 당부도 없이 그냥 저렇게 내버려 둔다면, 분명 큰일이 날 겁니다. 죄수들보다 믿기 쉽다는 게, 정말로 믿어 버린다는 것과는 전혀 다른 이야기잖습니까," 피셰르가 말했다.

"저는 저들을 믿는다고 한 적이 없습니다. 저는 저들을 믿지 않아요." 무코가 말했다, "그러니 이 대화는 아무짝에도 쓸모없는 대화였던 거지요."

피셰르는 무코의 대답에 멈칫하고는, 말했다.
"아뇨, 무코 씨. 아무짝에 쓸모가 없진 않습니다. 당신은 지금 저들을 믿지 않고 있다고 했으면서, 아무런 장치도 마련하지 않고 있지 않습니까? 혹시라도 발생할 사고를 막아 줄 아무런 안전장치도 마련하지 않았다는 겁니다. 그리고 그것은 곧, 당신이 저들을 믿고 있다는 것을 드러내 줄 뿐입니다. 당신이 진정 저들을 믿지 않으신다면야, 더욱 관리에 신경 써야 하는 것이 이치에 맞는 일 아니겠습니까?"

"글쎄요, 지금으로서는 매춘부에 대해서 아무런 계획이 없습니다. 정 신경이 쓰인다면 당신이 대신 말하면 되지 않겠습니까?" 무코가 말했다.

"제가 말하는 것은 아마 아무런 효과도 없을 겁니다. 저는 저것들에게 아무런 횡포도 놓을 수 없기 때문이지요. 제게는 그럴 자격이 없다는 소립니다." 피셰르가 시몬이 떠나간 길을 가리키며 말했다. 피셰르가 그 길을 가리켰던 것은, 어쩌면 자신은 한낱 죄수에 불과하단 소리를 하고 싶었던 것이었을지도 모른다. "저는 저들이 약속을 지키지 않아도 아무런 처벌을 할 수 없습니다." 피셰르가 계속해서 말했다, "제가 당신처럼, 이 감옥의 책임자인 것은 아니니까요. 제가 저 매춘부들에게 할 수 있는 것이라곤 부탁뿐이지요. 그런데 무코 씨, 당신도 잘 알고 있잖습니까? 부탁은 규칙보다 훨씬 깨지기 쉬운 것이란 사실을 말이죠. 어쩌면 제가 부탁을 하는 것이, 오히려 역효과만 불러일으킬 수도 있죠. 그다지 떠벌릴 생각이 없었던 것들도 제 말을 듣고 떠벌리고 싶어질 수도 있으니 말입니다."

"그렇게 될 수도 있겠군요." 무코가 그의 말에 동의하며 대꾸했다.

피셰르가 말했다, "그러니 저것들에게 주의를 주는 것은 이 감옥에서 오직 당신만이 할 수 있는 것입니다."

"어떤 식으로 말입니까?" 무코가 물었다.

"저라면 저것들에게, 이 감옥에 대해서 떠벌리고 다닌다면 큰 처벌이 있을 것이라 으름장을 놓을 겁니다." 테베가 말했다, "공포를 심어주는 거죠."

"글쎄요, 그냥 내버려 두시죠." 무코가 시큰둥하게 말했다.

피셰르는 무코를 이해할 수 없었다.

"그래도 최소한, 이 감옥에 대해서 어디까지가 비밀이고 또 어디까지가 비밀이 아닌지는 저것들에게 말해 줄 수 있지 않겠습니까? 혹시나 있을 말실수를 줄이기 위해서 말입니다." 피셰르가 말했다.

"아뇨, 피셰르. 저것들이 전부 말하고 다녀도 아무 상관 없습니다." 무코가 피셰르를 가만히 쳐다보며 말했다.

피셰르는 무코를 멍하니 바라봤다. 글쎄, '믿지 않는다'는 것이 곧, 저것들이 어떻게 행동하건 아무런 신경도 쓰지 않겠다는 것은 아니지 않은가? 그런데 바로 그때였나, 피셰르는 무코에게 감옥을 처분했다던 그 '잘난 척쟁이 감꾼'이 느꼈던 감정과 얼추 비슷한 감정을 느꼈다. 무코의 생각에서 뻗어 나오는 차가움이 피셰르의 관념을 건드리고 있던 것이다. 피셰르는 지금껏 살아오면서 '믿지 않았던', 수많은 것들을 떠올렸다. 신처럼 거대한 존재들부터 시작해서, 피셰르를 영원히 사랑해 주겠다고 했던 어떤 여자, 어느새 죽어 버려 더 이상 연락이 닿지 않던 그의 부모, 평생을 함께할 것 같았던 그의 벗들, 작은 틈을 놓치지 않고 갑작스레 도망쳐 버린 그의 애완견!

피셰르의 떠올림은 거기서 멈추지 않았다. 그는 그것들이 행여나 자신을 배신했을 때에, 아무런 하자가 없도록 마련했던 장치들을 떠올렸다. 지금 살고 있는 곳이 진정 천국 같다면야 신은 필요 없다고 지껄이던 것을, 여자의 손가락에 영원한 돌이 박혀 들어간 반지를 끼워 주었던 것을, 그의 부모가 죽어 버리기 직전에 멀고도 아름다운 곳에 데려가, 사랑한다고 말해 주었던 것을, 무슨 일이 있어도 서로의 편이 되어 주자며 벗들과 맹세했던 것을, 애완견의 목덜미에 작은 글씨로 이름을 새겨 주었던 것을.

어쩌면 피셰르는 그제야 깨달았던 것이다. 그가 그들을 믿지 않았던 적은, 단 한순간도 없었다는 것을.

2

다음 날, 시몬은 불과 며칠 전까지만 해도 테베가 드나들던 건물에 도착했다. 그가 새로이 근무할 곳은 꽤나 근엄한 분위기가 풍기는 곳이었다. 시몬은 누군가의 안내에 이끌려 근무하게 될 사무실을 구경했고, 자신의 상관이 될 감꾼을 만났다(그는 프롬이었다). 처음에 시몬은 그 감꾼을 꽤나 경계했는데, 앞서 말했듯이 시몬은 모든 감꾼들이 상대하기 피곤한 사람들일 것이라 생각했기 때문이다. 그러나 실상 시몬의 상관으로 있던 감꾼은 꽤나 담백한 자였다.

그 감꾼과 악수를 나눈 시몬은 업무에 대해 이런저런 이야기를 들었다. 그런데 잠자코 안내를 듣던 시몬은 문득, 자신이 이 일을 맡게 된 것은 본래 이 업무를 담당하던 사람이 갑작스레 사라져 버렸기 때문이라 예상했다. 그럴 법도 한 것이, 원래라면 상관이 아닌 선임 동료들이 안내를 해 주는 것이 일반적이었기 때문이다.

"저 말고 다른 분은 없습니까?" 시몬이 물었다.

"없어. 자네 혼자야." 감꾼이 말했다.

"그렇군요." 시몬이 대꾸했다.

"테베가 추천을 해서 일을 시작하게 된 게 맞나?" 감꾼이 물었다.

시몬이 고개를 끄덕였다. 뜬금없이 튀어나온 오랜 벗의 이름에, 시몬은 얼굴이 조금 밝아졌다.

"테베가 어떻게 된 건지는 알고 있나?" 감꾼이 또다시 물었다.

"그것까지는 잘 모르겠습니다." 시몬이 대꾸했다. "요새 도통 술집에 찾아오진 않던데요, 당신도 테베를 알고 계십니까?"
말을 마친 시몬은 고개를 두리번거리며 사무실을 둘러봤다. 박제된 동물들과 알 수 없는 그림투성이였다. 듣기로는 저런 장식들이 공간을 더욱 고귀하게 만들어 준다던데, 시몬이 느낀 것은 오히려 난잡함과 알 수 없는 두려움이었다. 게다가 프롬의 장엄한 목소리와 웅장한 몸짓!

"알다마다." 감꾼이 말했다.

시몬은 그 감꾼을 가만히 바라봤다.

"잘 들어," 감꾼이 시몬에게 말했다. "감꾼이란 위치가 무얼 하는 위치인지 생각해 본 적이 있나?"

시몬은 잠깐 고민을 하고는, 대꾸했다. "감옥을 운영하죠."

말을 마친 시몬은 조금 부끄러워졌다. 스스로도 자신의 대답에 대해 형편없다고 생각한 것이다.

"맞는 말이지만, 그건 위치가 아니야. 그건 단순히 우리가 하는 일거리에 지나지 않지." 감꾼이 말했다, "내가 묻는 것은 감꾼의 역할이야. 프로이데와 연결된 감꾼들의 역할이 무엇이냐 물은 거지. 우리는 질서를 만들고, 사람들이 그것을 지키도록 강제하는 위치에 있네. 물론 우리가 직접 강제를 하는 것은 아니지만 말이야, 프로이데의 법과 서로 손잡았으니 결과적으로 그런 위치에 있는 거지." 감꾼이 손가락 하나를 치켜세우며 당부했다, "일을 할 때에, 감꾼들의 위치를 항상 염두에 두게. 최우선적으로 생각하란 거지."

시몬은 속으로, 꽤나 진부한 소리라고 생각했다. 하기야, 상관으로 있는 모든 놈들이 진부한 소리나 뱉으며 으스댄다는 것은 상식에 가깝다. 어쩌면 그 헛소리를 잠자코 듣는 것 또한 그의 업무의 일환이었을지도 모른다. 시몬은 그의 말을 그냥 잠자코 듣고 있었다.

"테베는 그러지 못했어. 최우선이 무어인지 잠시 까먹어 버린 거야."

감꾼이 말했다.

시몬은 다소 흠칫거렸다.

"둘이 친밀한 사이 아니었나?" 흠칫한 시몬을 보고 감꾼이 말했다, "아, 아니지. 생각해 보면 자네가 테베의 상황을 알고 있는 게 더 이상할 거야. 그놈은 갇혀 버렸거든. 영원히 말이야."

"테베가 말입니까?" 믿기 힘들다는 듯, 시몬이 물었다. 그런데 시몬은 문득 그간 테베가 행했던 기행을 떠올렸다.

그 감꾼은 시몬을 가만히 바라보며 말했다.
"최우선이 무어인지 까먹을 순 있어. 그것만으로 문제가 되진 않지. 그리고 당연히 체계에 대해 불만을 가질 수도 있네. 그렇지만 언제나 그랬듯이 말이야, 문제가 되는 것은 '주제넘는 일'을 할 때지. 테베는 주제를 넘어도 한참 넘었네." 감꾼이 대꾸했다.

그의 사무실은 잠깐 동안 침묵을 껴안았다. 시몬은 두려움을 느꼈다. 죽어 버린 동물들이 보내는 인위적인 눈초리가 그 두려움을 배가시켰다.

"주제넘는 건 죄인가?" 침묵을 깨고선 그 감꾼이 물었다.

프롬의 질문은 일종의 주문 따위의 것이 되어 버렸다. 벽에 걸려 있던 동물들의 사체와 얼빠진 인물화는 생기를 흉내 내기 시작했다. 다분히 불법적이던 그것들의 모방은 시몬에게 더러운 공포심을 부여했다. 시몬은 겁에 질려 버렸다. 시몬은 고개를 들고 프롬을 쳐다봤다. 그는 덩치가 좋았다. 그의 묵직한 함구는 시몬을 재촉하고 있던 것이었을지도 모른다. 시몬은 마치, 더 이상 젖이 나오지 않아 도살장에 끌려가는 늙은 얼룩이 암소가 된 것만 같았다.

이제 시몬은 자신이 어떻게 생각하고 있느냐가 아니라 저 감꾼이 어떤 대답을 원하는가에 대해서만 생각하기 시작했다. 아, 그런데 썩 다행스러운 일이었다. 남이 원하는 대답을 예상하는 것은 자신이 어떻게 생각을 하고 있는지 깨닫는 것보다 훨씬 쉬운 일이었으니.

그 암소는 스스로의 젖을 물어뜯어 대기 시작했다. 흐르는 피를 색이 변한 젖이었다 말하기 위함이었을지도 모른다.

"죄입니다." 시몬이 대꾸했다. 살을 뜯어낸 그의 입가에는 피가, 아니, 젖이 흥건했다.

"그렇지." 감꾼이 말했다.

'이런,' 시몬은 속으로 우려 섞인 말을 뱉었다. 그는 감꾼을 쳐다봤다. 차가운 감꾼의 눈초리가 시몬에게 가닿았다. 그 감꾼은 시몬의 반응을 자세히 살피고 있었다. 그 관찰은 실상, 일종의 시험 혹은 경고였을지도 모른다. 시몬은 '자신이 창피한 것 같다'는, 창피한 것도 아니고 창피하지 않은 것도 아닌, 그런 애매하고 이상한 감정이 들었다. 치켜뜬 눈초리가 자신을 낱낱이 훑고 있다는 것이 그를 그렇게 만들었다.

"갑작스레 덧붙여서 죄송합니다만, 저는 그자와 그렇게 친밀하지 않았습니다." 시몬이 구경꾼에게 재롱을 떨어 대기 시작했다. "우연히 만나 몇 번 대화를 나눠 본 것이 전부죠. 게다가 그 몇번 안 되는 대화에서도, 서로에게 동의를 못 해 언쟁을 주고받곤 했습니다." 시몬이 투명한 무릎을 꿇고 구걸질 했다.

"여러모로 서운한 말이야. 자네는 테베가, 자네에 대해서 아무런 말도 안 했을 것 같나?" 감꾼이 말했다, "나는 거짓말을 하는 자와 함께하길 썩 내켜 하지 않아."

시몬은 고개를 떨구고 조아렸다. 시몬 앞에 서 있는 감꾼의 우람한 기세 때문이었던가, 혹은 무기력을 잔뜩 머금은 사체들 때문이었던가, 시몬은 두려움에 굴복해 버렸다.

그런데 범죄자인 친구라니? 시몬의 기분은 여러모로 더러워졌다. 시몬의 머릿속에 자리하던 테베에 대한 의문은 흔적도 없이 사라졌다. 그 녀석이 했다던 '주제넘은 일'이 무엇인지, 테베는 도대체 무슨 생각으로 그런 짓을 한 것인지, 그의 아내도 테베가 사라진 것에 대해서 알고는 있던 것인지, 그의 아내는 혼자서 잘 지내고 있던 것인지! 그의 궁금증은 그대로 자취를 감췄다. 시몬은 지금껏 그가 테베와 함께 한 모든 순간들을 부끄러워하기 시작했다. 그 녀석이 죄수가 될 것을 미리 알았더라면, 결코 한마디도 말을 섞지 않았을 것이라며 말이다. 처음에는 거짓이었던 그의 변명이 점차 진실이 되어 갔다. 시몬은 진심으로, 자신은 테베와 친밀하지 않았다 지껄여 댔다.

"거짓말이 아닙니다." 시몬이 말했다.

3

앞서 피셰르가 말했듯 죄수들은 동일한 죄목 아래로 단단하게 결집하고 있었는데, 강간을 한 자들은 강간을 한 자들끼리, 살인은 살인, 강도 짓은 강도 짓끼리 결집했다. 그들 모두는 자신의 집단이 다른 집단보다야 낫다고 생각했다. 어쩌면 그들끼리 공유하던 자의적 우월 관계는 피셰르가 지니고 있던 것과 별반 다르지 않은 것이었을지도 모른다. 한데 갇혀 영원토록 벗어날 수 없는 자들에게 저들끼리의 구분만큼이나 중요한 것이 없었다.

집단을 넘나드는 상호작용은 딱히 없었다. 하기야, 강간을 한 놈들은 본인이 살인을 한 놈들보다 낫다고 생각하고 있었고, 강도 놈들은 본인이 강간을 한 놈들보다 낫다고 생각하고 있었고, 사기죄로 들어온 피셰르는 자신이 그 어떤 종신형자들보다 낫다고 생각하고 있었다. 그들은 전부 같은 계급을 가지고 있었음에도, 그 사이에서 또다시 계급을 세웠다. 계급이라는 것은 우월 관계를 불법적으로 내포한다. 그런데 정당화된 불법은 종종 합법이었으니, 그 우월 관계는 불법적인 것이었음과 동시에 합법적인 것이었다. 집단 간의 우월은 빈약한 적대를 칼 방패 삼아 서로서로 악수를 나누지 못하게 했다. 같은 집단에 속한 자들끼리 나누는 대화라곤 멍청한 영웅담뿐이었다. 자신이 얼마나 강인한 놈이었는지, 얼마나 악랄한 놈이었는지, 경찰 앞에서 얼마나 당당한 놈이었는지, 소위 얼마나 '미친놈'이었는지에 대한 것뿐이었다. 어쩌면 그따위 내용을 담고 있는 대화는 딱히 계급을 넘나들 필요가 없었다. 영웅담은 죄다 거기서 거기였다. 그런데 종신형을 선고받을 정도로 악랄한 죄들에 있어서, 그 어떤 죄도 다른 죄들보다 '낫지' 않다.

무코의 감옥에 갇힌 테베는 딱히 아무런 육성도 뱉지 않은 채로 잠잠히 수감 생활을 하고 있었다. 감옥에서의 그는 굉장히 조용한 사람이었다. 그런데 왜 그런 것 있지 않은가, 조용해서 보기 좋은 사람들이 있고, 그와는 정반대로 조용해서 비정상으로 보이는 사람도 있고 말이다. 테베는 후자에 가까웠다. 그는 아무런 말도 없이 빤히 들여다보는 사람 같았다. 테베를 맞닥뜨린 죄수 놈들은 아주 잠깐이긴 하지만, 테베의 기세에 눌려 버렸다.

그런데 감옥 바깥의 세상에서 '기세에 눌렸다'라는 것은 딱히 아무런 문제를 만들지 못한다. 바깥의 사람들에게는 그 '기세'라는 것 말고도 각자 중요하게 생각하는 것들이 있었기 때문이다. 누군가는 지식을, 누군가는 사랑을, 누군가는 외모, 인성, 또 누군가는 돈을 중요하게 생각했다. 그렇지만 감옥에 갇힌 자들은 그럴 수 없었다. 전부 멍청이였던 그놈들은 지식을 중요하게 생각할 수 없었고, 같은 애인을 돌려쓰던 그놈들은 외모나 사랑, 그리고 인성을 중요하게 생각할 수도 없었다. 게다가 모두가 흘러넘치는 돈뭉치에 둘러싸여 생활하고 있었으니,

돈을 중요하게 생각할 수도 없었다. 그들에게 중요했던 것은 소위 남성적이라 표현되는 기세뿐이었다. 여러모로 한심한 일이다.

테베의 함구는 의도치 않은 반발을 생성해 냈다. 내세울 것이라곤 견고한 자존심과 기세뿐이던 놈들을 기에 눌리게 했던 것이니, 그들에게 밉보인 것이다. 다른 죄수들은 테베를 껄끄럽다 생각하기 시작한다. 게다가 '사기'라니! 그 누구와도 달랐던 죄목에 힘입어, 그 누구도 테베와 함께하고 싶어 하지 않았다.

테베는 조금씩 괴롭힘에 시달린다. 앞서 말한 '상한 자존심'이 지대한 영향을 끼쳤을지도 모르지만, 그 직접적인 원인은 다른 데에 있었다. 먼 예전 테베가 무코의 감옥에 방문했을 적에, 사진의 피사체로 이용되었던 벌거숭이 강간범이 테베를 알아본 것이었다.

덧붙이자면 그 강간범 놈은 테베가 잡혀 들어오기 전에도 줄곧, 기회만 된다면 그 형사 놈을 죽여 버릴 것이라며 크게 소리 질러 버리고는 했다. 그는 소리를 지를 때마다 무언가를 하나 깨부쉈다. 그는 화에 취해 있었다. 스스로의 화를 다스리기에 그는 너무나도 애새끼 같았다.

그 강간범이 테베를 알아보았을 적에, 테베가 자신에게 내질렀던 엄중한 손짓을 떠올리며 신이 나 버렸다. 그런데 그가 줄곧 소리 질러 대던 것처럼 테베를 직접 죽여 버리려 했던 것은 아니다. 대신에 그는 테베가 건방진 놈이라는 소문을 퍼뜨리기 시작했다.

그렇게 소리 지르고 물건을 깨부수기는 했어도, 정말로 그 형사를 죽여 버릴 자신이 없었던 것이다. 그가 그런 허세를 부릴 수 있었던 것은, 그 형사 놈이라면 결코 감옥에 갇힐 리 없다는 얄팍스러운 예상 덕이었을지도 모른다. 허세는 영원토록 일어날 수 없는 것에 대해서만 가능하다. 죽어도 형사 놈이 잡혀 들어올 리가 없었으니, 그 강간범은 자신이 뱉고 싶던 대로 뱉어 댈 수 있었던 것이다. 그런데 테베가 정말 잡혀 들어오게 되면서 그 강간범은 새로운 고민거리와 맞닥뜨리게 되었다. 정말로 죽일 생각은 전혀 없었던 그의 앞에, 그 형사 놈이 떡 하고 놓이게 된 것이다. 그놈이 그간 멋진 척을 하며 뱉었던 강인함은 스스로의 자존심을 찌르는 칼이 되어 날아들었다.

그 강간범 놈과 평소 괜찮은 관계를 유지하던 그의 동료들은 이번에 잡혀 들어온 형사 놈을 어떡할 계획이냐 물었었다.

"내 손만 더러워질 뿐이야." 그놈이 대답했었다, "나는 지금 생활이 마음에 들어. 생각해 봐, 내가 저놈을 죽여 버리면 어떻게 되겠어? 아마 이곳에서의 생활을 끝마치게 될지도 몰라. 무서워서가 아니라 더러워서 피하는 거지."

멍청한 그의 동료들은 그의 말이 옳다고 맞장구쳤다.

강간범 놈은 테베에 대한 헛소문을 계속해서 만들어 냈다. 헛소문이나 퍼뜨리는 것이 그가 할 수 있는 가장 위대한 복수였을지도 모른다.

여러모로 한심한 놈이다.

테베에 관한 그 소문은 아무런 근거가 없었음에도 강간범들 사이에서 꽤나 큰 화젯거리가 되었다. 같은 일이 반복되어 새로움이라곤 없는 세상에서, 새로운 누군가에 대한 험담은 언제나 흥미롭다.

피사체로 이용되었던 그 강간범이 테베를 알아보고도 얼마 지나지 않아 거의 모든 강간범들이 테베를 괴롭혔다. 그런데 원래라면 거기서 그쳤어야 할 것이다. 원래라면 강간범들 집단의 소식이 다른 죄목을 가진 죄수들에게까지 퍼지진 않으니 말이다. 그렇지만 테베의 건방짐에 대한 소문은 집단을 뛰어넘으며 퍼져 나갔다. 그것은 자유로웠다. 타인의 가학을 목표로 삼은 정보는 그 어떤 정보들보다 자유롭다.

그렇지만 테베가 괴롭힘을 당하기 시작했다고 해서, 그것이 격렬한 괴롭힘이었던 것은 아니었다. 죄수 놈들은 적나라한 가학을 할 수 없었다. 이전 감옥에서 그랬던 것처럼, 한 놈을 구석진 곳에 몰아 두고 짓밟아 불구로 만들어 버리는 일은 할 수 없었던 것이다. 그들이 하던 것이라곤 그냥 실수를 가장한 주먹 몇 대를 날려 버리는 것뿐이었다. 어쩌면 죄수 놈들은 두려워하고 있던 것이었을지도 모른다. 자신이 선을 넘는 행동을 해 버린다면, 이 감옥에서 쫓겨나 다른 감옥으로 옮겨질지도 모른다는 생각을 한 것이었을지도 모른다.

테베는 다른 죄수들이 자신에게 어떻게 행동하건 그다지 신경 쓰지 않고 있었다. 물론, 갑작스레 얻어맞으면 비명을 지르긴 했다. 그리고

다른 죄수들을 경계심 넘치는 눈으로 바라보기도 했다. 그렇지만 그
것은 모종의 행위에 대한 신체 기계적 반응이었을 뿐, 따로 신경을 쓰
고 있던 것은 아니다. 그에게는 하루에 수십 번씩 날아오는 주먹보다
야 더욱이 신경 써야만 했던 일이 있었다. 테베의 머릿속을 헤집는 것
은 오직 합법적인 탈옥뿐이었다. 어쩌면 테베는 단 한 번도 프롬을 믿
은 적이 없었다. 테베는 자신을 바라보는 프롬의 시선이 심상치 않다
는 것을 알아차리자마자 나름대로 장치를 마련해 놓았었다. 그는 그간
자신이 찍어 모아 두었던 사진들을 전부 추리고선 자신의 불만을 담은
긴 편지와 함께 작은 잡지사에 보내 놓았었다. 테베는 프로이데의 사
람들이 드디어 계몽될 수 있을 것이라 생각했고, 자신은 무고함을 인
정받아 풀려날 것이라 생각했다.

그런데 테베가 이런저런 장치를 마련했다는 것은, 무코와 피셰르의
대화에 따르면, 테베는 언제나 프롬을 믿어 주고 있었다는 사실을 드
러낸다. 딱히 중요한 사실은 아니다.

다시 본론으로 돌아와서, 테베가 자신의 사진을 굳이 '작은' 잡지사,
나아가 딱히 '별 볼 일 없는' 규모의 잡지사에 보내 놓은 것은 그 나름
대로 이유가 있는 행동이었다. 감꾼들과 어울리며 업무를 본 기간이
꽤나 길었던 탓에, 프로이데 대부분의 언론은 권력에 민감했다는 사실
을 잘 알고 있었기 때문이다. 아무런 기사를 써내도 특종에 가까운 취
급을 받을 수 있었던 '나름' 거대한 언론들은 딱히 문제투성이인 기사

를 원하지 않았다. 그들은 그저, 그냥저냥 한 기사나 써내며 끽해야 유지되는 것을 원했다. 웬만치 자리 잡은 언론 회사들은 특종에 관심이 없다. 그것에 관심 있는 잡지사는 아직까지 견고한 자리를 잡지 못하고 흐리멍덩한 곳뿐이다.

한편으로 무코와 피셰르가 테베에 대한 소식을 듣게 된 것은 테베가 무코의 감옥으로 온 후로도 한 달 남짓이 지난 뒤였다.

무코보다는 피셰르가 그 소식을 먼저 알게 되었다. 그것은 그의 업무 덕택이었다. 피셰르는 각각의 죄수들에게 돌아갈 급여를 검토하면서 그 죄수들의 개인정보도 훑곤 했는데, 아무래도 신참으로 들어와 첫 급여를 받는 자들의 개인정보는 피셰르의 관심을 사는 것이었다. 워낙 비슷한 일만 일어나는 공간에서의 새로운 존재란 것은 언제나 반가운 것이었다.

피셰르는 간혹 판결문의 요약본도 읽어 보고는 했다. 원래라면 그 감옥의 감꾼들에게 제공되는 문서였는데, 무코와 좋은 관계를 유지하던 피셰르는 그것을 손쉽게 읽을 수 있었다. 그 덕에 피셰르는 더욱이 악랄한 짓을 하고 들어온 놈의 죄 내용과 그의 얼굴을 가만히 기억해 놓았다가, 실제로 직접 맞닥뜨렸을 적에 서둘러 자리를 피하곤 했다.

그런데 이번에 새로 들어온 놈의 이름은 '테베'였다! 피셰르는 그가 몇 번 마주쳐 본 세탁물 수거꾼의 친구라는 사실을 어림잡고 있었다. 시몬과 무코가 자신을 쏙 빼놓고 대화를 나눌 적에, 자리는 비켜 주었어도 귀는 그들의 대화에 집중하고 있었던 것이다. 피셰르는 그 사실을 확인하자마자 무코에게 달려가 테베에 관한 서류를 건네주었고, 또 이야기를 나눴다. 무코가 그 서류를 유심히 살펴본 것은 아니었다. 하기야, 그의 입장에서 모든 죄수는 거기서 거기였다.

그렇지만 무코는 그 서류를 읽어 보지도 않고선 그 새로운 죄수가 시몬의 친구일 리는 없다고, 단지 이름이 같은 사람일 뿐이라고 단정지었다. 어째서 그렇게 생각하는 것이냐 피셰르가 물었었는데, 무코는 "그가 잡혀 들어올 이유는 전혀 없으니까요."라고 했다.

"그럴지도 모르죠." 피셰르가 대꾸했다, "그가 시몬의 친구였건 아니었건 말입니다, 무코 씨. 달라지지 않는 사실이 하나 있습니다."

무코가 피셰르를 바라봤다.

"그 또한 다른 종신형자들보다는 덜 악랄할 것이란 사실 말입니다. 그의 죄목이 뭔지 아십니까? 그도 사기더군요. 아마 그가 지은 죄라곤 도전했다는 것뿐일 겁니다. 그도 다른 놈들에 비해 악랄하지 않은 놈일 게 뻔하죠." 피셰르가 말했다. 그는 그전부터 해 오던 종신형자들 사이에서의 구분을 한 번 더 확고히 하고 싶었다. 웃기는 일이었다.

"네." 무코가 대답했다.

무코는 속으로, 죄목이 '사기죄'라면 정말 테베일지도 모르겠다는 생각을 했다.

"저랑 같은 업무를 보게 하는 것도 나쁘지 않을 겁니다. 혼자서 모든 것을 관리하기란 쉽지 않은 일이거든요. 혼자서 하기엔 업무량이 좀 많습니다." 피셰르가 말했다.

"그렇지만 피셰르, 당신은 항상 일찍이 일을 끝내 놓고선 수다나 떨잖습니까," 무코가 대꾸했다.

"그렇긴 하죠." 피셰르가 민망해하며 대꾸했다. 그는 마른세수를 했다, "그렇지만 업무를 나눠서 하면 더욱 좋을 겁니다. 돈 관리 업무를 전부 알려 주고 나면, 저는 투자 일에만 힘쓸 수 있을 테니까 말이죠. 그럼 감옥의 수입은 더욱이 거대해지겠지요. 게다가 결국에 당신은 제 요청을 들어줄 것 아닙니까? 아무런 문제도 없으니까요."

피셰르는 잠깐 무코를 처다봤다. 그러고는 덧붙여 말했다, "무코 씨, 그런데 한 가지 의문이 떨쳐지지 않는군요."

무코도 피셰르를 처다봤다.

"기왕 수입에 대한 말이 나와서 말이죠. 이제 당신의 감옥에서 내는 수익이 커지는 건 아무런 의미도 없지 않습니까? 수익이 커져도, 당신은 언제나 가져가던 만큼만 가져가니까요. 더 커진 수익은 전부 저 악랄한 놈들에게 돌아가죠." 피셰르가 말했다, "여러모로 이상한 일 아닙니까?"

"글쎄요, 저들이 해낸 만큼 가져가는 게 이상한 겁니까?" 무코가 되물었다.

"아뇨, 저는 그런 걸 말하는 게 아닙니다, 무코. 당신의 생각에 오류가 있는 것 같다는 거죠." 피셰르가 말을 마치고 담배를 한 대 물었다. 무코도 그렇게 했다.

피셰르가 계속했다, "뭐, 결론부터 말하면 저는 당신이 무슨 생각을 하고 있건 간에 그 생각을 인정할 겁니다. 제게는 별다른 방법이 없으니까요. 그렇지만 당신의 그 생각은 왠지 모르게 오류에 빠져 있는 것 같다는 말입니다. 당신이 저 악랄한 종신형자들에게 많은 급여를 주는 게 무엇 때문이었습니까? 더 나은 업무 효율 때문 아니었습니까?"

"맞습니다." 무코가 대꾸했다.

피셰르는 담배 연기를 머금은 숨을 힘껏 들이쉬더니, 조금 콜록댔다. 아마 그 꽁무니를 빨 때에 피셰르는 자신의 발언을 머릿속에서 정리하고 있었고, 그것에 조금 정신이 팔려 너무 크게 들이켜 버린 것이었을 수도 있다.

"더 나은 업무 효율은 무엇을 위함입니까, 더 많은 수익을 위한 것 아닙니까?" 잔기침을 집어삼키며 피셰르가 물었다.

"그렇죠." 무코가 말했다.

"그럼 이 감옥이 만들어 내는 더 많은 수익은 무엇을 위함입니까, 당신의 부를 위한 것 아닙니까?" 피셰르가 말했다.

무코는 가만히 피셰르의 말을 들었다.

"제 의문은 바로 거기서 발생하는 겁니다." 피셰르는 손가락을 튕겨 딱 소리를 내었다, "당신은 더 커진 수익에 대해서는 아무런 부가적인 이익을 가져가지 않고 있죠. 그러면 애초에 당신이 행한 시도는 아무런 결과를 내지 못하고 있다는 것이 됩니다. 결국 그 시도는 당신이 가져가는 몫을 더 크게 하기 위함이었으면서, 당신은 언제나 같은 몫을 가져가니까 말이죠." 피셰르가 말했다.

"네. 그렇게 되는군요." 무코가 말했다. 그는 은으로 만들어진 재떨이를 가만히 바라봤다.

"무코," 피셰르가 무코의 주목을 조금 더 앗아 갔다. 피셰르가 생각하기에, 그렇게 건조한 수긍으로 끝날 말이 아니었기 때문이다. 가만히 재떨이를 바라보던 무코는 다시 피셰르와 눈 맞췄다.

"무코. 그럼 당신이 저 죄수 놈들에게 많은 돈을 주고 있는 것은 무엇 때문입니까? 저들을 감시하지 않는 이유는 무엇이고, 저들을 인간처럼 대우해 주는 이유는 무엇입니까?" 피셰르가 말했다, "제가 봤을 때 무언가 이상하다고 한 것은 다름이 아닙니다. 당신은 당신이 행한 시도가 과연 무어를 위한 것이었는지, 다시 생각해 볼 필요가 있다는 거지요."

"아뇨, 이미 많이 생각해 봤습니다. 적어도 치기 어린 짓은 아니었다는 소리지요." 무코가 말했다.

"그럼 왜 더 많은 급여를 주고 있는 겁니까?" 피셰르가 물었다.

"피셰르, 당신이 원하는 대답이 뭐죠?" 무코가 되물었다.

피셰르는 잠깐 멈칫하더니, 마른세수를 하며 말했다, "제가 원하는 대답은 없습니다, 무코 씨. 저는 그냥 당신의 생각이 궁금한 겁니다."

"글쎄요, 피셰르. 재미없는 소리가 될지도 모르겠습니다." 무코가 말했다.

"적어도 할 말은 있다는 소리군요." 피셰르가 말했다.

"네." 무코가 대꾸했다. 그는 잠깐 동안 천장을 바라보며 고민을 하더니, 질문을 던졌다, "피셰르, 당신은 '체현'이라는 것에 대해 알고 있습니까?"

"아뇨, 처음 듣는 소립니다." 피셰르가 대답했다. 그는 조금 민망했다.

민망해하는 피셰르를 발견한 무코는 손을 조금 가로저으며 덧붙였다, "그렇게 느끼지 않으셔도 됩니다. 저로서도 처음 들을 적에는 처음 듣는 소리였으니까요. 이렇게 묻는 건 어떻습니까, 제가 당신에게 '오늘 몇 명의 타인과 맞닥뜨렸냐' 묻는다면 말입니다."

"오늘 말입니까?" 피셰르는 미간의 간격을 조금 좁히며 기억해 내고자 했다. 근무 공간이 마련된 거대한 기둥은 그의 방으로부터 약 오 분 정도 걸으면 도착할 수 있는 곳이었다. 피셰르는 그 짧은 시간 동안에 몇 명의 사람들을 만났는지 기억해 내려 애썼다. 그렇지만 명확하게 대답할 수 없었다. 하기야, 이 세상 사람들 중에서 누가, 그날 만난 사람들의 숫자를 한가로이 세고 있겠는가?

"글쎄요……," 피셰르가 말했다.

"한 명도 없었습니다." 무코는 곧바로 피셰르의 말을 잘라먹으며 그 질문에 대한 정답을 알려줘 버렸다.

피셰르는 다소 맥이 빠져 버렸다. 피셰르는 한숨을 내쉬었다.
"아뇨, 그건 말도 안 되는 소립니다, 무코." 피셰르가 말했다.

"왜 그렇게 생각하시는 거죠?" 무코가 물었다.

"아뇨, 그건 제가 당신에게 물어봐야 할 질문입니다. 당신이야말로 왜 그렇게 생각하고 있는 겁니까? 당신이 제 출근길에 동행하고 있던 것도 아니잖습니까? 물론 출근길이라고 해 봤자 제 감방에서 이곳으로 오는 짧은 길이지만 말입니다, 당신이 제가 몇 명을 마주쳤는지 알 수 있을 리가 없죠." 피셰르가 말했다.

"아뇨, 알 수 있습니다. 모든 사람들에게 똑같기 때문이지요." 무코가 대꾸했다.

"한 명도 마주치지 못했다는 것이 말입니까?" 피셰르가 물었다.

"네." 무코가 대답했다, "왜냐하면 타인은 체현되기 때문입니다."

피셰르는 알쏭달쏭함을 느꼈다. '체현'을 설명해 주기 위해 예를 들어 질문을 한 것이었는데, 또다시 '체현'이라는 말로 설명을 하고 있었으니, 따지고 보면 무코의 설명은 빙빙 돌고 있는 것이었다.

"그러니까 무코 씨, 저는 그 '체현'이라는 것을……," 피셰르가 말했다. 그런데 이번에도 무코가 그의 말을 끊어 먹어 버렸다.
"신체와 다름없어진다는 뜻이죠." 무코가 말했다.

자꾸 자신의 말을 끊는 무코의 모습에 시큰둥함을 느낄 수도 있었지만, 피셰르는 딱히 기분 나빠 하지 않았다. 원래 남의 말을 잘 들어 주는 사람이었는데도 그렇게 말을 자르며 떠벌리고 있다는 것은, 지금 무코가 하고 있는 말이 무코 본인에게는 나름 중요한 소리였다는 사실을 짐작할 수 있게 해 주었기 때문이었을지도 모른다.

"도구도 체현됩니다, 피셰르." 무코가 계속했다, "오늘, 당신이 맞닥뜨린 도구가 있습니까?"

피셰르는 대답을 하지 않고 무코를 바라봤다. 하기야, 그것은 이미 답이 정해진 질문이었다.

"하나도 없습니다. 그것은 당신의 신체가 연장된 것에 불과하니까 말이죠. 연필은 손의 연장이고, 신발은 발의 연장이고……," 무코는 손을 허우적거리며 설명했다. 이제 보니 꽤나 우스꽝스러운 허우대였다, "당신이 업무를 볼 적에 썼던 기계들은 당신의 눈과 귀, 그리고 어쩌면 콧구멍의 연장이었을지도 모르죠." 무코는 자신이 쓰고 있던 금테 안경을 들어 보이며 말했다, "이 안경은 제 눈의 연장이란 것이고요."

"당신이 무얼 말하고 싶은 건지 알아듣기가 좀 힘겹군요, 무코 씨. 그러니까, 당신은 도구가 신체라는 말을 하고 싶은 겁니까?" 피셰르가 물었다.

"우선은 비슷합니다. 도구는 신체의 연장으로 존재한다는 거죠." 무코가 대꾸했다, "그런데 이 '신체의 연장', 즉 '체현'이란 것은 한 가지 성질을 가져야만 합니다."

피셰르는 무코의 부가적인 설명을 잠자코 기다렸다.

"'투명함'이죠." 무코는 이왕에 집어 보인 안경을 휘적거렸다, "이러면 어떻게 되겠습니까, 피셰르? 안경을 통해 세상을 보아야 하는데, 안경이 투명하지 않은 겁니다. 그래서 저는 안경을 통과한 세상을 볼 수 없어진 것이죠. 이렇게 생각해 보십시오, 피셰르. 제가 갑자기 제 안경알 전부를 검정 잉크로 뒤범벅 지게 만들어 버린 겁니다. 그러면 제 눈에는 안경이 드러내 주는 세상이 아니라, 오직 검정으로 뒤범벅 진 안경만 보이게 되겠죠. 그러면 어떻게 되겠습니까?" 무코가 물었다.

"어……, 안경을 쓴 이유가 없어지겠죠." 피셰르가 말했다.

"맞습니다. 안경을 통해서 세상을 보아야 하는데 오롯이 안경만 보인다면야, 저는 맹인과 다름없어지는 거니까 말이죠." 무코가 말했다, "세상을 보기 위해 존재하는 안경이, 그것의 역할과는 정반대로 세상을 가려 버리게 되는 겁니다. 도구에 있어서 '투명함'이 갖는 중요성이지요. 체현되는 모든 것들은 투명해야만 하고, 또, 실제로 투명합니다."

"그런데 과연 당신의 말이 옳아, 제가 오늘 맞닥뜨린 도구들이 하나도 없다면 제가 오늘 사용한 도구들은 뭡니까? 우선 맞닥뜨려야 이용할 수 있는 게 이치에 맞지 않겠습니까?" 피셰르가 물었다.

"투명했던 거죠. 인식되지 않았을 뿐이지, 그곳에 존재했습니다." 무코가 말했다, "그런데 여기서 '투명'이라는 것에 대해 명확히 짚고 넘어

갈 필요가 있습니다. 실제로 그것들은 투명하지 않죠. 그렇지만 인식을 행하는 주체에게 있어서만큼은 투명하게 다가온다는 겁니다. 실제로는 투명하지 않지만, 우리에게 따로 인식되지 않고 투명하다는 거죠."

"글쎄요, 그러면 무코 씨. 제게는 이런 의문이 떠오르는군요." 피셰르가 말했다.

무코가 그를 쳐다봤다.

"그러면 그것들은 왜, 어째서 투명하게 된 것이죠?" 피셰르가 물었다.

"아, 쉬운 질문입니다," 무코가 말했다, "왜냐하면 우리는 도구로부터 한 차원 위의 세상을 기대하고, 또 보고 있기 때문이죠."

"글쎄요, 이해가……," 피셰르가 말했다. 그런데 무코가 또 말을 잘라먹으며 계속했다.
"도구를 통한 세상을 보고자 하고 있다면, 그 도구 자체는 인식되지 않고 투명해진다는 겁니다. 도구 자체로 모종의 차원을 이루고 있고, 우리가 도구를 통해 얻고자 하는 세상은 그 '도구의 차원'보다 한 단계 높은 차원의 것이란 소리입니다. 우리의 인식은 끊임없이 차원을 넘나듭니다. 어느 차원의 것을 맞닥뜨리고 있으면, 그 이전의 차원은 전부 투명해지고 인식되지 않죠."

피셰르는 눈살을 다시 찌푸렸다.

무코는 자신의 앞에 놓여 있는 은빛 재떨이를 그에게 건네줬다. 피셰르는 아무런 영문도 모른 채로 그것을 받아 들었다.

"그 접시를 받아 들 적에, 당신은 팔을 맞닥뜨렸습니까?" 무코가 물었다.

피셰르는 그 재떨이를 무코로부터 건네받아 들고 있었지만, 팔을 맞닥뜨렸던 것은 아니었다. 피셰르는 어느새, 그것을 건네받았을 뿐이었다.

피셰르는 자신의 팔을 이리저리 움직여 보며 대답했다, "아닌 것 같군요."

"네. 당신의 팔은 투명했단 겁니다. 이왕에 당신의 인식은 은접시를 받아 드는 차원을 맞닥뜨렸고, 그 이전의 차원인 당신의 신체는 투명했던 것이죠." 무코가 설명했다, "이해가 가십니까?" 무코가 물었다, "그리고 우리가 도구를 접할 때에도 똑같다는 겁니다. 당신의 신체의 연장으로서의 도구는 딱히 인식되고 맞닥뜨려지지 않아도 이용될 수 있다는 거죠. 그것은 존재함과 동시에 투명했으니까 말입니다. 그리고 그렇기에 당신은 오늘, 아무런 도구도 맞닥뜨리지 않았다는 것이고 말이죠……," 무코가 말했다.

"어……," 피셰르는 잠깐 동안 생각을 정리했다. 무코는 그런 피셰르를 잠자코 기다려 주었다.

조금의 시간이 지난 뒤, 무코가 계속했다, "그런데 이 체현된 것들이 문제가 될 때가 있습니다. 앞서 말한 투명성에 관한 것이지요. 만약 도구가 투명하지 않게 되어 버린다면, 그것은 우리의 인식을 도구 너머의 차원으로 향하는 것을 막아 버리고 그 이전의 차원에 가둬 버린다는 것이죠." 무코가 말했다, "앞서 예로 들었던 '제 안경이 불투명할 적'에 말입니다. 제 안경의 불투명함은 저로 하여금 안경 너머의 세상을 인식하는 것을 허락하지 않고 오롯이 그 이전의 차원, 그러니까……, '안경'의 차원에만 가둬 버리게 됩니다. 그렇게 되면 저로서는 통과한 세상을 볼 수 없고 오롯이 안경만 보이게 되는 것이죠."

"그런데 그건 안경이, 정말 투명한 안경알을 가지고 있게끔 설계되었기 때문 아닙니까?" 피셰르가 물었다, "안경을 제외하고 다른 도구들에게까지 해당되는지는 모르겠군요."

무코는 피셰르에게 부싯돌을 툭 던져 주고는 담배를 한 대 꺼내 들었다. 그런데 입에 물지는 않았다. 무코는 그저 피셰르를 관찰했다. 피셰르도 그를 따라 담배를 한 대 꺼내 입에 물었다. 무코는 피셰르에게 먼저 불을 붙이라며 가볍게 손짓했다. 피셰르는 고개를 조금 끄덕이고는, 부싯돌을 비볐다.

그런데 이런, 무코가 던져 준 부싯돌은 연료가 다한 것인지, 혹은 기계적 결함이 있었던 것인지 불씨를 내지 못했다.

'제기랄,' 피셰르가 작고 담백한 욕설을 내뱉었다. 그는 그 부싯돌을 이리저리 흔들었다. 그가 물고 있던 담배의 꽁무니가 입술의 수분을 빼앗아, 피셰르의 입술은 텁텁하고 껄떡찌근해졌다.

불씨 내기에 몇 번이나 실패한 피셰르는 가만히 무코를 올려다봤다.

무코가 웃으며 말했다, "이제 한 개입니다." 어쩌면 무코는 일부러 피셰르에게 고장 난 부싯돌을 던져 준 것이었다. "체현된 무언가는 투명합니다. 그것은 맞닥뜨려지지 않죠. 그런데 그것이 갑작스레 불투명해져 맞닥뜨려질 때가 있습니다. 그때는 바로, 그것에 오류가 있을 때죠." 무코는 또다시 손을 허우적거리기 시작했다, "그 부싯돌이 가진 오류는 당신에게, 담배에 불을 붙인 세상을 허락하지 않고 부싯돌만을 만지작거리게 했습니다. 부싯돌에 오류가 있어 불을 내지 못하는 경우에는 오직 부싯돌만 보이게 되는 것이고, 안경알이 전부 깨져 온통 금이 가 있을 적에는 안경을 통과한 세상이 보이는 것이 아니라 안경만이 보이게 되는 것이고, 오늘 당신이 업무를 볼 때 썼던 기계들에 결함이 있어 고장이 났을 적에는 당신이 그것을 통해 봤던 정보들을 볼 수 없게 되고 오롯이 고장 난 기계만 보이게 된다는 거죠. 이해가 되십니까?"

"뭐, 얼추요." 피셰르가 고장 난 부싯돌을 통에 툭 던져 버리며 말했다, "그러니까, 고장 나기 전까진 맞닥뜨릴 수 없다는 것 아닙니까?"

"그렇죠." 무코가 말했다. 그는 다시 피셰르에게 말짱한 부싯돌을 던져 줬다. 피셰르는 불을 붙이고 연기를 내뿜었다.

피셰르는 담배를 입에 문 채로 웅얼거렸다, "그런데 그게 도구가 아니라 다른 사람들에 대해서도 해당이 된다는 말입니까?"

"네." 무코가 대꾸했다. "타인은 체현됩니다, 피셰르. 우리는 다른 사람들을 통해 그들 너머의 세상을 봅니다."

"오 이런, 무코. 점점 뒤죽박죽이 되고 있군요." 피셰르가 말했다.

무코는 또다시 크게 웃음을 터뜨렸다. 그는 처음으로 진정 즐거워 보였다.

"뒤죽박죽이 아닙니다. 타인은 세상을 보는 안경과도 같다는 거죠." 무코가 말했다, "주위에 비정상적인 놈들만이 가득하다면 비정상적인 것이 정상적인 것이 되어 버린다는 것이고, 또 반대로 주위에 정상적인 놈들만이 가득하다면 정상적인 것이 정상적인 것이 된다는 것이죠."

"아, 이번 것은 이해하기 쉽군요. 썩 옳은 말입니다." 피셰르가 대꾸했다.

"네. 타인이 도구라는 소리는 아니지만, 타인은 도구와 얼추 비슷하다는 겁니다, 세상을 인식하는 데에 있어서만큼은요. 그런데 진정 타인이 세상을 인식하는 데 쓰이는 도구와 다름없다면, 그것은 체현됩니다." 무코가 계속했다, "그것은 투명하죠. 그것은 좀처럼 맞닥뜨릴 수 없는 것입니다. 우리 주위에서 투명하게 존재하고 있으니까요. 제가 당신에게 처음 던졌던 질문, 당신은 오늘 몇 명의 타인과 맞닥뜨렸느냐는 질문은 바로 이런 내용을 담고 있었던 겁니다." 무코가 말했다.

피셰르가 말했다, "불친절한 질문이었던 것은 확실해 보입니다."

무코가 대답했다, "그러게요. 이렇게 전부 말하고 나니 그런 것 같군요."

피셰르는 그날따라, 무코에게 사뭇 특이한 감정을 느꼈다. 무코는 즐거워하고 있었다. 그렇게나 차가웠던 무코가 즐거워하는 모습을 보니, 피셰르의 마음은 따뜻해졌다. 피셰르는 다름 아닌 그가, 무코의 차가움을 풀어헤치고 있다는 착각에 휩싸일 지경이었다.

그런데 무코는 갑작스레 무표정으로 되돌아왔다. 그의 무표정은 피셰르의 감정도 다소 얼어붙게 만들었다.

"타인은 언제나 우리 곁을 감싸고 돌며 존재하지만, 인식되어서는 안 되는 것이죠." 무코는 이왕에 피셰르가 던져 넣은 부싯돌이 담긴 쓰레기통을 가리키며 말했다.

무코가 뱉은 이번의 발언은 꽤 슬픈 것이었다. 피셰르는 무코의 말에 형편없는 반기를 들고 싶다는 생각이 들었다. 그것은 피셰르의 무의였다.

"그런데 무코 씨, 당신의 말이 정말 옳은 것이라면," 피셰르가 말했다.

"정말 옳은 것이 맞습니다." 무코가 말했다.

"아, 네. 그런데 당신의 말대로라면 정말 슬픈 일 아닙니까? 타인은 투명하여 만날 수조차 없거나, 문제투성이로 맞닥뜨려지거나 둘 중 하나이니까 말입니다."

"저는 그것이 슬프다고 생각하지 않습니다." 무코가 말했다, "인간들은 참 웃긴 존재이지요. 현상을 그저 현상으로 받아들이길 포기하고, 그것에서 당위를 찾으려 하니까 말입니다. 세상이 이랬던 것은 그저, 세상이 이랬기 때문입니다. 세상이 이런 것에 별다른 이유는 없습니다. 당신이 슬프다는 감정을 갖는다는 것도 똑같죠. 당신은 오해를 하고 있는 겁니다. 이 세상이 이런 것에 모종의 당위가 있었을 것이라 가정하고, 그 당위에 대해 감정을 갖게 된 겁니다. 그러니까……, 당신은 단순히 현상투성이인 이 세상을, 마치 바꿀 수 있는 것이라고 생각하는 겁니다. 그렇지만 애초에 바꿀 수 없는 것에 대해서 슬퍼하는 것은 어리석은 짓이지요. 그것은 영원토록 그렇게 남아 있을 것이기 때문입니다. 현상에 대해서는 아무런 감정을 갖지 않는 것이 바람직합니다." 무코가 횡설수설했다.

피셰르는 무코를 잠깐 동안 멍하니 바라보더니, 말했다.
"제가 슬프다고 한 것은 세상이 아닙니다, 무코."

무코는 그 사기꾼을 가만히 바라봤다.

"그런데 그게 죄수들의 급여와 관련이 있는 겁니까?" 피셰르가 덧붙

제5부 제각(除角)

여 물었다.

"관련이 있죠." 무코가 대답했다, "다름없으니까요."

그런데 정확히 어떤 부분에서 똑같다는 것인지는 설명하지 않았다. 피셰르는 짐작할 수 있을 뿐이었다. 무코는 저 죄수들을 맞닥뜨리기 싫어하던 것이었다. 어쩌면 무코의 생각은 단순히 죄수들에만 해당되는 것이 아니었을지도 모른다. 무코의 생각은 모든 인간들을 대상으로 하고 있었을지도 모른다. 그는 영원토록 혼자이고 싶었을지도 모른다.

피셰르는 무코를 힐끗 보더니, 자신의 신체를 더듬거렸다. 그는 문제투성이였다. 무코는 모두에게 친절했다. 그 누구에게도 관심이 없었으니.

"무코. 당신에게 저는 어떻습니까?" 피셰르가 물었다. 하기야, 그 또한 무코의 입장에서는 어느 한 타인에 불과했다.

무코는 입을 꾹 다물어 버렸다.

"슬픈 일이네요." 피셰르가 느낀 이왕의 감정이 또다시 입 밖으로 새어 나왔다. 그리고 피셰르는 바로 그때에, 무코에 대한 모든 기대를 접었다. 그의 외모와 행태가 빚어낸 자연스러운 기대는 전부 헛것이었다. 그는 비범하지 않았다. 그는 이상했다. 그는 날고 있지 않았다. 그는 단지, 붕 떠 있었다. 모든 방향에서 잡아당겨지고 있었음이 무코를 공중에서 휘적거리게 만들고 있었을지도 모른다. 지면을 박차고 뛰어오른 것이 아니었다. 그는 그 어떠한 지면도 밟지 못하고 있던 것이었다. 그는 처음에 피셰르가 짐작했던 것처럼 혼란을 빚고 있던 것이 아니었다. 그는 그 어떤 것도 바라지 않았다. 그는 단지 자신의 관념에 취해 해롱거리고 있었던 것이다. 게다가 그 관념의 기반을 이루고 있던 모종의 것은, 가만히 보고만 있어도 연민이 느껴지는 것이었다. 무코는 불쌍했다. 그렇지만 피셰르에게 있어서 무코가 불쌍했는지, 멋들어졌는지, 놀라운 생각을 하고 있는지, 혹은 그저 그런 진부한 생각을 하고 있는지는 전혀 중요하지 않았다. 피셰르는 지금껏 무코를 맞닥뜨려 본 사람들 중에서 유일하게, 무코에 대한 나름 온당한 예상을 했다.

"당신은 실망을 하고 있군요, 무코." 피셰르가 말했다.

그 둘 사이가 조금 조용해졌다.

무코가 피셰르에게 말했다, "저는 실망을 하고 있지 않습니다, 피셰르." 무코는 고개를 돌려 피셰르가 건네준 테베에 관한 서류를 툭 건드렸다. "실망을 '할 수 없다'고 하는 것이 더 맞는 말이겠군요. 애초에 저는 아무것도 기대하지 않으니까요."

"그게 실망입니다."

무코는 그 사기꾼을 멍하니 바라봤다.

테베에 관한 피셰르의 요청은 받아들여졌다.

4

이후에 피셰르는 테베를 만나는데, 그것은 새로워진 업무에 대해 안내하기 위함이었다. 온몸 구석구석에 멍이 들어 있던 테베는 피셰르를 다소 경계했다. 그 경계심은 테베로 하여금 대화를 기피하게끔 만들었다. 그런 테베 때문에 피셰르는 테베를 만나고도 한동안, 자신 또한 가학을 즐기지 않는 사람이라는 것을 증명해 내느라 꽤 애를 먹었다. 그는 자신도 매를 맞아 보았다며 경험담을 늘어놓기도 했고, 괴롭힘당하는 누군가를 구해 준 적도 있다며 영웅담을 늘어놓기도 했고, 자신은 지금껏 단 한 번도 다른 사람을 때린 적이 없다고 떠들어 대기까지 했다. 그런데 딱히 효과가 있던 것은 아니었다. 피셰르가 간혹 재미진 농담을 한두 마디 껴 넣어도 분위기는 풀어지지 않고 견고했다. 피셰르는 그런 테베를 보며 그에게 낯설지 않은 이름이라도 한번 뱉어 봐야겠다고 생각했다. 그는 테베에게 당신의 벗, 시몬을 알고 있다고 했다. 시몬이란 이름을 들은 테베는 다소 자유로워졌다.

"잘 지낸답니까?" 테베가 물었다.

"글쎄요, 그가 세탁물 수거꾼의 일을 계속하고 있는 건 아니라서," 피셰르가 대꾸했다.

"그렇습니까?" 테베는 조금 흥미로워했다.

"네, 얼마 전에 새로운 업무를 할당받은 것 같더군요. 본인 말한 바에 따르면 '보다 감꾼스러운 일'을 하게 되었다던데," 피셰르가 말했다, "갑작스레 배정된 모양입니다. 꽤 놀란 눈치더군요." 피셰르가 무코와 시몬의 대화를 떠올리며 말했다.

테베는 가만히 웃음을 내비쳤다. 그런데 그 웃음은 그가 시몬을 떠올리며 새어 나온 기분 좋은 웃음이 아니었다. 그것은 오히려 비웃음에 가까웠다. '갑작스레 배정된 업무'라, 테베는 시몬이 자신의 자리를 대신하게 되었을 것이라 생각했다. 하기야, 프롬 입장에서는 그렇게 하는 것이 가장 좋은 방법이었을 것이다. 평소에 함께 어울리던 친구가 감옥에 갇혔다는 사실을 알게 된 누군가는, 묵묵한 노예를 자진할 것이 뻔했기 때문이다. 그것은 경험이 보증하는 이치였다.

프롬, 프롬! 이 뱀 같은 자식! 테베는 속으로 억울한 함성을 내질러 버렸다. 테베의 웃음은 조금 더 커졌다. 피셰르는 테베의 웃음을 보고 조금 안도했다. 그는 드디어 테베가 경계를 푼 것이라 생각했던 것이다.

"내일부터는 업무가 좀 달라질 겁니다." 피셰르가 말했다.

테베가 웃음을 멈추고 그를 바라봤다.

"당신도 알고 있겠지만, 이곳은 종신형자들이 묵는 곳이지요. 그렇지만 종신형자들이라고 해서 다 똑같은 놈들이 아닙니다." 피셰르가 말했다, "소위, '급'이란 것이 있다는 겁니다. 살인보다야 강간이, 강간보다야 폭행이, 그리고 폭행보다는 절도가 덜 악랄하죠." 피셰르는 잠깐 뜸을 들이더니, "저는 사기였죠, 당신처럼요. 사기로 들어온 사람은 이곳에서 당신과 저뿐입니다. 그리고 사기죄가 이곳에 갇힌 놈들 중에서 가장 인간적인 죄목이죠. 당신과 저는 다른 놈들에 비해 덜 악랄하단 소립니다. 그래서 우리는 특별히 다른 업무를 보는 겁니다." 피셰르가 말했다.

"글쎄요," 테베가 시큰둥하게 말했다. 테베는 조금 껄끄러움을 느꼈다. 그의 입장에서 지금 상황은, 웬 처음 보는 사기꾼 하나가 나타나 자신과 동일한 급이라 말하고 있는 것에 지나지 않았기 때문이다. 테베는 속으로 생각했다, '이 녀석은 내가 하고자 했던 일이 어떤 경중을 갖는지도, 어떤 의미를 갖는지도 알지 못하지 않은가?' 테베는 피셰르의 얼굴을 가만히 들여다보더니, 말했다. "제 죄목은 제가 하려던 일을 전부 담아 대변하지 못합니다."

"저도 마찬가지입니다. 그런데 그 사실에 대해서 지껄이는 건 여러모로 쓸데없는 짓일 겁니다. 이곳 모두가 그렇게 생각하고 있거든요. 어린놈들을 강간하고 죽인 놈들조차도 자신은 무언가 대단한 일을 하고자 했던 것이라고 하니까요." 피셰르가 말했다.

"아뇨, 저는 정말로……,"

"그런 말을 하는 건 아무런 도움도 되지 않아요, 테베. 오히려 역효과만 있죠." 피셰르가 말했다, "그런 말을 할수록 당신은 저 악랄한 놈들과 별반 다름없어 보이게 되기 때문이죠. 그들이 뱉었던 변명과 딱히 달라 보이지 않으니까 말입니다. 여러모로 웃긴 세상 아닙니까? 다른 놈들과 스스로를 구분 지으려 뱉은 말은 언제나 다른 놈들과 똑같게 만들어 버리죠. 당신이 할 수 있는 거라곤 영원히 입을 다물고 있는 것뿐입니다."

"그렇지만 실제로 다릅니다." 테베가 대꾸했다.

"네, 뭐. 그 사실을 아는 사람은 당신과 나, 그리고 어쩌면 무코 씨까지 셋에 불과하죠. 우선은 이곳의 다른 놈들과 다른 업무를 하는 것으로 만족해야 합니다." 피셰르가 말했다, "게다가 업무 자체는 그리 어렵지 않은 일입니다. 당신은 이제 이 감옥을 타고 흐르는 돈 전부를 관리할 겁니다. 자세한 건 차차 알아 가도록 하고……, 아마 한 달도 채

지나지 않아 모든 걸 혼자 할 수 있을 겁니다." 피셰르가 말했다.

테베는 피셰르를 가만히 바라보더니, "네."라고 했다. 그는 피셰르의 조언대로, 영원히 함구하려던 것이었을지도 모른다.

피셰르는 문득 자신이 유별나게 시끄러웠다는 생각을 했다. 글쎄, 어쩌면 피셰르는 신이 났던 것일지도 모른다. 드디어 처음으로, 그에게도 동료랄 것이 생긴 것이었으니 말이다. 물론 무코도 일종의 동료였지만, 이전의 대화를 끝으로 무코에 대한 피셰르의 감정은 사뭇 뒤죽박죽이 되어 버렸다. 피셰르는 별난 동료가 아니라 조금이나마 정상적인 동료를 원했던 것이다. 피셰르는 좁아터진 테베의 방을 주욱 둘러보았다. 그의 방은 좁았지만, 휑했다. 테베는 그간의 업무에 대한 보수로 아무것도 사질 않고 있는 것처럼 보였다. 피셰르는 무코의 사무실을 처음으로 목격했을 때 느꼈던 감정을 또다시 느꼈다. 피셰르의 눈에는 한 켠에 치워져 있는 돈뭉치가 들어왔다.

"아무것도 안 사고 있던 겁니까?" 피셰르가 물었다.

"네." 테베가 대꾸했다.

"딱히 필요한 게 없으십니까?" 피셰르가 물었다.

"글쎄요, 그런 건 아닙니다." 테베가 말했다, "그런데 저 돈을 받아 들고 무얼 살까 고민하고 있으면, 제가 이곳의 놈들과 똑같아지는 기분이 들더군요." 테베가 말했다.

"괜찮아요. 다들 처음에는 그러니까 말입니다." 피셰르가 말했다.

5

테베는 새로운 업무에 꽤나 잘 적응했다. 게다가 일을 마치고 감방에 돌아갈 때까지 다른 죄수들과 마주칠 일도 거의 없었으니, 그의 몸을 덮고 있던 멍들은 점차 옅어져 이내 사라졌다. 워낙에 수다를 즐기던 피셰르는 테베에게 감옥 이전의 삶에 대해서 이것저것 물어봤었다. 피셰르는 웬 강간범 한 놈이 고래고래 소리 지르던 바로 그 형사, 그 불만의 대상이 테베였다는 사실에 꽤 놀랐다. 테베는 자신이 무수히 얻어맞은 주먹질의 이유가 그것 때문이었을 것이라 말했다. 피셰르는 딱한 기분을 느꼈다. 게다가 테베는 자신이 감꾼들과 함께 일을 하던 사람이었다는 점도 내비쳤는데, 그 사실을 비친 이후로 테베와 피셰르는 사기라는 죄목과 형벌 전반에 대한 불만을 나눴고, 그것을 나눌수록 피셰르는 진정 동료가 생겼다는 기분을 느꼈다. 그렇지만 테베도 그렇게 생각하고 있었는지에 대해서는 확실하지 않았다.

한편으로 피셰르는 다른 종신형자들과도 좋은 관계를 유지하고 있었는데, 그것은 피셰르가 급여를 관리하는 업무를 보고 있었기 때문이었을지도, 혹은 무코와 꽤나 물 흐르는 관계를 맺고 있었기 때문이었을지도 모른다. 게다가 피셰르는 꽤나 유쾌한 성격을 가지고 있었고 즐거운 농담을 자주 던져 넣었으니, '사기'라는 독특한 죄목을 가지고 있었음에도 다른 종신형자들의 인정을 받을 수 있었던 것이다.

무코의 감옥에서 지내던 악랄한 죄수들은 지급받은 급여에 관하여 궁금한 점이 있거나 새로운 구매(예컨대 꽤나 구하기 힘든 고급술 따위)를 시도할 적에 피셰르를 찾아오고는 했다. 죄수들에게 있어서, 피셰르에게 이것저것 물어보는 것은 무코의 심기를 건드리지 않으면서 궁금증을 해소할 수 있는 것이었다. 그들은 피셰르를 꽤 멋진 놈이라고 생각하고 있었고, 피셰르 또한 그런 자신의 모습에 만족했다. 그런데 테베가 피셰르와 같은 업무를 보기 시작하면서 꽤나 껄끄러운 광경이 펼쳐졌다. 종신형자 놈들이 피셰르에게 불만을 터뜨리기 시작했던 것이다. 이미 테베는 그들 사이에서 비정상적이고 건방진 놈이었는데, 그런 놈이 자기네들보다 편한 업무를 보며 더 많은 급여를 받는 것을 받아들일 수 없었던 것이다. 결론부터 말하자면 피셰르는 그들의 불만을 끝내 줄 수 없었다. 피셰르가 생각하기에 돈 관리 업무는 다른 업무보다 편하지 않았을뿐더러, 피셰르와 테베가 다른 죄수들에 비해 더 많은 급여를 가져가고 있지도 않았기 때문이다. 피셰르가 그들에게 해 줄 수 있는 말은, "이 감옥에 특별 대우는 없네."라는 말뿐이었다. 그런데 그 말을 진정 이해할 수 있는 놈들은 별로 없었다. 누군가는 "다른 업무를 보는 것 자체가 특별 대우야."라고 했고, 누군가는 "특별 대우를 받고 있는 놈들은 대개 그렇게 말하지."라고 했다. 게다가 어떤 때에 그들은 테베의 직업이 형사였다는 점을 문제 삼으며, 우리를 잡아 넣은 장본인인 그를 감싸고도는 것은 정신 나간 짓이라고 말하기까지 했다. 피셰르는 그들에게, 테베는 형사였던 적이 단 한 번도 없다고 말해 주었고, 테베는 감꾼들과 일을 하던 사람이었다는 사실을 알려 주었다. 그러자 그들은, 그따위 사실에는 아무 관심도 없다고 했다. 피셰르는 그냥 그들을 이해시키기를 포기했다.

평소에 찾아오는 종신형자들의 불만은 전부 진부하기 짝이 없는 소리였다. 그런데 그들이 했던 말들 중에는 사뭇 흥미로운 소리도 있었다. 어느 누군가가 본인들과 테베의 차이점을 짚으며, "자네로서도, 그 비정상인 놈과 친하게 지내 봤자 좋을 게 없어."라고 했던 것이다.

그 말을 들은 피셰르는 가만스레 생각했다,

'글쎄, 이곳의 모든 놈들이 비정상 아니던가?'

테베가 돈 관리 업무를 같이 보게 되면서 무코와 테베, 그리고 피셰르가 전부 모여 이야기를 나누는 경우가 꽤나 빈번해졌다. 하기야 일을 전부 마쳐 놓고 무코의 사무실로 놀러 가는 것이 업무의 일부였기 때문에, 피셰르의 업무를 그대로 베껴 배우던 테베에게는 아무런 선택권이 없었을 것이다. 피셰르는 셋이 모여 떠들어 대는 상황을 마음에 들어 했다. 그런데 다 같이 대화를 나눈다는 표현은 다소 오류가 함유된 표현이었을지도 모른다. 무코는 딱히 할 말이 없으면 아무런 말을 하지 않는 사람이었고, 테베는 생각에 잠겨 있었다. 떠들어 대는 것은 오직 피셰르였다. 그것은 셋의 대화라기보다야 오히려 하나의 재롱과 둘의 관람이었다.

피셰르가 떠들어 대던 소리가 잠잠해지고 잠깐의 침묵이 찾아오면, 테베는 그의 아내를 떠올리곤 했다. 그가 그녀와 대화를 못 나눈 지도 꽤 되었다. 그런데 생각해 보면, 테베는 마음만 먹으면 아내와 대화를 나눌 수 있었다. 본래 감방에는 통신선이 마련되어 있진 않았지만, 혹시 모르지 않은가? 무코에게 요청만 하면 온 감옥에 얄팍하게나마 통신선을 깔아 줄지 말이다! 그런데 테베는 그러지 않았다. 어찌 되었건 그는 자신이 죄수가 되었다는 사실을 그의 아내에게 알리기 싫었을지도 모른다. 그는 그녀를 잃고 싶지 않았다. 사실 테베는 잡혀 들어오기 직전, 그의 아내에게 작은 쪽지를 남겨 놓았었다. 이번에 방문할 감옥은 꽤나 거리가 멀고, 또 그곳에서 해결해야 할 문제가 산더미 같았기 때문에 당분간 돌아오지 않을 것이란 내용을 담은 쪽지를 말이다. 테베는 그 짧은 쪽지 한 장이 깨질 수 없는 약속이 되어, 그 둘의 관계를 영원토록 지켜줄 것이라 기대하고 있었을지도 모른다.

게다가 어쩌면 테베는 그녀에게 미안한 감정을 가지고 있었을지도 모른다. 그가 그녀의 손가락에 가느다란 고리의 허락을 구할 적에, 영원한 안녕을 약속했었다. 그런데 그것은 어느새 거짓말이 되어 버렸다.

깊어지는 아내에 대한 생각은 테베의 마음을 잘 대변해 주고 있던 것이었다. 테베는 점차 답답함을 느껴 가고 있었다. 테베는 자신이 붙잡혀 갇히기 직전에, 그가 일을 하며 모아 뒀던 사진들과 정성스레 작성한 편지를 어느 자그마한 잡지사에 보내 놓고 왔었다. 그가 굳이 작은 잡지사에 그것들을 보낸 것은 다름이 아니었다. 규모가 작을수록 권력과 독립적일 것이라 판단했기 때문이었다. 감꾼들과 프로이데 법에 관련된 자들은 권력을 마음대로 이용해 먹는 멍청이들이었으니, 권력과 굵은 연결고리가 있는 언론사에 보내 놓으면 자신의 의도가 그대로 무시될지도 모른다는 우려에서 그렇게 한 것이었다. 그런데 제기랄, 생각보다 더욱 자그마한 잡지사였던 모양이다. 제보를 검토하는 인원이 너무나도 적어, 그의 제보가 계속 순서에서 밀려 버리고 있었을 수도 있다. 이제 곧 나갈 수 있을 것이라던 예상은 점자 뒤틀려 가고 있었다. 어쩌면 그 잡지사는 딱히 제보에 대한 검토를 면밀하게 진행하지 않는 곳이었고, 테베의 두꺼운 문서들은 그대로 쓰레기통에 처박혀 버렸을지도 모르는 일이었다.

그리고 어쩌면, 그의 제보가 쓰레기통에 처박히지 않았다고 하더라도, 그가 보내 놓은 사진들 중에 무코의 감옥에 대해 조사할 적의 사진도 끼어 들어가 있었을 수도 있다. 아니, 끼어 들어가 있었음이 확실했다. 그런 생각이 든 테베는 더욱이 불안해졌다. 무코의 감옥을 담은 사진들은 테베의 제보가 담고 있던 의도와 정반대의 것들이었기 때문이다. 테베 스스로로서도 자신이 무얼 원하는지 정확히 알지 못하고 있다곤 하더라도, 그가 문제시하던 것은 아름다운 삶을 살고 있던 종신형자들보다야(물론 이것도 문제긴 하지만,) 일반적인 죄수들이 당하는 가학과 보복성을 띤 대중의 대우였다.

덧붙여서 테베는 정성스레 작성한 편지에 자신의 억울함에 대한 내용도 추가했었다. 자신의 죄라곤 잘못된 것을 바로잡고자 한 것뿐이라는 내용, 아마 자신은 누명을 쓰게 될 것이고 종신형을 받을지도 모르겠다는 강한 예측도 써 놓았었다. 테베는 자신의 제보를 통해 그것이 공론화되기를, 결과적으로 자신이 가석방으로 나가는 최초의 종신형자가 되기를 기대하고 있었다.

그런데 만약에 프로이데의 사람들이 무코의 감옥을 담은 사진들을 접하게 된다면, 그들은 격렬한 분노에 휩싸일 것이 뻔했다. 그들은 불만을 터뜨려 버릴 것이었다. 그런데 프로이데의 대중은 불만을 터뜨리고 있는 자신의 모습에만 관심이 있었지, 불만 자체에는 도통 관심이 없는 사람들이었다. 그들이 일단 한번 강렬한 불만을 터뜨려 버린다면, 그것은 갑작스레 목도한 부끄러움과 손잡고 그대로 사라져 버릴 것이었다. 그들의 불만은 간혹 나타났다 사라지는 것에 지나지 않으니까 말이다. 테베가 대중에게 원하던 것은 분노와 불만의 표출이 아니라 조용한 반성과 탐구였다. 만약 그가 보내 놓은 사진에 무코의 감옥을 담은 사진이 끼어 있더라면 그의 시도가 성공할 확률은 극히 희박해 보였다.

테베는 드디어 첫 구매를 한다. 그것은 여러 권의 서적이었다. 글쎄, 서적을 구매하는 것; 그것은 답답함에 갇힌 패배자들에게서 간혹 나타나는 공통이다. 테베는 이미 프롬에게 패배했다. 그는 프롬의 관념을 바꾸어 놓지 못했다. 그는 프로이데의 정의가 함유하던 오류를 바로잡지 못하고 패배했다. 패배자들이 서적을 구매하는 것; 그것은 자위질과 합리화다. 그들은 자신의 실패가, 나름 의미가 있던 것이었다고 지껄이고 싶었던 것이다. 이미 실패가 되어 버린 시도를 승리로 바꿀 수는 없었으니, 차라리 그것이 '의미가 있는 실패'였다고 지껄이고 싶었던 것이다. 기계로 찍혀 새겨진 글자 틈에서 테베가 찾고자 했던 것은 다름 아닌 정당성이었다.

누군가는 이렇게 말한다, '감옥에서의 독서는 전투적이다.'

그런데 이제 와서 '전투적으로' 갈구한다는 것은 이미 너무 늦었다는 사실을 드러낼 뿐이다. 실패하기 이전에 그랬으면 얼마나 좋았겠는가? 패배자의 전투적임은 순진한 열정이 아니다. 그것은 오줌보가 터지기 일보 직전인 어린 녀석이 발을 동동 구르는 짓거리와 다름없다.

테베는 몇 권의 책을 하루 사이에 전부 읽어 낼 만큼 전투적이었다. 쓰지 않고 쌓여 있던 돈뭉치는 어느새 지식의 뭉치로 탈바꿈했다. 썩 보기 좋은 광경이었다. 그렇지만 그 누구도 때론 독서가 도피라는 사실을 알지 못한다. 감옥에서의 독서가 전투적일 수 있었던 까닭은 그것이 도피였던 덕택이다. 해롱거리는 음주, 매캐한 흡연, 간결한 운동, 가볍고 징그러운 성적인 농담, 격렬한 매춘, 웃긴 싸움. 테베의 독서는 이왕 나열된 것들과 차이가 없다.

시간이 지날수록 테베는 철창 앞에 서성이며 들락거리는 매춘부를 구경하기 시작했다. 어느새 테베는 그의 아내를 믿지 않기 시작했다.

그것은 테베에게 일종의 장치였다. 테베는 자신의 아내가 매춘을 하게
될 것이라고 생각하기 시작했던 것이다. 매춘부들 틈에서 아내의 사랑
스러운 얼굴을 발견하자마자, 격렬한 분노를 터뜨리며 철창을 부여잡
고 울어 버리고 싶었을지도 모른다. 철창의 틈 사이로 더러운 욕을 하
고, 소리 지르고, 또 울부짖고 싶었을지도 모른다. 그런데 과연 그렇다
면, 테베는 평소와 다름없는 아내를 보고 싶던 것이었나, 아니면 매춘
부가 된 아내를 보고 싶던 것이었나? 어쩌면 테베를 괴롭게 하던 것은
아내가 아니라 자기 자신이었다.

'앎'이란 것이 지닌 한계는, 그것이 끽해야 믿음이란 것이다. 아무리
합당한 근거를 제시했어도 그것은 결국 낯간지러운 뇌의 장난이다. 비
뚤어진 신뢰 방법에 지배된 테베는 고통스럽다. 그의 신경은 날이 서
있다. 테베의 충혈된 눈에 들어온 모든 매춘부들은 아내의 외모를 갖
고 있다. 어쩌면 그 반대일지도 모른다. 감옥에 찾아오는 모든 테베의
아내는 매춘부의 외모를 갖고 있었을지도 모른다. 딱히 중요한 사실은
아니다.

그는 시간이 지날수록 진짜 아내가 어떻게 생겨 먹었던 것인지 헷갈
려 가기 시작했다. 어느새 꿈속에 찾아온 그의 아내는 눈이 쾡했다. 그
녀는 툭하면 살짝 벗겨지는 관능적인 옷을 입고 있었다. 그녀를 만난
그는 분노하며 행복해했는데, 그는 그의 감정이 무어인지 결코 결론
내릴 수 없었다. 그 암흑 속에서 머뭇거리며 울음을 터뜨릴 뿐이었다.
어쩌면 분노와 행복은 같은 감정이었을지도 모른다. 적어도 그리움에

서 수반되는 감정의 흐름에 한해서 말이다.

"제 아내는 매춘을 하게 될 게 뻔합니다."
어느 날, 테베가 피셰르에게 말했다.

피셰르는 흠칫 놀라며 그를 바라봤다. 이게 무슨 정신 나간 소린가! 게다가 정신 나간 소리가 갑작스레 다가오는 것만큼 어색한 경우가 없다.

"원래 그런 쪽 일을 하던 사람이었습니까?" 피셰르가 물었다.

"아뇨," 테베가 대꾸했다.

피셰르는 테베를 바라봤다. 테베는 불건전한 확신에 차 있었다.

"왜요?" 피셰르가 물었다.

"그냥 그렇게 느껴지는군요." 테베가 말했다.

그 둘은 잠깐 동안 말이 없었다. 피셰르는 뭉쳐 있던 서류 더미를 정리하고 있었다. 이리저리 어질러진 그의 책상이 주목을 자꾸만 앗아갔다.

"그러니까, 그렇게 생각한 근거가 있을 것 아닙니까," 피셰르가 물었다.

"글쎄요," 테베가 말했다. "제가 갇혀 버렸으니 돈이 궁해졌겠지요."

"그런데 어째서 굳이 매춘부가 되었을 것이라 생각하는 겁니까? 다른 일을 하고 있을지도 모르잖습니까," 피셰르가 물었다.

"글쎄요, 그냥 그런 기분이 든 겁니다." 테베가 대답했다.

"그렇담 다행이군요." 피셰르가 말했다, "헛소리란 소리니까요. 분명 그런 일은 펼쳐지지 않을 겁니다. 당신이 그런 생각을 한 것은 이 감옥에 들락거리는 여자라곤 매춘부들밖에 없었기 때문일 겁니다." 그는 멍하니 무코가 했던 말을 떠올리며 덧붙였다, "당신은 지금 매춘부들을 통해 여자라는 것을 보고 있으니까요. 보이는 여자가 그런 사람들 뿐이니, 그 사람들에 빗대어 생각할 수밖에 없는 거지요."

"네." 테베가 잔잔하게 대꾸했다. 그는 다시 고민에 잠겼다.

"반대로 생각해 보면 좀 우스운 광경이 펼쳐지지 않습니까?" 서류 정리를 하며 피셰르가 덧붙였다, "당신 주위에 당신 아내밖에 없는 겁니다, 당신 주위에 있는 모든 여자들이, 전부 당신 아내인 겁니다. 지금과 완전히 반대 상황이죠." 상상이 즐거웠는지, 피셰르는 조금 웃어 댔다. "그러면 당신이 어떤, '아내가 아닌 여자'를 상상할 적에, 결국 당신의 아내를 상상하지 않겠습니까? 당신 주위에는 아내밖에 없었으니, 아무리 신선한 상상을 해 봤자 아내 같은 사람을 상상하겠지요."

피셰르는 멍하니 그 광경을 상상했다. 그 상상 속 세상은 여러모로 행복한 세상이었을 것이다.

"정신을 바짝 차려야 합니다, 테베. 감옥에 갇혀서 힘든 감정이 드는 건 일시적인 겁니다. 우리가 죽기 전까지, 그리고 영원토록 그런 감정을 느낀다고 해도 결국 일시적인 거죠." 피셰르가 툭 뱉고, 천장을 보며 잠깐 생각하고 계속 말했다, "아니, 좀 모순된 말이군요. 영원토록 느끼지만 일시적인 거라니. 그런데 적절한 단어가 생각나진 않습니다. 우선 영원은 계속된 일시적임이라고 하고 싶군요. 가변적인 거죠. 영원하지만 동시에 영원하지 않은 것이고……, 일시적인 것이고…….." 피셰르는 양팔을 허우적거렸다.

테베는 가만히 그의 행동을 바라봤다.

이왕에 전한 자신의 설명이 썩 탁월하지 않았다 생각한 피셰르는 한숨을 푹 내쉬었다.

"아내가 겪을 금전적인 문제가 신경 쓰인다면야, 무코 씨에게 부탁하면 되지 않겠습니까?" 피셰르가 조언했다, "당신이 쓰고 남은 급여를 전부 아내에게 부쳐 달라고 말이죠. 적어도 당신이 그런 생각에 휩싸이는 걸 막을 수 있을 테니까요."

테베는 피셰르의 제안에 동의했고, 아내에게 급여의 대부분을 보내겠다던 테베의 요청은 받아들여졌다. 그렇지만 그렇다고 해서 테베의 상태가 나아진 것은 아니었다. 그의 아내가 매춘을 하게 될지도 모른다는 감정의 원인으로 그녀의 재정적 결핍을 짚은 것이 실수였다. 애초에 그것이 원인이 아니었기 때문이다. 그가 느낀 감정에는 아무런 원인이 없었다. 감정은 언제나 무턱스레 촉발될 뿐이다. 갑작스레 들끓어 오르는 감정을 잠재우기 위해서 필요한 것은 이성적 사고가 아니다. 감정을 잠재울 수 있는 것은 오롯이 서로 다른 적상끼리의 포옹이다. 바로 이런 점에서 독서와 탐구, 그리고 온갖 분석으로 점철된 그간의 테베는 자신의 감정을 잠재울 수 없었다. 그의 감정을 끝마칠 수 있는 것은 그의 아내와 포옹하는 것뿐이다.

한편으로 테베의 요청을 수락한 무코는, 언젠가 피셰르 그리고 테베가 그의 사무실에 찾아왔을 적에 "그런 것쯤은 당신들이 알아서 해도 됩니다."라고 했다.

제 6 부

기
자

증오는 종종 사랑으로 오해된다.

1

테베의 실수로 들어간 몇 장의 사진은 별 볼 일 없는 잡지사의 모든 주목을 앗아 갔다. 테베의 의도는 전부 무시되었다. 잡지사가 테베의 제보를 두고 써낸 기사는 모종의 사명을 대변하는 것이 아니었다. 그 것들은 하나같이, 호화로운 삶을 즐기던 죄수 놈들을 문제 삼기 위한 것이었다. 그런데 어쩌면, 그 '호화로운 삶을 즐기는 죄수 놈들에 대한 기사'는 잘못 나온 기사였을지도 모른다. 그렇지 않은가? 제보를 검토 하는 직원이 테베가 보낸 편지를 찬찬히 읽어 보았다면야, 아름다운 옥살이를 담은 몇 안 되는 사진들은 제보인의 의도와 정반대의 것이었 다는 사실을 단번에 알아차릴 수 있었을 것이고, 그 몇 장의 사진들은 단순한 실수에 불과했다는 사실 또한 알아차릴 수 있었을 테니 말이 다. 어쩌면 그 별 볼 일 없는 잡지사에서 제보를 검토하는 직원은 사려 깊지 않은 놈이었을 것이다. 어쩌면 그는 제보인의 의도가 도대체 뭔 지, 알아먹지 못할 정도로 멍청한 놈이었을 것이다.

그런데 실상 그 직원은 생각보다 사려 깊은 사람이었다. 그는 테베 의 편지는 물론이고 사진들을 전부 음미할 정도로 신중했다. 게다가 그는 수백 장의 쓰러진 죄수들의 사진이 술과 여자로 뒤범벅되어 있던 두어 장의 사진보다 제보인의 의도를 더 잘 대변한다는 사실 또한 잘 알고 있었다. 그렇지만 그는 테베의 예상과 정반대로 행동했다.

하기야, 제보인의 의도를 함유하는 기사를 써내건 의도와 전혀 상관없는 기사를 써내건 도대체 무슨 상관이란 말인가? 제보인의 의도를 물씬 반영한 기사만을 써내란 법은 그 어디에도 없었다. 그 직원의 행태는, 기왕 쓰는 거 조금이나마 더 '특종스러운' 기사를 써내겠다는 것이었다.

죄수들에게 전해지던 잘못된 대우에 대해 알리겠다는 테베의 시도는 엉망이 되었다. 반면에 죄수들이 호화로운 생활을 하고 있다는 사실을 퍼뜨리겠다던 잡지사의 시도는 꽤나 성공적이었다. 그런데 애초부터 테베의 의도는 잘못된 것이었을지도 모른다. 죄수들이 그런 잔인하고 하찮은 옥살이를 하고 있었다는 사실을 모르는 사람이 프로이데에 단 하나라도 있던가?

그동안 그 별 볼 일 없는 잡지사가 어떤 기사를 써내건 아무런 관심을 갖지 않던 사람들이었음에도, 이번의 기사에 대해서만큼은 뜨거웠다. 아름다운 삶을 사는 죄수들이라니, 무언가 잘못되어도 대단히 잘못되었던 것이다! 게다가 그 강렬한 기사를 써낸 잡지사의 규모가 매우 작았다는 사실 또한 사람들의 덧없는 낭만을 불러일으키는 데 한몫했다. 사람들은 발칙한 성서에 써 갈겨진 내용을 떠올리며 용맹함에 젖기 시작했다. 몸집이 작은 양치기가 거인 병사를 무찌른 바로 그 내용 말이다! 사람들에게 그 작고 별 볼 일 없는 잡지사는, 거대한 언론사들도 알아낼 수 없었던 사실을 알아낸 작은 거인이었다!

그런데 그 잡지사가 호화로운 감옥에 대해 기사를 써냈다고 해서, 그 '비정상적인' 감옥이 진정 어디 있는 곳인지, 그 감옥을 운영하는 감꾼이 누구인지, 그 감옥에서 지내기 위해서는 어떤 자격이 있어야 하는 것인지 알고 있던 것은 아니었다. 테베가 보낸 편지와 사진 속에는 그 사실을 알 수 있을 법한 그 어떠한 단서도 없었기 때문이다. 잡지사는 그저 죄수들의 호화로운 생활을 담은 몇 장의 사진만을 가지고 있었던 것이고, 그 몇 장의 사진으로 불완전한 유추를 할 뿐이었다. 잡지사는 그 비정상적인 감옥을 '권력을 등에 업은 자들의 공간'이라고 오보했다. 즉, 약자를 괴롭히며 권력을 휘두르던 사람들이 어쩌다 잡혀 들어가 지내는 곳이라 얄팍스런 예상을 했던 것이다. 특종을 놓칠 수 없던 잡지사의 직원들에게 있어서 그것이 진실이건 아니건 상관이 없었다. 어쩌면 건조한 진실보다야 이러쿵저러쿵 시끌벅적한 거짓이 되는 것이 훨씬 중요했다.

그나저나 테베가 사진들을 전부 보낼 적에 '별 볼 일 없는 잡지사'를 택한 것은 과연 옳은 선택이었다. 그의 예상처럼 다른 규모가 큰 언론 사들과는 다르게 권력과 독립적이었기 때문이다. 그렇지만 그 작은 잡지사는 그간, 대중의 외면에 익숙해 있었다. 그리고 그 숱한 외면이 빚어질 수 있었던 경력이라곤 오롯이 왜곡에 대한 것이었다. 아무런 근거도 없이 오보한 그것은 우연이 아니라 오히려 불가항에 가까운 것이었다.

앞서 말한 그 기사의 잘못된 유추는 대중으로 하여금 거대한 분노를 생산해 내는 데 성공했다. 그들은 권력에 유린당해 쓰러진 정의를 흔들어 깨우고자 했다. 그들의 얄팍한 지적 수준에도 불구하고, 권력이 정의를 망쳐 버려도 된다고 생각한 인간은 단 한 명도 없었다.

그런데 어쩌면 그것은, 단지 멍청이들의 노래였다. 그들이 그렇게 생각할 수 있었던 것은 그들이 하나같이 패배자 녀석들이었기 때문이다. 그 녀석들은 본래 정의는 권력의 뒤닦개에 불과하다는 그토록 자명한 사실을 알지 못하는 놈들이었다. 그들의 분노를 지탱하는 것은 흥분과 저능이다. 그들이 만약 단 한순간이라도 권력을 가져 본 적 있는 멋진 놈들이었다면, 입을 꾹 다물고 금세 수긍했을 것이다. 그렇지만 그들의 분노를 지탱하던 것들은 견고하지 않았다. 그것은 물렁했다. 그들의 행태는 그저, 단순히 화를 내고 싶어 화를 내는 것에 가까웠다. 치밀하지 못한 기반 위에 세워진 분노는 어떤 아름다운 소리를 내건 결국 화풀이에 불과하다.

테베의 사진이 공개된 이후로, 일반적인 사람들이 석방된 죄수들에게 보내던 대우는 더욱이 처참해졌다. 로지의 불행도 점차 극심해졌다. 이미 땅바닥 바로 위에 놓여 있던 죄수의 계급은 바닥 속으로 기어 들어 갔다. 이제 죄수라는 계급은, 직접 얼굴에 침을 뱉어 버려도 된다는 사실을 알려 주는 표시와 다름없었다. 이제 그것은 인간의 모습을 치밀하게 흉내 낸 물건이다. 시시덕거리는 것에서 그치던 일반 사람들의 가학은 보다 즐거워졌다. 구경에서 멈추지 않고 신체에 손을 대는 지경에 이르렀다.

감옥 바깥의 세상으로 내뱉어진 자들은 사업체 주위에 모여 살곤 했는데, 그 동네들에 대한 소문은 프로이데의 일반적인 사람들 사이에서 빠르게 퍼졌다. 가학을 목표로 삼은 정보는 그 어떤 정보들보다 자유롭다. 일반적인 사람들의 반발이 심해지면서, 그들의 보금자리는 오물에 뒤범벅된다. 길을 거닐던 결백한 자들은 한 번씩 진한 가래를 뱉었고, 해롱거림이 전하는 용기는 하의를 끌러 내렸다가 무언가를 쏟아 내고 다시 올려 채우게 만들었다. 출렁이는 살이 빚어낸 오물 덩어리는 꽤나 탁해 보였다. 그것은 냄새가 났다. 그것은 가끔씩 누렇게 기름이 떠 있었다. 간혹 강한 완력을 소유한 누군가는 말라깽이 죄수 몇몇을 괴롭혀 그들의 성기를 조물거리기까지 했다. 짐승들은 공포에 질렸고 인간들은 즐거웠다.

어떤 때에는 비교적 윤리적 수준이 높은 누군가가 그 쏟아져 나오는 객기를 막고자 하는 경우도 있었는데, 이미 반쯤 쏟아져 나온 오물을 막기엔 너무나도 늦었다. 그런데 멍청한 놈들의 세상에서의 윤리적 우월성에서 비롯되는 권력(우리가 말하는 일반적인 권력이 아니라 철학자 니체가 말한 권력에 가까운 권력이다.)은 완력의 우월에서 비롯되는 권력에 비해 약하다. 그들은 객기를 막을 수 없다. 그들이 할 수 있던 것이라곤 바닥에 쏟아져 반죽하는 광경을 잔뜩 움찔거리며 바라보는 것뿐이었다.

한때 죄수였던 자들은 차라리 몸만 힘든 업무시간이 더 나은가, 혹은 업무를 다 마치고 집에 돌아가는 길에 오물을 몇 번 맞아야 하는 퇴근시간이 더 나은가 떠들어 대기 시작했다. 대다수의 놈들은 차라리 업무시간이 더 낫다 했다.

그런데 프로이데의 일반적인 사람들은 꽤나 비정상적인 사고 회로를 가지고 있는 것만 같다. 그 '별 볼 일 없는 잡지사'에서 펴낸 기사에 따르면, 사진 속의 호화로운 생활을 하던 죄수들은 오롯이 '권력을 지닌 놈들'이었다. 부끄러움을 무릅쓰고 길가에 똥 오줌을 펴 바르던 불만은 무엇을 겨냥하던 것이었던가? 성적인 욕구와 독립적으로, 그들에게 성적인 수치를 심어 준 것은 무엇을 겨냥하던 것이었던가? 따지고 보면 그것은, 정의를 권력으로 짓누른 자들에 대한 것 아니던가?

과연 그렇다면 로지의 동네에서 바지를 내리고 오물을 쏟아 내던 것은 여러모로 잘못되어 보인다. 진정 권력을 가진 죄수였다면야, 로지의 동네처럼 암울한 곳에 있을 리 없지 않은가? 권력을 가지고 있던 죄수였다면야, 당신이 평생 발도 들이지 못할, 그런 호화로운 동네에서 지내고 있지 않겠는가? 멋지고 넓은 자가용에 타인 여럿을 품에 끼고 아무 때에나 그것들을 나체로 만들어 버리는, 바로 그런 동네에 있지 않겠는가? 로지의 동네에서 지내던 녀석들은 전부 힘없고 산산조각

난 녀석들뿐이었다. 사람들은 그 뻔하디뻔한 사실을 모르고 있던가?

모든 동물들은 자신보다 강한 존재에게 반발하는 것에 대한 모종의 두려움을 갖는다. 우리는 언제나 더 약한 놈들에게만 객기를 부리고 충고를 떠들어 댄다. 위선이 빚어낸 그들의 행태는, 사회가 내지르는 주먹질에 얻어터지고 들어와 죄 없는 아내와 새끼들을 가학하는 정신 나간 아비의 모습과 다름없었다. 그것은 상대의 얼굴에 거대한 칼을 꽂아 버리는 것, 소중한 무언가를 훔쳐 달아나는 것, 상대의 성기에 자신의 것을 억지로 쑤셔 넣은 것과 별반 다를 게 없었다.

로지와 그의 친구가 일하던 곳 앞으로 기자 하나가 찾아온다. 그리고 바로 이 기자가 그간의 사건들을 줄곧 서술해 온 서술자 본인이다. 이것도 딱히 중요한 사실인 것은 아니다.

내뱉어진 놈들은 하나같이 단번에 기자를 구별해 낸다. 그런데 내가 특히나 '기자스러운 행색'을 하고 있었던 것은 아니었다. 나의 행색은 평범했다. 그러나 별반 다르지 않은 행색을 하고 있었다는 사실은, 죄수들이 행한 구분에 있어서 아무런 방해가 되지 않는다. 그 구분을 관장하던 기준은 행색이 아니라 기억이고, 또 감정이기 때문이다. 내뱉어진 자들은 모든 물음을 두려워한다. 질문은 그놈들로 하여금, 좋지 않은 기억을 떠오르게 만든다.

실상 서로가 합의한 적이 없었음에도 합의된 대답만을 강요하던 그 무거운 공기가 그들을 짓누른다. 앎 자체가 목표가 되던 건전한 호기심과는 다른, 배후를 꽁꽁 숨긴 호기심을 그들은 이미 경험했다.

엄중한 명령. 이유 없이 화를 내던 경찰들과 한심함을 잔뜩 머금은 눈초리. 요구대로 낱낱한 진술이었음에도 왠지 모르게 부족해 보이던 종이 몇 장. 솔직히 말해서, 경찰들의 행태는 누구보다 불량배 같았다. 그들은 큰 소리로 죄수 놈들에게 이러쿵저러쿵 명령했다. 저기 앉아라, 일어서라 따위의 신체적 구속을 시작하여 죄수 놈들을 겁 질리게 했고, 다시 생각해라 따위의 정신적 구속을 행하며 죄수 놈들을 은밀한 노예로 만들었다. 구속은 그 대상으로 하여금 당혹스러움을 느끼게 한다. 그리고 지금, 자신을 향해 질문을 던지고 있던 기자 때문에 그 당혹스러움이 다시금 피어 그들을 덮친다. 먼 예전 합의된 답변만이 강요되던 때부터, 호기심은 죄수 놈들을 이미 배신했다. 그들의 세상에 순수한 궁금증이란 것은 이제 없다. 그들이 뱉는 답변들은 내뱉어지기 이전부터 전부 정해져 있다. 그들이 경험한 궁금증은 궁금한 것을 묻는 것이 아니었다. 대답해야만 하던 것을 그대로 따라 말해야만 하던 모종의 시험에 불과했다. 그 불건전한 호기심에 둘러싸인 죄수들은 외로움을 느낀다. 질문을 던지는 사람들은 그들을 에워싸고 조용히 구경한다. 죄수 놈들은 철창에 갇히기도 전에 이미 동물이 되어 동물원에 갇혀 버린다.

배신당한 자들은 자신을 배신한 것을 삶에서 배제한다. 그들은 더 이상 깊은 질문을 던지지도, 받지도 않는다. 그럼 점에서 그 죄수 놈들이 단번에 나를 구별해 낸 것은 당연스러운 일이었다. 죄수 놈들이 단번에 구분해 낸 것은, 차라리 피식자가 포식자를 벌벌거리며 탐지하던 것과 다름없었다. 질문 던지는 자는 죄수 놈들의 감정을 야금거리며 먹어 치운다.

그런데 죄수들의 입장에서 한 가지 다행스러운 사실이 있다. 이번의 권력관계는 꽤나 뒤집어져 보인다는 것. 합의된 대답이나 내뱉고 선처나 구걸하던 그때와는 전혀 달랐다. 이번의 구걸을 행하고 있던 존재는 다름 아닌 나였다. 그런데 정말 내가 구걸을 하고 있는 것이었다면, 나는 꽤나 건방진 놈이다. 나는 무릎을 꿇고 있지도 않았고, 손을 비비며 손바닥에 작은 열을 내지도 않았고, 심지어는 비굴한 표정을 짓고 있지도 않았다. 실상 구걸을 하고 있는 것이었음에도, 구걸의 행태를 띠지 않고 있는 나는 그들에게 있어서 건방진 거지다.

건방진 녀석은 종종 발길질을 부른다. 나는 얻어맞고 걷어차이고 나뒹군다. 바닥과 강하게 맞닿은 나의 사진 기계는 산산조각이 났고, 순간 번뜩인 영감을 붙잡아 가두던 종이 감옥에서 나의 전율 몇 개가 불법적으로 탈옥했다. 나는 그것들을 주섬거리며 주워 모았다. 그 행색은 나 스스로를 더욱이 초라하게 했다. 초라함은 또다시 부가적인 가학을 불렀다.

두들겨 맞는 이들을 구경하는 행위는 실상 머릿죽지 틈으로 바늘을 쏘셔 쾌락의 약물을 주입하는 것과 다름없다. 격렬한 갈구는 모든 반성을 중단시키고 권태의 늪 속에 던져 넣어 정신없게 만든다. 게다가 이미 잘 알려져 있다시피, 중독으로부터 벗어나는 것은 꽤나 어려운 일이다. 그것은 스스로를 영원토록 지속되게 한다.

역설이 진리를 비출 수 있는가? 너무나도 뻔한 질문이다. 역설은 진리를 비추지 못한다. 그렇지만 중독에서 벗어나려면 애초에 중독되지 않았어야만 한다는 역설만이 그 예외다.

나는 온몸에 묻은 먼지를 털어 내고 다시 일어섰다. 나는 가만히 생각했다,

'이게, 이런 대우를 감수할 정도의 것인가? 남들보다 거대한 권력을 가진 죄수들이 아름다운 감옥에 갇히는 것이, 도대체 무슨 문제란 말인가?'

2

나는 테베의 제보를 받은 '별 볼 일 없는 잡지사'에 소속된 사람이었다. 어쩌면 나 또한, 프로이데를 감싸고 돌던 온갖 광기에 대한 책임을 공유하고 있었을지도 모른다. 어찌 되었건 테베의 의도를 무시한 회사에 속해 있었으니까 말이다. 그렇지만 나름 다행인 점이 있었다. 내가 테베의 제보를 직접 검토하진 않았다는 사실이 바로 그것이다. 그런 점에서 나는, 적어도 제보인의 의도를 깡그리 무시한 '사려 깊고도 나쁜 놈'은 아니었던 것이다.

그즈음 나의 회사는 서른 남짓 되는 모든 직원들의 일상적인 업무를 강제적으로 멈춰 세웠고, 오직 제보에 관한 추가적인 기삿거리를 모으는 데 전념했다. 누구는 감꾼들을 만나러 갔고, 누구는 프로이데의 법을 가지고 놀음하던 사람들을, 누구는 일반적인 사람들의 분노를 취재했다.

내 잡지사에서는 권력을 가지고 있지 않은 일반적인 죄수 놈들의 반응에 대해서도 취재하길 원했는데, 직원들 중 그 누구도 그 취재를 도맡아 하고 싶어 하질 않았다. 하기야, 변이 마려운 존재가 아니고서야 구태여 변기를 어루만지고 혀로 맛보지 않는다.

로지의 동네로 찾아온 나 또한 이 동네에서 취재를 하고 싶어 하지 않았다. 그렇지만 나는 싫은 것을 싫다고 말하는 놈이었다기보다는, 시키는 것을 묵묵히 하는 놈에 가까웠다. 게다가 취재를 위해 출발을 하기 직전에 내 편집장으로부터 듣기로는, 감꾼들이 서로 약속이라도 한 듯이 모르쇠로 일관하고 있다고 했다. 따라서 나는 무언가 추가적인 기사를 써낼 수 있을 만한 건더기를 만들어 내야만 했다. 나는 마치, 진실을 대면하러 나가는 숭고한 기사가 된 기분이었다.

그런데 발길질이라니! 얻어맞고 있는 나는 사뭇 억울해졌다. 나는 그저 일을 하고 있었을 뿐인데! 따지고 보면 참 오랜만에 얻어맞아 보는 것이었다. 기억조차 잘 나지 않는 어린 시절에 얻어맞은 것은 꽤나 견딜 만한 일이었다. 끽해야 나의 부모가 교육을 위해 때렸다거나, 혹은 친구였던 또 다른 어린놈이 때리는 게 전부였기 때문이다. 나는 그럴 때마다 어디서 주워들은 내용을 지껄이곤 했다. 그것은 마음의 멍에 대한 헛소리였다. 그런데 웬 처음 보는 성인들에게 얻어맞으니 알게 된 사실이 있다. 성인의 발길질은 마음의 멍을 생각조차 할 수 없을 정도로 고통스러웠다는 것이다. 고통에 자동으로 벌어진 입 구멍에는 먼지는 물론이고 사람들이 싸 갈긴 오물도 누명을 쓰고선 종종 들어갔다.

내가 이리저리 채이고 있을 적에, 로지와 그의 친구도 일을 마치고 그들의 보금자리로 발걸음을 옮기고 있었다. 그 둘은 그날 업무를 다른 놈들보다 조금 일찍 끝냈는데, 로지의 친구가 새로이 고안해 낸 업무 방식이 좋은 효율을 불러왔기 때문이었을지도 모른다. 그 둘도 일터에서 나오자마자 이리저리 뒹굴고 있는 기자를 발견했다. 그 둘은 사뭇 흥미로워한다. 그 둘이 지금껏 맞닥뜨릴 수 있었던 광경은 '이미 박살 난 누군가가 또다시 박살 나고 있는 광경'이었지, '멀끔한 누군가가 박살 나는 광경'은 없었기 때문이다.

그런데 한편으로, 로지는 가학을 한 번도 즐겨본 적이 없다. 그는 그 중독에 손대 본 적이 없다. 그것은 그의 수수한 습관이 행한 작은 구원이었을지도 모른다. 로지의 황망한 손가락은 바닥에 나뒹굴던 기자를 주워 들었다. 어쩌면 손을 뻗는 데에 있어서 손가락 개수는 아무런 중요를 갖지 못한다.

나는 한동안 로지의 호의에 감사의 인사를 던지지 못할 정도로 얼이 빠져 있었다. 기자를 일으켜 세운 로지는 그의 옷을 괜히 툭툭 털었다. 기자의 옷가지에서 터나 마나 한 먼지가 조금 떨어져 나갔다. 겨우 정신을 부여잡은 나는 로지를 가만히 바라봤다.

"고맙습니다," 내가 말했다. 아, 나는 위선적이다. 나는 조금 정신을 차렸다. 나는 한시라도 빨리 일을 마치고 이곳에서 벗어나고 싶었다. 나는 로지의 얼굴을 멍하니 들여다봤다.

정신을 마저 차린 나는 로지에게 작은 명함을 건네주었다. 잡지사 이름이 은빛으로 반짝거리며 박혀 있었다.

"아, 알고 있죠." 로지는 명함을 힐끗 받아 들고는, 옆에 있던 친구에게 그것을 넘기며 말했다, "그 잡지사요?" 기자에게 발길질을 하던 놈들을 말려 보낸 친구도 그 명함을 힐끗 봤다. 그러고는 어디서 한번 들어본 적이 있다며 맞장구쳤다.

그런데 나는 꽤나 어색한 표정을 올려 버렸다. 나의 눈동자에는 여전히 공포심이 깃들어 있었다. 나는 로지와 친구 너머로 자신에게 흘긴 눈을 보내는 놈들을 두려운 눈초리로 바라봤다. 로지는 기자의 두려운 눈초리를 알아챘다. 그런데 딱히 무언가를 한 것은 아니었다. 그가 할 수 있는 것이라곤 자리를 일터 입구에서 조금 멀리 떨어진 곳으로 옮기는 것뿐이었다. 자리를 옮겼음에도 나는 조금 두려워 보였다. 하기야, 내 입장에서 로지와 그의 친구는 다른 놈들과 똑같은 놈들이었다. 구원의 이끌림과 또 다른 가학의 이끌림을 단번에 구별해 낼 수 있는 사람은 거의 없다. 로지와 그의 친구는 나의 기분을 헤아려 조용하고 부드러운 반응을 보내느라 꽤나 애먹었다.

"조그만 잡지사에서는 어쩐 일로," 호기심을 느낀 로지의 친구가 툭 내뱉었다.

그 말을 들은 나는 조금 이상한 기분이 들었다. 스스로도 자신의 잡지사가 별 볼 일 없고 보잘것없다고 생각하고 있긴 했어도, 다른 사람이 그렇게 칭하는 것은 자존심 상하는 일이었기 때문이다. 나에게 있어서 직장의 험담은 다른 사람이 나의 가족을 험담하는 것과 꽤나 비슷한 것이었다. 내가 직접 그렇게 할 수 있어도, 다른 놈들이 그래선 안 되는 것이었다. 게다가 지금 앞에 있는 이놈들은, 죄수였던 놈들이지 않은가? 진정 조그마한 것은 내 잡지사가 아니라 지금 내 앞에서 대화를 나누고 있는 바로 이놈들이었다. 나의 어색한 표정은 애써 눌러 감춘 불쾌감에서 비롯되는 것이었다. 게다가 아까까지 얻어맞은 곳이 욱신거리고 있었으니, 나의 정신은 꽤나 혼란스러웠다.

"네. 곧 거대해질지도 모릅니다." 기자가 눈치를 보며 말했다. 그것은 억눌린 자존심의 작은 표출이었다. 기자는 덧붙였다, "다른 언론사에서는 모르는 사실을 알아냈거든요." 나는 품속에서 허접하게 복제된 사진 두어 장을 꺼내 들었다. 무코의 감옥의 광경이 담겨져 있던 사진이었다. 매춘부로 보이는 여자가 꽤 맛있어 보이는 신체를 가만히 내보이고 있었고, 그녀의 구매자로 보이는 누군가는 벌을 받는 듯한 표정으로 가만히 서 있었다. 로지와 그의 친구는 그 사진을 받아 들고 서로를 잠깐 동안 멍하니 바라봤다.

"좋아 보이네요." 로지가 짤막하게 대꾸했다. 그런데 그것은 실상 입을 다물어 버리는 것이었다.

"네." 기자는 기침을 조금 했다. "그렇지만 좋아 보일수록 더 엉망이란 사실을 알아줬으면 좋겠습니다. 그 사진은 휴양지의 고급 숙박시설을 찍은 사진이 아니거든요. 그건 감옥의 사진입니다." 기자가 덧붙여 설명했다.

"알고 있습니다. 당신네들이 써낸 기사를 읽어 봤거든요." 로지의 친구가 대꾸했다.

"글을 읽을 줄 아십니까?" 내가 물었다. 나는 이제 솔직하다.

로지와 그의 친구는 웃음을 터뜨렸다. 그 둘은 나의 얼굴에 주먹을 내지르고 싶다는 감정이 조금 들었다. 그렇지만 그 둘은 그러지 않았다.

"그러면, 그곳에 갇힌 죄수 놈들의 특징도 잘 알고 있으시겠군요." 기자가 말했다, "권력을 가진 놈들이란 사실을 말입니다." 기자는 침이 고인 피를 조금 뱉어 냈다.

"확인이나 제대로 하고 써낸 기사가 맞습니까?" 로지의 친구가 다소 멋진 말을 뱉었다. 그의 표정은 조금 의기양양해졌다. "제가 생각하기에 그 감옥은 말입니다, 기자님." 그가 말했다.
그런데 그는 그 말을 끝으로 갑작스레 말을 멈춰 버렸다. 로지의 친구는 기자의 얼굴을 바라봤다. 그는 생각에 잠겼다.

글쎄, 지금 자신 앞에 있는 이 기자가, 무코의 감옥에 갇힌 놈들이 종신형자라던 자신의 예측을 검증해 줄 수 있을지도 모르는 일이었다. 하기야 진실을 파헤치는 것이 기자 놈들의 주된 업무 아니던가? 그런데 친구의 입을 막아 버린 것은 다름 아닌 우려 때문이었다.

기자 놈의 자그맣고 별 볼 일 없는 잡지사에서 글을 써낸 이후로, 로지와 그가 지내고 있던 공간은 점점 더 처참해지고 있었다. 애초에 권력을 가진 죄수 놈이라면 이따위 더러운 동네에 살 리가 없었지만, 어째서인지 사람들은 로지와 친구의 동네에 똥 오줌을 퍼 발랐다. 그는 생각했다, 어쩌면 프로이데의 일반적인 사람들은 자신들의 터져 나오는 화를 가만히 맞아 줄 대상을 찾고 있을 뿐이다. 죄수 놈들이 이 기자를 걷어찬 것과 별반 다름없이 말이다.

"아, 아닙니다." 로지의 친구가 손을 가로저으며 말했다.

부가적인 발언을 기다리던 나는 한숨을 내쉬었다. 나는 생각에 잠긴 로지의 친구의 모습을 보며 그는 무언가 알고 있을 것이라 기대하고 있었는데, 맥없는 대답에 힘이 빠져 버린 것이었다. 나는 거대한 실망에 휩싸였다. 그렇게 숱한 얻어맞음을 견디고 드디어 대화랄 것을 하게 되었는데, 아무런 열매도 없던 것이다. 나는 다시 두려움에 젖기 시작했다. 다시 저 앞에서 두들겨 맞아야 한다니! 나는 크게 숨을 마시고는 홉 하고 기합을 작게 주었다.

"이 사진을 봐도 아무런 반감이 없는 겁니까?" 내가 애원했다, "당신들이 감옥에서 얻어맞고 있었다는 사실은 잘 알고 있습니다, 상식이니까요. 그렇지만 이건 전혀 상식에 맞지 않는 일 아닙니까? 당신들은 단순히 이놈들보다 권력을 가지지 않았다는 이유로, 그렇게 얻어맞았던 겁니다!"

로지의 친구가 실소를 터뜨려 버렸다. "그건 지금도 똑같습니다." 로지의 친구가 말했다.

나는 그의 얼굴을 가만히 들여다봤다. 나는 그게 무슨 소린지 이해할 수 없었다.

그 셋의 첫 만남은 그렇게 끝났다. 딱히 영양가 있던 것은 아니었다. 그 만남 덕에 생긴 변화라곤 전무했다. 로지와 친구는 오물로 반죽된 그들의 허름한 보금자리로, 기자는 멍으로 뒤범벅 진 죄수들의 구렁텅이로 내던져졌다.

집으로 돌아가던 로지는 옆에 있던 친구에게 물었다, "왜 말을 멈춘 건가? 종신형자들일 거라고 말하려던 것 아니었나?"

"뻔하지, 까먹어서야." 그의 친구가 말했다. 그는 웃음을 터뜨렸다. "미친 짓이지."

로지는 그가 실없는 소리를 하고 있다는 사실을 잘 알고 있었다. 그는 그저 말하기 싫었을지도 모른다. 먼 예전 로지가 그의 죄목에 대해 물었을 때에, 까먹었다고 대답했던 것처럼 말이다. 아마 '미친 짓'이라고 한 것은 스스로의 모습을 보며 한 소리였을 것이다.
"뭐를?" 로지가 물었다.

"뭐를 까먹었느냐고?" 그의 친구가 말했다.
로지가 고개를 끄덕였다.
"그것도." 그의 친구가 대꾸했다, "그런데, 로지. 그런 생각 해 본 적 있나?"

"무슨 생각 말인가?" 로지가 되물었다.

"어차피 해결될 수 없는 문제에 대한 거야." 그가 손가락을 치켜들며 말했다. 그의 몸짓은 마치 무언가를 깨달은 사람이 할 법한 몸짓이었다, "어찌해도 해결될 수 없을 바에야, 우린 어떻게 하는 게 가장 좋은 것이겠나?"

로지는 가만히 생각에 잠겼다. 생각이라기보다는 추억에 잠겼다고 하는 것이 더 온당할 것이다. 그는 그가 아직 죄수가 아니었을 적, 광장의 사람들이 가학 잔치에 중독되어 동전 몇 개조차도 던져 주지 않았을 적을 떠올렸다.

"글쎄, 쓸데없이 힘 빼지 말고 그냥 가만히 있는 게 좋지 않겠어?" 로지가 물음으로 대답했다. 하기야, 로지는 무언가를 해 보려다 항상 실패했었고, 그 실패는 로지를 더욱 안 좋은 상황으로 이끌어 가곤 했다.

"자네가 생각해도 그렇지?" 그가 말했다, "우리 동네가 가진 문제는 결코 해결될 수 없는 문제야, 로지. 우리가 할 수 있는 건 기도가 유일하지. 이미 충분히 엉망이니, 더 이상 엉망이 되지 않게 해 달라고 말이야."

그는 발걸음을 뚝 멈추고는 뒤를 돌아봤다.

"그런데 저 기자 놈 말이야," 친구가 말했다, "솔직히 우리가 같이 대화를 나눌 때까지만 해도 아무런 생각이 들지 않았지. 근데 내가 입을 다물어 버리고 그놈이 다시 터덜터덜 걸어갈 적에는 생각이 조금 달라지더군. 마치 집 밖으로 놀러 나가서 큰 실수를 저지른 꼬맹이 같았어. 자네도 봤나? 저놈 뒷모습 말이야. 축 처져 있더군! 집에 돌아가면 아버지가 매를 들 것을 알고 있음에도 어쩔 수 없이 돌아가는 놈 같았지. 집이 아니면 따로 돌아갈 곳이 없어서 말이야."

로지는 가만히 아버지에게 매를 맞는 꼬맹이를 상상했다.

"내가 까먹어 버려서 저 기자는 불행에서 벗어날 수 없게 된 거야."
친구가 말했다, "다시 발길질이나 처맞겠지."

"적어도 우리가 그러고 있는 건 아니지 않나, 우선 그걸로도 충분
해." 로지가 말했다.

"나도 그렇게 생각했었지. 그런데 갑자기 이런 생각도 드는 거야, 로
지. 남의 불행을 멈춰 세울 수 있었는데, 나는 그러지 않았어. 그럼 나
는 잘못을 한 건가?" 친구가 물었다.

로지가 친구를 바라봤다.

"우리가 대화를 나누는 지금도 그놈은 얻어맞고 있겠지. 그런데 도
대체 누가 때리고 있느냐 말이야, 로지." 친구가 말했다.

"적어도 우리는 아니야." 로지가 대꾸했다.

"아니." 그가 말했다, 그의 눈은 올곧았다.
"로지. 나는 결백한가?"

로지는 대답을 할 수 없었다. 로지는 옛날 생각을 조금 더 했다. 감꾼들이 행하는 가학 잔치를 즐기던 일반적인 사람들. 그들의 기름진 엉덩이가 바닥을 깔고 앉고, 흥분이 그들의 무릎을 펴게 하여 우뚝 서고, 명료한 눈초리가 잘려 나가는 팔을 바라보던 바로 그놈들. 그들은 잘못을 한 것인가? 그들이 그 잔치를 즐기지 않고 자신에게 동전 몇 개라도 던져 주었다면, 로지는 지금 이렇게 살고 있지 않았을 것이다. 그렇지만, 정말 그렇던가? 결국 도둑질을 하려 했던 것은 로지 본인이 아니던가? 스스로의 손이 물건을 훔친 것이었으면서, 그들에게 책임을 물을 수 있던가?

"자네 잘못이 아니야." 로지가 말했다, "얻어맞으러 직접 돌아간 건 그 기자니까."

"맞아." 친구가 대꾸했다.

그 둘은 담배를 피우며 집까지 돌아갔다. 동안의 대화는 없었다. 로지의 집 앞에서 작별을 할 때에, 그 친구가 말했다.

"그런데 말이야, 맞지 않을지도 몰라. 우리가 틀렸을지도 모른다고, 로지."

3

 로지와 그의 친구가 기자를 내버려 두고 돌아선 날 이후에도, 그 기자는 포기하지 않는 것처럼 보였다. 그 기자의 '굴하지 않음'은 여러모로 흥미로운 광경을 자아냈다. 일꾼 놈들이 그 기자를 만만하게 보게 되었던 것이다. 몇 번이나 발길질을 되돌려보냈음에도 계속해서 나타났으니, 죄수였던 자들은 그 기자가 자신들을 무시하고 있다고 생각을 했다. 죄수였던 자들은 밖에 나와서도 남성적인 기세를 중요하게 생각하고 있던 모양이다. 더러운 보금자리로 돌아가는 길에 그 기자를 해코지하는 것이 그들의 새로운 일상이 되었다. 로지와 그의 친구는 이제 그 광경을 애써 외면했다. 로지의 친구는 그런 자신의 모습에 꽤나 고통스러워했다. 인간이 무언가를 바꿀 수 있었다고 착각하게 되면, 그 인간은 고통스러워진다. 애초에 어느 한 인간이 바꿀 수 있는 것은 자신의 생각뿐이지, 세상의 무언가가 아니다. 애초에 바뀌지 않는 것은 당연히 아무것도 변하지 않는다. 오늘이 어제와 똑같았던 이유는 그 두 개가 똑같았기 때문이지, 별다른 이유는 없다. 그런데 그것을 바꿀 수 있었다고 생각하는 인간은, 그 무턱스런 동일성에 모종의 책임감을 느낀다. 내용이 전무하고 오롯이 고통뿐인 더러운 책임감을 말이다. 로지의 친구는 고통에 삼켜져 들어간다. 하루하루가 지나갈수록 그의 고통은 점차 거대해질 일만 남았다. 기자가 얻어맞는 광경은 매일마다 펼쳐졌고, 로지와 그의 친구는 그곳을 꼭 지나쳤으니 말이다.

로지의 친구는 하루에도 몇 번씩 망치질 실수를 하기 시작했다. 그는 얼이 빠져 있는 것처럼 보였다. 그리고 그 실수는 퇴근 시간과 가까워질수록 더욱 잦아졌다.

"집까지 땅굴을 파거나 담을 넘어 버려야겠어." 로지의 친구는 손을 벌벌거리며 작게 중얼거렸다.

로지는 문득 궁금해졌다. 도대체 왜? 그는 죄수 놈 아니었던가? 그는 타인에게 해를 가하고 잡혀 들어온 놈 아니었던가? 남의 불행에 대해 그토록 고통스러워할 줄 알았던 놈이었다면, 애초에 잡혀 들어오지 않았어야 하는 것 아니던가? 그런 심성을 가진 놈이 어째서 다른 사람에게 해를 끼쳤던 것인가? 어쩌면 그는 단지 누명을 썼을 것이다. 어쩌면 그가 저지른 죄라곤 오해를 명료하게 풀지 못했다는 것, 누명을 벗지 못했다는 것뿐이었을지도 모른다. 그렇지만 로지는 그의 친구에 대해 어느 하나 정확히 알고 있는 것이 없었다.

언젠가 친구의 실수가 나날이 거대해져 검지를 반쯤 깨 부실 뻔했을 적에 로지는 기자에게 친구를 대신하여 진실을 전하겠다 다짐했다. 그 기자는 무언가 정보를 얻기 위해 계속해서 일터 앞으로 찾아오는 것이었는데, 로지가 자진하여 대화를 나누고 정보를 전한다면 더 이상 기자는 이곳에 찾아올 필요가 없게 될 것이고, 그 기자의 불행도, 나아가 로지의 친구가 겪고 있던 고통도 자취를 감출 수 있을 것이라 판단한 것이다.

로지는 멍하니 생각했다. 어쩌면 '남의 불행을 멈춰 줄 수 있었는데 그러지 않았다'던 친구의 말이 겨냥하던 것은 다름 아닌 로지 본인이었다고 말이다.

기자는 슬슬 편집장에게 짧은 전화를 걸어 더 이상 견딜 수 없을 것 같다며 말을 해야겠다는 생각을 하고 있었다. 좋은 기삿거리를 얻을 수만 있다면 이렇게 얻어맞는 것은 아무런 문제가 되지 않았다. 그렇지만 계속 얻어맞으며 허탕을 치는 일을 반복하는 것을 아무 거리낌 없이 지속하기란 너무나도 한심한 짓 아니겠는가?

와중에 결심을 마친 로지는 얻어맞고 나뒹굴던 기자에게 손을 뻗는다. 로지는 한쪽 손을 뻗었지만 실상 다분히 양손이었다. 다행히 나는 그의 호의를 거절하지 않았다.

오랜만에 다시 들은 나의 목소리는 꽤나 갈라져 있었다. 어쩌면 나는 밤마다 고통에 젖어 울부짖고 있었을지도 모른다. 로지는 알 수 없는 미안함을 느꼈다. 그렇지만 내가 딱히 그것에 신경 쓰고 있던 것은 아니었다. 따지고 보면 그가 나를 걷어차지 않는 것만으로도 고마운 일 아니겠는가?

기자를 이끌어 자리를 옮긴 로지는 그에게 사진의 감옥은 무코 씨의 감옥이라는 사실을 알려 줬다. 게다가 자신과 친구는 그곳에 갇혀 본 적이 있고, 또한 그곳에서는 대대적인 이감도 이루어진 적이 있었다고 털어놓았다. 그리고 친구는 그곳에 갇힌 놈들이 종신형자들일 것이라 예상하고 있지만 자신이 그 예상에 동의를 하고 있지는 않다고 덧붙여 말해 줬다.

나는 문득 배신감을 느꼈다. 전부 알고 있었음에도 입을 다물었던 것에 대한 배신감이었다. 그렇지만 나는 그 멍청한 감정에 휩싸여 시간을 낭비할 수 없었다. 나는 그를 용서했다. 그런데 웃기는 일이었다. 용서할 수 있는 존재는 직접적으로 피해를 입은 존재뿐이다. 로지가 나를 한 번이라도 때린 적이 있던가? 나는 로지로부터 직접적인 피해를 입은 적이 있던가?

"글쎄요, 당신 말대로 아마 종신형자들은 아니겠지요. 뭐가 좋다고 그놈들에게 그런 대우를 해 준답니까?" 내가 수첩에 끄적이며 말했다. 말 중간중간의 콜록임은 이전의 대화 때보다 더욱 심해졌다. "그래도 당신 덕에 이제 제대로 된 취재를 할 수 있게 되겠군요." 내가 말했다.

"로지입니다, 기자님." 로지가 말했다.

"네, 로지." 기자가 대꾸했다. 나는 내 이름을 알려 줄까 잠깐 고민했다. 그렇지만 그러지 않기로 했다. 나는 그 죄수였던 놈과 인간적인 대화를 나누기 싫었다.

"그래서요?" 로지가 물었다. 그 물음은 이제 어쩔 생각이냐고 묻는 것이었다.

"우선 당신이 알려 준 감옥 앞에서 가만히 기다려 봐야겠죠. 무언가 건덕지가 생길 때까지 말입니다. 물론 당신이 알려 준 정보만 가지고도 바로 기사를 써낼 수도 있겠지만 말입니다, 신중해야 할 필요가 있죠. 그곳이 무코란 사람의 감옥이라고 알리면 취재를 하는 데 불편함이 이만저만이 아닐 겁니다. 사람들이 그곳을 찾아가 불만을 터뜨리는 시위를 할지도 모르는 일이니까요. 그럼 그 감옥의 관계자들이 전부 조심히 행동하게 될 겁니다." 내가 말했다, "당신이 알려 준 사실은 취재가 거의 마무리되었을 즈음에 흘리는 것이 좋겠군요."

"그런데 당신은 무슨 기사를 쓰길 원하는 겁니까? 기자님." 로지가 물었다.

그 기자는 로지를 잠깐 응시했다.
"글쎄요, 아직까지는 잘 모르겠군요." 내가 말했다, "아마 그 '무코'란 사람에 대한 고발이 되지 않겠습니까?"

"그렇군요." 로지가 말했다, "저는 당신이 써낼 기사가 우리들에게 아무런 해가 없었으면 좋겠습니다."

"그건 제 마음대로 할 수 있는 게 아닙니다, 로지."

"그럼 누구 마음대로인 거죠?" 로지가 물었다.

"기사를 접한 프로이데의 사람들 마음대로겠죠." 내가 대꾸했다.

"기자님." 로지가 다소 건조한 표정으로 내게 말했다, "제가 기사에 대해서 정확히 알고 있는 건 아닙니다. 아마 당신이 저보다 잘 알고 있겠지요. 그렇지만 그럼에도 당신의 말에 동의를 하진 못할 것 같습니다."

나는 로지를 가만히 바라봤다.

"죄를 저지르기 전에 저는 건반을 쳤죠." 로지가 말했다. 솔직하게 말하면, 그가 죄수이기 이전에 무얼 했는지는 도무지 관심 가지 않는 소리였다. "프로이데에 있는 웬만한 광장에서는 전부 연주했을 겁니다. 악단으로 살아간 기간이 꽤 기니까요."

"그렇습니까?" 나는 그의 뭉툭한 손을 바라보며 시큰둥하게 말했다.

"네. 그리고 제가 그동안의 연주를 통해 깨달은 게 있죠. 광장이 평화로웠던 것은 그저 광장이 평화로웠기 때문이 아니라, 제가 평화로운 곡을 연주했기 때문이었다는 사실을 말입니다." 로지가 말했다, "그리고 기사에 있어서도 크게 다르지 않다는 것을 압니다. 프로이데 사람들이 어떻게 행동하는지는 그들의 마음으로 결정되는 게 아닙니다. 그들의 마음은 전혀 중요하지 않아요. 중요한 것은 당신의 기사겠죠."

나는 웃음을 터뜨렸다. 가소로움에 따른 웃음이었을지도 모른다.
"당신은 기사에 대해 아무것도 몰라요, 로지."

"그렇지만 적어도, 예술에 대해서는 알죠." 로지가 말했다.

나는 그 한쪽 손이 박살 난 짐승을 가만히 쳐다봤다. 그는 확신에 차 있었다.

"당신의 작업이 어떤 방향으로 흘러가고 있는지 종종 알 수 있었으면 좋겠습니다." 로지가 말했다.

나는 이 죄수 놈이 주제넘는 놈이라고 생각했다.
"로지. 당신의 부탁을 무시하고 싶은 것은 아니지만, 당신은 좀처럼 이해할 수 없을 겁니다. 제 글에 대해 이러쿵저러쿵 떠들어 댈 수 있는 사람은 제 자신뿐이라는 사실을 말이죠."

"아, 당신의 작업에 대해 불평하겠다는 말이 아니었습니다, 기자님.
당신만 괜찮으시다면, 짧게나마라도 주기적으로 만났으면 좋겠다는
말입니다. 당신이 어떤 생각을 가지고 글을 쓰는지 짐작이라도 가능하
게 말이죠." 로지가 말했다, "그리고 궁금하기도 합니다, 지금 그곳에
갇혀 있는 놈들이 진짜로 종신형자들인지."

"아, 그렇죠." 나는 짧게 동의했다, "얼마나 엉망일지 궁금하시겠죠."
내가 말했다. "그런데 글쎄요, 로지. 원래라면 제보인과 자주 만나지
않습니다. 그럴 이유가 없으니까요."

나는 그 죄수 놈과 눈 맞췄다. 그는 요구의 눈초리를 하고 있었다.
하기야, 이번의 제보는 순진한 제보가 아니었을지도 모른다. 어쩌면
그것은 거래에 가까운 것이었다.
나는 한숨을 내쉬며 그러겠다고 전했다. 그것이 내가 그에게 할 수
있는 최소한의 배려였다.

4

로지와 대화를 나눈 후로 나는 일주일 내리 잠만 잤다. 정말 단 한순간도 잠에서 깨지 않은 것은 아니었지만, 잠과 식사, 그리고 가끔씩 화장실을 들락거리는 것 이외에는 아무런 행동을 하지 않았다. 어쩌면 그것은, 동안의 고통을 깨끗하게 씻어 내는 행위였을지도 모른다. 로지의 진술 덕에 비로소 업무다운 업무를 시작할 수 있겠다는 안도감이 나를 깊은 잠에 빠져들게끔 했다. 잠에서 깨어난 나는 새로 태어났다는 감정을 느꼈는데, 어째서 그런 감정이 든 것인지는 알지 못했다. 나는 내 방 주위를 주욱 메우고 있는 서적들을 바라봤다. 나는 문득 그중 하나를 꺼내 읽고 싶다는 기분이 들었다. 그렇지만 글쎄, 그러기엔 너무나도 오랜 잠에 빠져 있었다. 나는 긴 잠에서 깨어나자마자 곧바로 로지가 알려 준 무코의 감옥 앞으로 찾아갔다.

나는 거기서 매춘부들을 하염없이 기다렸다. 로지의 진술에 따르면 그곳에서는 매춘이 일어나고 있었는데, 바로 그 도발적인 여자들이 감옥과 바깥을 들락거리는 유일한 사람들이었다. 나는 그 더러운 여자들이 이번 취재의 열쇠가 될 것이라 판단했다. 나는 들락거리는 매춘부에게 다가가 돈을 쥐여 주고 정보를 얻어 낼 심산이었다.

그런데 어쩌면 이 감옥의 감꾼이라던 '무코'란 사람이, 그 여자들의 입을 막기 위해 꽤나 큰 약속을 했을지도 모른다. 비밀 유지의 명목으로 으름장을 놓아 버렸거나, 혹은 큰돈을 쥐어 줬을지도 모르는 일이었다.

그런데 따지고 보면 그것은 아무런 문제가 되지 않았다. 만약 그가 매춘부들에게 으름장을 놓았다면, 나는 '당신을 보호해 주겠다'는, 지키지도 못할 약속을 속삭이면 되는 것이었고 만약 돈을 쥐어 줬다면 더욱이 거대한 돈을 쥐어 주기만 하면 되는 것이었으니 말이다. 게다가 나는 로지에게서 나름 자세한 이야기를 들은 후에 나의 동료들과 전화로 대화를 조금 나눴었다. 나는 그들에게 특종을 하나 집어 든 것 같다며 으름장을 놓았었다. 동료들은 그 사실을 쪼르르 편집장에게 보고했고, 편집장은 내게 앞뒤 가리지 말고 취재를 진행하라 당부했었다. 편집장이 그런 말을 했다는 것은 회사로부터 꽤 거대한 재정적 지원을 기대해도 좋다는 뜻이다.

가슴이 두근거리기 시작했다. 비밀 취재라니! 나는 내가 무슨 연극에라도 나올 법한 주인공이 되었다는 환상에 휩싸일 지경이었다. 나는 지금, 진실 자체를 궁극적인 목표로 삼은 숭고한 조사를 진행하고 있던 것이었을지도 모른다! 암흑진 거짓을 걷어 내고 밝은 빛을 쟁취해 내는 것, 그것을 얼마나 상상해 왔던가? 게다가 혹시 모르지 않은가? 연극에서 빠지지 않고 등장하는 진부한 장면이, 실제로 펼쳐질지. 정보를 캐기 위해 나눈 대화 덕에 매춘부와 사랑이 싹트고, 옷을 벗기고 나체로 뒹굴거릴지!

그런데 매춘부들에게 접근하는 것은 꽤나 오랜 시간이 걸리는 일이었다. 그런데 그것은 매춘부들이 지나치게 신중하게 행동하고 있었다거나, 혹은 그들을 지키는 경호원들이 있었기 때문이 아니었다. 실상 그녀들은 너무나도 얄팍스러웠고, 또 그녀들은 오롯한 독신이었다. 그런데 어째서 꽤나 오랜 시간이 걸렸던 것인가? 그것은 그저, 내 마음에 드는 외모를 가진 매춘부들이 너무나도 많았기 때문이었다. 나는 그들 중 어느 하나를 선택하는 데에 큰 공을 들였던 것이다. 내가 경험한 당분간의 허탕은 시장에서 잘 익은 과일을 골라내는 데에 정신이 팔려, 결국 모든 가게가 닫을 때까지 고민을 반복하다 빈손으로 집에 돌아가는 멍청한 사람의 모습과 다름없었다.

한동안 마음속으로 저울질을 하던 나는 드디어 내 취향에 딱 맞는 매춘부를 선택해 냈고, 그녀에게 접근했다. 그녀는 꽤나 반짝이는 눈빛과 딱 알맞은 몸의 굴곡을 가진 여자였다. 그녀는 프로이데의 언어를 구사하고 있었지만 억양이 꽤 독특했다. 나는 그녀가 다른 나라에서 살다 온 사람일 것이란 예상을 했다. 그 예상은 그녀를 신비롭게 만들었다. 그런데 글쎄, 딱 거기까지였다. 몸을 파는 여자들은 결국 거기서 거기다.

그 매춘부는 예상보다 훨씬 더 무방비 상태였다. 두 눈이 굉장히 퀭했는데, 그런 그녀의 행색은 어쩌다 정신을 해롱거리게 하는 약물에도 종종 손을 대 본 적이 있다고 느껴질 정도였다(그런데 아마 실제로는 아니었을 것이다).

다행스럽게도 무코라는 사람은 매춘부들에게 별다른 으름장을 놓고 있지도, 비밀 유지의 명목으로 많은 돈을 주고 있지도 않았다. 기막힌 심리 조작, 놀이를 하듯 정보를 흘리고 또다시 주워 담는, 상대의 약점을 붙잡고 늘어져 그녀의 옷을 벗기고 어쩔 수 없이 사랑을 나누는, 그런 즐거운 상상을 하던 내게는 그 사실이 꽤나 시시하게 느껴졌다. 물론 취재가 쉬웠다고 해서 기사까지 쉽게 써낼 수 있는 것은 아니었지만, 마음속으로 강렬하고도 낭만적인 상황을 그리던 내게는 이번의 취재가 한적한 시골길을 운전해 가는 일처럼 느껴졌다.

　혹시나 펼쳐질지도 모르는 잠입과 미행은 몇 마디의 말과 돈 몇 푼을 주고받는 것으로 끝나 버렸다. 나는 한동안 그 매춘부와 좋은 관계를 가졌다. 추이를 알려 주기 위해 가졌던 로지와의 만남에서 말할 수 있는 것이라곤 매춘에 이은 성관계가 얼마나 황홀한 것이었는지 말해 주는 것뿐이었으니, 다분히 한심한 짓이었다.

　로지가 그의 친구에게 기자의 나름 황홀한 일상에 대해 언급을 했는지, 그로 인해 그가 강렬한 고통에서 벗어났는지에 대해서는 미지수다. 그렇지만 적어도, 그 몇 번의 짧은 만남 덕에 로지와 나는 꽤나 친밀해졌다. 로지는 내 생각보다 꽤 멋진 녀석이었다. 글쎄, 그렇다고 특출나게 멋졌던 것은 아니었다. 그는 딱 평범한 사람이 지닐 법한 멋짐을 가지고 있는 놈이었다. 나는 사뭇 신기함을 느꼈다. 손가락이 몇 개씩이나 박살 난 녀석과 친구가 될 줄도 몰랐고, 절도를 일삼아 감옥에 잡혀 들어간 적이 있는 녀석과 친구가 될 줄은 죽어도 몰랐는데, 그 두 개의 속성을 전부 가지고 있는 녀석과 친구가 되다니!

　로지는 간혹 죄수들이 겪는 고통에 대해 한탄했고, 나는 또다시 황홀했던 관계를 지껄였다. 로지는 간혹 광장에서 건반을 연주할 적의 광경에 대해서 얘기해 줬고, 나는 그 얘기에 대한 대가로 술자리의 비용을 전부 지불했다. 반대로 나는 간혹 그에게 내 과거에 대해 조금 알려 줬고, 그때에는 로지가 술자리의 비용을 전부 지불했다. 그런 만남이 종종 이어지면서 내가 우스운 생각을 하는 상황도 꽤 잦아졌다. 모종의 즐거운 서사를 접하는 데에 대한 대가가 값싼 술 몇 잔이라면, 평생 남의 이야기나 들으며 술을 사는 것도 성공한 삶일 것이라는 우스운 생각 말이다.

　내 자신에 대한 이야깃거리가 떨어졌을 때에, 나는 황홀했던 성관계에 대해 더욱 면밀하게, 그리고 강렬하게, 또 자세하게 떠벌렸다. 나의 말을 가만히 듣던 로지는 나더러 내가 해야만 하는 일을 잊지 말라고 해 주었다. 그런데 내가 그 말을 감명 깊게 새겨들은 것은 아니었다. 나는 그것을 도통 잊은 적이 없다. 그냥 지금으로서는 조금 즐기고 싶었을 뿐이다. 적어도 죄수들 덕에 생긴 멍이 전부 없어질 때까지는 좀 즐겨도 되지 않겠는가?

　그런데 내가 한 매춘부와 십여 번의 주기적인 만남을 가졌을 적이었나, 잡지사에서 당겨 준 돈이 거의 떨어졌다. 아직까지 내 몸 구석구석에는 투명한 멍이 들어 있었는데, 하는 수 없이 그것을 지닌 채로 매춘부에게 이것저것 물어야만 했다. 무코라는 사람에 대해서, 그 감옥에 대해서, 그리고 그 안에 갇힌 놈들의 특이한 점들에 대해서 말이다. 완벽한 정보를 얻을 수 있었던 것은 아니었다. 그렇지만 나는 그 불완전한 정보들에 대한 대가로, 그녀의 성기가 요구하던 가격보다 서너 배 비싼 가격을 지불했어야만 했다.

나는 그녀에게 너무 과한 가격이라며 불평했다.

그러나 그 매춘부 여자가 한마디 했다, "아무리 멍청한 나라도, 정보가 잠자리보다 오래간다는 사실쯤은 알아."

나는 그것이 나의 짧은 잠자리 시간을 놀리는 것처럼 들렸다. 나는 속으로, 그 여자가 꽤나 간질거리고 당당한 사람이라고 생각했다.

"솔직히 말해서, 내 친구가 그 감옥에 같이 가 보자고 제안했을 때에는 꽤 기분이 나빴지." 매춘부가 말했다, 그녀의 목소리는 누가 들어도 그녀를 당장 부둥켜안아 버리게 만들 정도로 매혹적이었다. "죄수들은 더럽잖아. 게다가 얻어맞지. 처음에 나는 그 사람들이 꼬박꼬박 씻지도 않을 게 뻔하다고 생각했어. 그럼 온몸이 피딱지로 뒤덮여 있을 거라고 생각했고 말이야. 병균 덩어리일 것이라고 생각하기까지 했지. 그래서 나는 한동안 머뭇거렸어. 시간을 질질 끈 거야."

'사람들'이라니.

나는 그 더러운 여자가 죄수들을 지칭할 때에 사용한 단어에 새삼 흥미를 느꼈다.

"그래서 친구가 나를 기다리다 못해 혼자 그곳에서 일을 하기 시작했어. 몇 번 갔다 온 친구는 내게 귀띔해 줬지. 다른 곳에서 일하는 것보다 그곳이 훨씬 낫다고." 매춘부가 말했다, "몇 가지만 빼면 훨씬 편하댔어."

"그 '몇 가지'가 뭔데?" 내가 물었다.

"글쎄? 여러 가지였어. 친구 말로는, 조금 특이한 요청을 한다고 했지. 그리 어려운 요청은 아니래. 옷을 전부 벗고 있을 때만큼은 이름을 바꿔 달라고도 했고, 누구는 가면을 써 달라고 했댔어." 그녀가 말했다.

"그런데 당신들은 애초에 가짜 이름을 달고 일하지 않나? 그들의 요구가 딱히 중대하진 않았을 것 같은데," 내가 말했다.

"그렇지. 그래서 어려운 요청이 아니었다고 한 거야. 당분간 다른 이름으로 사는 게 얼마나 쉬운 일인지 우린 전부 알고 있으니까. 나는 내 이름이 아니거든. 이름이 바뀌어도 나는 나야." 그녀가 말했다, "그런데 그런 쉬운 요청만 들어주면 약속된 금액의 두세 배는 던져 주니까, 우리로서는 하지 않을 이유가 없었지. 게다가 죄수들이 내가 생각했던 것처럼 그렇게 더러운 건 아니래. 오히려 바깥사람들보다 깨끗한 사람들도 있다고 하더라고. 감방도 깨끗하고, 처음 보는 비싼 술도 가끔 주고 말이야. 친구가 한 말로는, 걔가 그 죄수들을 정말 사랑하고 있던 것은 아니지만, 정말 사랑을 하고 있는 관계의 사람끼리 할 법한 일들을 한다는 거야. 하루가 어땠는지 속삭이고, 편지를 써 주고, 뭐 그런 거 말이야."

"역겨운 일이군." 내가 말했다. 그런데 그 매춘부와 갑작스레 눈이 맞았다. 나는 매춘부의 눈치를 살폈다. "아, 자네들을 말한 게 아니야. 그 죄수 놈들이 역겹다고." 내가 덧붙였다. 하기야, 매춘부들이 역겹다는 사실은 너무나도 자명했으니, 그것을 구태여 입 밖에 꺼내지 않았어도 되었다.

"그런데 생각해 봐." 매춘부가 나를 바라봤다, "나로서 그 사람들은, 다른 놈들과 똑같아. 그놈들이 역겹다면, 다른 놈들도 역겹다 해야 한다는 거야. 우리를 만나는 사람들은 전부 가짜 이름에, 가짜 직업을 달고 우리를 만나지. 게다가, 그렇게 사랑하는 사람들끼리 할 법한 일을 그대로 하는 건 우리로서 오히려 편한 일이야. 적어도 우릴 때리거나 몸에 침을 뱉거나 하진 않으니까. 물건 취급 당하는 것보다는 그게 낫지."

"나는 당신에게 침을 뱉은 적이 없어." 내가 말했다.

"맞아." 매춘부는 나를 잠깐 멍하니 바라봤다. 그녀의 눈빛은 아름다웠다, "그래서 나도 그 친구랑 감옥으로 가기 시작했어." 그녀가 말했다, "처음엔 내 역할이 그런 줄 알았어. 종신형자들을 대접하는 것 말이야! 처음에는 그 감옥 관리자가 나를 특별히 점찍은 줄 알았지! 종신형자들 전담으로 말이야. 그런데 알고 보니까 나는 그리 특별한 역할을 가지고 있던 게 아니었어. 거기서 만난 다른 친구들도 전부 종신형자들을 상대하고 있었거든. 정확히 말하면, 종신형자가 아닌 사람들을 상대하고 있던 친구는 한 명도 없었지. 왜 여긴 종신형자들이 그렇게나 많은 건지 궁금하긴 했지만 말이야, 딱히 신경 쓰진 않았어. 괜히 문제 만들기 싫었으니까."

오, 이런. 로지의 친구가 했던 예상이 옳았던 모양이다.

"훨씬 엉망이군." 헐벗은 기자가 말했다. 그의 초라한 나체가 톡 튀어나와 있었다. 기자는 거대한 반감을 느꼈다. 그런데 그 반감은 스스로의 못생긴 나체 때문이 아니었다. 그 어떤 죄수들보다 악랄했던 종신형자들이, 그 어떤 죄수들보다 호화로운 생활을 하고 있다는 사실이 그 감정을 이끌었던 것이다.

"왜?" 매춘부가 이것저것 짐을 챙기며 물었다. 어느새 내가 구매한 시간이 거의 끝나고 있었다.

"멍청한 예상이 현실인 것만큼 엉망인 게 없으니까 말이야." 내가 한숨을 뱉으며 말했다. 그런데 그 말을 뱉는 나는, 지금 스스로의 모습이 그토록 그리던 비밀 기자의 모습과 꽤나 유사하다 생각했다. 누구도 알아들을 수 없는 암호 같은 말을 지껄이며 한숨을 쉬는 모습을 말이다. 나는 기분이 조금 좋아졌다.

"맞아." 매춘부가 대꾸했다, "그런데 조금 번거로운 일도 있긴 했어. 그 사람들은 가끔씩 무언가에 홀린 듯이 사악해져. 나한테까지 영향을 미친 건 아니었지만 말이야, 가끔씩 자신이 했던 일을 나열하면서 크게 웃음을 터뜨리더라고. 소름 끼치지." 그녀는 몸을 살짝 부르르 떨었다. 그녀의 떨림은 기자로 하여금 다소 이상야릇한 감정을 느끼게 했다. 평소보다 만족스러운 성관계가 끝난 언젠가 목격한, 허리를 곧게 구기며 골반을 부르르 떠는 광경이 떠올랐기 때문이었을지도 모른다. "뭐, 여기까지야, 내가 아는 건." 그녀가 말했다, "아니, 말하고 싶은 건 여기까지야." 그녀가 이왕의 발언을 수정했다.

나는 말없이 담배를 한 대 물었다. 나는 생각에 잠겼다.

그간 잡지사에서 써낸 기사는 전부 거짓이었던 것이다. 권력이 뒤보아주는 자들이라니, 나는 피식 웃어 버렸다. 기사를 직접 읽어 볼 적에는 모르고 있었지만, 그것이 거짓이라는 사실을 알게 되고 생각해 보니, 그것은 아무것도 모르는 어린놈들이 할 법한, 그런 진부한 예상이었다.

그런데 나는 그 거짓을 곧바로 바로잡을 생각이 없었다. 이제 잡지사의 기사라는 것은, 진실을 전하는 것보다야 대중의 흥미를 사로잡는 것에 가까웠기 때문이다. 게다가 덧붙이자면, 요새 들어 모든 언론사들은 서로의 추측이나 난무하며 헛소리를 해 대고 있었다. 특종의 흐름에 편승하고 싶었던 모양이다.

짐(짐이라고 해 봐야 전부 벗기 전에 입고 있던 옷가지와 작은 손가방뿐이었지만,)을 얼추 다 챙긴 여자는 발걸음을 옮기기 시작했다. 나는 시계를 쳐다봤다. 아직 십 분 남짓은 남아 있었다. 나는 조금 아쉬움을 느끼고 있었다. 나는 그녀를 불러 발걸음을 멈춰 세웠다.

"그런데 어쩌다 이곳에 오게 된 거야?" 내가 물었다. 나는 벽을 허물고 싶었다. 그녀와 인간적인 대화를 하고 싶었을지도 모른다. 그런데 그 매춘부는 그것 또한 정보를 캐는 것의 일환이라 생각했다.

"나는 국경 두 개를 넘어서 왔어. 도망친 거지." 문 앞에서 멈칫 발걸음을 멈춘 그녀는 고개를 돌리고 말했다.

"왜?" 내가 물었다.

"소문을 들었었거든. 내가 살던 곳과 이곳은 서로 연관이 없다는 소문을 말이야."

"아니, 내가 물은 건 왜 도망쳤느냐는 거야." 내가 말했다.

"글쎄," 그녀가 말했다, "내 인생은 이미 박살이 났었거든. 내가 살던 곳은 매춘이 불법이야. 그곳에서의 나는 상습적으로 범죄를 저지르는 사람이었던 거지. 그래서 나는 도망친 거야! 새 출발을 위해서 말이야."

매춘부는 잠깐 동안 고민을 하더니, 덧붙이기 시작했다.

"솔직히 말해서, 도망치기 직전에는 정말 무섭더라고! 팔다리가 덜덜 떨리는 거 있지? 그렇게 되기까지 나는 전혀 몰랐던 거야. 이게 내 인생에 있어서는 꽤 큰일이었다는 사실을 말이야!"

그 말을 뱉은 여자는 짜릿함을 조금 머금은 표정을 얼굴에 올렸다. 하기야, 긴장과 불안은 그것이 전부 끝났을 적에, 좋은 흥밋거리가 되곤 한다.

"큰일이지." 내가 동의해 주었다.

나의 동의를 들은 매춘부는 꽤 귀여운 웃음을 내비쳤다. 나는 잠깐 동안 사랑의 감정을 느꼈다. 그런데 나는 고개를 절레거리며 그 감정을 떨쳐 버렸다. 하루에도 몇 명의 남자와 몸을 섞은 그 여자를 사랑하긴 싫었던 것이다. 절레거리는 나의 고개를 발견한 매춘부는 그것을 대수롭지 않게 넘겼다.

그녀가 계속했다, "그런데 그게 큰일이었다는 생각이 드니까, 바로 이런 질문들이 떠오르더라고. '내가 떠나야 하는 이유가 있을까?' 내가 아무리 거기서 범죄자 취급을 받고 있다고 해도 그렇지, 딱히 큰일을 애써 벌이지 않아도 살아갈 순 있었거든. 그러니까……, 아무 문제 없이 살 수 있던 건 아니지만 말이야, 딱히 문제 삼지 않으며 살 수 있었다는 뜻이야." 그녀가 말했다, "모두가 눈 감으면 되는 문제만 가지고 있었단 말이야."

"모두가 눈 감으면 되는 문제란 건 없어." 내가 말했다, "우리는 전부 눈을 뜨고 있으니까."

"그래." 그녀가 말했다, "그런데 그런 물음이 떠오르고 나니까, 세상이 전부 다르게 보이더라고. 마치 동그란 돌을 굴리며 세모난 산을 오르는 기분이었지. 생각해 본 적 있어?"

"뭐가?" 내가 되물었다.

"세모난 산에 동그란 돌을 굴리면서 오르는 기분 말이야." 그녀가 말했다, "뭘 하건 결국 그 돌은 바닥으로 굴러떨어지는 거야. 그런데도 여전히 중요한 일과 중요하지 않은 일이 있지. 그런데 중요하건 중요하지 않건, 결국 돌은 바닥으로 굴러떨어져." 그녀가 덧붙였다.

"난 그런 망상을 즐겨 하지 않아." 내가 대꾸했다.

매춘부가 또 웃어 보였다. "망상이 아니야." 그녀가 말했다.

나는 멍하니 로지를 떠올렸다.
"그런데 있잖아, 그럼 당신이 온 곳과 이곳은 아무 연관이 없다는 소리야?"

"우선, 전과에 있어서는 그렇지." 매춘부가 대꾸했다, "왜?"

"내 친구 중에도 죄수였던 놈이 하나 있어." 내가 말했다.

"저런," 매춘부가 더러운 연민을 보냈다.

"그런데 당신처럼 도망치려고는 생각하지 않더군." 내가 말했다, "그냥 힘든 상황을 견디려고만 하는 것 같아. 그도 이곳에서 도망쳐서 당신이 지내던 곳으로 가면 평범한 삶을 살 수 있게 되는 것 아닌가?" 내가 물었다.

"아마 그럴 거야." 그녀가 대꾸했다.

나는 조금 고민했다. 그러고는 말했다,

"글쎄, 내가 이 사실을 알려 준다 해도 그가 떠날 것 같진 않아."

"다들 살아남는 방식이 다르니까." 그녀가 말했다, "그런데 웃기지 않아?" 그녀가 물었다, "거기선 불법인 게, 여기선 불법이 아닌 거." 여자가 말했다, "어쩌면 프로이데의 죄수들은 정말 죄수가 아니었을지도 몰라. 그때에 거기에서 죄수였던 내가, 지금 이곳에선 죄수가 아닌 것처럼 말이야. 그냥 그 사람들은 지금, 그리고 여기에서 죄수일 뿐인 거지."

"어떤 놈이 '지금' '여기'에서 죄수란 건, 그냥 그놈이 죄수란 소리야." 내가 말했다.

우리 둘은 당분간 말이 없었다. 나는 다시 시계를 쳐다봤다. 슬슬 작별 인사를 전해야 할 시간이었다.

"아마 오늘이 당신과 만나는 마지막 날일 거야." 내가 말했다.

매춘부는 내게 그 말을 믿지 않는다고 했다. 처음에 나는 그것이 마치 나의 사랑을 허락하는 말인 줄 알았다. 나는 그녀에게, 나는 당신을 사랑하지 않는다 했다. 다른 놈들과 함부로 몸을 섞는 여자에게는 아무런 관심이 없다는 말을 애써 줄줄이 했던 것은 아니다. 그런데 그 말을 안 한 것은 여러모로 다행인 일이었다. 나의 예상과는 전혀 다르게, 그녀가 했던 말은 딱히 나의 사랑을 염두에 두고 한 말이 아니었기 때문이다. 그녀는 그저, 그냥 매춘을 일삼는 녀석들은 다시는 매춘을 하지 않겠다 줄곧 말하곤 한다는 뜻이었다. 아마 내가 그녀를 사랑할 수 없는 시시콜콜한 이유를 떠들어 댔다면, 웃긴 상황이 되었을 것이다.

"내가 당신을 만난 건 순전히 업무 때문이야." 나는 가식을 조금 벗어던지고선 말했다. 그렇지만 전부 벗어던지진 못했다. 나로서도 어디까지가 거짓과 가식이었고, 또 어디까지가 진실과 담백함이었는지 알 수 없었기 때문이다.

"그러게." 그녀가 대꾸했다, "나는 당신의 진짜 직업을 알아. 프로이데로 넘어오기 전에 많이 경험해 봤거든."

"뭐를?" 내가 물었다.

"질문 말이야. 범죄자에게 질문하는 사람의 직업은 정해져 있어. 경찰이거나 기자지." 그녀가 대답했다. 그녀는 휙 하고 몸을 돌렸다.
나는 그 여자가 방 밖으로 나서는 모습을 멍하니 바라봤다. 나는 그간 느꼈던 간질거림이 실상 부끄러움이었다는 사실을 그제야 깨달았다.

5

당분간 좋은 감정을 나눈 그녀와 작별을 한 날 이후로, 나는 슬슬 글을 쓰기 시작했다. 로지를 추가적으로 만나러 가는 일은 당분간 없었다. 어쩌면 나의 매정함은 어쩔 수 없는 일이었을지도 모른다. 전화로 나누는 편집장과의 대화에서 강요가 조금씩 묻어 나오기 시작했기 때문이다. 그의 입장에서는 추가적인 기사에 대한 나의 준비 기간이 너무 길었던 것이었을 수도 있다. 기다림의 시간이 길었던 만큼, 그는 내게서 명확한 투자의 결과를 기다리고 있었다. 그런데 기사를 쓰는 데에 있어서 내게는 큰 고민거리가 있었다. 무코의 감옥에서 지내는 죄수들이 종신형자들이었단 사실을 밝히는 것이 과연 옳은 일인가 하는 고민이었다. 로지가 사진 속 감옥에 대한 정보를 알려줄 적에 내게 했던 당부가 그 고민을 부추기고 있었다. 나의 잡지사에서 테베란 사람의 제보를 바탕으로 써낸 이전의 기사는 로지의 동네를 암울하게 만들었다. 프로이데의 사람들은 들끓어 오른 분노를 잠자코 잠재우지 못했고 그의 동네에 온갖 오물을 쏟아 냈었다. 그런데 내가 만약 곧장 종신형자들과 무코의 감옥에 대해 추가적인 기사를 써낸다면 그들의 분노는 더욱 거대해질 것이었고, 로지의 동네는 더욱 처참해질 것이 뻔했다.

우선 나는 급한 대로 예열을 위한 기사를 하나 써냈다. 그것은 그 '비정상적인 감옥'이, 무코라는 감꾼의 감옥이었다는 내용을, 그리고 그 감옥의 정확한 위치를 담고 있는 것이었다. 그 죄수 놈들이 종신형자였다는 내용은 없었다. 그 기사는 많은 이들에게 읽혔다. 어쩌면 그 기사의 유행은 이미 정해져 있던 것이었다. 테베의 제보 덕에 세상에 나온 첫 번째 기사 이후로, 내 잡지사는 권력과 맞서 싸우고 있는 유일한 언론사로 추앙받고 있었다. 권력이 은폐하려던 사실을 파헤쳤다던 사람들의 감상이 그것을 그렇게 만들었다. 물론 그 추앙의 대상으로 편입되려 발악하던 수많은 다른 잡지사들이 있었지만, 나의 잡지사는 단연 원조로 우대되었다.

나의 '보다 견고해진 기사'를 읽은 프로이데의 시민들은 너도나도 정의에 대해 떠들어 댔다. 그 소리는 일종의 유행가처럼 되어 버렸다. 야릇한 조명의 술집에서는 물론이고, 따가운 햇빛의 길거리, 공원, 또 누군가는 심지어 이성과의 잠자리에서도 떠들어 댔다.

있어 보이는 말은 간혹 평범한 이들의 멍청한 훈장이 된다. 있어 보이는 말을 지껄이고 싶어 하는 놈들은 죄다 멍청한 놈들이다. 평소에 해 본 적 없으니, 그 짧고도 덧없는 시간 동안에 즐거움을 느끼고 있던 것이다.

누군가는 그 '정의'라는 것에 대해 이러쿵저러쿵 떠들어 대는 것이 현실과는 동떨어진, 소위 '이상적인' 짓이라고 생각했다(이마저도 너무나도 있어 보이는 말이었고, 또 멍청한 말이었다!). 또 누군가는 그것이 현실과 맞닿아 있는, 소위 '현실적인' 짓이라고 생각했다. 그런데 프로이데의 사람들이 그것을 이상적인 것이라 생각하건 현실적인 것이라고 생각하건 아무런 문제가 되지 않았다. 그들이 주목한 것은 그 말을 뱉는 자신의 멋진 모습이다. 그런 아름답고도 숭고한 말을 열정적으로 뱉는 모습을 그 얼마나 그려 왔던가!

그런데 그들이 할 수 있었던 것이라곤, 아무도 결론 내리지 못한 어려운 단어를 나열하며 열정적인 모습을 흉내 내는 것뿐이었다. 그것은 테베에게 형벌의 본질에 대해 말하며 뿌듯해하던 시몬의 모습, 그리고 무코를 가운데 두고 헐뜯던 감꾼들의 모습과 꽤나 동일했다. 알맹이는 없었고, 오직 껍데기뿐이었다. 그리고 그 껍데기라 하는 것도 너무나 덧없고 더러운 것이었다. 그런데 글쎄, 우선 그것만으로도 충분해 보인다. 아리따운 외모를 가진 이성이 건너편의 자리에서, 길거리 저만치에서, 당신의 다리 사이에서 당신을 흥미롭게 바라보고 있었으니 말이다!

그들의 덧없는 흉내는 스스로를 속여, 그 기만의 대상을 무코의 감옥 바로 앞으로 결집시켰다. 비정상적인 감옥이 어디인지도 알았겠다, 프로이데의 시민들이 할 수 있는 것은 한층 더 멋들어진 모습으로 그 기만을 승화시키는 것뿐이다. 어쩌면 내가 써낸 기사는 그 승화를 부추기고 있던 것이었다. 나는 온갖 들끓어 오르는 용어를 남발하며 사람들의 평온한 마음을 난도질해 버렸다. 이토록 무지막지한 비정상을 접하고도 움직이지 않는 바로 당신들이 이 모든 것의 책임을 맞을 온당한 사람들이라며 말이다. 그런데 그 말을 써낼 적의 나는 딱히 별생각이 없었다. 어쩌면 나는 그동안 별것도 아닌 사실을 가지고 무엇이라도 되는 양, 떠들어 대는 기사를 작성하는 데 익숙해 있었고 이번의 기사는 그 습관의 연장선상에 놓여 있는 것이었을지도 모른다.

내 잡지사는 이미 프로이데의 많은 사람들에게 진실과 지혜를 관장하던 신과도 같게 받아들여지고 있었으니 신도들은 납작 엎드려 복종할 뿐이었다.

내가 날려 갈긴 뜬금없는 누명을 뒤집어쓰게 된 프로이데의 대중은 흥분에 휩싸였다.

어쩌면, 어쩌면 이 얼굴 모를 기자가 옳았을지도 모른다! 이 비정상적인 상황을 빚어낸 것은 실상 프로이데의 법도, 무코라는 감꾼의 이기심도, 죄수들의 악랄함도 아니었을지도 모른다! 어쩌면 우리 모두가 이 비정상의 책임을 공유하고 있던 것이었을지도 모른다!

그런데 내가 내지른 누명은 불건전한 유행의 종식을 겨냥한 엄숙한 요청이 아니었다. 나는 그저, 편집장의 잔소리를 피하기 위해 쉬운 글이나 썼던 것에 지나지 않았다. 사람들의 평화로운 마음에 난도질을 하는 글은 써내기 쉽다. 그냥 칼을 한 자루 들고 들쑤시기만 하면 되니까 말이다.

그런데 장엄한 선언의 탈을 쓴 나의 기사는 실상, 새로운 소재를 구걸하고 있던 것이었을지도 모른다. 그 기사가 겨냥하던 것은 수많은 사람들의 계몽도 아니었고, 세상을 좋은 방향으로 이끌자던 사명이 아니었다. 심하게 말하자면, 나는 시위가 실패를 하건, 성공을 하건 아무런 관심이 없었다. 나는 그저, 그 시위 장소에서 인간들끼리 짓누르는 압력에 몸이 터져 죽어 버리는 몇 명을 기다리고 있던 것이었을지도 모른다. 그 안타까운 사망도 잘만 다뤄진다면 기사의 새로운 소재가 될 수 있으니 말이다.

무코의 감옥 철창은 사람들로 가득 찼다. '터져 나왔다'라고 하는 것이 보다 적합할 것이다. 그들은 터져 나왔다. 그들이 내비치는 모습은 오물로 가득 찬 배때기가 날붙이에 젖혀 열려, 온갖 곳으로 내장이 쏟아져 나오는 모습과 일치했다. 일반적인 사람들이 일터에 나갔어야 할 시간에는 딱히 할 일이 없는 노인네들이, 그 이외의 시간에는 젊은이들과 노인네들, 꼬맹이, 애완견, 때론 어미에 숨죽이며 기생하는 태아까지 함께했다.

그곳에 노인네들끼리 모여 있건, 프로이데의 모든 사람들이 모여 있건 펼쳐지는 광경은 다분히 똑같은 것이었다. 그들은 격렬하게 침을 뱉어 댔고, 소리를 질러 댔고, 철창을 부여잡고 강하게 흔들었다. 바보 같은 놈들.

요새 들어 모든 시위는 꽤나 속 편하다. 의사 표현의 자유가 숭고한 것이라 치부된 이후부터 시위에서의 죽음은 찾아볼 수 없다. 자유로운 발언을 폭력으로 막는 국가의 횡포는 어느새 법제화되어 사악한 짓이 되어 버렸다. 하기야 그럴 법도 한 것이, 그것은 사악한 짓이 맞다. 세상을 소란스럽게 했다는 것이 곧바로 죽을 이유가 되는 것은 아니라는 하나의 관점이 건전한 통념이 되어 버렸다. 발언과 발작에 대한 존중은 그 자체로 아름다운 것이었지만, 아쉽게도 그것은 그곳에 결집한 사람들의 사명적 수준을 격하시켜 버렸다.

물론 시위를 하는 데에 있어서 억울한 죽음은 불가피하다는 말을 하고 싶은 것은 아니다. 생명의 가치와 합치하는 사유와 숭고한 목적은 이 세상 어디에도 없다. 그렇지만 그 누구도 시위에 목숨을 걸 필요가 없게 되었으니, 아무도 목숨 걸지 않았다. 시위를 위해 모인 그들이 그 얼마나 격렬한 모습을 보이건 간에 그들의 행위가 담지하는 것은 목숨만큼의 중요를 갖지 못했다. 목숨을 담보로 삼곤 했던 시위대는 이제 아무것도 걸 필요가 없어졌다. 그들이 내건 것은 끽해야 그들의 여가 시간 정도였다. 아, 너무나도 가볍다. 죽음이 사라진 그들의 시위는 너무나도 가볍다.

어느새 그들의 모습은 죄수들과 다름이 없다. 그들이 뱉어 대던 침은 얼룩을 더러 남겼다. 그들이 질러 대던 소리는 그 주변에서 평화롭게 지내던 조용한 동물들을 내쫓았다. 그들이 쥐고 뜯어내려던 철창은 조금씩 낡아 빠지고 휘어 버리기 시작했다.

그들이 진정 관심 있었던 것은 불만을 터뜨리는 본인들의 모습이었다. 주위의 모든 것들은 그 모습을 위한 도구에 불과했다. 그곳에 모인 사람들 중에서 불만 자체에 관심이 있던 사람은 아무도 없다. 시위의 분위기는 어느새 축제와 다름없다. 그곳에 모인 자들은 너 나 할 것 없이 즐거운 표정을 띠며 시위를 즐겼다. 그들로서는 여가 시간을 투자한 것이었으니, 얼추 즐겁고 싶었을지도 모른다. 낭만적인 헛소리를 즐기는 누군가는 그 현상을 두고 자신들의 결집이 빚어낸 광경이 새로운 시위 문화의 초석이 될 것이라 으스거렸다. 이제 시위는 무시무시하고 폭력적인 것이 아니라, 즐겁고 축제와도 같은 것이 될 것이라 호언장담했다. 그런데 사명과 투쟁은 본래 즐거움과 독립적이란 사실은 어느 저능아라도 아는 사실이다. 그것은 결코 관통하여 이어질 수 없다. 즐거움으로 도태된 사명은 아무것도 바꿀 수 없는 헛짓거리에 불과하다. 즐거움으로 바뀐 투쟁은 더럽다. 그즈음에 갑작스럽게 증가한 낙태의 횟수가 그 증거다. 그들은 결국 서로 몸을 연결하고 흔들어 대기 위해 모였다. 축제로 변질된 시위에 참여한 그들의 사명은 잉태와 분화이고, 간질거리는 아랫도리와 성관계다. 권력이 휘두르는 곤봉에 맞아 머리 깨지던 생명들은 어느새 온갖 약물과 의료용 날붙이로 떼어지는 태아의 생명들로 대체되었다. 이러나저러나 대가는 치렀어야 했던 모양이다.

한편으로 로지의 친구의 상태는 얻어맞는 기자의 모습이 사라지면서 조금씩 나아지고 있었다. 그렇지만 그와 로지의 전반적인 상태는 더욱 형편없어졌다. 끽해야 일반 사람들에게 교육의 도구, 가학의 도구 정도로 이용되던 죄수들은 이제 영웅적임을 드러내 주는 도구의 역할까지 같이 했어야만 했기 때문이다. 영웅을 자처하는 일반적인 사람들은 그들을 멋있게 패 버리며 스스로를 뽐냈다. 그즈음 로지의 동네의 거의 모든 놈들이 한 번쯤 얻어맞았다. 그렇게나 많은 놈들이 얻어맞았는데, 프로이데에 영웅은 단 한 명도 없었다.

그 멍청한 영웅놀이의 피해자가 죄수였던 놈들이라고 해서, 그 피해자 놈들이 결백하거나 선량한 놈들이었던 것은 당연히 아니다. 그들은 일을 마치고 집으로 가는 길에 두리번거리며 기자 놈을 찾아 헤맸다. 그들은 애꿎은 기자 놈에게 화풀이를 하고 싶었던 것이다. 그렇지만 로지 덕에 그는 그곳을 더 이상 찾아가지 않았다. 그러자 분출되지 못한 그들의 화는 서로를 향했다. 죄수였던 놈들이 서로를 향해 주먹질을 하는 경우가 더욱 빈번해졌다. 업무시간에도 예외는 아니었다. 로지와 로지의 친구가 가만히 망치질을 할 때에, 하루에도 몇 번씩이나 죄수들끼리 서로 다투는 소리가 들려왔다. 원래 가학을 경험해 본 이들은 자신의 감정을 또 다른 가학으로밖에 해소시키지 못한다.

로지의 친구는 그 광경을 말없이 보더니, "우리가 감옥에 갇혔을 적에 말이야, 로지. 나는 그게 최악일 줄 알았지. 그런데 감옥에서 나왔을 때에도 똑같은 생각을 했었어. 이게 최악일 것이라며 말이야. 그런데 지금 꼴을 봐, 로지. 최악인 건 없어. 더 최악인 건 언제나 우리 주위에 있어."라고 했다. 그는 로지를 깊게 들여다봤다, "사람들이 자네도 때렸나?" 그가 로지에게 물었다.

"아니, 아직." 로지가 말했다.

"그나마 다행인 일이군. 어쩌면 자네 손이 면죄부 역할을 대신해 주고 있는 것일지도 모르겠어." 친구가 말했다, "혹시나 나중에라도 놈들이 자네를 때리려고 하면, 그 손을 들이밀어 버리게. 자네가 그 손을 박살 낼 적의 상황을 전부 말해 버리란 거야, 로지. 자넨 적어도 절도를 막으려 했다고 말이야."

"그렇지만 결과적으로는 절도를 부추긴 꼴이 되었어." 로지가 대답했다.

그 둘은 잠깐 동안 아무런 말이 없었다.

"있잖나," 잠깐의 침묵을 끝내고, 로지가 친구를 불렀다, "이번 기사 말이야, 내가 한 거야." 로지가 말했다, "내가 기자 놈에게 정보를 흘렸거든. 그런데 적어도, 아무런 이유 없이 그러진 않았어. 난 자네가 고통스러워하는 걸 끝내고 싶었던 거야."

친구가 로지를 바라봤다.

"덕분에 기자는 얻어맞을 일이 없어졌지. 그런데 이걸 봐, 우리가 대신 얻어맞고 있게 된 거지." 로지가 말했다, "웃기지 않나?" 로지가 고개를 치켜들며 웃음을 터뜨렸다. 그리고 곧바로 무표정으로 돌아왔다.

"그런데 생각해 보면 웃기지 않은 일이야. 내 시도는 항상 엉망으로 치달았으니까." 로지가 뭉툭한 손을 들고 친구의 눈앞에 이리저리 움직였다. "그런데 나라고 이렇게 될 줄 몰랐던 건 아니었네. 내가 기자에게 당부했었지. 당신의 기사가 우리에게 아무런 영향이 없었으면 좋겠다고 말이야."

로지는 허탈한 웃음을 크게 터뜨려 버렸다.

"이봐, 그런데 있잖나. 나는 멍청했던 거야! 아무런 영향이 없었으면 좋겠다니, 그게 얼마나 한심한 소린가? 아무런 영향이 없는 건 없어. 모든 것은 어떻게든 영향을 끼치니까 말이야!"

그 광경을 가만히 바라보던 친구가 조용히 말했다. "잘했네."

그도 끙 하고 목을 하늘로 젖히더니, 조금 생각을 했다. 그러고는 다시 못과 망치를 주워 들고는 그 첫 부분만 고정시키기 시작했다. 망치가 못과 맞닿을 때 나는 소리가 들려왔다.

"아니, 최악이었어. 나는 이렇게 될 줄 몰랐던 거야." 로지가 말했다.

"로지, 그건 우리 전부가 몰라." 그가 말했다.

로지는 자신의 뭉툭한 손을 가만히 바라봤다. 하기야, 우리 전부가 모른다. 그런데 지금껏 모든 시도가 실패했다면야, 다시 시도하는 것은 멍청한 일 아니겠는가?

"적어도 자네는, 나처럼 아무것도 하지 않아서 후회하지는 않을 수는 있겠지." 친구가 말했다, "어디서 그런 말을 주워들은 적이 있어. 해 놓고선 후회하는 게, 하지 못해서 후회하는 것보다는 낫다는 말을 말이야."

"난 단순히 더 나은 후회를 하기 위해서 그런 게 아니었어." 로지가 말했다, "나는 해결을 원한 거였다고."

"그렇지만 적어도 시도를 했지." 친구가 말했다.

로지는 그의 대답에 답답함을 느꼈다. 로지가 생각하기에, 그는 로지의 말을 하나도 이해하지 못하고 있는 것 같았다.

"그걸 누가 알아준다는 건가? 아무도 내 시도가 무얼 위한 것이었는지 상관 쓰지 않을 거야. 다른 사람들 눈에 나는 아무것도 하지 않는 놈일 뿐이야. 아니, 더 한심한 놈이지. 실패만 거듭하는 놈이니까 말이야." 로지가 말했다. 로지는 더욱이 억울해졌다. 로지는 한탄하기 시작했다. "내가 감옥에 갇혀 일을 하다 손을 다치게 된 건지, 그냥 이렇게 태어난 건지 아무도 신경 쓰지 않겠지! 적어도 나는 이렇게 되지 않으려 했다는 사실을 알아주는 놈들은 아무도 없을 거란 말이야! 알아주지 못하는 건 최악도 아니야, 이봐. 어쩌면 놈들은 나를 매도해 버릴지도 몰라. 내가 물건을 훔치고도 용서받기 위해서 일부러 손을 망가뜨린 놈이라 생각할지도 모르는 일이지."

"로지, 그렇게 생각하는 사람은 어디에도 없네." 친구가 말했다.

그런데 로지는 그의 말에 주목하지 않았다. 로지는 쏟아 낼 뿐이었다. "어쩌면 나는 정말로, 잡혀 버려도 별 탈 없이 풀려나기 위해 손을 망가뜨려 버렸을지도 모르는 일이야. 나는 지금 스스로를 속이고 있을지도 모르는 일이야! 나 자신을 속이는 것은 다른 놈들을 속이는 것보다 훨씬 쉬우니까!"

로지는 크게 웃어 버렸다. 그 웃음이 담고 있던 것이 도대체 무어인지 나는 알지 못한다. 그렇지만 터져 나오는 환희를 머금고 있던 것은 아니었을 것이다.

제 7 부

화
해

1

그즈음 무코 감옥의 종신형자들은 공터에 앉아 그 사람들을 구경했다. 내내 같은 일상만이 반복되는 공간에서 새로움이란 언제나 즐거운 것이다. 종신형자들 중에서도 특히나 정신에 문제가 있던 놈들은 갑작스레 끓어오른 욕구를 참지 못하고 마음에 드는 인간을 향해 바지를 내렸고, 다른 놈들은 시위대가 뱉어 대는 침을 이리저리 피하며 조롱했다. 종신형자 놈들이 시위대를 향해 욕설을 한다거나, 혹은 철창을 사이에 두고 몸싸움을 벌이려고 했다거나 하지는 않았다. 그것을 시도한 것은 오히려 시위대 쪽이었다. 시위대에서 용감한 축에 속해 있던 몇몇은 철창 사이로 팔을 집어넣고 죄수들의 멱을 돌려 잡고자 시도하기도 했다. 그런데 종신형자들은 그런 그들의 행태에 웃음을 크게 터뜨릴 뿐이었다. 종신형자들은 마치 자그마한 인간들을 놀아 주던 다른 인간들 같이, 놀아 줄 뿐이었다.

그런데 종신형자들의 그러한 모습은 이미 가득 찬 연료통에 계속해서 연료를 집어넣는 짓과도 같았다. 시위대는 저 죄수들이 자신들을 무시하고 있다고 생각했다. 시위대의 열의는 가득 차 넘치기 시작했다.

한편으로 내가 그 감옥이 무코의 감옥이라는 사실을 밝힌 이후로,

다른 프로이데의 언론들도 보도 전쟁에 참전했었다. 다른 언론들도 무코의 감옥 앞에 죽치고 앉아 있기 시작했다. 수없이 터지는 사진기의 불빛과 사진 기계 소리는 시위대를 응원하는 응원가 같았다. 자신의 모습이 기록되고 있다는 사실은 감정이 되었고, 그 감정은 시위대로 하여금 거대한 용기를 갖게 했다. 그들이 지금 행하고 있는 짓이, 마치 먼 미래에도 회자될 수 있을 정도로 굉장한 일처럼 느껴지게 했기 때문이다. 하루에도 수 편씩 쏟아져 나오는 기사들 중에는 바지를 내리고 시위대를 조롱하는 죄수들의 모습을 담은 것도 간혹 있었다. 그 기사들은 시위에 소극적이었던 조용한 사람들까지도 그 흐름에 몸을 맡기게끔 만들었다. 쾌씸하다는 감정은 분노와 사랑, 혹은 사명보다 더 좋은 동력이 된다.

내가 속해 있던 '별 볼 일 없는 잡지사'는 점점 아무런 우위를 가지지 못하게 되었다. 제보와 부가적인 취재를 통해 알게 된 거의 모든 사실을 써냈으니, 그 어떤 사실을 추가적으로 써내도 '이미 잘 알려져 있던 사실'이 되어 버리기 시작했던 것이다. 내가 속해 있던 잡지사는 단지 시작을 했다 뿐이지, 보도 전쟁에서 돋보일 만큼 그 능력과 규모가 탁월하진 않았다.

게다가 첫 기사를 썼다는 것은 어쩌면 약점이다. 그 언론사에 대한 대중의 기대는 높아지기만 하는데, 써낼 소재가 가장 빨리 떨어진다는 점에서 그렇다.

그즈음의 나는 새로운 질타와 직면했다. 그 질타는 편집장이 보내던 것이었다. 그는 나의 추가적인 기사를 멍하니 바라보더니, 그간의 재정적인 지원이 쓰잘데기 없었던 것 같다는 의견을 비쳤다. 하기야 사람들의 평온한 마음에 난도질하는 기사를 쓰는 것은 그 정도의 지원이 없어도 할 수 있는 것이었다. 번뜩이는 새로움이 부재하던 그 기사는, 편집장이 생각하기에, 투자의 실패였다. 그는 더욱 충격적이고 논란거리가 될 만한 사실을 원했다.

나는 속으로 이전의 고민을 계속했다. 무코의 감옥에 갇힌 놈들은 사실 종신형자들이었다는 사실을 밝힐지, 말지에 대한 고민이었다. 사실 내가 그 고민을 그렇게나 깊게 할 이유는 어디에도 없었다. 그렇지만 로지가 내게 했던 말이 계속해서 떠올랐다. 내가 써낼 기사가 그들에게 아무런 해를 끼치지 않았으면 좋겠다던 바로 그 말 말이다.

나는 무코의 감옥에 갇힌 놈들의 형량에 대해서는 여전히 함구하기로 결심했다. 그것은 로지를 배려한 것이었다. 그런 결심을 마친 나는 우선 편집장을 설득하느라 꽤나 애먹었다. 나는 그에게, 당신은 상상하지도 못할 사실을 알아냈지만 그것에 대해 다루기 위해서는 시간이 좀 더 필요하다 했다. 처음에 편집장은 내 설득에 넘어가지 않았다. 나는 그런 그에게, 제보인에 대한 신상을 전부 까발리며 당분간 새로운 서사를 만들어 보자 요청했다. 편집장은 딱히 만족스럽지 않은 표정으로 나의 요청을 받아들였다. 하기야, 그가 나의 요청을 껄끄럽게나마 받아들인 것은 당연한 일이었다. 그로서는 별다른 수가 없었기 때문이다.

그런데 글쎄, 나는 그 요청에 따른 기사를 써내며 꽤나 큰 양심적 가책을 느꼈다. 잡지사에 제보를 했다는 것은 곧 그 잡지사를 신뢰하겠단 소리였을지도 모른다. 그런데 제보인의 신상을 재미진 소재로 만들어 버리는 것은 윤리적으로 바람직하지 않아 보였다. 그렇지만 나와 내 잡지사는 어쩔 수 없었을 뿐이다. 우리는 그저, 기왕 잡은 영향력을 놓치지 않으려 발악했던 것뿐이다. 나는 첫 제보를 행한 '테베'란 사람이 어떤 사람이었는지 낱낱하게 떠들어 댔다. 그가 감꾼들과 같이 일을 하던 사람이었다는 사실, 그리고 그가 행한 시도는 스스로로 하여금 종신형을 선고받고(그가 보낸 편지에는 강한 예상 정도로만 서술되어 있긴 했지만) 감옥에 갇히게 만들었다는 내용을 담은 기사를 써냈다.

이미 말했듯이 무코의 감옥에 갇혀 있던 종신형자들은 바깥세상의 소식에 대해서 꽤나 관심이 있었는데, 그 때문에 종신형자 놈들은 이 모든 소란이 테베의 제보 때문이었다는 사실을 알게 된다. 테베는 당분간 뜸하던 가학에 또다시 시달린다. 이제 그 가학은 비교적 적나라하다. 간수들은 철창 밖의 시위대에 신경 쓰느라 정신이 없다. 테베는 끊임없이 낚아채여 두들겨 맞는다. 그런데 웃기는 일이었다. 이 온갖 소란은 종신형자들로 하여금 즐거움에 젖게 만들었다. 따지고 보면 그들은 테베 덕에, 잔잔하고 반복되는 일상에서 벗어나 바지를 벗고 조롱할 수 있었던 것 아니던가? 그들은 테베에게 고마워했어야 하는 것 아니겠는가? 그들의 건조한 일상에 즐거움을 주었으니 말이다. 그렇지만 가학의 이유에 대해 깊이 반성하는 사람은 어디에도 없다. 그들은 그냥 테베를 패 버렸다.

그즈음의 피셰르는 테베에 신경을 쓸 틈이 없었다. 워낙에 희한한 구매를 요청하는 죄수들이 많아졌기 때문이다. 누군가는 시위대에서 마음에 드는 사람을 찾겠다며 최고급의 망원경을, 누구는 그 앞에 뿌려댈 최고급의 술을, 심지어 특이나 정신이 이상해 보이는 누군가는 바지를 내리고 성기를 대신 움켜쥐어 줄 요상한 도구를 주문했다. 피셰르는 소란 자체에도 불안감을 느끼고 있었다. 그는 이것이 무코 감옥의 위기라 판단했다. 그간 테베와의 대화를 통해 알고 있었던 바에 따르면, 분명 감꾼 모임은 이 소란을 문제 삼을 것이 뻔했다. 그런데 이번의 소란은 워낙에야 특이한 것이었기 때문에, 감꾼 모임에서 어떤 결론을 내릴지 불투명했다. 어쩌면 이 감옥이 통째로 없어져 버릴 수도 있지 않겠는가? 피셰르는 속으로, 그런 일은 발생하지 않기를 빌었다.

일반적인 사람들의 결집, 그리고 그들이 내뿜던 불만은 꽤나 성공적인 현상을 불러일으켰다. 무코의 감옥을 향해 던져지던 불만은 테베의 억울함과 공명하여 감꾼들과 프로이데 전반을 향하기 시작했다. 테베는 영웅으로, 감꾼들과 프로이데는 악당으로 치부되기 시작했다. 평소 낭만적인 헛소리를 즐기던 누군가는 한낱 사업가에 불과했던 감꾼들이 이 나라와 손잡은 것은 비정상적인 일이라고 선언했고, 누군가는 이 나라의 정의는 엉망이라 한탄했다. 대중과 종신형자들이 합심하여 빚어낸 광경은 연일 새롭고 멋진 기사를 뽑아내며 감꾼들의 주목을 전부 앗아 가 버렸다.

테베에 대한 소식을 담은 기사는 시몬에게도 읽혔다. 그런데 그 기사가 테베의 억울함과 테베의 시도에 대해 길고도 자세한 서술을 해 주고 있었음에도, 시몬으로 하여금 미안한 감정을 이끌어 내지는 못했다. 하기야, 시몬은 이미 테베를 모른다 선언했었다. 선언한다는 것은 곧, 완성한다는 것이다. 그가 테베를 정말 몰랐기에 그렇게 선언한 것은 아니었다. 그렇지만 그가 테베를 모른다 선언한 이후로, 그는 정말 테베를 몰랐다.

낱낱한 내막은 진실을 부여하지만, 그것은 간혹 영원한 무관심을 부른다. 테베의 시도에 대한 낱낱한 내막은 시몬을 영원한 무관심 속으로 내던져 버렸다.

한편으로 프롬은 무코의 감옥에 대한 부가적인 회의가 필요하다 판단했다. 프로이데가 프롬에게 당부했다던 '중대한 원칙'이란 것은 진정 옳은 것이었을지도 모른다. 어느 한 감옥이 소위, '튀지' 않아야만 한다고 말했다던 것 말이다. 개별화의 연막 틈에 꽁꽁 숨어 있던 것은 그 인공적인 구름이 바람에 흩날리자마자 온전한 나체를 드러내 버렸다. 불만을 온당히 맞을 대상이 흩어져 부재하던 지금까지의 상황은 갑작스레 역전되어 버렸다.

프롬은 무코의 감옥에 대한 회의를 다시 한번 계획했다. 시몬은 무코의 감옥으로 파견되었다.

"엉망이군."

시위대를 목격한 시몬이 한마디 툭 던졌다.

시위대와 종신형자들이 철창을 사이에 두고 빚는 광경은 진정 엉망에 가까운 것이었다. 악랄하지 않은 사람들을 보호하는 것이라 여겨졌던 철창은 실상 종신형자들을 보호하는 것 같았다. 아니, 애초에 이제는 누가 진정 악랄한 놈인지, 악랄하지 않은 놈인지 알 수조차 없었다. 잡혀 들어가 본 적이 없는 놈들은 악랄해 보였고, 잡혀 들어가 있던 놈들도 악랄해 보였다.

시몬은 감옥 안으로 발걸음을 옮겼다. 바깥의 세상과 감옥으로 통하는 문이 약간 열렸을 적에, 시위대 모두가 그것을 바라봤다. 글쎄, 그들이 그 좁은 틈으로 들이닥치는 일은 없었다. 그들은 이번 시위에 아무것도 내걸지 않았다. 문이 열렸을 적에 그들은 서로의 눈치를 봤다. 하기야 섣부르게 그 안으로 들이닥친다면, 걷잡을 수 없이 일이 커져 버릴지도 모른다! 갑자기 문이 닫혀 걸리고 그 안에 영원토록 갇혀 버릴지도 모르는 일 아닌가? 저 조롱하는 죄수들이 갑작스레 표정을 바꿔 걸고선 들어간 우리를 괴롭힐지도 모르는 일 아닌가?

그런데 한편으론 웃기는 일이었다. 그들의 결집은 과연 무엇을 위한 것이던가? 저 짤막하게 열린 문틈으로 들이닥쳐서 무코라는, 그 악당을 붙잡아 버리는 것 아니었던가? 그들이 그토록 염원하던 기회가 펼

처졌음에도, 그들은 그 기회를 낚아채지 않았다. 어쩌면 그들은 아무 것도 염원하지 않았다. 그들은 그냥, 그곳에 모여 있었을 뿐이다. 허세 는 결코 일어날 수 없는 일에 대해서만 가능하다. 저곳에 쳐들어가 저 죄수 놈들을 두들겨 패고, 팔다리를 자르고, 항문과 목구멍에 긴 쇠꼬 챙이를 꽂아 산 채로 구워 버리자던 허세는 그 감옥의 문이 결코 열리 지 않을 것이라 판단한 데에서 드러날 수 있었다. 그런데 아뿔싸, 시몬 의 방문 덕에 그 문은 실제로 열렸다. 허세는 스스로의 자존심을 해치 는 흉기가 되어 버렸다. 시위를 위해 모인 녀석들은 하나같이 눈치를 봤다.

감옥 안으로 평온하게 들어선 시몬은 무코를 만나고 몇 마디의 말을 나눴다. 새로운 업무는 적성에 맞느냐는 무코의 질문에, 시몬은 다소 거만한 목소리로 그렇다 대답했다. 하기야, 권력이란 것은 별거가 아 니다. 으스대도 될 놈에게는 으스대고, 굽신대야 할 놈에게는 굽신대 는 것이다.

시몬은 잔뜩 멋진 모습으로, 무코에게 곧 열릴 회의에 대해서 안내 했다. 무코는 다소 안정되어 보였다. 무코는 이 감옥이 없어질 리는 없 다는 사실을 잘 알고 있었을 것이다. 온갖 이해관계가 얽혀 있는 무언 가는 좀처럼 없어지지 않는다. 없어지기 위해서는 우선 얽힌 것들이 풀어 헤쳐져야만 했는데, 얽힌 이기심과 욕망은 서로를 뒷받침하며 영 원히 지속되게 하기 때문이다.

전달할 것을 전부 전달하고 나서, 시몬은 주욱 무코의 감옥을 둘러 봤다. 그렇지만 테베가 그랬던 것처럼 분노했다거나 놀라진 않았다. 그는 이미 프롬으로부터 무코의 감옥에 대한 이야기를 길게 들었다. 시몬은 테베와 다르게, 감꾼들과 프로이데의 결정을 전적으로 존중했 다. 별다른 수가 없었기 때문이다.

덧붙이자면, 그 방문에 시몬이 테베를 맞닥뜨릴 수 있던 것은 아니 었다. 그런데 시몬이 조용히 감옥을 거닐며 둘러볼 때에, 어떤 감방이 온갖 서적으로 들어차 있던 것은 목격했었다. 그 감방의 주인은 그곳 에 없었다. 시몬은 그 감방을 바라보며, 악랄한 범죄를 저지르고 들어 온 종신형자 주제에 책을 읽는 것은 멍청한 짓이라고 생각했다.

테베는 그때에 또 누군가에게 낚아채여 두들겨 맞고 있었다. 그 둘 의 재회는 없었다.

2

테베의 신상에 대해 까발리는 나의 기사를 읽은 프로이데의 사람들은 그 테베란 사람이 마치 영웅이라도 되는 양 칭송했다. 그렇지만 그 누구도 그가 실제로는 어떻게 생겼는지, 어떤 말투와 어휘를 구사하는지, 또 그는 도대체 어떤 생각을 가지고 있는지 알지 못했다. 그들은 그저 테베란 사람이 영웅이란 생각을 했을 뿐이다. 들려오는 소문에 따르면, 어떤 매춘부가 내 기사를 읽고는 울음을 터뜨렸다고 했다. 그런데 글쎄, 그 소문이 진실인지 아닌지는 잘 모르겠다. 그 매춘부가 어떻게 생겼던 것인지, 어떤 말투와 어휘를 구사했던 것인지, 또 그녀는 도대체 어떤 생각을 가지고 있던 것이었는지 명확하게 말하는 사람은 프로이데 어디에도 없었다. 사람들은 아무런 생각도 없이 간지러운 소문들을 만들어 낸다.

내 편집장은 내 기사에 나름 만족했다. 그렇지만 그는 여전히 번뜩이는 결과를 원했다. 그것은 내가 이전에 으스댔던 것에 대한 반응이었다. 나는 분명 그에게, 당신은 상상하지도 못할 사실을 알아냈다고 호언장담했었다. 편집장은 바로 그 사실이 하루라도 빨리 기사화되어, 잃어버린 보도 전쟁의 주도권을 다시 잡고 싶어 하고 있었다. 무코의 감옥에 갇혀 있는 놈들이 종신형자들이었음을 짚는 기사를 써낼지 말지에 대한 나의 고민은 어쩔 수 없이 결론 내려졌다. 나는 슬슬 그 사실을 내보이는 기사를 준비했다. 로지를 찾아가 사과를 하는 것이 그 준비의 첫 단계였다. 나는 그에게 나의 상황을 낱낱하게 설명하고, 어쩔 수 없이 그 기사를 써내야 한다고 알려 주려던 것이다. 어쩌면 나는 그에게 당분간 조심히 지내라는 당부를 하고자 했을지도 모른다. 게다가 나는 그 만남이 작별 만남이 될 것이란 사실을 얼핏 알 수 있었다. 원래도 딱히 그를 만나러 갈 특출난 이유가 없었는데, 내가 써낼 수 있는 기사를 전부 써낸 후에는 더더욱이 만나러 갈 이유가 없었으니 말이다.

어느 날 밤에, 나는 로지의 일터 앞으로 갔다. 나는 구석진 곳에서 눈동자만 내어놓고 상황을 살폈다. 죄수들이 나를 발견한다면 쥐어 패버릴 것이 뻔했으니, 내가 할 수 있는 것이라곤 몸을 숨기고 눈알 두 개만 밖으로 내어놓는 것뿐이었다.

다시 만난 로지는 꽤나 난처한 상황에 빠져 있었다. 일반적인 사람들이 그를 둘러싸고 있었다. 그들은 금방이라도 로지를 두들겨 패 버릴 것만 같았다. 나는 그 불량배 같은 사람들을 휘이 헤쳐 버리며 그들에게 말했다, "그는 제 친구라오! 그를 가만히 두시오!" 그런데도 그들은 나의 말을 듣지 않았다. 윤리적 우월성에서 비롯된 권력은 완력에서 비롯된 권력보다 약하다. 어쩌면 그 기자의 알찬 선언이 상황을 더욱 악화시켰다. 로지를 둘러싸고 있던 사람들이 로지더러, 죄수 주제에 일반적인 친구를 사귀었다며 주먹을 날리기 시작했던 것이다. 나는 그것을 몸으로 막으려 들었는데, 내가 딱히 좋은 완력을 가지고 있지 않았다는 사실은 로지를 더욱 비참하게 만들었다. 나는 몇 번의 몸부림을 끝으로 로지가 두들겨 맞는 것을 멍하니 구경할 수밖에 없어졌다. 바닥에서 피어난 멍한 먼지는 로지가 울음을 터뜨리게끔 만들었다. 억울함이 응집하여 터져 나오는 울음소리는 자칫 공포스럽다. 그런 종류의 울음소리는 원초적인 본능을 깨우기 일쑤다. 나는 덜컥 겁에 질려 버렸고, 온갖 경련을 소비하던 이들은 더욱이 즐거워졌다. 다 큰 성인이 울음을 꺼이꺼이 터뜨리는 광경은 우습다. 그것은 더욱 격렬한 조롱을 불렀다. 그런데 글쎄, 나이를 먹었다고 해서 해도 되고 해서는 안 되는 일은 없다. 로지는 손가락이 떨어져 나간 손을 그들 눈앞에 들고 이리저리 흔들었다. 그것은 자신이 장애를 가지고 있었으니, 조금 신사답게 대해 달라는 요청이 아니었다. 그것은 무능력이었다. 그것은 배를 까고 버둥거리는 둥그런 벌레의 모습이었다. 그것은 그간 로지 스스로가 행했던 모든 발악의 무의미함을 드러내는 것이었다. 그동안의 발악은 언제나 로지를 더한 최악으로 몰아갔다.

그런데 어쩌면 당신은, 그간 로지의 발악이 하등 쓰잘데기 없는 짓이었다고 생각할지도 모른다. 나로서도 그런 생각을 한 적이 있다. 그의 시도는 전부, 그의 상태를 더 나쁘게 만들지 않았던가? 그렇지만 한 발짝 떨어진 자들이 해내는 분석은, 그것이 얼마나 냉철했건 간에 허구의 것이다. 우리는 어쨌거나 한 발짝 떨어져 있지 않던가? 어쩌면 이번에야말로, 로지의 발악이 진정 성공할 수도 있지 않은가? 그 손을 발견한 불량배들이 갑작스레 가학을 멈추고 반성을 할지도 모르지 않은가? 우리는 그가 행할 다음번의 시도가 성공적일지, 혹은 성공적이지 않을지 예상해서는 안 된다. 그럴 자격이 없기 때문이다. 우리는 그저 관찰할 수 있을 뿐이다. 그런데 결론부터 말하자면, 이번의 발악 또한 이전의 것들과 별반 다르지 않았다. 허구는 종종 허구가 아니다.

이미 안 좋은 인상을 심어 준 존재의 신체적 손상은 역겨움을 부른다. 로지라는 인간에 대해서 아무런 정보도 없던 일반적인 사람들은 그저 강렬한 소설을 써 내려갈 뿐이었다. 로지의 손뚱어리는 그 소설의 재미진 소재였다. 어쩌면 저놈의 손이 저 모양이었던 것은, 저놈이 어려운 형편을 가진 가정에서 태어났기 때문이었을지도 모른다. 어렸을 적에 부모에게 사랑을 못 받고선 그 대신에 손가락이 잘린 놈이었기 때문이었을지도 모른다.

게다가 돈이 부족하여 병원에서 도망쳐 나온 로지의 손은 치료 상태가 좋지 않았다. 그 '치료 상태'라는 것은 그저 손의 외모에 대한 것이었고, 그 기능에는 아무런 하자가 없었음(왜냐하면 박살 난 손에는 애초에 아무런 기능도 없었기 때문에)에도, 그것은 그를 때리던 사람들로 하여금 더욱 심한 경멸을 불러일으켰다. 그 손의 행색은 엉겨 붙어 있는 굵고 기다란 벌레 떼를 연상시켰다. 그것은 서로 엉켜 있었고, 바글거리며 꿈틀거렸다.

로지를 둘러싸고 두들겨 패던 사람들은 구태여 그 손을 발로 밟아

누르고 짓이겼다. 의식과 독립적인 인식은 없다. 그들은 정말로, 로지의 손을 벌레 떼로 대하고 있었을지도 모른다. 그렇지만 로지의 손이 벌레가 밟힌 것처럼 터지고 체액이 흘러나왔던 것은 아니었다. 간혹 뻐덕대며 뼈끼리 부딪히는 소리가 크게 들려왔을 뿐이다. 실재와 인식 사이의 간극은 언제나 간지럽고 우습다.

얻어맞고 울음을 터뜨리던 로지는 지쳐 기절해 버렸다. 그의 몸은 어느새 시체의 몸짓을 흉내 내고 있었다. 그는 축 처졌다. 부서져 서로 부딪히는 것들은 종종 기절한다. 어쩌면 부서진 모든 것들은 자신이 기절하기를 원하고 있었을지도 모른다.

로지가 기절하니 가학은 재미없어졌다. 반응이 절단된 가학은 재미가 없다. 나는 쓰러진 로지를 병원으로 옮기지 않았다. 어쩌면 그곳에서도 깨어나는 것을 잠자코 기다리는 것 이외로 아무런 조치를 취해 주지 못할 것이었기 때문이었을지도 모른다. 나는 떠나는 사람들을 가만히 바라봤다. 나의 마음은 다소 답답했다. 저들이 원하는 것이 진정 정의가 미처 다 완수하지 못한 과업을 대신하는 것이었고, 또 죄수를 패는 것이었다면야, 그들은 어째서 로지가 기절하자마자 떠난 것이었나? 기절한 놈을 때리는 것이 더 편하고 확실한 일 아니었겠는가? 어쩌면 그들이 원하는 것은 징벌도, 죄수를 패는 것도 아니었다. 그들은 그저 자신보다 약한 놈이 고통에 몸부림치고, 두려운 눈초리를 올리고, 껄떡거리며 숨을 몰아쉬고, 다 큰 성인 놈이 울음을 터뜨리고 뭉툭한 손을 휘적거리며 선처를 갈구하는 모습을 보고 싶었던 것이었을지도 모른다.

그들이 로지를 두고 떠날 적에 하나가 말했었다, "이 정도면 됐어."

헛소리. 가학에는 적당함이 없다. 모든 가학은 주제넘고 과한 것이다. 가학은 그것이 훈육을 위했다 하더라도 형편없는 것이다. 가학이 생산해 낼 수 있는 것이라곤 얻어맞은 누군가뿐이지, 그 이상의 것을 만들어 내지 못한다.

나는 한동안 기절한 로지 옆에서 멍하니 앉았다. 나는 가만히 로지를 기다렸다. 프로이데의 하늘은 불과 몇 시간 전까지 머금던 열기를 떨쳐 내고, 뚝 시치미 떼고 있었다.

시간이 꽤 지나자 로지가 옆에서 쿨럭거리며 잠에서 깼다. 기자는 그에게 무슨 꿈을 꾸었냐며 묻고 싶다는 감정이 들었다. 그렇지만 물을 필요도 없었다. 아무런 꿈도 꾸지 못했을 것이 뻔했기 때문이다. 혹여 물었더라도 아무런 대답을 듣지 못했을 것이다. 로지는 말을 하지 못했다. 그는 입을 아주 조금만 움직여도 고통스러웠다.

나는 로지를 앞에 세워 두고, 그냥 가만히 있었다. 나는 조금 우물쭈물거렸다. 글쎄, 친구 중 하나가 저렇게까지 얻어맞는 광경은 처음 보는 것이었다. 나는 어떤 반응을 보이는 것이 온당한 것인지 전혀 알지 못했다. 나는 지금까지 누군가가 두들겨 맞는 것을 구경해 보았을 뿐이지, 기분을 매만지는 일을 해 본 적이 없었다.

그를 가만히 바라보던 나는 힘겹게 입술을 떼었다.

"종신형자들이 맞답니다." 내가 늦은 추이를 비쳤다.

나는 이왕의 발언이 형편없다고 생각했다. 그렇지 않은가? 좀 전까지 흠씬 두들겨 맞던 사람에게 무코의 감옥에 대한 말이나 지껄이다니.

로지는 말없이 터덜거리며 그의 보금자리로 되돌아가기 시작했다. 나는 안타까운 감정이 들었다. 그는 어째서, 불만을 가지고 있었으면서도 아무것도 하지 않고 있던 것인가? 어쩌면 그는 불만을 가지고 있지 않았다. 혹은 어쩌면, 그는 불만을 가지고 있었으면서도 아무것도 할 수 없을 만큼 무기력했다.

"로지, 제가 듣기론 국경을 두 개 정도만 넘어도 새롭게 출발할 수 있다고 하더군요." 나는 잠시 동안 사랑한 매춘부를 떠올리며 말했다, "프로이데에서의 죄와는 전혀 상관없는, 그런 나라가 있다고 합니다." 실상 나는 애원했다. 그런데 생각해 보면 나는 그에게 애원할 이유가 없었다. 나는 애원의 말투를 도로 집어넣었다.

로지는 여전히 아무런 반응을 보이지 않았다. 그는 절뚝였다. 그는 발걸음을 옮겼다. 나는 또다시 안타까움을 느꼈다.

"당신만 원한다면, 제가 방법을 알아봐 줄 수 있어요, 로지." 내가 말했다. 나는 터덜거리던 로지의 뒷모습을 쳐다봤다. 로지는 뒤돌지 않왔다. 하! 그의 모습은 이미 혼날 것을 알고 있음에도 집으로 돌아가는 어느 어린놈의 모습이었다. 나는 로지를 불러 잡지 않았다. 그러게, 결국 그가 돌아갈 곳은 정해져 있지 않던가?

로지가 웅얼거리는 소리가 작게 들려왔다. 그와 나의 벌어진 거리 때문이었나, 혹은 로지의 턱이 이미 온전하게 박살 나 로지가 올바른 발음을 할 수 없었기 때문이었나, 알아들을 수 없었다. 그렇지만 로지가 후에 행한 일과 짓눌린 발음으로 넘겨짚건대, 아마 "필요 없어." 따위의 말이었을 것이다.

다음 날 로지를 다시 만난 친구는 로지의 부어 있는 턱과 푸른 눈두덩이를 보고선 할 말을 잃었다. 친구는 아무런 말을 하지 않았다. 하기야, 어디서 얻어터지고 온 벗에게 할 수 있는 말이 무어가 있겠는가? 그는 그저 입을 다물고 고개를 푹 숙일 뿐이었다. 안타까운 눈초리를 보내는 것마저 주제넘은 일이 될 것이었다. 그 친구가 로지에게 보낼 수 있던 온당했던 반응은 오롯이 함구와 묵념뿐이었다. 어제의 나로서도 그랬어야만 했을지도 모른다.

그 둘 사이에 딱히 아무런 말이 없었음이 그 둘의 업무 효율을 보다 더 탁월하게 했다. 그렇지만 둘 중 누구도 그 사실에 대해 감사하게 생각하지 않았다.

퇴근시간이 두어 시간 남았음에도 그 둘은 할당된 업무를 거의 끝냈다. 친구가 망치를 가만히 내려놓고선, 로지를 바라봤다. 부욱 불어 버리고 울퉁불퉁했던 그의 면상은, 솔직히 말해서, 너무나도 웃긴 모습이었다. 피부끼리 서로 짓눌러 눈은 더욱 조그맣게 찌그러졌고, 입술은 마치 먼 세상의 원주민 마냥 거대했다. 귓불이 찢겨 달랑거렸고 턱은 네모가 되었음과 동시에 가끔씩 둥글둥글해졌다. 로지의 피부를 손가락으로 푹 누르면 그대로 들어가, 영원히 튀어나오지 않을 것만 같았다.

로지가 느릿거리며 말하기 시작했다. 그의 목소리는 쉬어 있었다.
"종신형자들이야."
그의 턱이 입을 열 때마다 삐걱거리는 소리를 냈다. 로지의 덜렁거리는 턱 마디가 고통을 불러일으켰다. 짧은 발언을 마친 로지는 더욱이 짧은 비명을 내지르며 턱을 움켜쥐었다. 로지의 비명이 슬픈 메아리를 빚었다.

친구가 그를 멍하니 바라봤다. 로지는 가만히 망치를 바라봤다. 그러고는 그의 친구와 눈 맞췄다. 로지의 눈빛은 올곧았다. 실컷 얻어맞아 흐물거리는 근육과 지방 덩이였음에도, 로지의 표정은 굳건했다.

"로지." 친구가 넌지시 그를 불렀다. "그건 우리와 아무 상관도 없는 얘기야."

로지가 웃음을 터뜨렸다. 그의 웃음은 턱에서 전해지던 고통을 더욱 극심하게 했다. 그렇지만 로지는 더 이상 그것을 움켜쥐지 않았다. 로지는 그의 턱이 덜렁거리는 것을 막지 않았다. 아무 상관없던 것은 오히려 그 고통이었다.

3

무코의 감옥에 대한 두 번째 회의는 다소 재미없었다. 무코의 감옥을 없애 버리는 것은 애초에 고려 대상이 아니었다는 사실이 그것을 그렇게 만들었을지도 모른다. 이전의 회의에는 있었던, 이미 정해진 결과를 뒤바꿀지도 모른다는 짜릿함이 없었다.

재판이 펼쳐지는 곳에서나 있을 법한 자리 배치도 이제 없다. 가운데를 비잉 둘러 배치된 자리에서 꽤나 영향력을 가지고 있던 감꾼들은 앞자리에, 그저 그런 감꾼들은 뒷자리에 앉았다. 무코도 그저 그런 감꾼들 틈에 앉았다. 그 누구도 숭고한 말을 지껄이며 멋진 척을 남발하지 않았다. 이번의 회의는 진중하고 겸손했다. 그 회의가 무코의 감옥에 대한 새로운 합의를 하기 위한 회의였다고는 하더라도, 실상 소란스러운 시위대를 잠재우기 위한 방안을 마련해 내기 위한 회의였다. 하기야, 문제를 해결하는 가장 쉬운 방법은 문제를 저리 치워 버리는 것이다.

회의장 곳곳에는 시위대의 분노를 담은 사진들이 작게 잘려 붙어 있었다. 그 사진을 발견한 무코는 이전 회의에 붙어 있던 테베의 사진들을 떠올렸다. 테베의 사진들과 비교해 봤을 때, 이번 회의를 장식하고 있는 그 사진들은 썩 보기 싫은 것들이었다.

아무 말 없이 멍하게 기다리는 시간이 지났다. 그곳에 모인 감꾼들은 감옥 바깥의 온갖 소란을 잠재울 방안을 하나 도출해 내기 시작했다. 대부분의 의견을 낸 사람은 프롬이었다. 프롬은 그간의 경험 덕에, 보잘것없는 사람들이 뭉쳐 모인 집단을 풀어 헤치는 방안에 대해서 나름 잘 알고 있었다. 그에게 있어서 멍청한 시위를 잠재우는 것은 쉬운 일이었다. 프롬이 말하길, 그들의 결집에는 아무런 정당성도, 근거도, 목표도 없었다는 것을 은근히 밝히면 될 것이라 했다.

"어떻게 말입니까?" 중간 즈음에 앉은 그저 그런 감꾼이 물었다.

프롬은 무코를 가만히 바라보더니, 말했다.
"본래 격렬함은 부끄러움과 뗄 수 없는 겁니다. 격렬함에는 언제나 부끄러움이 함께 있고, 그 부끄러움은 격렬함을 잠재우죠."
무코는 프롬의 말을 조금 이해할 수 있었지만, 다른 저능한 감꾼들은 그러지 못했다. 그들은 아무것도 이해하지 못했음에도 고개를 끄덕이며 수긍했다.

"그들 눈앞에 거대한 거울을 세우면 된다는 겁니다(아마 비유였을 것이다). 스스로가 부끄러운 존재란 사실을 드러내기만 하면 됩니다."
프롬이 부가적인 설명을 덧붙였다, "정말 다행인 일이죠, 테베가 정보를 건네준 언론사가 별 볼 일 없는 잡지사였다는 것 말입니다. 그 자그마한 잡지사가 알아 봐야 얼마나 알겠습니까?"

　그 말을 들은 감꾼들은 또다시 그럭저럭 수긍했다.

　그런데 이왕 프롬이 뱉은 말은 다소 엉성해 보였다. 진실을 알고 모르는 것은 잡지사의 규모와 전혀 상관없는 일이었기 때문이다. 작은 잡지사였어도 진실을 알 수 있고, 거대한 언론사였어도 진실을 모를 수 있다. 규모는 진실과 아무런 관계가 없는 것이다.

　그렇지만 나는 당신에게, '앎'이란 것이 지닌 본질적인 한계에 대해서 말한 적이 있다. 그것은 끽해야 믿음이다. 진실은, 그것이 실제로 진실이었기 때문에 진실인 것이 아니다. 진실도 앎의 일종이고, 끽해야 믿음이다. 그런데 이와 같은 사실을(혹은 믿음을) 견지하고서라면, 규모는 진실과 지대한 관계가 있다.

　진실 자체를 얻는 데에 있어서 회사의 규모는 아무런 문제가 되지 않지만, 사람들의 믿음을 쟁취해 내는 것은 규모와 긴밀하게 연관이 있기 때문이다. 규모가 큰 언론의 기사는 맹신을 부르기 마련이고, 규모가 작은 잡지사의 기사는 냉철한 검토를 부르기 마련이다. 하긴, 자그마한 잡지사가 알아 봐야 얼마나 알겠는가! 프롬의 말이 짚고자 했던 것은 바로 이것이었을 것이다.

　"아무 근거도 없이 그렇게 소란 피웠다는 사실을 비치는 것만으로도 그들이 부끄러움을 느끼게 만들기 충분합니다." 프롬이 말했다, "게다가, 저들이 저렇게 모여 있다고는 해도, 본인들이 도대체 뭘 원하고 있는지 전혀 알지 못할 겁니다."

감꾼들은 잠자코 프롬의 말을 들었다. 여느 다른 감꾼 회의다웠다.

"부끄러움을 심어 주는 것과 더불어서 우리가 해야 할 일이 한 가지 더 있습니다. 저들이 얼핏 성취감을 느낄 수 있을 정도의 결과만 양보하는 겁니다. 아주 작고 보잘것없는 승리를 선물하자는 거죠." 프롬이 말했다, "열의가 부끄러움을 느끼기 시작하면, 이상해지기 시작합니다. 승리를 하고 싶어 함과 동시에, 곧바로 없어지고 싶어 한다는 겁니다. 성취욕과 더불어 스스로의 부끄러움을 숨기고 싶은 감정이 혼합되어 역설적인 상황을 빚어내기 시작합니다. 그런 감정을 가진 저들은 아마 승리에 대한 제대로 된 판단을 할 수 없을 겁니다. 애초에 본인들이 무얼 원하고 있는지도 모르고 있었고, 얼추 좋아 보인다면 덜컥 붙잡고 놓아주지 않을 테니까 말입니다."

나는 프롬이 이때에 뱉은 말이 얼추 온당한 것이라 생각한다. 그렇지만 그것은 동시에, 너무나도 자존심 상하는 말이다. 나는 무코의 감옥에 대한 광경이 전부 끝났을 적에, 프롬의 제안에 대해 가만히 생각한 적이 있다. 정확히 말하자면, 프롬의 제안이 내게 안겨 준 감정에 대해서 생각한 적이 있다. 나는 왜 그토록 자존심 상해 하던 것이었나? 프롬의 말투가 누군가를 깔보는 말투였기 때문이었나? 아니면 그 내용이, 실제로 프로이데의 대중을 깔보는 내용이었고 나는 프로이데의 대중 중 하나였기 때문이었나? 그런데 생각해 보면, 프롬의 제안과 설명은 전부 들어맞는 것이었다. 프로이데의 사람들은 본인들이 도대체 무얼 위해 결집한 것이었는지 알지 못했다. 그들은 얼굴도 모르는 테베의 석방을 원하던 것이었나? 종신형자들이 아름다운 삶을 살고 있던 것에 불만을 느끼던 것이었나? 아니면 그저, 시위의 광경이 너무나도 즐거워 좋은 여갓거리가 되어 버린 것이었나? 옆에 서성이던 이성과 격렬한 성관계를 하고 낙태를 하기 위함이었나?

프롬은 정확한 사람이었다. 그러나 그 '정확함'이라는 것이 '이치에 맞음'을 의미하던 것은 아니었다. 그것은 오히려, 자의적 이치를 있는 힘껏 존중하는 것에 가까울 것이다. 이번의 그 '자의적 이치'란 시위대의 사람들은 도통 자신이 무얼 원하고 있는지 알지 못한다는 것이었고, 프롬은 그 이치를 존중했다.

자존심이 상했다던 나의 감정은, 오히려 프롬의 말이 전부 옳았기에 촉발된 것이었을지도 모른다. 그런데 그렇다면, 내가 느끼기에 온당했던 감정은 괜한 자존심을 지키려 발악하는 데에서 오는 감정이 아니라 오히려 반성과 한탄에서 비롯되는 부끄러움이 더 맞지 않겠는가?

프롬의 제안을 전부 듣는 것으로 회의가 끝났다. 그것은 회의라기보다는 하나의 강요와 다수의 관람이었다.

   회의가 전부 끝나고 다들 자신의 감옥으로 돌아가기 시작할 때 즈음, 프롬이 무코에게 말했다.
   "아마 한 명쯤 죽어 버리는 걸 원하고 있을 거야."

   무코는 갑작스레 환멸감을 담은 표정을 올려 버렸다.
   "그럴 일은 없을 겁니다." 무코는 단호했다.

   무코의 발언에 다들 옮기던 발걸음을 멈췄다. 그들은 아직까지도 이전 회의 때 무코가 보여 줬던 극적인 반론을 듣고 싶었다. 그렇지만 결과적으로 그런 일은 일어나지 않았다.

   "아니지, 무코. 자네는 우리 말을 조용히 들어야 하네." 프롬이 한숨을 내쉬고 머리를 절레거렸다, "우리에게 고마워해야 한다는 소리지. 결과적으로 우린 자네 감옥을 지켜 준 거니까."

   무코가 말했다, "아뇨, 당신들이 지킨 것은 제 감옥이 아니라 종신형자 없는 당신들의 감옥입니다."

   프롬이 크게 웃어 버렸다,

"자네 말이 맞을지도 모르지, 무코. 그런데 말이야, 중대한 원칙이 있다면 무슨 수를 써서라도 그 원칙을 지켜야 하는 법이네." 프롬이 덧붙였다.

4

다른 언론사에서 써낸 무코의 감옥에 대한 기사는 나를 거대한 분노에 휩싸이게끔 했다. 평소 조용하고 잠잠한 내가, 읽고 있던 신문을 집어 던지게 만들 정도였다. 그것은 꽤 규모가 큰 신문사에서 나온 신문이었는데, 가장 앞부분에 내 잡지사가 그간 써낸 기사를 전부 반박하는 내용의 기사가 써 박혀 있었다.

무코의 감옥에 갇힌 죄수들은 권력을 가지고 있는 죄수들이 결코 아니었을뿐더러, 종신형자들이었던 것은 더더욱 아니라는 것이다.

나는 그 기사가 프로이데와 감꾼들이 손을 맞잡은 기사였다는 사실을 단번에 알아차릴 수 있었다. 그들이 기사의 말미에 번지르르한 정보의 출처를 주욱 나열했던 것이다. 그것들은 하나같이 권력이 '애써' 까발리지 않고서라면 접근조차 할 수 없는, 그런 비밀스러운 출처였다.

그 번지르르한 출처들에 비해 오롯이 한 매춘부의 진술에만 의존하던 나의 기사는 너무나도 초라해 보였다.

한때 나의 신도들이었던 어린 양들은 고개를 돌려 우상을 숭배하기 시작했다.

그런데 글쎄, 생각해 보면 나는 이런 대우에 익숙하지 않던가? 이례적이었던 것은 그들이 내게 등 돌렸다는 사실이 아니라 오히려 나의 기사에 잠깐 동안의 주목을 해 주었다는 사실이다.

하기야, 모든 진실은 믿음이다. 진실과 거짓의 싸움은 절대와 오해의 싸움이 아니다. 그것은 오해와 또 다른 오해의 싸움이다. 신과 우상 사이의 싸움인 줄로만 알았던 나의 생각은 엉터리였던 것이다. 그것은 실상 우상과 또 다른 우상 사이의 싸움에 불과했다.

그 신문사의 기사가 나의 기사를 제치고 선택된 것은 당연했을지도 모른다. 나의 잡지사는 그 신문사에 비해 규모의 측면에서 너무나도 뒤처져 있었고, 또한 그 신문사가 써낸 새로운 기사에는 꽤 흥미롭고도 새로운 문제 제기가 더해졌기 때문이다. 그것은 사람들로 하여금 부가적인 요깃거리를 제공했다. 시위대가 행한 추한 행태와 낙태 짓을 밝히며 시위의 건전성에 대해 논하기 시작했던 것이다.

덧없는 시끌거림에 질려 가고 있었던 시위대의 구성원 각자는 자신이 소위, '특별한' 존재이기를 원했다. 같은 공간과 같은 시간에 모여 있었어도, 자신은 다른 놈들과 다르다고 생각했던 것이다. 그들은 같은 계급 안에서도 또다시 계급을 세우기 시작했다. 자신은 낙태를 한 놈들, 침을 뱉고 철창을 격렬하게 흔들던 놈들, 쉰내 나는 숨을 내뿜던 노인네들, 멍청한 소리를 질러 대며 시끄럽기만 한 청년들과는 다르다고 지껄이기 시작했던 것이다. 계급 간의 상호작용은 거의 없었다. 계급이라는 것은 우월 관계를 본질적으로 내포한다. 집단 간의 우월은 빈약한 적대를 칼 방패 삼아 서로서로 악수를 나누지 못하게 했다. 같은 집단에 속한 자들끼리 나누는 대화라곤 멍청한 영웅담뿐이었다. 낙태를 했던 놈들은 자신과 잠자리를 함께했던 타인을 대상화하며 저급한 농담을 뱉었고, 철창을 격렬하게 흔들던 놈들은 자신의 완력 덕에 휘어 버린 철창을 가리키며 자랑질했다. 침을 뱉곤 했던 놈들은 자신의 침이 어쩌다 죄수 하나를 맞혔다며 좋아라했다.

다른 신문사의 새로운 기사를 확인한 편집장은 그의 조용한 사무실로 나를 불렀고, 나는 그에게서 쓰잘데기 없는 잔소리를 꽤 길게 들었다. 그 또한 이미 나를 배신하고 그 거대한 신문사의 기사를 전적으로 신뢰하고 있었다. 나는 억울한 감정이 들었다. 적어도 나의 회사는 나를 믿어 줬어야 하는 것 아니던가? 그런데 그에게 있어서 나는 이미, 그토록 많은 돈을 집어삼키며 헛소리나 나불거린 삼류 기자 따위가 되어 버렸다. 그런데 따지고 보면 내 회사 전부가 삼류였다. 그러니 딱히 의미 부여를 할 정도의 중요한 사실은 아니었을 것이다.

게다가 새로운 기사에는 곧이어 펼쳐질 가학 잔치에 대한 정보도 담겨 있었다. 이번 잔치에서는 '특별히', '시위대의 요구에 따라', 무코의 감옥에 갇혀 있던 어느 한 종신형자를 데려 나와 가학하겠다는 것이다. 그런데 글쎄, 시위대의 그 누구도 무코의 감옥에서 지내고 있는 죄수들 중 하나를 데리고 나와 가학하라는 요구를 한 적이 없었다. 그렇지만 대중은 그 특별한 선물에 이상하리만치 감동 먹었다. 누군가는 심지어, 그 기사를 읽고선 '한 명쯤은 죽어 버리는 게 더 멋지지 않겠나?'라며 주위 사람들에게 동의를 구걸했다고 한다.

곧이어 펼쳐질 가학 잔치에 대한 소식은 시위대로 하여금 승리적 관점에 취해 자위질하게 만들었다. 그들은 으스댔다. 부끄러움에 흐지부지되던 일반적인 사람들의 열의는, 허상의 쟁취를 떠받들며 점차 사라져 갔다. 그들은 다시 일상의 멍청이들로 돌아오기 시작했다. 아무것도 잃을 것이 없었던 그들로서는 당연한 일이었다. 애초에 내걸려진 것이 없었으니, 그것을 지키기 위해 어쩔 수 없이 앞으로 나아가는 상황은 찾아볼 수 없었다. 그들은 기회가 될 때마다 뒷걸음질 쳤다.

5

다음날에 무코는 자신의 사무실에 가만히 앉아 깊은 고민에 빠졌다. 너무나도 깊은 고민에 빠진 나머지, 피셰르와 테베가 이미 두세 번 정도 그의 사무실에 앉아 있다 떠났다는 사실도 알아채지 못할 지경이었다. 그는 평소와 다름없이 조용했다. 그의 사무실은 여전히 텅 비어 있었다. 그는 그의 감옥에서 유일하게 갇혀 있는 존재였다.

무코가 생각하기에, 지금부터 잡혀 들어오는 새로운 종신형자들을 전부 가학 잔치의 주인공으로 쓰자던 합의는 그럭저럭 괜찮은 것처럼 보였다. 물론 이미 기사를 통해 테베가 보낸 사진들은 전부 조작된 것이고, 무코의 감옥에 갇힌 녀석들은 권력을 가지고 있는 죄수도, 나아가 종신형을 선고받고 들어온 놈도 아니라는 사실을 밝히긴 했지만, 대중은 당분간 의심을 계속할 것이 뻔했다. 그들이 할 수 있는 것이라곤 의심뿐이 없기 때문이다. 만약 종신형자들을 전부 가학 잔치의 주인공으로 쓴다면야, 그들의 의심을 어느 정도 잠재울 수 있을 것처럼 보였기 때문이다. 그리고 프롬도 무코와 다름없는 판단을 하고 있던 모양이다.

이것은 시간이 다소 지나고 모든 소란이 끝났을 적의 얘기긴 하지만, 프롬은 권력과 손잡고 있던 언론사에 특별한 부탁을 했다. 어느 죄수가 종신형을 선고받게 된다면, 그가 가학 잔치에 서기 이전에 그의 신상과 외모, 그리고 범행 사실을 낱낱하게 보도하라는 것이 바로 그것이었다. 하기야, 그런 내용을 담은 기사가 나온다면 사람들은 가학 잔치에 세워지는 종신형자에 대해 이미 잘 알고 있게 될 것이었고, 그들의 통쾌함은 배가 될 것이었다. 그 통쾌함은 사람들로 하여금 형벌에 대한 그들의 불만을 더욱이 해소해 줄 것이었다.

그런데 여기까지는 그럭저럭 문제가 없어 보였다. 문제는 그다음에 있었다. 종신형자들의 범행 과정과 신상은 대중들에게 좋은 소비 거리가 되었고, 너무나도 큰 인기를 얻게 되어 버렸다. 프로이데의 많은 언론사들이 종신형자에 대한 소식을 주력 기사의 소재로 삼았다. 그리고 나아가서, 언론은 대중으로부터 더욱 강력한 반응을 갈구했다. 그들은 결국 종신형자에 대한 사실뿐만 아니라 피해자에 대한 사실도 이러쿵저러쿵 떠들어 대기 시작했다. 악랄한 범죄에도 목숨을 잃지 못한 가엾은 피해자들은 이제 문밖에 나서지도 못하는 지경에 이르렀다. 뭐, 앞서 말했듯이 먼 시간이 지난 후의 일이지, 딱히 중요한 일은 아니다.

한편으로 무코는, 시위대를 잠재우기 위해서 시위대에게 '무언가 쟁취해 냈다'는 감정을 심어 주기만 하면 된다던 프롬의 분석에도 동의했다. 그렇지만 무코가 이해할 수 없던 것이 하나 있었다. 굳이, 지금 자신의 감옥에서 지내고 있던 놈을 하나 골라 그 주인공으로 쓸 필요가 있겠는가? 게다가 '한 명쯤은 죽어 버리는 것을 원하고 있을 것'이라니? 그 말인즉, 무코더러 죽어 버릴 한 놈을 직접 정하란 소리 아니던가! 무코는 알 수 없는 껄끄러움을 느꼈다. 무코는 가학에 이용될 그 죄수를 자신의 손으로 뽑기 싫었다. 무코가 줄곧 행해 오던 현상에 대한 방관은 그에게 편안한 나태를 부여했었다. 아무런 행동을 취하지 않으니 아무런 책임을 질 필요가 없었다는 것이 그를 나태하게 만들었다. 그는 남의 인생과 관련된 그 어떤 책임도(심지어 이번의 책임은 살인과 연관된 것이 아니던가!) 지고 싶지 않았다. 지금껏 그는 아무것도 하지 않고 가만히 지켜보는 존재였다. 그런데 이번의 합의는 그 방관을 직접 손으로 부수란 요청이었던 것이다.

무코는 그 껄끄러움에 취해 프롬에게 항의 아닌 항의를 했었다, "왜 지금 제 감옥에서 지내고 있는 녀석을 군이 뽑아 이용해야 하는 건지 잘 모르겠습니다. 그냥 지금부터 잡혀 들어오는 새로운 놈을 가학하면 되는 것 아니겠습니까?"라며 말이다.

프롬은 그런 무코에게, "자네가 그런 걸 신경 쓰기나 했나?"라고 되물었는데, 무코가 딱히 대답을 한 것은 아니었다.

"그놈들을 사람이라고 생각하지 말게." 프롬이 말했다, "자네 감옥에 갇혀 있는 놈들은 종신형자야. 짐승과 다름없는 놈들이란 거지." 그런데 그 말을 뱉은 프롬은, 갑작스레 테베를 떠올렸다. 테베는 다름 아닌 프롬 때문에 무코의 감옥에 갇혀 있었다. 그런데 테베가 과연 짐승이던가? 테베를 짐승으로 만들어 버린 것은 프롬 본인 아니던가? 그렇다면 짐승은 진정 누구인가?

프롬의 표정이 일그러졌다. 그렇지만 프롬은 자신의 감정을 잘 통제했다. 프롬은 다시 무표정을 돌아오고선, 작게 한숨을 내쉬었다.

"자네 감옥에서 하나를 선정해야 하는 건, 어쩔 수 없는 일이야." 프롬이 말했다, "지금처럼 나라 전반적으로 소란스러운 일이 있을 적에는 말이야, 무코. 좀처럼 악랄한 범죄가 일어나지 않지. 사람들이 지니고 있는 폭력성이 이미 분출되고 있으니 말이야. 이미 흘러내리고 있으니, 터질 게 없는 거야."

그런데 그건 무코로서도 이미 알고 있는 진부한 사실이었다.

"그 사실을 모르고 있는 것은 아닙니다, 프롬. 상식이니까요." 무코가 대꾸했다.

"그래. 상식이지." 프롬이 대답했다, "우리의 우선순위는 하루빨리 저 소란을 잠재우는 데에 있네. 그러니 우선 급한 대로 자네 감옥에서 지내는 죄수 하나를 주인공으로 세우자는 거야."

"글쎄요, 저는 그 부분이 이해가 가지 않는 겁니다. 그 죄수가 왜 꼭 제 감옥에서 나와야 하는지 말입니다. 저번의 회의를 끝으로, 종신형자들은 전부 제 감옥으로 옮겨졌습니다. 그렇지만 가학 잔치는 지금까지 끊이질 않았잖습니까? 당신들은 종신형자도 아닌 일반적인 죄수들을 마음대로 잔치에 세우던 것 아니었습니까?" 무코가 따지듯 말했다, "그리고 그 일반적인 죄수를 대중에게 소개할 적에, 종신형자라고 거짓말 쳤다는 사실도 잘 알고 있습니다."

"그게 문제가 되나?" 프롬이 물었다.

"아뇨, 저는 지금 그걸 문제 삼는 게 아닙니다. 제가 문제 삼는 것은 다른 것입니다. 지금껏 그렇게나 거짓말을 쳐 댔으면서, 왜 이번에는 거짓말을 하지 않으려는 건지 모르겠다는 겁니다. 이번에도 그저, 아무 죄수나 잔치에 세우고 제 감옥에서 지내던 놈이라 거짓말하면 되는 것 아니겠습니까?" 무코가 물었다.

"자네 감옥에서 지내던 놈들도 우리에겐 그 '아무 죄수'야." 프롬이 말했다. 그의 말투는 주제넘게 단호했는데, 어쩌면 그것은 빨리 이 대화를 마무리하려 들던 프롬의 내면이 스며든 것이었을지도 모른다.

무코가 가만히 프롬을 들여다봤다.

"그럼, 프롬. 당신의 말이 진정 사실이라면," 무코가 말했다, "만약 그간의 상식을 깨고 새로운 종신형자가 나오면, 그를 대신 세워도 되는 겁니까? 어차피 그는 제 감옥으로 오게 될 것이니까요."

"마음대로 하게." 프롬이 건조하게 대꾸했다. 하기야, 프롬은 무코가 자신의 죄수들 중에서 누굴 선정하건 딱히 관심이 없었다. 그에게 중요했던 것은 소란이 잠재워지는 것뿐이었다.

프롬의 말을 들은 무코는 속으로 구걸했다, 자신이 직접 뽑은 누군가가 가학당하고 죽어 버리기 이전에, 그 누구라도 종신형을 선고받을 정도의 악랄한 범죄를 저질러 달라고 말이다.

6

무코의 감옥 이곳저곳에 새롭게 붙은 종이는 종신형자들 사이에서 꽤나 큰 이야깃거리가 되었다. 그 종이에는 이번 감꾼회의에서 합의된 바가 전부 적혀 있었다. 아, 전부 적혀 있던 것은 아니었다. 프롬이 무코에게 넌지시 말했던, '한 명쯤 죽어 버리는 것을 원할 것'이라는 말은 없었다. 종이에 적힌 바에 따르면, 가학 잔치에 세워져 이곳 모두를 대신해 얻어맞을 놈 하나를 골라내야만 한다고 되어 있었다.

그 종이를 확인한 종신형자들은 서로 눈치 싸움을 하기 시작했다. 정상적인 일과가 시작되고 두 시간 정도 만에, 그 종이에 대한 소식이 전부 퍼졌다. 죄수들은 업무를 내팽개치고 그 종이 앞에 너도나도 모였다. 그들의 모습은 소문으로만 듣던 미인을 실제로 구경하러 가는 듯한 모습이었다. 피셰르도 다른 죄수들과 다름없었다. 그런데 그 종이를 발견한 피셰르는 다른 놈들과는 다르게 안도의 한숨을 내쉬었다. 물론 한 명을 정해 잔치의 주인공으로 삼는 것은 껄끄러운 일이었으나, 그 종이에는 '이 감옥을 지키기 위해'라는 표현이 있었는데, 무코가 그런 표현을 쓴 것으로 보아 감옥이 없어질 리는 없어 보였기 때문이다.

죄수들끼리의 눈치 싸움은 꽤나 흥미로운 광경을 자아냈다. 아무리 대수롭지 않게 행동해도 그들은 전부 겁에 질려 있다. 주인공이 될 한 명이 누구인지 예상할 수 있던 놈은 아무도 없었다. 먼 예전 죄수들이 이감될 때처럼, 그 기준은 불명확했다. 죄수들은 저들끼리 모여 그 기준에 대해 예상하기 시작했다. 지배적인 예측은 단연 업무 실적에 관한 것이었다. 하기야, 온당한 예측이다. 무코의 감옥은 프로이데의 그어떤 감옥들보다 순결한 사업체에 가까웠으니, 그 기준이 돈이 되는 것은 다분히 타당한 일이었다.

죄수들은 드디어 스스로를 돌아보기 시작했다. 그간 피웠던 거드름이 악마가 되어 그들을 쫓아오기 시작했다. 누구보다 업무에 열심이었던 죄수들은 긴장이 풀린 듯 추욱 늘어졌고, 누구보다 게을렀던 놈들은 눈알을 돌리며 지껄일 변명을 생각해 내느라 바빴다.

죄수들 중 누구는 이제 와서 갑자기 일을 열심히 하는 것은 소용이 없을 것이라 판단한 것이었는지, 그간 전부 쓰지 못하고 저축해 놓은 돈으로 변명을 하는 것이 더 효과적일 것이라 생각했다. 자신은 검소한 사람이고, 따라서 돈을 더 벌 필요가 없었기에 업무를 소홀히 한 것이라고 지껄이겠다 다짐했던 것이다.

누군가는 다른 죄수 놈들이 업무시간에 자신을 괴롭혔다는 거짓말을 하겠다 다짐했다. 또 다른 누군가는 자신이 생산 업무를 보던 업무 공간의 환경이 특히나 열악했다고 말하겠다 다짐했다.

그런데 글쎄, 그들은 단순히 업무 수행 능력을 넘어 자신들의 비윤리적인 행태를 되돌아보기 시작했다. 공포 앞에 놓인 인간은 간혹 스스로를 되돌아본다. 테베를 괴롭히던 놈들(피셰르를 제외하고서라면,

무코 감옥에서 묵고 있는 종신형자들 전부였다)은 테베를 찾아가 사과했다. 테베는 갑작스레 자신의 방으로 찾아온 그들 때문에 조금 겁에 질리곤 했다. 테베는 그들을 용서했다. 딱히 용서를 하고 싶어서 한 것이 아니었다. 테베는 강요된 용서를 수용했다. 덧붙여 말하자면, 테베에게 용서를 강요하던 죄수 놈들은 알게 모르게 자존심이 상했다. 그것은 그들이 그간 행하던 가학이 잘못된 것이었다는 사실을 본인 스스로도 잘 알고 있었다는 것을 드러내 주는 행위였기 때문이다. 그들의 사과는 자신 스스로를 잘못된 짓이라는 사실을 알고도 그렇게 행동한, 형편없는 놈으로 만들어 버린다. 그런데 글쎄, 이미 악랄한 짓을 한 놈들에게 중요한 것은 용서가 아니다. 그들은 그저 자신의 행위를 문제삼는 놈들이 모두 사라져, 자신이 결백해지기를 원할 뿐이다. 그들 내면의 눈에 비친 테베는 자신을 용서해 준 존재라기보다는 자신을 사과하게끔 만든, 그런 껄끄러운 존재다.

　시간은 더러운 회개로 얼룩져 순식간에 지나갔다. 무코가 명시해 놓았던 시간이 다가왔고, 무코의 감옥에서 지내던 모든 죄수들은 무코가 종이에 써 놓은 내용대로, 전부 예배당으로 모였다. 그 정도의 인원을 수용할 만한 곳이 그곳뿐이었던 것이다. 회개 시간이 전혀 중요하지 않았던 무코의 감옥에서 그곳은 먼지투성이였다. 죄수들은 한 걸음을 내디딜 때마다 코를 문지르고 기침을 해 댔다.
　종신형자들은 무코의 감옥에 옮겨 갇힌 이후 처음으로 통제를 겪었다. 시간이 다가오기 직전에 간수들이 본인들에게 수갑을 채우며 일일이 옮겼던 것이다. 채워지는 구속의 촉감은 그들로 하여금 옛 생각에 잠기게 했다. 글쎄, 그런데 따지고 보면 그것은 옛 생각이 아니다. 그들은 이전에도, 지금도, 미래에도, 죽은 다음에도 쭈욱 죄인이었다.

한편으로 무코가 써 놓은 종이가 테베가 겪던 가학을 일시적으로 줄여 주었다고는 해도, 그 종이가 붙기 전에 생겼던 멍은 아직도 남아 있었다. 그 멍들은 테베가 기침을 할 때마다 여전히 욱신거렸다. 기침을 할 때마다 피어오른 욱신거림은 테베를 발작하게끔 만들었고, 그 발작은 또 다른 먼지를 일게 하여 또 부가적인 기침을 불러일으켰다. 그러면 테베는 또다시 발작했다. 웃긴 광경이었다.

피셰르는 온몸을 쥐어짜며 고통을 상쇄시키려던 테베를 발견하고 그의 곁에 머물렀다. 그곳에 모인 죄수들은 하나같이 조용했다. 무코가 모습을 드러내기 전까지 그들은 함구했다. 그들의 눈 열린 묵념은 곧 선정될 한 사람을 향한 것이었을지도 모른다. 그런데 그가 누가 될지는 아무도 몰랐다. 그들은 다른 놈들에게 묵념을 보내고 있었음과 동시에, 어쩌면 자기 자신에게도 묵념을 보내던 것이었다.

무코가 모습을 드러냈다. 종신형자들의 눈동자가 일제히 그를 쳐다봤다. 그들은 여전히 조용했다. 일제히 무언가를 떠들어 대던 감꾼들의 첫 모습과는 다르게, 꽤나 성숙한 모습이었다. 하기야, 그들은 딱히 불만을 터뜨리며 논의할 것이 없었다. 그들에게 남은 것이라곤 곧이어 펼쳐질 결과를 말없이 수용하는 것뿐이다.

무코는 가만히 그들 앞에 섰는데, 그 자리가 원래 성직자의 자리였다는 점이 꽤나 우스꽝스럽게 느껴졌다. 그 광경은 죄수들로 하여금 영원한 행복에 대한 감각을 일깨웠다. 영원할 것만 같았던 인공의 천국에서 즐거운 생활을 하던 그들은, 이제 그 행복의 박탈을 두려워하며 온몸을 작게 떨었다.

무코가 딱히 줄줄 설명을 뱉었던 것은 아니다. 이미 그는 거대한 종이에 전부 서술하여 붙여 놓았기 때문에, 딱히 더 할 말이 없었던 것이다. 무코는 주욱 죄수들을 쳐다봤다.

무코는 헛기침을 몇 번 했다. 죄수들은 그의 발언을 기다렸다.

"이미 알려 줬다시피, 한 명을 골라내야 합니다. 그런데 저로서는 누구를 골라야 할지 잘 모르겠군요." 무코가 말했다. 그의 발언은 조금 울려 그 예배당을 감싸 안았다.

무코는 가만히 고민에 빠져들어 갔다. 죄수들은 그의 모습을 찬찬히 살피며 기다렸다. 시간이 길게 지나갔다. 공포심에 둘러싸여 있었던 죄수들로서도 자칫 따분함을 느낄 수 있을 정도로 긴 시간이었다. 하기야, 무코로서는 꽤 힘겨운 일이었을 것이다. 타인의 인생에 끼친 영향이라곤 몇 번의 대화와 관찰 정도뿐이었던 그에게 있어서, 무대 위에서 살해당할 대상을 정하는 것은 너무나도 힘겨운 일이었다.

그런데 문득, '아무나'라.

무코는 눈을 질끈 감고선, 그냥 예배당의 첫 번째 줄 가운데 즈음에 앉아 있던 죄수를 가리켰다. 그냥 당신이 나가 죽으란 뜻이었다. 무코의 손가락은 벌벌거렸다. 무코는 겁에 질려 버렸다. 그간 결백하던 자신이 죄인이 된 듯한 기분이 들기 시작했다. 무코의 목구멍은 모종의 완력에 벌렁거렸다.

예배당 전체가 조용해졌다.

"아, 네." 지목을 받은 죄수는 자리에서 일어나더니 무코에게 말했다. 그는 목에 주렁주렁 보석 달린 목걸이를 차고 있었는데, 예배당에 쌓여 있던 먼지가 들러붙어 이제 그 보석은 아무런 빛을 내지 못하고 있었다. "제 생각에는 말이죠, 무코. 다수결로 정하면 쉬울 것 같습니다." 그는 잔뜩 가식적인 예의를 끌어 올렸다. 그는 굽신거렸다.

아, 멍청한 놈. 그놈은 멍청한 놈이다. 나가 죽으라 지목한 것이었는데, 그 지목을 의견을 말해 보라는 지목이라 오해할 정도로 멍청했다.

"아니요. 저는 당신에게 의견을 물어본 것이……," 무코는 말을 멈췄다. 무코는 갑작스레 가만히 있었다. 죄수들은 숨을 죽였다. 무코는 웃음을 터뜨렸다. 무코는 태어난 이래로 가장 큰 웃음소리로, 눈물이 날 정도로 웃어 버렸다. 그의 나름 괜찮은 외모는 웃음이 행하는 얼굴 근육의 일그러짐에 다소 처참해졌다. 예배당에 매캐했던 먼지가 무코의 콧속, 그리고 목구멍 속으로 퍼져 들어갔다. 무코는 콜록거렸다. 그런데 그는 계속 콜록거리면서 크게 웃었다. 눈물과 기침, 그리고 웃음소리가 기괴한 광경을 빚어냈다. 무코는 지금 세상에 혼자 있다. 무코의 머릿속은 뒤죽박죽이 되기 시작했다. 웃음 중간중간에 떠오르는 작은 기억 조각들이 무코의 머릿속을 그렇게 만들었다.

멍청한 놈.

무코는 속으로 그 멍청한 죄수 놈에게 욕지거리를 길게 뱉어 댔다. 무코는 깔깔거렸다. 무코는 웃느라 울었다. 그러다 갑자기 뚝 그쳐 버렸다. 주인을 잃어버린 무코의 웃음소리가 예배당의 벽과 맞닿고 튕기는 소리로 바뀌어 주욱 퍼져 나갔다.

죄수들은 어색한 표정을 띠고 조용히 눈치를 보고 있었다.

피셰르는 문득 공포스러운 감정이 들어 버렸다. 그는 그의 옆에 앉아 있던 유일한 동료, 테베를 바라봤다. 테베도 공포를 느끼고 있었다. 그는 손을 벌벌거렸다. 손이 벌벌거리자 작게 들어 있던 멍에 무의식적으로 힘이 들어갔고, 테베는 작은 비명을 질렀다.

"좋습니다." 무코가 눈물을 닦았다. 터져 나온 웃음이 간드러지게 만든 그의 목소리는 마치 목이 걸걸한 여자 같았다. 무코는 간수 하나에게 펜과 종이를 이 종신형자들의 머릿수에 맞게 가져오라 지시했다.

그런데 지목을 당했던 죄수는 자신의 의견이 받아들여졌다는 사실에 조금 뿌듯했던지, 한 걸음 더 나가기 시작했다. 그는 다시 손을 들었다. 무코는 그를 다시 지목했다. 이번의 지목은 진정, 의견을 말해 보라는 지목이었다.

"종이와 펜은 필요하지 않습니다. 그냥 손가락으로 가리키면 되니까요." 그 죄수 놈이 말했다.

"아, 네. 그러시죠," 무코가 말했다. 그는 조금 더 킥킥댔다.

무코의 말이 끝나자, 죄수들은 꽤 오랫동안 서로의 눈치를 봤다. 그렇지만 이미 답은 정해져 있었다. 그들은 하나둘씩 팔을 들어 올렸다.
단순히 빛이 난다는 이유로 온갖 금품을 훔쳤던 놈들, 주먹을 흉기로 여기며 약한 녀석들의 머리를 멈추게 했던 놈들, 절규의 옷을 벗기고 살갗에 혀의 더러운 돌기를 가져다 댄 놈들, 살려 달라는 소리를 막고 목에 칼을 쑤셔 넣은 놈들은 처음으로 공식적인 화해를 했다. 그들은 한 놈을 가리키기 시작했다. 무코의 웃음소리가 점차 사그라들더니, 이내 뚝. 멈춰 버렸다.

무코

© 채진수, 2023

초판 1쇄 발행 2023년 6월 1일
　　2쇄 발행 2023년 6월 25일

지은이　　채진수
펴낸이　　이기봉
편집　　　좋은땅 편집팀
펴낸곳　　도서출판 좋은땅
주소　　　서울특별시 마포구 양화로12길 26 지월드빌딩 (서교동 395-7)
전화　　　02)374-8616~7
팩스　　　02)374-8614
이메일　　gworldbook@naver.com
홈페이지　www.g-world.co.kr

ISBN　979-11-388-1959-6 (03810)